W SIÓDMYM NIEBIE

Alyson Nöel

W siódmym niebie

Przełożyła z angielskiego
Ewa Penksyk-Kluczkowska

Wydawnictwo "Książnica"

Tytuł oryginału
Fly Me to the Moon

Projekt okładki
Mariusz Banachowicz

Fotografia na okładce
© Liv Friis-Larsen

Polish edition © Publicat S.A. MMXI

ISBN 978-83-245-7904-4

Wydawnictwo „Książnica"
40-160 Katowice
Al. W. Korfantego 51/8
oddział Publicat S.A. w Poznaniu
tel. 32 203-99-05
faks 32 203-99-06
www.ksiaznica.com
e-mail: ksiaznica@publicat.pl

Wydanie pierwsze
Katowice

*Dla mojej matki, która nigdy nie próbowała
podciąć mi skrzydeł.
I dla personelu pokładowego na całym świecie —
dla asystentów lotu: byłych, obecnych i przyszłych*

Podziękowania

Na wielkie podziękowania, *merci beaucoup,* i serdeczne *ef haristo* zasłużyli:

Moja mama, która zachęcała mnie do lotu, która nigdy mnie nie powstrzymywała, a niezmiennie starała się dbać o gniazdo, tak żebym zawsze miała gdzie wylądować.

Mój mąż, Sandy, który jest moim pierwszym czytelnikiem, nie cofnie się przed niczym, umie znaleźć najlepszą restaurację w najbardziej beznadziejnym mieście, a jego entuzjazm, optymizm, ciekawość, odporność oraz niestrudzone poszukiwanie rozrywki są naprawdę inspirujące.

Jolynn „Snarky" Benn, która potrafi mnie rozśmieszyć jak nikt inny, która jest chodzącym uosobieniem „dobrej zabawy", a jej podróże do Nowego Jorku stały się legendarne. Poza tym wie, jak wymawiać imię „Jan".

Wszyscy niezwykli, ciężko pracujący nowojorscy asystenci lotu, którzy potrafią obsłużyć najpotworniejszy lot i uczynić go — jak by to ująć — o wiele mniej potwornym. Należą do nich między innymi: Kenny Blake, która wie, co naprawdę się stało z Budem i Sophie; Justine Tumolo, który trzyma w zanadrzu najbardziej wariackie historie o wszystkich

7

znanych mi ludziach; Nancy Lane, która roznosi najlepsze słodycze i dzięki której ta praca wciąż wydaje się ciekawa; i Cissy Shores, która w zdumiewający, niemal magiczny sposób umie zamienić Zadupie w raj.

Mój wuj, kapitan Dick Jarrell, który w niczym nie przypomina facetów z tej książki; jemu jedynemu ufam na tyle, że dałabym mu złożyć swój spadochron. Jego syn Brad, z zawodu bohater, jego żona, Pat, była stewardesa, i córka Kristy, aktualna stewardesa, z którą bardzo bym chciała latać, również zasłużyli na moje podziękowania.

Jackie Nunes, która odbyła ze mną pierwszą, trzymiesięczną odyseję przez Europę i narobiła mi smaku na więcej; to ona też powiedziała mi o posadzie, która zmieniła wszystko.

Michelle Lane, która z odległości tysięcy mil pilnuje, żebym się śmiała i bawiła, która przypadkiem jest byłą stewardesą i której nazwisko sobie pożyczyłam.

Moi starzy przyjaciele z czasów Mykonos, którzy tak szczodrze podzielili się swoją wyspą i swoim życiem i nauczyli mnie, jak złapać, przygotować i zjeść ośmiornicę.

Moja agentka, Kate Schafer, która trzyma mnie w pionie swoim niesamowitym dowcipem, mądrością i radą.

Wszyscy dobrzy ludzie w St. Martin's, zwłaszcza Sally Richardson, Matthew Shear, Jennifer Weis i Stefanie Lindskog, którym jestem bezgranicznie wdzięczna.

No i w końcu, a może przede wszystkim Gary Edwards, który kocha wspaniałą przygodę.

PRZYGOTOWANIE
DO WODOWANIA

Kiedy samolot dokonuje awaryjnego lądowania na powierzchni oceanu, należy założyć kamizelkę ratunkową.

1

No więc właśnie z trudem sięgałam po „USA To-day" przed moim pokojem hotelowym, zdecydowana zignorować fakt, że czarne, kryjące, obciskające rajstopy poważnie ograniczają moją zdolność oddychania, kiedy usłyszałam stłumiony dźwięk telefonu po drugiej stronie drzwi.

Cóż, każdego innego dnia chwyciłabym po prostu gazetę i rzuciłabym się jak szalona do windy, ponieważ telefon dzwoniący o 3.55 rano może znaczyć tylko jedno: że jakaś apodyktyczna, drobiazgowa kierowniczka z osobowością typu A próbuje mnie wyśledzić, chociaż mam jeszcze dokładnie trzydzieści dwie pełne sekundy do wyznaczonej godziny stawienia się w lobby hotelowym.

Ale dzisiaj było inaczej. Nie tylko miałam całe pięć minut zapasu, nie tylko były moje dwudzieste ósme urodziny, lecz także wiedziałam, że nim dzień się skończy, zostanę narzeczoną Michaela, z którym chodziłam i mieszkałam od czterech lat.

Wszystko zaczęło się poprzedniego dnia, zanim wyruszyłam w ten rejs. Sprzątałam sypialnię i śpiewałam do muzyki z najnowszego krążka U2, i kiedy razem z Bono krzyknęłam: „Uno, dos, tres... Catorce!", moje prawe biodro walnęło w torbę po-

11

dróżną Michaela, a ona zleciała z komody i huknęła o ziemię.

No przyznaję, aż do tej dokładnie chwili jego torba nigdy mnie nie interesowała. Zawsze myślałam, że to walizka albo męska torebka — coś całkowicie niegroźnego, ale absolutnie zakazanego dla osób nieupoważnionych. Kiedy jednak wbiłam wzrok w powstały bałagan, odruchowo padłam na kolana i przyjrzałam się każdemu przedmiotowi, jakby był bramą do tajemnego świata, o którego istnieniu nie miałam pojęcia.

Och, oczywiście znajdowały się tam te wszystkie prozaiczne rzeczy, takie jak zniszczone mapy nawigacyjne, niedojedzone batoniki proteinowe, identyfikator ze zdjęciem i wielka żółta latarka na wypadek sytuacji awaryjnej. Ale znalazłam też kilka niespodzianek, takich jak nieruszona tubka środka na porost włosów, która wylądowała obok napoczętego opakowania viagry i czerwonej plastikowej karty z wypożyczalni wideo, ponad wszelką wątpliwość niespecjalizującej się w kinie familijnym.

A kiedy podniosłam wielki podręcznik pilotażu zatwierdzony przez Federalny Zarząd Lotnictwa (FAA), znalazłam małe turkusowe pudełeczko starannie obwiązane szeleszczącą białą wstążeczką.

Oddech mi się spłycił, serce zabiło szybciej, a ręce wręcz drżały, kiedy podniosłam pudełeczko do ucha i potrząsnęłam nim delikatnie, a potem wyobraziłam sobie, jak Michael klęka przede mną, z oczami zamglonymi z emocji, pytając mnie, czy zostanę jego żoną...

I byłam prawie pewna, że powiem tak.

Przewidując więc wczesnoporanne urodzinowe życzenia od prawie narzeczonego, jak szalona wsunęłam kartę z powrotem do zamka, pognałam przez stos mokrych białych ręczników, które zostawiłam na podłodze w łazience, i chwyciłam słuchawkę dogodnie umieszczoną przy sedesie. Zanim jeszcze zdążyłam powiedzieć „Halo", odezwał się bezosobowy męski głos z południowym akcentem.

— Hailey Lane? Mówi Bob z działu harmonogramowania. — Czternaście słów, które następnie padły, należą do najukochańszych kwestii wszystkich asystentów lotu na świecie. — Reszta twojej podróży została odwołana. Masz udać się do domu, wykorzystując warunki darmowego przelotu.

Rrrany.

Ale chociaż oczekiwałam, że coś się wydarzy, pozostałam sceptyczna i czujna.

— Daj spokój, Clay, nie pieprz. Już schodzę — powiedziałam, zerkając w lustro i wygładzając nieposłuszne oberżynowe loki, jednocześnie sprawdzając, czy nie mam na zębach śladów szminki.

— Panno Lane, pozwolę sobie przypomnieć, że wszystkie rozmowy dotyczące harmonogramowania są nagrywane — odrzekł śmiertelnie poważny głos po drugiej stronie.

— To nie Clay? — szepnęłam, dusząc się.

— Ma pani bezpłatny transport lotem 001, bezpośrednim z San Diego na Newark — ciągnął rzeczowym, poważnym tonem. — Na miejscu będzie pani o piętnastej.

— Mówi pan serio? To znaczy, że nie muszę najpierw lecieć do Salt Lake, Atlanty, a także Cincinnati? — spytałam, wciąż nie do końca przekonana, że to nie sen.

— Muszę się jeszcze skontaktować z pozostałymi członkami pani załogi — w głosie pojawiła się nuta zniecierpliwienia.

— Dobra, jasne. Ostatnie pytanie. Mogłabym dokonać małej zmiany? — spytałam, palcami gorączkowo szukając książeczki rozkładowej, żeby

13

znaleźć rozwiązanie jeszcze dla mnie korzystniejsze.

— Proszę, jest lądowanie bezpośrednie na La Guardii godzinę wcześniej. Może mnie pan przepisać?

Westchnął.

— Data zatrudnienia?

— Dwudziesty piąty marca dziewięćdziesiąt dziewięć — podałam, wsłuchując się w daleki stukot klawiszy, po których przebiegał palcami.

— Zrobione.

— Naprawdę? O mój Boże, dzięki, Bob! Ze szczerego serca, naprawdę dziękuję. Nie masz pojęcia, ile to dla mnie znaczy! Dzisiaj mam urodziny, wiesz? I... halo? — Popatrzyłam na słuchawkę, słuchając ciągłego sygnału.

Wetknęłam gazetę pod ramię, przeciągnęłam swoją walizkę na kółkach przez cały korytarz aż do pokoju Claya, do którego zapukałam dwukrotnie, zaczekałam chwilę, a potem zapukałam ponownie dwukrotnie, co od sześciu lat było naszym tajnym kodem, chociaż zdecydowanie naiwnym i zbyt łatwym do złamania.

Poznaliśmy się z Clayem zaraz pierwszego dnia szkolenia personelu pokładowego. Zdobył sobie moje bezgraniczne uznanie, pomagając mi je przeżyć. Gdyby nie on, już po dwóch minutach urwałabym się z odrażającego, kipiącego energią spotkania informacyjnego. Ilekroć jednak napomknęłam coś o ucieczce, on mi przypominał o wszystkich gwarantowanych rozrywkach i przygodach, które czekały na nas, kiedy już dostaniemy swoje skrzydełka: długie postoje w szykownych zagranicznych miastach; nieograniczone zakupy w sklepach wolnocłowych; i całe stada ustawionych przystojniaków do wzięcia, czekających na podryw w trakcie dostępnego dla personelu linii lotniczych darmowego przelotu bez rezerwacji pierwszą klasą.

W zamian musieliśmy tylko przetrwać sześć tygodni nieokiełznanego, przygnębiającego, tłamszącego osobowość piekła, które może sobie wyobrazić jedynie ktoś, kto przeżył bezwzględny wojskowy obóz treningowy.

Reżim szkoleniowy personelu pokładowego rzadko jest omawiany poza branżą. Ludzie tyle się naoglądali filmów soft porno ze stewardesami, że odmawiają nam należnego szacunku. Prawdę mówiąc, nie ma nic seksownego w systemie tak precyzyjnie wyliczonej, zinstytucjonalizowanej paranoi, gdzie brak uśmiechu może poskutkować natychmiastowym oskarżeniem o niesubordynację i odprawieniem do domu.

W ciągu sześciu tygodni dwie trenerki upiornie przypominające żony ze Stepford uczyły nas sztuki przetrwania całych dni w dryfie na morzu, kiedy nie mamy do dyspozycji nic prócz kilku flar, wiadra do wybierania wody i jednego pudełka zestarzałych owocowych cukierków w papierkach niewystępujących na półkach sklepowych. Nauczyliśmy się, jak sobie radzić ze zgonem w trakcie lotu (nigdy nie używaj słowa „zgon"); jak poradzić sobie z domniemanym aktem płciowym w trakcie lotu (zaproponuj koc, odwróć wzrok); jak unieruchomić kłopotliwego, rozsierdzonego pasażera na fotelu za pomocą plastikowych spinek do kabli z logo firmy; jak sobie radzić z migrenami, oparzeniami, obfitym krwawieniem, porodem, wymiotami, oddawaniem moczu, defekacją; i jak potem to wszystko posprzątać, przywdziewając plastikowy kombinezon ochronny w uniwersalnym rozmiarze i używając wody sodowej na plamy, a torebek z kawą na cuchnące zapachy.

Gasiliśmy pożary, czołgaliśmy się w ciemnych, wypełnionych dymem kabinach, a nawet ewakuowaliśmy się z atrapy samolotu, zsuwając się po autentycznym, dwuścieżkowym trapie awaryjnym, co przyniosło w rezultacie trzy pary podartych spodni, niezliczone otarcia i jedną złamaną rękę. Właściciel ręki został „odprawiony" ze względu na słabe kości.

Przestylizowali nam fryzury, zmienili makijaż, zakazali noszenia biżuterii, karmili propagandą i intensywnie zniechęcali do pytań, żartów, uwag oraz wszelkich innych przejawów samodzielnego myślenia.

A kiedy już nasze dusze uznano za należycie złamane, a nasze dawne energiczne osobowości zadowalająco zrehabilitowano do postaci paranoidalnych robotów, wypchnięto nas na świat, na pokład samolotu i przypomniano o uśmiechu.

— Wszystkiego najlepszego, mała — powiedział Clay, z akcentem południowca parodiując starszą panią ze Staten Island, co może nie było najbardziej udane, ale zawsze doprowadzało mnie do śmiechu.

— Świetnie wyglądasz — dodał, otwierając drzwi i wciągając na siebie granatową marynarkę.

— Czwarta nad ranem i żadnych worków pod oczami — pochwaliłam się, z dumą wskazując na swą twarz. — Widzisz, opłaciła mi się rola starej ciotki, która nie chciała z wami wyjść wieczorem.

— Owszem, ale nie wiesz, co straciłaś. — Pokręcił perfekcyjnie potarganą głową z blond pasemkami i zamknął za sobą drzwi. — Spotkaliśmy się na dole przy barze i kiedy podano nam rachunek, kapitan obliczył, ile skrzydełek kurczaka zjadł każdy z nas i stosownie podzielił rachunek.

— Zmyślasz. — Szłam obok niego, śmiejąc się.

— Klnę się na wszystkie świętości. Nosi taki zegarek z kalkulatorem, który potrafi dzielić. Mój udział, obejmujący kieliszek wina, wyniósł osiem dolarów osiemnaście centów.

— W tym napiwek?

— A ty myślisz, że on daje napiwki? — Clay spojrzał na mnie, unosząc brew. — Zaczekałem, aż wyjdzie, i wtedy zostawiłem napiwek. No to jak, schodzimy z kursu? — spytał, wsuwając się za mną do windy.

— Ja tak — odparłam, wciskając guzik z literką L i patrząc, jak drzwi się zamykają.

— Cudownie, bo powiedziałem w harmonogramowaniu, że robię wszystko to, co ty.

— Pachnie współuzależnieniem — podniosłam brew.

— Trochę za wcześnie na podejmowanie ważnej decyzji, skoro wiem, że ty możesz ją podjąć za nas oboje. I w ten sposób możemy na spółę wziąć taryfę do miasta. — Uśmiechnął się.

— Świetnie, ale tym razem żadnej drogi okrężnej. — Obdarzyłam go surowym spojrzeniem. Clay słynął z załatwiania wszystkich swoich spraw w drodze z lotniska La Guardia do jakiegokolwiek mieszkania, które akurat zajmował. — Żadnych bankomatów, Starbucksów, sklepów z winem, oddawania kaset do wypożyczalni i żadnych gejowskich barów — rzuciłam kartę na kontuar recepcji. — Mam przed sobą wielki wieczór i skoro już będę w domu wcześniej, chcę wziąć kąpiel z pianką i może nawet zrobić pedicure.

— A więc dzisiaj jest ta noc? — spytał, podając nasze torby kierowcy vana.

— Niewątpliwie — powiedziałam, uśmiechając się promiennie pomimo nerwowego brzęczyka w żołądku.

— Powiesz „tak"? — spytał, przyglądając mi się uważnie.

— Chyba — kiwnęłam głową, unikając jego wzroku i zagryzając dolną wargę.

— Chyba?! — Wysoko podniósł świeżo wysku- bane brwi.

— Oj dobra, powiem. To ma sens, prawda? — spytałam, nagle się zastanawiając, które z nas próbuję przekonać. — No bo rozumiesz, mieszka- my razem, on jest dla mnie dobry, jest normalny... — wzruszyłam ramionami, nie umiejąc wymyślić więcej dobrych powodów, chociaż byłam pewna, że istnieją. Bo istnieją. Na pewno.

— Doskonale. A więc w czym problem? — spy- tał, zerkając na mnie uważnie.

— Chyba... nie wiem. Chyba po prostu mi się zdawało, że to będzie bardziej ekscytujące — wzru- szyłam ramionami.

— Hailey... on jest pilotem. Pilotem. Jak sądzisz, ile możesz się spodziewać ekscytacji po pilocie?

— Ale on jest inny niż wszyscy! — upierałam się. — Mieszka na Manhattanie, a nie w jakiejś zapadłej dziurze na Florydzie! Nie krochmali dżinsów, nie nosi białych tenisówek do garnituru. A dzisiaj zabiera mnie na urodziny do Babbo, gdzie na pewno zostawi szczodry napiwek, wyimaginuj sobie. — Z tymi słowy wysiadłam z vana.

— Dobra, no więc jest pilotem metroseksual- nym. — Clay wzruszył ramionami. — Ale pozwolę sobie zauważyć, że byłabyś o wiele bardziej pewna swojej odpowiedzi, gdybyś po prostu zajrzała do tego pudełka od Tiffany'ego.

2

Spędziłam właśnie cały lot, robiąc listę w pamięci — nie mogłam zrobić listy na piśmie, ponieważ od pięciu i pół godziny udawałam, że śpię, by uniknąć konwersacji z dwoma paskudnymi grubasami, między którymi mnie zaklinowano — listę wszystkich powodów do poślubienia Michaela.

Kolumna „Powiedz tak" zawierała w zasadzie te same solidne, konkretne powody, które podałam już Clayowi, podczas gdy „Nigdy w życiu!" stanowiła w zasadzie listę przymiotników, nie zawierała zaś ani jednego rzeczownika. A kiedy odtwarzałam w myśli ten wykaz, roztrząsając go raz za razem, zrozumiałam z bolesną oczywistością, że nie ma takiej możliwości, abym decyzję z założenia życiową podjęła na podstawie mizernych przydawek.

Pierwszą część swojego dorosłego życia spędziłam niezobowiązująco na podróżach po świecie, zostawiając za sobą szlak niedokończonych przedsięwzięć — na przykład college, narzeczonych, powieść, którą zaczęłam pisać siedem lat temu, do diaska, nie umiałam nawet pozostać przy jednym kolorze włosów dłużej niż pół roku, żebym nie zaczęła tęsknić za odmianą — więc nic dziwnego, że miałam wątpliwości. No bo jedynym w moim życiu zakończonym projektem było szkolenie personelu pokładowego, a to bardziej dzięki determinacji Claya niż mojej.

Najwyraźniej więc uczucie zdenerwowania nie miało nic wspólnego z Michaelem, miało zaś coś wspólnego ze mną, co tu dużo gadać.

Ale teraz naprawdę wszystko się zmieniło. Jak na razie pracowałam dla Atlas Airlines od sześciu długich lat (rekord!), nie wspominając o tym, że z Michaelem byłam od czterech (wielki przełom!). Prawda, oboje podróżowaliśmy tyle, że jeśli policzyć rzeczywiście spędzone wspólnie dni, to prawdopodobnie złożyłyby się na wynik nie większy niż sześć miesięcy. Ale nawet ten nędzny wynik kwalifikował się do miana osobistego rekordu.

Nie wspomnę już o tym, jak dość miałam chałturzenia w charakterze druhny. Od kilku lat stałam na liniach bocznych w kolejnych poniżających pastelowych kieckach, podczas gdy wszystkie moje wolne przyjaciółki szły do ołtarza (bez zauważalnych oznak paniki), „przyjmowały tę obrączkę od Iksa", co jakimś cudem od razu dawało im uprawnienia do formułowania wszelkiego rodzaju nieproszonych porad odnośnie do mojej osoby. Wyglądało na to, że skoro pozwoliłam sobie niebezpiecznie zbliżyć się do trzydziestki bez obrączki na palcu, to rozpaczliwie łaknę ich nowo nabytej małżeńskiej mądrości.

A teraz nadeszła moja kolej.

Poza tym czyż w ciągu swego sześcioletniego latania nie słyszałam w kółko, że samolot nie poczeka? Że jeśli się spóźnię na bramkę, zostanę niezwłocznie zastąpiona? Cóż, zaczęłam myśleć, że może te same zasady dotyczą mojego życia. No bo może Michael nie był najbardziej ekscytującą osobą, ani osobą najbardziej kreatywną, ani nawet osobą, która wywoływała u mnie największe wybuchy śmiechu, ale miał prezencję, można się było nań zdać, nieźle zarabiał i dobrze mnie traktował. A ja zaczęłam sobie zdawać sprawę, że zwlekanie i czekanie na kogoś bardziej ekscytującego da taki efekt, że zostanę sama jak palec na środku pasa startowego, dawno po odlocie.

Zanim więc podeszliśmy do lądowania, zdecydowałam, że będę wyglądać na zaskoczoną i podnieconą, kiedy on ofiaruje mi małe niebieskie pudełeczko, i powiem „Tak!" z entuzjazmem, jakiego nie zdołałaby wykrzesać z siebie osoba ani trochę niezaskoczona.

W chwili gdy koła uderzyły o asfalt, rzuciłam się do swojej torby podręcznej, włączyłam telefon i słuchałam, jak sygnał komórki Michaela przechodzi od razu w pocztę głosową.

— Hm, cześć, Michael — szepnęłam, nigdy bowiem nie lubiłam odstawiać wioski z gadaniem przy ludziach. — Dobre wieści! Moje loty odwołano i zeszłam z kursu, więc wcześniej wracam do domu. Pewnie jesteś na siłowni czy coś, ale chciałam tylko się przywitać i nie mogę się doczekać wieczoru!

Wrzuciłam telefon do torby i skupiłam się na oddychaniu przez usta, żeby uniknąć okropnego cebulowego oddechu dobywającego się od kolesia po lewej, kiedy kapitan przez głośniki powiedział: „Panie i panowie, ekhm, chyba mamy jakiś problem z podłączeniem rękawa do drzwi samolotu. Problem ten powinien zostać za chwilę rozwiązany. Dziękujemy za cierpliwość".

Nic wielkiego.

Koleś po prawej dźgnął mnie mocno w ramię i spytał:

— Co on powiedział?

No właśnie. Wiem, że oboje wysłuchaliśmy tego samego komunikatu z dokładnie tą samą głośnością. Dlaczego więc on uznał, że skoro jestem w mundurze, słyszałam coś więcej?

— Hm, chyba powiedział, że mamy problem z rękawem — odparłam, uśmiechając się grzecznie. Jego twarz zmieniła się z ziemistobeżowej na jasnoczerwoną, jakby tylko sekundy dzieliły go od ataku serca.

— Cholerna linia! — krzyknął, zabijając mnie wzrokiem. Zapewne uznał, że jestem osobiście odpowiedzialna za wszystko, od marnego odchylenia fotela po stare precle. — Cholerna gówniana linia! Ostatni raz leciałem tym gównem! — wrzeszczał, patrząc gniewnie i domagając się reakcji.

Rozejrzałam się ukradkiem po kabinie, sprawdzając, czy aby mój superwizor albo ktokolwiek z kierownictwa znajduje się na pokładzie, bo wówczas moją niezwłoczną reakcją byłoby spokojne rozładowanie sytuacji przy jednoczesnym wpajaniu przekonania o naszej przykładnej obsłudze.

Ponieważ jednak nikogo nie rozpoznałam, wzruszyłam tylko ramionami i włączyłam iPoda.

Pospiesznie wyszłam z budynku i znalazłam Claya stojącego już w kolejce do żółtych taksówek, zresztą tam właśnie się go spodziewałam.

— Cześć — powiedziałam, przeciskając się przez tłum ludzi taszczących identyczne czarne torby z identycznymi czerwonymi wstążeczkami zawiązanymi na uchwycie dla łatwego rozpoznania na karuzeli bagażowej.

— Co tak długo? — spytał, zerkając na swój zegarek.

— Byłam w turystycznej, pamiętasz? — wzniosłam oczy do nieba. — Więc jak było w pierwszej klasie?

Clay był trzy miesiące starszy ode mnie stażem, co w tym wypadku wystarczyło, żeby został wygodnie usadzony z przodu, podczas gdy mnie wtłoczono na tył pomiędzy dwóch opryskliwych zgniotów (jak nazywa personel pokładowy ludzi, którzy zdecydowanie powinni używać przedłużenia pasów bezpieczeństwa).

— Obsługa naprawdę schodzi na psy. — Pokręcił głową. — Wiedziałaś, że już nie podajemy precli z koktajlem przed lotem? Słowo honoru, to koniec świata — westchnął, otwierając drzwi taksówki.

— Poproszę dwa przystanki — zwróciłam się do taksówkarza. — Najpierw róg Siedemdziesiątej Drugiej i Trzeciej, a potem... — spojrzałam na Claya wyczekująco. On nigdy nie miał stałego adresu.

— Dwudziestej Trzeciej i Siódmej — dorzucił, siadając koło mnie.

— W tym tygodniu Chelsea? — zażartowałam.

— Już od miesiąca. — Podniósł oczy do nieba i wrzucił do ust miętówkę.

— Ten Jedyny.

Spojrzał na mnie ze wzruszeniem ramion.

— Ten Obecnie Jedyny. To jak, denerwujesz się? — spytał, kiedy taksówka gnała do Triborough Bridge, prosto do miasta.

— Troszeczkę — odparłam, wpatrując się w wieżowce Manhattanu, zastanawiając się, skąd mogę mieć pewność, że spośród milionów mieszkających tu ludzi wybrałam właściwą osobę.

— Tylko nie zapomnij o maluczkich — popukał mnie w ramię. — Wiesz, tych, co to zalegali z tobą pod stołem, chodzili z tobą na wyprzedaże, trzymali cię za głowę, jak rzygałaś po lasagne z klasy turystycznej, i w ogóle stali przy tobie na długo, zanim zostałaś szacowną mężatką. — Spojrzał na mnie z ukosa.

— Clay, nie mogłabym cię zapomnieć. — Chwyciłam go za rękę i ścisnęłam ją.

— Litości, wszystkie tak mówią. Ale to historia stara jak świat. Wszystkie pedalskie laski kiedyś się wykruszają. — Pokręcił głową i odwrócił się do okna, przyciskając czoło do zamazanej szyby.

— Przede wszystkim jesteś moim najlepszym przyjacielem.

Odwrócił się z uśmiechem.

— I nie nazywaj mnie pedalską laską, to mnie dołuje. Poza tym Michael cię uwielbia — upierałam się.

Clay tylko na mnie spojrzał nieufnymi brązowymi oczami.

— Dobra, no to cię toleruje. Ale obiecuję, nic się nie zmieni! Zobaczysz. — Kiwnęłam głową i uśmiechnęłam się promiennie. Miałam nadzieję, że to nie są tylko słowa.

Dojechaliśmy pod mój dom. Przechyliłam się i szybko pocałowałam Claya w policzek.

— Zadzwonię jutro do ciebie. Umówimy się na kawę, przekażę ci wszystkie niegrzeczne szczegóły i pokażę pierścionek. Obiecuję.

Potem chwyciłam swoje bagaże i wbiegłam do domu. Nie mogłam się doczekać, aż dotrę na górę i wyskoczę ze swojego brzydkiego poliestrowego mundurka, który zalatywał wszystkim, z czym weszłam w kontakt przez ostatnie dwa dni.

Jadąc windą na czternaste piętro, odstawiałam rutynowy striptiz, zanim więc przekroczyłam próg, byłam bez butów, bez żakietu, i już miałam wyskoczyć ze spódniczki, kiedy zauważyłam granatową marynarkę na tureckim dywaniku, który zeszłej wiosny kupiliśmy na Wielkim Bazarze. Obiecując sobie, że po ślubie będę lepszą gospodynią, przerzuciłam swobodnie marynarkę przez ramię i wpadłam przez uchylone drzwi do sypialni, prosto na scenę, o której często słyszałam, ale zupełnie nie spodziewałam się jej w prawdziwym życiu.

Na skraju naszego gigantycznego łoża znajdował się mój przyszły mąż, Michael. Ubrany w szary kaszmirowy sweter, który mu kupiłam na urodziny, i ciemne dżinsy spuszczone aż na brązowe zamszowe mokasyny. Głowę miał odrzuconą, powieki zaciśnięte, a usta wilgotne i rozchylone. Pomiędzy jego nogami klęczała drobna ciemnowłosa postać w granatowych spodniach mundurowych, a jej głowa podskakiwała rytmicznie.

Stałam wstrząśnięta, patrząc, jak ktoś inny robi dokładnie to samo, co ja robiłam dwa dni wcześniej, zanim wybiegłam pędem, żeby złapać autobus na Międzynarodowe Lotnisko Newark. Nagle rozległ się straszliwy wrzask.

Mój wrzask.

— Hailey! To nie jest tak, jak myślisz! — krzyknął Michael, z twarzą szaleńczą i spanikowaną. Jedną ręką machał w powietrzu, żeby mnie zdekoncentrować, a drugą starał się zakryć dowód.

— O Boże! — wrzasnęłam. — Co się dzieje, Michael?

— Hailey, uspokój się. Wszystko w porządku — mówił, wciągając czarne skąpe majtki, wplątane w nogawki spodni.

— Co się dzieje, do cholery? — powtórzyłam. Nie mogłam się ruszyć ani zamknąć oczu na widok jego przyjaciółeczki kulącej się w nogach naszego łóżka.

— Hailey, błagam, kurwa! — podskakiwał na jednej nodze przez pokój, chwiejąc się niebezpiecznie, a bielizna zacisnęła mu się na udzie jak boa dusiciel. — Wszystko ci wyjaśnię. Tylko... kurwa!

25

— Kim ona, do cholery, jest?! — spytałam, przeskakując wzrokiem z Michaela na ciemnowłosą drobną dziewczynę, która wciskała twarz mocno w fałdy pościeli.

I wtedy na mnie spojrzeli.

I wtedy zobaczyłam.

Rzeczywiście zupełnie nie było tak, jak myślałam. Było o wiele gorzej.

To nie była żadna ona. Tylko on.

— O mój Boże — wyszeptałam, chwytając się za brzuch.

— Hailey!

— Będę rzygać — powiedziałam, wycofując się z pokoju.

— Hailey! Do diabła! — zaklął Michael. Zrzucił buty, spodnie i musiał zaczynać wszystko od początku.

Zatoczyłam się na oślep do salonu, zapinając zamek spódnicy i szaleńczo szukając butów. Musiałam stąd spadać. Natychmiast!

Zobaczyłam swoje granatowe pantofle dokładnie tam, gdzie je rzuciłam, pod stolikiem o szklanym blacie, i padłam na czworaki, wystawiając tyłek w powietrze jak tarczę strzelecką, kiedy usłyszałam niepewny głos.

— Hailey? Mógłbym dostać swoją marynarkę? Spóźnię się na odprawę.

Podniosłam wzrok i zobaczyłam gościa, który jeszcze przed chwilą miał w ustach fiuta mojego narzeczonego. Potem wzrok opuściłam na marynarkę, którą cały czas ściskałam, uznawszy ją za swoją.

A potem rzuciłam mu ją, chwyciłam torby i wybiegłam. Gdy zamknęły się za mną drzwi, usłyszałam krzyk Michaela.

— Hailey! Czekaj! Wszystko ci wytłumaczę! Nie mów nikomu!

3

Kiedy tylko oprzytomniałam, przeszłam niezwłocznie do serii pytań, które wyznaczają początek dnia każdego asystenta lotu: Gdzie jestem? Co to za hotel? Czy spóźniłam się na samolot? Dlaczego mnie nie obudzono? Gdzie łazienka? A w tym konkretnie wypadku: Kim jest to włochate stworzenie obok mnie?

Powoli otworzywszy jedno oko, próbowałam zebrać odwagę, żeby się odwrócić i zobaczyć, kto się tuli do mojej lewej łopatki. A kiedy obróciłam głowę, powitało mnie stalowe spojrzenie Conrada, persa z zadartym nosem, ochrzczonego po trzecim mężu Kat. I w jednej chwili odżyły wszystkie wydarzenia poprzedniego dnia.

Co do jednego.

Cholera.

Kiedy uciekłam z miejsca wypadku, złapałam taksówkę i bez zastanowienia podałam adres Kat. To było sensowne. No bo Clay oddawał się amorom w Chelsea, a wszystkie przyjaciółki, z którymi się trzymałam, odkąd przeniosłam się do Nowego Jorku, obecnie albo były mężatkami, albo właśnie urodziły, albo przeniesiono je gdzie indziej, albo nie pracowały już dla Atlasa, albo dojeżdżały do innego stanu, albo wszystkie te opcje naraz. Poza tym odkąd leciałam z Kat do Madrytu pięć lat temu, stała się dla mnie jak mama (chociaż dużo mniej krytykancka niż moja rodzona mama). A ponieważ była jedyną znaną mi osobą o tyle starszą stażem, żeby latać do Istambułu i Aten w środku tygodnia, wyliczyłam, że zapewne jest w domu.

Kiedy otworzyła mi drzwi, wystarczyło jej jedno spojrzenie.

— Naleję ci — orzekła.

Wtoczyłam się do rozległego marmurowego foyer, powstrzymując wzbierające mdłości.

— Chyba będę rzygać — ostrzegłam.

— Bzdura. Zostaw torbę i chodź za mną. Chcę usłyszeć wszystko. — Mocno objęła mnie w ramionach i poprowadziła długim holem do biblioteki, gdzie trzymała trunki.

Skierowała mnie na czerwoną aksamitną kanapę, a ja zakopałam się głęboko w poduszki i patrzyłam, jak ona krząta się za szerokim mahoniowym barem. Jak zwykle jej ubiór był nieskazitelny, makijaż profesjonalnie nałożony, a złotoblond bob lekki, doskonały i lśniący. Sięgnęła długimi, obficie upierścienionymi palcami do kolekcji swoich kieliszków z ciętego kryształu i spod zmrużonych powiek przyjrzała mi się przenikliwymi niebieskimi oczyma.

— Nie, to zdecydowanie nie jest okazja na szampana — stwierdziła, sięgając po whisky z wodą sodową i dodając wódki na dwa palce.

Nie miałam nastroju do alkoholu, ale i tak wzięłam szklankę. Poczułam, jak łyk przejrzystego, zimnego płynu wypala mi gardło. Potem podniosłam na nią wzrok i przełknęłam kolejny łyk, ponieważ Kat nie należy do kobiet, z którymi można by się spierać.

Katina Wilkes-Noble-Whitmore, mieszkająca w penthousie na Piątej Alei asystentka lotu z ponadtrzydziestoletnim stażem pracy. Kobieta, która w swoim czarownym życiu obsługiwała głowy państwa i biesiadowała z nimi. Trzykrotnie wychodziła za mąż, teraz była wdową. A że nie miała własnych dzieci, traktowała Claya i mnie jak dzieci nieoficjalnie adoptowane.

Kiedy jej mąż numer trzy, Conrad, padł trupem na atak serca cztery lata temu, została bardzo bogata. Spędziła półroczny urlop w głębokiej żałobie, po czym wróciła do latania. Natychmiast stała się wrogiem absolutnie każdego asystenta lotu, który uwikłany w system oparty na stażu pracy, przez całą karierę czeka, aż takie kobiety jak Kat albo rzucą robotę, albo zostaną z niej wyrzucone.

Ale Kat nie mogła nie latać, ponieważ była niesamowicie łasa na cudze dramaty. A prócz lekarza na ostrym dyżurze albo sędziego sądu rodzinnego, żaden inny zawód nie może rywalizować z dramatem, który się rozgrywa na wysokości dziesięciu tysięcy metrów.

— Kat... — zaczęłam.

— Nie gadaj, pij — powiedziała, wskazując mojego drinka, który, przyznać muszę, zaczął smakować całkiem nieźle.

Wzięłam więc kolejny łyk, ostrożnie umieściłam szklankę na stoliku przed sobą i całkowicie się zatraciłam w spazmie niekontrolowanych łez. A kiedy wreszcie podniosłam wzrok, Kat stała obok z garścią chusteczek.

— Dzięki — powiedziałam i wydmuchałam nos tak głośno, że powinnam się zawstydzić. Ale wstyd to sprawa względna i w tym momencie trąbienie nosem wydawało się niczym w porównaniu z moim problemem. — Przepraszam. — Pokręciłam głową

29

i delikatnie osuszyłam twarz z łez. — Jestem beznadziejna.

— Bzdura — skwitowała, sadowiąc się na szezlongu naprzeciwko mnie. — Powiedz mi tylko, co się stało, i wszystko naprawimy.

Wzięłam więc głęboki oddech i powiedziałam.

Ona tylko na mnie patrzyła. Jeszcze nigdy nie widziałam, żeby miała takie wielkie oczy.

— Jesteś pewna? — spytała. — Że to właśnie widziałaś?

Sięgnęłam po flaszkę wódki, którą zostawiła na stoliku, dopełniłam szklankę i zamknęłam oczy, szukając poparcia w wyświetlającym się nieustannie w mojej głowie filmie pod tytułem *Obciąganie Michaela*.

— Owszem, jestem pewna — westchnęłam.

— A kto to był? Znam go? — spytała, mrużąc oczy, jakby już szykowała zemstę.

— Wątpię. — Wzruszyłam ramionami. — Lata w Lyricu.

— W tanich liniach?! — To nią wstrząsnęło do głębi. Uważała podróżnych z tanich linii, w dresach i tenisówkach, za absolutne dno społeczne.

Kiwnęłam tylko głową i sięgnęłam po pudełko z chusteczkami. Mogłam liczyć wyłącznie na kolejne załamanie.

— No cóż, nie jestem zaskoczona. — Potrząsnęła głową i zadrżała. — To są o prostu zwierzęta, w tych jednoklasowych maszynach z jedzeniem na sprzedaż.

— Ale ja jestem kretynką! Myślałam nawet, że on mi się chce oświadczyć! — pokręciłam głową i schowałam twarz w zwitek chusteczek.

— No ale chyba nie zamierzałaś go przyjąć, prawda?

Że co proszę?

Podniosłam wzrok. Kat przyglądała mi się z taką oczywistą dezaprobatą, że natychmiast pożałowałam, że przyszłam. No bo szukałam przecież współczucia, czystego i prostego, a w tym, co ona powiedziała, nie było ani odrobiny współczucia.

Patrzyłam, jak rozprostowuje nogi i pochyla się ku mnie, kładąc rękę na stoliku między nami.

— Hailey, wiem, że nie to chciałabyś teraz usłyszeć, ale uważam, że dobrze się stało.

Opadłam na poduszki i zamknęłam oczy, zdecydowana nie dopuścić do siebie jej głosu. Powinnam była pojechać do Claya. Powinnam była pojechać do hotelu. Powinnam była rozbić obóz w podziemiach metra z tymi wszystkimi samotnymi ludźmi. ABSOLUTNIE NIE POWINNAM BYŁA PRZYJEŻDŻAĆ TUTAJ!

— Jesteś za młoda, żeby się wiązać! — ciągnęła.

I to mówi kobieta z trzema małżeństwami na koncie! Splotłam ramiona na piersi, unikając kontaktu wzrokowego.

— Poza tym... — ciągnęła, ignorując fakt, że nie zwracam na nią uwagi — ...chyba się cieszysz, że dowiedziałaś się teraz, a nie za pięć lat? Prawda? Kiedy już osiadłabyś na jakimś zapadłym przedmieściu z piątką dzieciaków, a Michael latałby sobie po świecie, zajeżdżając do domu na tyle, by podrzucić pranie i czasami bombonierkę ze sklepu wolnocłowego?

No dobra, nawet ja musiałam przyznać, że to byłoby smętniejsze niż moje obecne położenie.

— Ale jak to możliwe? Jak do tego doszło? — jęczałam, rozpaczliwie pragnąc odpowiedzi. — Jak to możliwe, że o tym nie wiedziałam? Clay w kółko mi powtarza, że mam nadzwyczajnego czuja do gejów, a w odniesieniu do własnego chłopaka okazałam się totalną ciemniaczką!

Ona jednak tylko upiła swojego drinka i wzruszyła ramionami.

— I co teraz zrobisz?

Podeszłam do baru po dokładkę lodu. Słuchałam stukotu i grzechotu kostek, kiedy się mieszały z wódką. Potem spojrzałam na nią i wzruszyłam ramionami.

— Wiem tylko, że teraz jestem oficjalnie samotna i bezdomna. Mogłabym zostać u ciebie kilka dni? Tyle żebym mogła odebrać swoje rzeczy i coś wymyślić?

— Ależ oczywiście! — Jej twarz rozpogodziła się w uśmiechu. — Harold, Conrad, William i ja uwielbiamy towarzystwo!

Spojrzałam na trzy persy noszące imiona po trzech byłych mężach (przy czym imię Conrad nosiła kotka), kiedy śledziły mnie wzrokiem ze swojego posłania na aksamitnej sofie. O Boże, zupełnie zapomniałam o kotach i że jestem na nie śmiertelnie uczulona. Ale moja najbliższa przyszłość malowała się tak posępnie, że mogłam skończyć o wiele gorzej, niż szwendając się po wypełnionym kotami penthousie Kat.

— Dzięki — powiedziałam, znowu wybuchając płaczem.

— Nie ma o czym mówić.

A teraz, oburącz trzymając łomoczącą głowę, wyszłam z łóżka i dotarłam do kuchni, zdecydowana znaleźć Kat i przeprosić za całe to nieustanne płakanie, szalone picie i ględzenie w kółko o Michaelu, na które ją naraziłam, zanim miłosiernie straciłam przytomność.

Znalazłam jednak tylko karteczkę przyczepioną do piramidy puszek kociego żarcia, zawierającą szczegółowe instrukcje opieki i karmienia „dzieciaczków", z dopiskiem na dole, że Kat udała się z kilkudniową wizytą do przyjaciela w Atenach.

Zastanawiając się, kogo ona zna w Grecji, nałożyłam trzy różne gatunki kociego żarcia do trzech różnych kryształowych miseczek, kiedy do kuchni wszedł Clay z naręczem tulipanów i głośnym: „Dzieńdoberek, kwiatuszku", przyprawiając mnie niemal o atak serca.

— Jak się tu dostałeś?! — wrzasnęłam, kurczowo chwytając się blatu kuchennego i z trudem odzyskując oddech.

— Kat dzisiaj rano ogłosiła stan pogotowia, kazała mi sprawdzić, co u ciebie. Więc spotkaliśmy się na Grand Central i dała mi klucze. Jak się czujesz? — spytał, rzucając tulipany i tuląc mnie, przez co zaczęłam od nowa płakać. — Tak mi przykro — wyszeptał.

Wytarłam spuchnięte oczy i wzięłam tulipany, podnosząc je do nosa, chociaż nie miały wyczuwalnego zapachu.

— Powiedziała ci wszystko? — spytałam, zerkając na niego znad delikatnych czerwonych płatków.

— Tak. — Wzruszył ramionami, wyraźnie zakłopotany patrząc na trawertynową podłogę.

— O Boże! — Padłam na krzesło. — Jestem ofiarą losu.

— Nie mów tak.

— Ale jestem. — Potrząsnęłam głową. — W życiu by mi nie przyszło do głowy, że on... — przerwałam i zagryzłam dolną wargę, wciąż nie czując się na siłach wypowiadać na głos te słowa.

— Ma taką obsługę naziemną?

Schowałam twarz w dłoniach.

— Przepraszam, głupi dowcip — zmitygował się, chwytając wazon na kwiaty. — Zrobimy tak.

Wiem, że jesteś zdruzgotana, to całkowicie zrozumiałe. I odprawimy należytą żałobę, ponieważ zaufaj mi, mam niezawodny plan. Zanim jednak w ogóle zaczniemy, muszę nalegać, żebyś wyskoczyła z tego munduru i wzięła prysznic, ponieważ, kochana, cuchniesz jak środkowe siedzenie w siedem pięć siedem.

Spojrzałam po sobie i z zaskoczeniem stwierdziłam, że wciąż mam na sobie granatowy mundur.

— O Boże, ja w tym spałam, jestem beznadziejna. — Moje oczy znowu wypełniły się łzami.

— Właź pod prysznic, potem włóż jedną z tych jedwabnych sukien, które kolekcjonuje Kat, a ja wykopię coś eleganckiego po którymś eksie. Następnie spotkamy się w gabinecie i ujawnię ci resztę planu.

Spowita w delikatną suknię z czerwonego kaszmiru i również czerwone kapcie, z długimi, kręconymi wilgotnymi włosami gładko zaczesanymi w koński ogon, weszłam do gabinetu, gdzie Clay rozsiadł się na kanapie, z niezapalonym cygarem zwisającym z ust i za dużej bonżurce przepasanej ciasno w talii.

— Skąd to wziąłeś? — spytałam ze śmiechem.

— Z którejś szafy w pokoju gościnnym. Jak ci się podoba? Wyglądam jak macho? — Odchylił się na poduszki w swoim wyobrażeniu pozy męskiej.

— Wyglądasz jak konferansjer w *Kabarecie* — powiedziałam, padając obok niego. — A o co chodzi z tym cygarem?

— Próbowałaś kiedyś?

Pokręciłam głową i podwinęłam nogi pod siebie.

— Rany, jest takie falliczne. — Wysunął je przed siebie. — Zawsze mówię, że każdy heteryk, który lubi cygara, tylko się oszukuje.

— O mój Boże! Michael uwielbia cygara! — Oczy mi się szeroko otworzyły na to wspomnienie.

— Zwłaszcza kubańskie.

— Nie mam już nic do dodania — Clay skłonił głowę.

— Wiesz, pewnie nie powinnam tego pić — ostrzegłam, sięgając po jedną z dwóch Krwawych Mary, które przygotował, i mieszając ją łodyżką selera. — Powinnam wypić kawę.

Ale Clay tylko wzniósł oczy do nieba.

— Litości. Chcesz być przytomna? Czy chcesz się poczuć lepiej? — spytał.

A że zdecydowanie nie chciałam być przytomna, wzięłam jeden ostrożny łyk, a szybko po nim następny.

— No więc jaki masz plan? — spytałam, chrzęszcząc selerem.

— A otworzyłaś mój prezent?

Dobra, gdybym potrzebowała jeszcze jakiegoś dowodu, że gonię w piętkę, to już nie musiałam szukać. Nie tylko zgubiłam jego prezent, ale całkowicie o nim zapomniałam.

— Hm — posłałam mu spojrzenie pełne poczucia winy — nie jestem pewna, gdzie jest.

— Cóż, masz szczęście, bo go znalazłem. Tak się bowiem dziwnie składa, że doskonale pasuje do planu. — Wyjął spod poduszki podłużne, zapakowane w złoty papier pudełko.

— Gdzie go znalazłeś? — spytałam, biorąc paczuszkę i przesuwając palcem po lśniącym, śliskim papierze.

— Na dnie twojej torby.

— Grzebałeś w mojej torbie?

— Nie masz przede mną tajemnic, mała. No dalej, otwieraj. — Uśmiechnął się.

Pociągnęłam za błyszczącą złotą wstążeczkę i delikatnie przesunęłam palcem pod taśmą, zdejmując papier. Spod niego wyłoniło się czarno-białe zdjęcie Audrey Hepburn trzymającej bardzo długą lufkę na papierosa.

— Och, uwielbiam ten film! — powiedziałam, przechylając się, żeby go uściskać.

— Dobra, a więc plan wygląda następująco. — Odstawił drinka i posłał mi poważne spojrzenie. — Wypijemy Krwawą Mary, może dwie, oglądając *Śniadanie u Tiffany'ego*. Potem zamówimy jedzenie tajskie albo chińskie. Zanim skończymy, będzie prawie wieczór, więc uczcimy to kolejnym koktajlem, a jeśli chcesz pogadać, wyładować się i wywalić wszystko z siebie, ja cię wysłucham. I obiecuję, że nie będę przerywać ani nie będę ci dawać rad, chyba że poprosisz. A kiedy to już zrobimy, zadzwonimy do delikatesów i zamówimy jakieś niezbędne rzeczy typu lody i „New York Post", potem może, jeśli nie będziemy zbyt wzdęci, poprzymierzamy trochę starych mundurków Kat z lat siedemdziesiątych. W którymś momencie pewnie będziemy mieli wstrząs insulinowy i stracimy przytomność. A w niedzielę... — Przerwał, ściągając brwi i machając w powietrzu niezapalonym cygarem. — No cóż, jeszcze w zasadzie nie opracowałem szczegółów. Ale do dwudziestej trzeciej czterdzieści pięć w niedzielę wszystko posprzątamy. A minutę po północy w poniedziałek zaczniesz nowe życie.

— Nie wiem, czy dam radę — powiedziałam, zdając sobie sprawę, że sprawiam wrażenie co najmniej żałosne. No ale przynajmniej byłam szczera.

— Oczywiście, że dasz. — Dobitnie kiwnął głową. — Próbuj do skutku — dodał, wskazując na mnie cygarem.

— A teraz cytujesz Oprah? — wzniosłam oczy do nieba i odgryzłam kolejny kawałek selerowej łodygi.

— Doktora Phila.

— Na pewno? — spytałam z pełnymi ustami.

— Zaufaj mi, Hailey, to ważny gość. Słuchaj, nie proszę, żebyś zapomniała, bo wiem, że to ci zajmie więcej niż weekend. Sugeruję tylko czterdziestoośmiogodzinną intensywną żałobę, nie licząc tego, co już zaczęłaś wczoraj wieczorem, a potem po prostu posprzątamy i nie będziemy się oglądać za siebie.

— Nie wiem — znowu wybuchłam płaczem.

— Rozumiem, że wydaje ci się to niemożliwe, ale uda ci się. A teraz podaj mi DVD. — Wsunął płytkę do odtwarzacza i wcisnął PLAY.

4

Po półtorakrotnym obejrzeniu *Śniadania u Tiffany'ego*, dwóch butelkach wolnocłowej wódki, trzech limonkach, jednej flaszce Dom Pérignon (miałam nadzieję, że Kat się nie pogniewa), dwóch kubełkach lodów Ben and Jerry's (dla Claya bananowe z krówką i orzechami, dla mnie wiśniowe z krówką i wiśniami), pięciu styropianowych pojemnikach tajskiego żarcia na wynos, jednym gruntownie przeżutym, ale niezapalonym cygarze, jednej prawie przewróconej, ale szybko złapanej buteleczce bladoróżowego lakieru do paznokci, jednym zepsutym klipsie do włosów, dwóch i pół pudełkach superdelikatnych aloesowych chusteczek wreszcie przekonałam Claya, że jestem gotowa wrócić do życia.

— Nie wiem, co bym bez ciebie zrobiła — powiedziałam, tuląc go w progu.

— Jesteś pewna, że nic ci nie będzie? — spytał, przyglądając mi się uważnie.

— Absolutnie — kiwnęłam głową. — To jak, lecisz jutro?

— Tak, mam dwudniowy postój w San Juan. — Uśmiechnął się.

— Ty zawsze dostajesz podróże marzeń. — Pokręciłam głową. — Nie wiem, jak to robisz.

— Niezłomne sześć lat łapówek dla ludzi z harmonogramowania, tony czekoladek i win ze sklepów wolnocłowych. Też byś to mogła zrobić, zapewniam.

Tylko wzniosłam oczy do nieba.

— Nie będę się podlizywać tym ludziom — roześmiałam się.

— Powinnaś polecieć ze mną do Portoryko — oczy mu się zaświeciły.

— Nie mogę — pokręciłam głową. — Poza tym nie chcę ci przeszkadzać w akcji. Podobno stare San Juan jest bardzo imprezowe.

— Litości — podniósł oczy. — Musisz pojechać i nie możesz powiedzieć „nie". Wiem, że nie pracujesz i wiem też, że nie masz nic lepszego do roboty.

— Dzięki za przypomnienie — oparłam się o framugę.

— Poza tym to wszystko za darmo. Lot za darmo, a jak będziesz ze mną waletować, to pokój też.

— Clay, nie mogę — upierałam się.

— Kupię ci nawet pierwsze cztery mojito — obiecał.

— Strasznie bym chciała, ale naprawdę nie mogę. Kat prosiła, żebym karmiła koty, i muszę zacząć szukać mieszkania. Nie mogę tu przecież zostać na zawsze.

Rozejrzał się po holu i wzruszył ramionami.

— Nie rozumiem dlaczego. Mogłybyście całymi miesiącami w ogóle się nie spotkać.

— To prawda — uśmiechnęłam się.

— Słuchaj, odprawę mam o siódmej. Rano. Obiecaj, że jeszcze się zastanowisz.

— Zadzwoń, jak wrócisz — powiedziałam, zamykając za nim drzwi.

*

W chwili gdy odszedł, zdałam sobie sprawę, że rzeczywiście czuję się lepiej. Nie w tym rzecz, że wydawało mi się, iż kilka Krwawych Mary i kubełek lodów wystarczą za antidotum. Ale i tak miło wiedzieć, że jeśli zostanę bezwiednie zdegradowana do poprzedniego życia singielki z niepewną przyszłością, to przynajmniej nie będę sama. Miałam cudownych przyjaciół, którzy mi dotrzymają towarzystwa, i mogłam sobie żyć, jak mi się chciało.

Zupełnie jakbym teraz, gdy uwolniłam się od ciężaru niewyczerpanych dostaw opinii Michaela, mogła się wreszcie skoncentrować na swoich marzeniach, które — to przyznawałam bardzo niechętnie — odłożyłam na nieskończenie dalekie później, żeby żyć jego marzeniami. Może nawet skończę ten rękopis, który zaczęłam pisać przed wiekami, skoro Michael już nie będzie mi zaglądał przez ramię, wygłaszając komentarze typu: „Beletrystyka to strata czasu".

Najwyraźniej wszystko było kwestią perspektywy. No bo koniec związku nie musi oznaczać końca absolutnego. Jeśli się nad tym zastanowić, to w gruncie rzeczy raczej nowy początek.

Udałam się z powrotem do gabinetu, sięgnęłam do torebki i włączyłam telefon, zdecydowana poradzić sobie ze szturmem wiadomości, które już się pewnie przelewały, ponieważ nowojorska baza licząca półtora tysiąca członków personelu pokładowego przypominała czasami małe miasteczko. I wiedziałam, że to tylko kwestia czasu, zanim rozejdzie się wieść, że rzucił mnie chłopak.

No i oczywiście w ciągu kilku sekund od złapania sygnału, moja komórka zaczęła pikać, a na wyświetlaczu pojawiła się kopertka.

— Hailey? Słyszałam o waszym zerwaniu. Jeśli chcesz pogadać, zadzwoń.

— Hailey? O mój Boże! Naprawdę zerwaliście? Gdzie będziesz teraz mieszkać? Masz pojęcie, jak się zmieni twoje życie?

— Cześć, Hailey, to ja. Daj mi znać, jeśli masz ochotę na kolację. Ty wino, ja chińszczyznę.

I nagle, dokładnie w trakcie wiadomości numer cztery, piknęła nowa rozmowa. A ponieważ chciałam wziąć wszystko na klatę, nie zadałam sobie trudu, żeby spojrzeć na wyświetlacz.

— Hailey! Cały weekend próbuję cię złapać.

O cholera! Michael. Chociaż w duchu fantazjowałam, że zadzwoni, to przecież tak naprawdę wcale tego nie chciałam. Skupiłam wzrok na czerwonej słuchawce i zastanowiłam się, czy ją wcisnąć.

— Hailey, nic ci nie jest? Gdzie jesteś? — Po głosie sądząc, był zdenerwowany.

— Czego chcesz? — spytałam, starając się mówić normalnie.

— Chcę tylko wiedzieć, jak się czujesz.

— No świetnie, oczywiście. Jak również bardzo ci dziękuję za zainteresowanie. — Wzniosłam oczy do nieba i pokręciłam głową, chociaż była to całkowita strata energii, ponieważ Michael mnie nie widział.

— Posłuchaj, wiem, że jesteś zdenerwowana, i bardzo mi przykro. Ale musisz wiedzieć, że to wcale nie jest tak, jak myślisz.

Czy on mówił poważnie? Naprawdę miał wymówkę?

— No co ty powiesz? Wyjaśnij mi więc, jak to dokładnie jest. — Czułam, jak cały ten postęp, który osiągnęłam z Clayem, znika w miarę, jak wzbiera we mnie gniew.

— No wiesz, nie jestem gejem, jeśli tak sobie pomyślałaś — odrzekł cichutkim szeptem.

— Ach, cóż, wybacz, że spytam, ale zdajesz sobie sprawę, że między nogami miałeś faceta?

— Słuchaj, Hailey — w jego głosie zabrzmiało skrajne wzburzenie. — Wolałbym, żeby to zostało między nami.

— A dlaczegóż to?

— Ponieważ nie jestem gejem! Ja tylko brałem, jasne?

Siedziałam, nie dowierzając własnym uszom.

— Tak to właśnie uzasadniasz? — spytałam wreszcie.

— Mówię tylko, że to nic wielkiego — wyszeptał kategorycznie.

— Nic wielkiego?! Myślisz, że dla mnie to nic wielkiego?! Wracam do domu w urodziny, pewna, że mi się oświadczysz, a tymczasem zastaję cię na rżnięciu wszech czasów na naszym łóżku! Uważasz, że to nic wielkiego?! — wrzasnęłam bliska całkowitego załamania.

— Oświadczę? — roześmiał się. — Skąd to wytrzasnęłaś?

No świetnie. Po co to powiedziałam? No po co?

— Hm, widziałam pudełeczko od Tiffany'ego — wymamrotałam, przewracając oczyma nad swoją beznadziejnością.

— Och, niechętnie to mówię, ale nigdy nie zamierzałem ci się oświadczać. A skoro już grzebałaś w moich rzeczach, powinnaś była po prostu otworzyć pudełeczko. Znalazłabyś srebrny breloczek do kluczy, który dałem wygrawerować na twoje urodziny, a nie pierścionek zaręczynowy.

Breloczek do kluczy?

Na urodziny?

I ja chciałam za niego wyjść?

— W ogóle mi jeszcze w głowie nie postało, żeby się ustatkować — ciągnął głosem „gadka dla dziecka zwiedzającego kokpit". — Kiedy jednak już podejmę taką decyzję, to zapewniam cię, że mój wybór padnie na kogoś młodszego.

— Słucham?! — zachłysnęłam się, kurczowo ściskając telefon, kiedy kolana się pode mną ugięły i padłam na kanapę. On tego nie powiedział, prawda? Powiedział?

— Hailey, spójrz prawdzie w oczy. Zanim ja będę gotów na ożenek, ty dobiegniesz czterdziestki — szydził.

— A ty pięćdziesiątki! — krzyknęłam.

— Słuchaj, to po prostu niemożliwe. Nigdy ci nic nie obiecywałem. I trzymajmy się tego, dobra?

Rzuciłam telefon na perski dywanik, po którym on się przeturlał, uderzając głucho. Po prostu własnym uszom nie wierzyłam. Jak mogłam być tak głupia?!

— Hailey? — krzyczał i krzyczał, aż w końcu podniosłam telefon i przyłożyłam go z powrotem do ucha.

— Skończyłeś? — spytałam głosem urywanym i zdławionym.

— Przykro mi, jeśli się czujesz zraniona. Staram się tylko przedstawić ci sytuację w szerszej perspektywie, nic poza tym.

— Ależ ja ją widzę w szerokiej perspektywie.

— Miałam nadzieję, że sprawiam wrażenie osoby silnej, praktycznej i całkowicie się kontrolującej, pomimo wszelkich dowodów świadczących o tym, że jest wręcz przeciwnie. — Słuchaj, Michael, muszę wpaść i spakować swoje rzeczy.

— Już to zrobiłem. Twoje rzeczy są na recepcji. Możesz je odebrać w każdej chwili.

Siedziałam z telefonem przyciśniętym do ucha. Po czterech latach on mnie już spakował i odzyskał miejsce w mieszkaniu. Ot tak. Po prostu.

— I jeszcze jedno, Hailey. Nie żartuję z tym zachowaniem dyskrecji. To są sprawy osobiste i powinny pozostać osobiste.

Policzki mi płonęły, a ręce zaczęły się trząść, kiedy chwyciłam telefon jeszcze mocniej i wykorzystałam przeciwko niemu jego własne słowa.

— Słuchaj, Michael, nigdy ci nic nie obiecywałam. I trzymajmy się tego, dobra?

Po czym wcisnęłam czerwoną słuchawkę.

A potem zadzwoniłam do Claya.

5

— Nic dziwnego, że pasażerowie są tacy niemili po wejściu na pokład, to wszystko jej wina — powiedział Clay, wskazując na obsługującą bramkę opryskliwą dziewczynę z obsługi naziemnej, która przed kilkoma minutami z emfazą wzniosła oczy do nieba i pokręciła głową, bo spytał ją, czy znajdzie się dla mnie miejsce w pierwszej klasie.

— Clay, będę miała szczęście, jeśli w ogóle wsiądę. Zapomnij o pierwszej klasie — poprosiłam, nie odrywając oczu od monitora pod sufitem. Liczba pasażerów rosła, a wolnych miejsc spadała.

— Cóż, chciałbym przy tej okazji pokazać ci, jakim jestem dobrym kolegą. Siedzę tu i trzymam cię za rękę, a powinienem przecież pracować — powiedział, zakładając jedną długą nogę na drugą i przyglądając się skórkom.

— Jasne i założę się, że pozostali asystenci lotu są tym wręcz zachwyceni. — Pokręciłam głową i z powrotem spojrzałam na monitor. — Świetnie! Widziałeś? Zero miejsc! Super! Już koniec! Na tym krześle moja podróż dobiega końca — schowałam twarz w dłonie.

Wyglądało na to, że skoro już zdecydowałam się lecieć do San Juan, nie mogłam znieść myśli, że tam nie polecę. W końcu się spakowałam i nastawiłam na dwa długie, gorące, leniwe dni nad basenem z mojito w jednej ręce i moim dawno porzuconym rękopisem w drugiej. A teraz czekała mnie tylko długaśna jazda autobusem na Manhattan, gdzie będę rozdzielać niezliczone puszki kociej karmy i ślęczeć nad stosem ogłoszeń z mieszkaniami, na które nigdy nie będę mogła sobie pozwolić.

— Ten darmowy bilet bez rezerwacji to totalny przekręt — warknęłam, chwytając torby i gotując się do odejścia.

— Dokąd idziesz? — spytał Clay, dręcząc skórkę przy paznokciu. Sam ani drgnął.

— Halo? Widziałeś monitor? Same zera, a to oznacza brak miejsc, amigo. — Matko, jego irracjonalny optymizm był taki denerwujący.

— Dopóki drzwi nie zamknięto, jest nadzieja — uśmiechnął się leniwie. — A nie zostaną zamknięte, dopóki ja nie wejdę na pokład — poklepał krzesło obok.

I proszę bardzo, ledwie siadłam na krzesełku, z samolotu wyprowadzono kłopotliwego pasażera. A potem z głośników popłynął komunikat:

— Hailey Lane i Clay Stevens, proszę niezwłocznie zgłosić się na pokład samolotu.

Rozsiadłam się w granatowym skórzanym fotelu pierwszej klasy, wyciągnęłam nogi, podłożyłam sobie pod kark poduszkę, popijałam szampana i wertowałam rękopis, który zaczęłam pisać sześć lat temu, ale przez ostatnie cztery prawie do niego nie zajrzałam. I myślałam sobie: „Tak właśnie powinno być. Może moja karma zaczyna się odmieniać. Może ta chwila oznajmia początek ekscytującego, nowego, pierwszoklasowego życia. Naprawdę powinnam robić to częściej. Tu, w tej kabinie, jest moje miejsce..."

I wtedy usłyszałam:

— Musi się pani przesiąść.

Podniosłam wzrok i zobaczyłam tamtą opryskliwą dziewczynę z bramki, piorunującą mnie wzrokiem. Cóż, najwyraźniej miała ciężki poranek, więc mogłam go choć trochę poprawić.

— Słucham? — spytałam, uśmiechając się mile.

— Proszę się ze mną nie spierać. Proszę zabrać swoje rzeczy i się przesiąść — mówiła głosem zdradzającym lata nadużywania nikotyny. Jej krótko obcięte akrylowe paznokcie z francuskim manikiurem ściskały kościste biodra. — Pasażer, który zarezerwował to miejsce, właśnie przybył i w trakcie naszej wymiany zdań zbliża się do drzwi samolotu.

— Nie spieram się — powiedziałam potulnie, w pełni świadoma, że jako niedochodowy pasażer z listy rezerwowej nie mam podstaw do sporu z nikim, zwłaszcza z nią. — Hm, a gdzie mam usiąść? — starałam się mówić tonem najbardziej ustępliwym na świecie, podczas gdy pobliscy pasażerowie przyglądali mi się nieufnie, jakbym stanowiła wielkie zagrożenie dla bezpieczeństwa lotu.

— Na szczęście dla pani nastąpiła pomyłka w obliczeniach. Gdzieś na ogonie powinno się znajdować wolne miejsce — powiedziała, a za jej plecami nadbiegał wysoki, ciemnowłosy, nieco rozczochrany, ale naprawdę milutki facet. — Och, pan Richards, witam. Tak nam przykro z powodu tego zamieszania. Pańskie miejsce wkrótce będzie wolne, kiedy tylko panna Lane zabierze swoje rzeczy i uda się na tył samolotu — grubym paznokciem o białej krawędzi wskazała na mnie, a do niego uśmiechnęła się zalotnie.

— Nie ma sprawy. Niech się pani nie spieszy — z uśmiechem usiłował odzyskać oddech.

— Hm, prawdę mówiąc, pani musi się pospieszyć, ponieważ nie dostaniemy pozwolenia na zamknięcie drzwi i odejście od bramki, dopóki ona nie zajmie miejsca. — Powiedziała to na tyle głośno, żeby wszyscy pasażerowie pierwszej klasy mogli poświadczyć. — Ale może położymy pański bagaż tu, na jej torbie?

Patrzyłam, jak moją doskonale ułożoną torbę z garderobą rozgniata i płaszczy jego cięższa i większa. Ale i tym razem, zgodnie z kodeksem zachowań usankcjonowanym przez firmę, nic nie mogłam zrobić. Chwyciłam więc swoją małą torbę podręczną, przeszłam przez pierwszą klasę wyuczonym krokiem stewardesy: głowa do góry, szybki krok, oczy skupione na odległym punkcie, żebym nie nawiązała przypadkowego kontaktu wzrokowego z pasażerem, który mógłby akurat czegoś chcieć. I tak jednak niemal każda mijana osoba kręciła głową, wywracała oczami i posykiwała na mnie. Niemal, bo Clay nie — był tak pochłonięty czytaniem magazynu „People" w kuchni, że w ogóle nie dostrzegł mojej eksmisji.

A kiedy wreszcie przeszłam całą drogę na koniec samolotu, zajęłam jedno jedyne wolne miejsce na środku ostatniego rzędu. Wtedy włączyłam iPoda, przycupnęłam z najświeższym wydaniem magazynu „Sky Mall" i czekałam, aż to się skończy.

Właśnie kończyłam trzecie mojito, kiedy uznałam za dobry pomysł zapytać:

— Ale myślisz, że Michael w ogóle mnie kiedyś kochał?

Wzięłam ostatni spory łyk i spojrzałam na Claya, który się opalał na leżaku obok mnie. Znajdowaliśmy się w hotelu Intercontinental pod Starym San Juan i od dwóch i pół godziny odprężaliśmy się nad basenem.

Zdjął swoje czarne okulary Dolce & Gabbana, westchnął głęboko, po czym z anielską cierpliwością rzekł:

— Hailey.

— O Boże, nieważne — siadłam gwałtownie i objęłam ramionami kolana. — Nawet nie odpowiadaj. Widzę to w twoich oczach. Staję się nudna i żałosna. I takich ludzi zawsze unikaliśmy. — Zerknęłam na niego ostrożnie, w nadziei, że zaprzeczy i zapewni mnie, że reaguję zbyt emocjonalnie i że ani trochę nie jest tak źle. Ale on tylko wzruszył ramionami.

— Szczerze mówiąc, Hailey, nigdy nie lubiłem Michaela — wyznał.

No świetnie, teraz mi to mówi. Poczułam się, jakby mnie właśnie nominowano do opuszczenia wyspy. No bo naprawdę, najpierw Kat, teraz Clay. Czy wszyscy moi przyjaciele w głębi duszy nie cierpieli faceta, którego omal nie zdecydowałam się poślubić?

— I ty, Clayu, przeciwko mnie? — spytałam, po czym wydałam cichy, dziwaczny dźwięk, który miał przypominać śmiech, ale nie przypominał.

Upił drinka i popatrzył na mnie.

— Jakoś zawsze wydawał mi się nieautentyczny, wiesz? Zawsze taki nieszczery, jakby recytował pewne wyświechtane konwersacyjne frazesy, tylko żeby być miłym, kiedy nic takiego nie musiał robić.

— Myślisz, że to dlatego, że w gruncie rzeczy cię nie lubił? — spytałam. Zdawałam sobie sprawę, że z pozoru moje pytanie wydawać się może przykre, ale i Clay, i ja doskonale wiedzieliśmy, jaki jest stosunek Michaela do niego.

— Cóż, z początku myślałem, że o to właśnie chodzi. Ale im więcej z wami spędzałem czasu, tym częściej stwierdzałem, że on taki po prostu jest. No bo daj spokój Hailey, o czym wyście rozmawiali oprócz pracy? Co tak naprawdę was łączyło? — Patrzył na mnie wyczekująco, z podniesionymi brwiami.

— No to akurat proste pytanie. — Kiwnęłam głową, wiedząc, że odpowiem celująco. — Lubiliśmy te same restauracje — używałam palców, żeby wyliczyć listę wszystkich łączących nas spraw. — Lubiliśmy długie postoje w Europie, oboje lubiliśmy zakupy w Banana Republic... — Dobra, miałam jeszcze do dyspozycji siedem palców, a już skończyłam. To była bardzo powierzchowna lista.

— Wszystko to są sprawy na pierwszą randkę — zauważył Clay. — Tylko że wam się udało przejechać na tym cztery lata.

— Hm, chyba muszę się napić — mruknęłam, wyczuwając, że mój przyjaciel zbiera się do ataku.

— I nigdy tego nie rozumiałem — ciągnął. — Ty ciągle czytasz, chodzisz do muzeów, lubisz teatr, ale jakoś nie można powiedzieć, że robiłaś to z Michaelem.

Tak jest, był na fali.

— Bo od tego wszystkiego mam ciebie — uśmiechnęłam się, rozpaczliwie drapiąc słomką po dnie plastikowego kubka, a szukając wzrokiem kelnera.

— Chcesz znać prawdę?

Ani trochę. Zdecydowanie, ponad wszelką wątpliwość nie chcę znać prawdy!

— Myślę, że się totalnie zaprzedałaś.

Patrzyłam tylko na niego, pokonana z kretesem.

— I zgadzam się z Kat: dobrze się stało. Stać cię na więcej — orzekł, dopijając drinka i stawiając pustą szklankę na plastikowym stoliczku między nami. Potem, kręcąc głową, dodał: — Skończyłem rozmowy na ten temat, Hailey. A ty musisz skończyć z tą obsesją.

Wpatrywałam się w niego, kiwając posłusznie głową, bo wiedziałam, że ma słuszność. A więc od tej pory kończę z tą obsesją. Przynajmniej na głos.

— Boże, ale upał. — Zdjął okulary i ruszył do basenu. — Chcesz popływać?

Pokręciłam głową i patrzyłam, jak wchodzi do lśniącej, przejrzystej wody, aż całkiem pod nią zniknął. A kiedy wreszcie się wynurzył, jego mokre blond włosy porozdzielały się w łuski i lśniły żółto, jak u kaczątka. I czułam się taka szczęśliwa, że mam w nim przyjaciela, kogoś, kto zawsze powie mi prawdę, choćby nie wiadomo jak brutalną. Ale też zastanawiałam się, dlaczego do tej pory nie pofatygował się zwrócić mi uwagi na żadną z tych rzeczy.

Podpłynął do baru na wodzie, gdzie kilku znajomych z Atlasa śmiało się, rozmawiając. Rozważyłam, czy do nich dołączyć, ale właśnie pojawił się mój drink i zaczęło do mnie docierać, że ja plus cztery drinki plus basen równa się niedobry pomysł. Nałożyłam sobie więc nową warstwę kremu, oparłam się na leżaku i mieliłam to, co właśnie powiedział Clay.

To prawda, że się zaprzedałam. A w każdym razie pozwoliłam sobie na ekstremalny, jednostronny kompromis. I chociaż straszliwie nie chciałam tego przyznać, zdecydowanie zrezygnowałam ze wspólnych zainteresowań i prawdziwego towarzystwa na rzecz iluzji wygody i bezpieczeństwa. Kiedy bowiem cofnę się pamięcią do wszystkich tych kosztownych kolacji, no to cóż, na większości występował Michael opowiadający kolejną nudną historię o karierze pilota, podczas gdy ja rzucałam ukradkowe spojrzenia na okoliczne stoliki, zastanawiając się, czy tamte kobiety nudzą się tak samo jak ja. Kiedy on już wyczerpał wszystkie historyjki o swojej chwale, zapadała całkowita cisza — ale nie taka, która rodzi się z wieloletniej swobodnej zażyłości.

Cholera, większość czasu nie mogłam się doczekać, aż podadzą rachunek, tak żebyśmy mogli pójść do jakiegoś baru, spotkać się z przyjaciółmi, ja ze swoimi, on ze swoimi i ignorować się, aż nadejdzie czas powrotu do domu.

I chociaż musiałam przyznać, że to jego pensja umożliwiała mi chodzenie do tych wszystkich dobrych restauracji, mieszkanie w miłym budynku z recepcją i kupowanie tylu rzeczy w Banana Republic, ile zdołałam utrzymać, i tak nie był to główny powód, dla którego zostałam z nim tak długo.

Po prostu zanim poznałam Michaela, moje życie miłosne stanowiło żałosne pasmo pierwszych i drugich randek, ewentualnie trzecich, uzgodnionych w chwili słabości. Zapewne rozwinęłam nawyk uciekania w chwili, gdy robiło się poważnie. Ale przed pojawieniem się Michaela zaczęłam wpadać w panikę. Nagle zauważyłam, że wszyscy dokoła mnie tworzą szczęśliwe pary. I nie chcąc trafić na boczny tor, przetrwałam ostatnie cztery lata w jedyny znany mi sposób — ignorując każde ostrzeżenie, każdą oznakę zagrożenia i każde światło alarmowe, aż tak mocno uwierzyłam w „nasz mit", że mówiąc wprost, pomyliłam wygodę z miłością.

Słońce już zachodziło i poza nami nikogo nie było na basenie, kiedy Clay poklepał mnie w ramię i powiedział:

— Hailey, pobudka. Wracamy do pokoju się przebrać. Wszyscy idziemy do Starego San Juan na kolację.

— Co? — spytałam niespójnie, przecierając oczy pod okularami słonecznymi. — Chyba trochę się zdrzemnęłam. — Podniosłam ramiona nad głowę i przeciągnęłam się leniwie.

— Raczej zapadłaś w śpiączkę — sprostował, zbierając mój krem, książkę i wrzucając to wszystko do naszej wspólnej torby plażowej. — Jest po szóstej, czas na szczęśliwe godziny.

— Myślałam, że właśnie mamy szczęśliwe godziny. — Wsunęłam stopy w klapki i powlekłam się za nim.

— Tutaj, w Portoryko słowa nabierają nowego znaczenia.

— A, no tak, *Livin' La Vida Loca*, widziałam teledysk.

— Nic jeszcze nie widziałaś — obiecał.

Po powrocie do pokoju udałam się prosto do łazienki i odkręciłam gorącą wodę. Nie po raz pierwszy spałam z Clayem w jednym pokoju i oboje rozumieliśmy, że ja zawsze muszę pierwsza wziąć prysznic, ponieważ dłużej się przygotowuję. Chociaż on miał obsesję na punkcie swoich włosów niemal tak wielką, jak ja na punkcie swoich, i tak kwalifikował się do tytułu najmniej wymagającego spośród znanych mi geja.

Rzuciwszy okulary przeciwsłoneczne na blat, weszłam pod prysznic i poczułam, jak moje dziko kędzierzawe włosy (a to dzięki wilgotności, która powiększyła trzykrotnie zwykłą ich objętość) zaczynają się kłaść posłusznie na głowie, kiedy strumień gorącej wody poskramia je i zmiękcza. Zdjęłam opakowanie z maleńkiego hotelowego mydła, pieniłam je w dłoniach i rozprowadzałam na ciele, zachwycając się, jak to dobrze poczuć trochę słońca na skórze...

Oczywiście wiedziałam wszystko o ryzyku przedwczesnego starzenia związanym z nieumiarkowanym opalaniem, ale nie ma co zaprzeczać, że opalenizna sprawia, iż każdy, każde ciało wygląda trochę zdrowiej, gładziej i generalnie cudowniej. A po weekendzie orgiastycznego jedzenia z Clayem, wzdęciogennym locie (samolotowy brzuch, ktoś wie, o czym mówię?), natychmiast wzmocnionym trzema i pół mojito nad basenem, każdy centymetr mojego ciała wymagał drobnej pomocy.

Wyszłam spod prysznica, zawinęłam się ciasno w ręcznik i skierowałam przymocowaną do ściany suszarkę na zaparowane lustro. Patrzyłam, jak mgiełka się rozprasza, aż zaczęło się pojawiać moje muśnięte słońcem odbicie.

Dobra, a więc moje ramiona wyglądały raczej na czerwone niż opalone, nic wielkiego. Do jutra miło zbledną do soczystego, złotego blasku. A ślady po ramiączkach? Też drobiazg. Włożę na wieczór top wiązany na szyi, i po problemie. Kiedy jednak lustro dalej się przejaśniało, odsłaniając najpierw moją szyję, potem brodę i resztę twarzy, oczy mi wyszły z orbit z przerażenia. Bo chociaż nie miałam już na nosie okularów przeciwsłonecznych, wydawały się one wciąż obecne. Mało że mój nos, policzki i czoło były jasno-, jaskrawoczerwone, to na samym środku, dokładnie centralnie na twarzy miałam doskonały kształt okularów przeciwsłonecznych Gucci ze sklepu wolnocłowego, które nosiłam podczas swojej trzyipółgodzinnej drzemki na słońcu.

Gwałtownie otworzyłam drzwi łazienki i wbiegłam do sypialni, gdzie Clay leżał rozwalony na łóżku, słuchał iPoda i oglądał telewizję bez dźwięku.

— Powiedz, że nie jest tak źle, jak mi się wydaje — jęknęłam błagalnie.

Kiedy jednak się do mnie odwrócił, wyraz jego twarzy powiedział wszystko, co on przez grzeczność zatrzymałby dla siebie.

— O Boże — padłam na drugą część łóżka.

— Co się stało? — spytał, wyjmując słuchawki i gapiąc się na środek mojej twarzy. Kącik ust drgał mu w ledwie tłumionym śmiechu.

— Co ja zrobię? Nie mogę tak wyjść! — jęknęłam, odwracając się do lustra i mimowolnie wybuchając śmiechem.

— No... może powinnaś z powrotem założyć okulary — podsunął zgięty wpół, śmiejąc się tak mocno, że twarz mu poczerwieniała prawie jak moja.

— Nocą?

— Tak, ja mogę cię oprowadzać. Powiemy ludziom, że jesteś ociemniała. Wtedy nikt nie będzie się z ciebie śmiał.

— Albo może zakryjemy to makijażem. Nie miałeś aby makijażu scenicznego w college'u? — spytałam, patrząc na niego z błaganiem w oczach.

— Owszem, miałem semestr makijażu scenicznego. Ale to nie była szkoła dla cudotwórców.

— No coś będziemy musieli zrobić, bo nie mogę wyjść w takim stanie, a nie ma mowy, żebym została w hotelu.

Przyglądał mi się przez chwilę, po czym wstał z łóżka i westchnął.

— Czas na cuda — rzekł, prowadząc mnie do łazienki.

Zanim Clay skończył, wyglądałam jak najlepsza przyjaciółka *Pracującej dziewczyny*. Wiem, że większość ludzi dokonuje w sobie zmian po zakończeniu związku, ale to było wręcz śmieszne.

— Okej — orzekł Clay, patrząc spod zmrużonych powiek. — Uznajmy, że to aranżacja w stylu retro disco.

Stałam przed lustrem, gapiąc się na swoje odbicie. Warstwy bronzera i pudru posłużyły do wyrównania różnicy kolorów, podczas gdy obficie zaaplikowane ciemne, brokatowe cienie do oczu, czarna kreska i cztery warstwy tuszu do rzęs dopełniły dzieła. A ponieważ Clay zakazał mi używać prostownicy (znanej też jako moja magiczna różdżka), moje oberżynowe włosy puszyły się wokół mnie w burzy loków, niczym u Nicole Kidman (zanim poznała Toma Cruise'a).

— Prosto od najlepszych stylistów — ocenił, cofając się, by z dystansu podziwiać swoje dzieło.

— Przed państwem Tammy Faye* — powiedziałam, przyglądając się swoim pająkowatym rzęsom. — Dobra, a co z tobą?

— Wezmę szybki prysznic i potem się rozejdziemy — rzucił, wyjmując żel pod prysznic z kosmetyczki Jack Spade i wypychając mnie za drzwi.

— Nie ma mowy. Jeśli ja wychodzę przebrana za kobietę, to ty też — upierałam się.

— Ale to nie ja miałem wypadek przy opalaniu — rzucił, zamykając za mną drzwi.

— Daj spokój, Clay. Będzie śmiesznie! — krzyknęłam jeszcze. — Możesz zrobić coś w stylu glam rocka, à la David Bowie. Ludzie pomyślą, że taki mieliśmy zamiar.

— Idź pooglądaj telewizję — krzyknął. — Zaraz przyjdę.

Zanim spotkaliśmy się z resztą towarzystwa, osiągnęliśmy z Clayem kompromis. Jego oczy były

---

* Amerykańska gwiazda, ewangelizatorka, śpiewaczka religijna, osobowość telewizyjna słynąca z zamiłowania do mocnego makijażu — zwłaszcza tuszu do rzęs i sztucznych rzęs, miała też wytatuowane brwi.

delikatnie obrysowane czarną kredką, włosy trochę bardziej nażelowane niż zwykle, i miał absolutnie najlżejsze muśnięcie złotego błyszczyka na środku dolnej wargi.

— Oto nasze bliźniaki — powiedział Jack, kapitan, z którym już latałam parę razy.

— Nie wiedziałem, że idziemy na bal przebierańców — dorzucił Bob, pierwszy oficer, którego zawsze ignorowałam.

— No to dlaczego wy wszyscy jesteście przebrani za pilotów na postoju? — spytała główna stewardesa Jennifer, wskazując jego nieskazitelnie białe reeboki i wyprasowane na kancik spodnie khaki.

— Gotowi? — spytał Clay.

— Dołączy do nas druga załoga — powiedział Bob. — Widziałem, jak się przed chwilą meldowali. Właśnie kończyli kurs i wracali na JFK, kiedy ich lot odwołano. Zdaje się, że jakiś huragan tu zdąża. Ma zahaczyć o Florydę. Pewnie tu utkną na kilka dni.

— Naprawdę? A gdzie kwaterują? — spytał Clay, padając na miękki fotel i sadowiąc się wygodnie.

Bob już otworzył usta, kiedy pojawił się Michael.

POZYCJA RATUNKOWA

W wypadku niebezpieczeństwa personel pokładowy musi zareagować na pierwszą zapowiedź uderzenia, krzycząc:
Chwycić się za kostki!
Głowy w dół!
Nie podnosić się!
Schylić się!

6

Nie będę kłamać. Wyobrażałam sobie taki moment wiele razy, odkąd przyłapałam Michaela bez spodni. Ale w każdym scenariuszu nie tylko byłam pięć kilogramów chudsza, z cudownie prostymi, odpornymi na wilgoć włosami, lecz także (z niewyjaśnionych przyczyn) nocowałam w Ritzu-Carltonie na Bali, gdzie siedziałam przy barze, odziana w obcisłą, wydekoltowaną suknię od Gucciego, popijając martini i uśmiechając się leniwie, podczas gdy Bono i Jon Stewart walczyli o moją uwagę... I wtedy oczywiście wchodził Michael, nasze spojrzenia się spotykały, i on padał na kolana, błagając o wybaczenie...

(Nieważne, że teraz wiem, iż bardziej prawdopodobne byłoby, że Michael padnie na kolana przed Bono i Jonem, mnie całkowicie ignorując. To była moja fantazja i mogłam z nią robić, co chciałam).

I chociaż opracowałam rozmaite jej wersje — w niektórych miałam na sobie Versace, w innych hotel znajdował się na Capri — to w żadnej nie stałam w holu w Starym San Juan, wyglądając jak żywcem przeniesiona z roku 1988, z włosami, których mógłby mi pozazdrościć Carrot Top, kiedy mój były chłopak, przelotnie rozważany jako małżonek,

wchodził opalony, szczupły i w towarzystwie śliczn-
nej, młodej, pełnej uwielbienia stewardesy (nie ste-
warda!) wiszącej mu na ramieniu.

— Zarezerwowałem nam boskie miejsce o nazwie Peacock Club — oznajmił. — Mamy stolik na
ósmą.

Jego aż za dobrze mi znane usta rozciągnęły się
w swobodnym uśmiechu, a ja stałam, czułam się
przybita, skrępowana, miałam mdłości i zastanawiałam się, czy naprawdę zarzygam całą tę lśniącą
marmurową podłogę. A Michael w końcu spojrzał
prosto na mnie i bez mrugnięcia okiem rzekł:

— O, Hailey, cześć. Nie poznałem cię.

Tak bardzo chciałam rzucić ciętą ripostę, coś, co
wszystkich by ubawiło, jego kosztem, oczywiście.
Ale mój umysł całkowicie zamarzł. I zanim się roz-
mroził, patrzyłam, jak Michael wychodzi zorganizować kilka taksówek.

— Absolutnie wykluczone, żebym miała z nim
jeść kolację — obwieściłam. Siedziałam na garbie,
wciśnięta między Jennifer a Claya, kiedy nasza mała
brudna taksówka jechała tak blisko za taksówką
Michaela, że nie miała szansy jej zgubić.

— Litości, miliony razy jedliście razem kolację,
prawie się do siebie nie odzywając — przypomniał
mi Clay. — Dlaczego więc ta miałaby być inna?

Miał rację.

— Coś ci powiem, Hailey. Nigdy nie rozumiałem, o co ci chodzi z tym Michaelem — powiedziała
Jennifer, patrząc na mnie i wzruszając ramionami.

— Tak, najwyraźniej takie jest stanowisko ogó-
łu. — Podniosłam oczy do nieba, po czym wbiłam
wzrok w swoje spieczone kolana, które z powodu
garbu znajdowały się w zasadzie na wysokości mojej brody.

— Wydawaliście się tacy... niedobrani. On ma wszystko szczegółowo zaplanowane i jest taki zaprogramowany, a ty... — Clay i ja odwróciliśmy się do niej. Przynajmniej się w końcu dowiem, co ludzie o mnie myślą. — ...nie — uśmiechnęła się.

— Nie mam wszystkiego zaplanowanego? Chcesz powiedzieć, że co? Że jestem zagubiona? — spytałam, patrząc przed siebie na różaniec dyndający na lusterku wstecznym. O mój Boże, może nie tylko moja mama uważa, że się błąkam po życiu.

— Nie, nie zagubiona. Tylko... nie dążysz tak do celu.

— Nie dążę do celu? — powtórzyłam. A więc to prawda. Ludzie uważają, że nie mam celu w życiu.

— Wiesz, jacy są piloci. — W jej głosie pojawiło się podenerwowanie. — Oni są tacy... zorganizowani.

Jestem niezorganizowana, nie dążę do celu i w ogóle tego celu nie mam. A moje włosy przejęły władzę nad całym tylnym siedzeniem w taksówce — pomyślałam, chwytając je ręką w próbie ujarzmienia.

— Poza tym jeśli nie pójdziesz, on wygra — zauważył Clay, stukając mnie w ramię i kiwając głową.

— Nie chodzi o wygrywanie — burknęłam, koncentrując się na srebrnym Jezusie kiwającym się na wszystkie strony. Co on by zrobił?

— W każdym zerwaniu chodzi o wygrywanie! Dlatego właśnie uparcie fantazjuję o zerwaniu od razu po wymianie numerów. Kiedy już do niego dochodzi, jestem gotów.

— Clay, to jest mocno pojechane — Jennifer się roześmiała.

— On zawsze opłakuje koniec, jeszcze zanim się zacznie — wyjaśniłam.

— Nieustannie szukam swojego przyszłego eks. — Uśmiechnął się. — Ale na poważnie: nie możesz dać mu forów. On nie może się dowiedzieć, że cię pokonał.

— Aha. A widziałeś może ostatnio moją twarz? Bo chyba trudno uznać, że to twarz zwycięzcy. — Przytrzymałam się oparcia fotela kierowcy, kiedy ten ostro skręcił w lewo.

— Moim zdaniem wygląda git — stwierdziła Jennifer.

— Ty mieszkasz w East Village. Jesteś przyzwyczajona do takich rzeczy — przypomniałam jej.

— Cóż, przynajmniej nie wyglądasz jak ta Barbie królowa kokpitu, wisząca mu na ramieniu. — Pokręciła głową.

— Właśnie, a kim ona jest? — spytałam, kiedy taksówka zatrzymała się gwałtownie.

— Jest tylko jeden sposób, żeby się tego dowiedzieć — Clay chwycił mnie za rękę i zaciągnął do restauracji.

Kiedy weszliśmy do środka, przede wszystkim zauważyłam, że jest ciemno. To oświetlenie zdecydowanie działa na moją korzyść — pomyślałam, gdy kelner prowadził nas między kolejnymi wielkimi i pełnymi życia stolikami na tył, i dalej na zewnątrz, na piękne, luksusowe podwórko wypełnione palmami w donicach i orchideami, a wszystko skąpane jasnym światłem księżyca w pełni.

Tyle jeśli chodzi o półmrok — pomyślałam, nie spuszczając wzroku z Michaela na przedzie procesji. Trzymałam się daleko z tyłu, bo im mniej będę z nim miała kontaktu, tym lepiej.

— Tu będzie dobrze? — kelner wskazał piękny stół na dwanaście osób.

„To takie typowe dla Michaela, namierzyć kolację innej ekipy, a potem ją całkowicie przejąć" — pomyślałam, wywracając oczami i badając krzesła, zdecydowana usiąść jak najdalej od niego.

— *Si, gracias* — Michael kiwnął głową.

Kiedy to usłyszałam, nogi się pode mną ugięły, sięgnęłam po najbliższe krzesło i padłam na nie. I dopiero jak już było za późno, zdałam sobie sprawę, że siedzę dokładnie naprzeciwko niego.

Clay posłał mi niezbyt subtelne potępiające spojrzenie, po którym natychmiast nastąpiło silne puknięcie w kolano, kiedy zajął miejsce obok mnie, a Jennifer upewniła się, że wzdycha długo i głośno, siadając po mojej drugiej stronie.

Wiedziałam, że mają rację. Jeździłam emocjonalną windą, w górę i w dół od kilku dni. I doskonale zdawałam sobie sprawę, jak idiotycznie się zachowuję. No bo przecież każdy, kto kiedykolwiek jadł w Taco Bell, umie powiedzieć *gracias*. Ale po prostu kiedy usłyszałam, jak on to mówi, przypomniałam sobie wszystkie nasze kolacje w obcych krajach, i że zawsze dziękował kelnerowi w jego języku. A teraz on to dalej robił, jakby nic się nie zmieniło. Tylko że wszystko się zmieniło, wszystko. I ja już nie siedziałam przy nim. Siedziałam obok Claya. A on mnie szczypał pod stołem. Mocno.

— Auć — pisnęłam, mocno pacnęłam go w dłoń, zanim zdążył z nią uciec. „No bo naprawdę, przepraszam za chwilę słabości, Jezu". Pokręciłam głową i wbiłam wzrok w menu.

— Dobrze, czytaj sobie menu, ale przestań patrzeć na Michaela — syknął. — On to zrozumie po swojemu i uzna, że wciąż go pragniesz.

Wywróciłam oczami, przekartkowałam menu i przeczytałam tył.

— Bo nie pragniesz go już, prawda? — spytał, otwierając szeroko oczy w przerażeniu.

— Clay, błagam. Ja już dawno o nim zapomniałam. — Podniosłam wzrok dokładnie w chwili, gdy Michael zamawiał cztery butelki wina dla całego stolika, nie spytawszy nikogo o zdanie. „Boże, zawsze myślałam, że jest taki świetny w przyjmowaniu gości, ale teraz widzę, że to jest po prostu kolejny kontrolujący świr".

— Ekhm, bardzo przepraszam — odezwałam się, zatrzymując kelnera, który już miał odejść. — Ja nie chcę wina, poproszę mojito. — Zerknęłam na Michaela i zmrużyłam powieki. „Już nigdy nie zamówisz mi drinka" — pomyślałam.

— Dla mnie też — dorzucił Clay w demonstracji solidarności.

Odwróciłam się do niego z uśmiechem. Oprócz beagle'a, którego miałam w dzieciństwie, Clay był zdecydowanie moim najbardziej lojalnym, udanym, długoterminowym związkiem z samcem.

— Aha, i może mi pan wskazać toaletę? — spytałam, chwytając torebkę i wstając.

I już miałam odejść, gdy usłyszałam za sobą głos:

— Zaczekaj! Pójdę z tobą.

Odwróciłam się i zobaczyłam, jak partnerka Michaela z uśmiechem wstaje z miejsca.

— Boli?

Opierałyśmy się o wykafelkowaną w kunsztowny niebiesko-biały wzorek ścianę, czekając na wolną kabinę. „Boli patrzenie na nią i Michaela? Czy tak bardzo chce mi się siku, że boli?". Patrzyła na mnie, czekając na odpowiedź, a ja nie miałam pojęcia, o co jej chodzi.

— Twoja twarz — wyjaśniła, wskazując na moje czoło dwoma palcami, jakby wskazywała wyjście ewakuacyjne. — Jest cała czerwona, z wyjątkiem środka.

„O Boże, na kilka błogosławionych chwil zupełnie zapomniałam o swojej twarzy". Pochyliłam się do lustra, szukając potwierdzenia. Faktycznie, moje czoło, nos, podbródek i policzki oblekały się w jeszcze bardziej intensywny burgund, podczas gdy rejon wokół moich orzechowych oczu miał zwyczajny bladobeżowy kolor, z wyjątkiem miejsc, które Clay ubarwił mocną czarną kreską. Przysunęłam się jeszcze bliżej do lustra, delikatnie przesuwając palcem po policzku. Poczułam gorąco. I wyglądałam jak negatyw szopa pracza.

— Yhm, możesz iść pierwsza — powiedziałam, wskazując na kabinę, która się właśnie zwolniła. Bo chociaż ledwie wytrzymywałam, wiedziałam, że jeśli puszczę ją przed sobą, to może ona potem wyjdzie pierwsza, a wówczas ja może znajdę chwilę na zebranie myśli, zanim będę musiała wrócić do tego chaosu.

Kiedy jednak się wysikałam, znalazłam ją dokładnie tam, gdzie się rozstałyśmy. Czekała na mnie. A że nigdy nie należałam do osób pozwalających sobie na kłopotliwe milczenie, spytałam:

— Jak długo bazujesz w Nowym Jorku? — Kilkakrotnie nacisnęłam pompkę z mydłem, aż moje dłonie wypełniły się gęstym różowym płynem, podczas gdy świadomie unikałam swojego odbicia w lustrze.

— Och, nie bazuję. Jestem z Dallas. Ale miałam mieć jutro przesłuchanie na Manhattanie, więc wzięłam ten lot. Wygląda jednak na to, że z przesłuchania nici — z uśmiechem wzruszyła ramionami, jakby to nie było nic wielkiego. Jakby teraz, kiedy spotkała Wyśnionego, nie musiała się już martwić o takie drobiazgi jak rachunki albo pogoń za sławą.

— A jakie przesłuchanie? — spytałam, przyglądając się jej w lustrze, kiedy skubała skórki. Była wysoka, szczupła, blond, niebieskooka, z filigranowym noskiem i doskonałym uzębieniem — musiało chodzić o jakieś reality show. Miała taki śliczny, przychylny, homogeniczny wygląd, w którym oni się specjalizują. Wydawała mi się też znajoma. Ale może to przez tę całą homogeniczność, albo przez fakt, że witanie setek ludzi dziennie niezmiennie od sześciu lat powoduje, że wszyscy zaczynają wyglądać znajomo.

— Startowałam do takiego fajnego spin offa *Prawa i porządku* — odpowiedziała. — Już drugi raz po mnie dzwonili.

Prawo i porządek! Uwielbiam *Prawo i porzą-dek*.

— Do którego? — spytałam, chwytając trzy chrzęszczące szare ręczniki papierowe z podajnika i wycierając ręce.

— *Trial by Jury.* — Wzruszyła ramionami. Tego akurat nie lubię. No proszę.

— A więc jesteś aktorką? — spytałam, zastanawiając się, ile ma lat. Zastanawiałam się też, jak długo Michael szukał mojego zastępstwa. I czy jej o mnie powiedział.

— Tak, zrobiłam kilka spotów, kilka drukowanych reklam, kilka sztuk na Off Broadwayu. Ale pewnie mnie znasz z klipu z instrukcją awaryjną — powiedziała, odkręcając nakrętkę z brokatowego różowego błyszczyka i przesuwając nim kilka razy po dolnej wardze.

Patrzyłam, jak wsadza go z powrotem do torebki i przesuwa dłońmi po lśniących blond włosach, od których odbijało się żywo fluorescencyjne światło w toalecie, zupełnie jak w reklamach Pantene. To dziewczyna z instrukcji awaryjnej? Z tego klipu, który ignorowałam przez całe swoje życie? Tego klipu, przy którym zawsze słyszałam, jak jakiś pasażer mówi: „Patrz, jaka gorąca laska", a potem rzuca wulgarne uwagi, kiedy ona prezentuje ręczne napełnianie kamizelki bezpieczeństwa?

To ona?!

I Michael się z nią spotyka?

— Hm, wolałabym ci tego nie mówić, ale na dolnej wardze chyba robi ci się pęcherz — wskazała dwoma palcami moje usta i obdarzyła mnie zatroskanym spojrzeniem.

Ale ani myślałam sprawdzać tego w lustrze. Wystarczyło, że jestem spieczona, wzdęta, samotna, z włosami gorszymi niż zwykle, podczas gdy Michael zadawał się z mokrym snem z filmów instruktażowych. Na pewno nie musiałam do tego zestawu dorzucać spuchniętej wargi z pęcherzem.

— A swoją drogą, jestem Aimee. A ty jak masz na imię, bo zapomniałam? — spytała, kierując się przede mną do wyjścia.

Szłam za jej doskonałą osobą w rozmiarze dwa, patrząc na jej śliczne sandałki na koturnie, sukienkę na ramiączkach od Juicy Couture i lśniącą grzywę, i w porównaniu z nią poczułam się jak przysadzista hausfrau. Więc sorry, ale nie chciałam być łączona z jakąkolwiek historią, którą Michael opowie jej pewnego dnia o swojej walniętej byłej lasce.

— Monica — skłamałam, idąc za nią do stołu.

W chwili gdy Michael dojrzał nasz powrót, natychmiast wyskoczył ze swojego miejsca, wysunął krzesło Aimee, zaczekał, aż obie usiądziemy, i dopiero sam to zrobił.

„Och, brachu — wzniosłam oczy do nieba. — Pamiętam, jak na początku dla mnie też tak robiłeś. To nie potrwa długo" — pomyślałam, patrząc, jak ramieniem obejmuje szczupłe, opalone ramię Aimee. Opalone i niespieczone.

— Już miałem wysłać ekipę poszukiwawczą — powiedział, zerkając to na mnie, to na nią i uśmiechając się niespokojnie.

Kapitański humor. Znowu wywróciłam oczami i stłumiłam ziewnięcie.

— Och, pogadałyśmy sobie z Monicą — mruknęła, przechylając się do niego i pocierając jego przedramię tymi samymi dwoma palcami, którymi wskazywała oparzenia, pęcherze, maski tlenowe, wyjścia ewakuacyjne, jakby były trwale połączone czy coś.

— Monicą? Jaką Monicą? — spytał Michael, wyraźnie zmieszany, zerkając to na Aimee, to na mnie, i z powrotem.

O cholera. Chyba nie do końca to przemyślałam, i teraz Aimee patrzyła na mnie zdziwiona. Ale właśnie gdy miała podnieść dwa palce, by mnie wskazać, kelner przyniósł nasze zamówienie.

Kończyliśmy deser, gdy z łazienki wrócił Bob.

— Huragan wreszcie uderzył na zachód od Key West.

— Silny? — spytał Jack.

— Według ostatnich wiadomości zaszeregowano go do niższej kategorii, do drugiej, ale i tak może spowodować zniszczenia — odrzekł, potem sięgnął po swój kieliszek i dopił wino.

— No świetnie, teraz mam poczucie winy. Miałam nadzieję na burzę od wczoraj, kiedy wyruszyłam w tę podróż — powiedziała Jennifer, kręcąc głową. — Daj Bóg, żeby nikomu nic się nie stało.

Wszyscy się włączyli, zgadzając się z Jennifer i wyrażając nagle współczucie względem dobrych ludzi na Florydzie. Ale Clay i ja spojrzeliśmy tylko na siebie i wzruszyliśmy ramionami. Nie chodzi o to, że sililiśmy się na bezduszność; po prostu personel pokładowy zawsze chce, żeby wystąpiły śnieżyce, tornada, mgły, zacinające deszcze albo jakiekolwiek inne kataklizmy, które mogłyby doprowadzić do odwołania lotu. A na wypadek doskonałego słonecznego dnia, no cóż, wtedy chcielibyśmy, żeby wystąpiły awarie lub zniszczenia części samolotu (ale tylko na ziemi, nigdy w powietrzu). Rzecz w tym, że jesteśmy grupą zawodowych wędrowców, którzy zwykle nie chcą latać nigdzie, chyba że zajmują fotel pasażera i kierują się albo do domu, albo na wakacje. Wówczas życzymy sobie, żeby wszystko przebiegało zgodnie z niewzruszonym, napiętym planem.

— Skoro będziemy się bawić dłużej, to może dowcip. Czym się różni kobieta od komara? — spytał Michael, patrząc po współbiesiadnikach. Kącik ust podsunął mu się do góry w oczekiwaniu puenty, którą znał tylko on.

„No to cały on". Skuliłam się. „Kilka kieliszków wina i już jest Lettermanem". Pokręciłam głową i czekałam na nieuniknioną infantylną odpowiedź, która niewątpliwie lawirowałaby pomiędzy mętnymi wersami o polityce molestowania seksualnego linii Atlas. „O Boże, tak właśnie musieli się czuć moi przyjaciele za każdym razem, kiedy szli z nami na kolację albo na drinka. Dlaczego wtedy nie widziałam tego, co widzę teraz?"

— Poddaję się! Powiedz mi! — pisnęła Aimee, chwytając go za rękę i gryząc go żartobliwie w kłykieć.

Michael milczał chwilę, rozglądając się wokół stołu, upewnił się, że wszyscy słuchają z uwagą.

— Jak komar ssie, nie trzeba go głaskać po głowie! — powiedział w końcu, wybuchając śmiechem.

Okej, dowcip nie tylko nie był śmieszny, ale został opowiedziany z południowym akcentem. Ale myślicie, że to komuś przeszkodziło w radosnym śmiechu? W życiu! A to dlatego że:

1. Pozostali piloci naprawdę uważali, że dowcip jest dobry.

2. Właśnie dostarczono rachunek i wszyscy przedstawiciele personelu pokładowego mieli nadzieję, że Michael go ureguluje.

A ja miałam własną kartę Visa z wylatanymi w Atlasie milami, że nie wspomnę o ilości rumu we krwi wystarczającej do tego, by spojrzeć mu w oczy i powiedzieć:

— Ja nie rozumiem.

Wszyscy się odwrócili i wbili we mnie wzrok. Ktoś się roześmiał, większość była ciekawa, ale Michael i Clay wyglądali na zaniepokojonych.

— To tylko głupi dowcip — Michael wzruszył ramionami, spuszczając wzrok na stół i przesuwając palcami po podstawce kieliszka. Teraz wyglądał już na mocno zakłopotanego.

„Zaraz cię zawstydzę jeszcze bardziej" — pomyślałam, mrużąc oczy, zdecydowana na zemstę. Skoro bowiem on czuł się na tyle pewnie, by w mojej obecności opowiadać dowcipy o obciąganiu, to może ja powinnam się podzielić dowcipem o obciąganiu, które zdarzyło się w mojej obecności. I nie miałam wątpliwości, że ten wszyscy zapamiętają.

— Znaczy się miałam na myśli... no bo... właściwie dlaczego akurat kobieta? Co, Michael? — Rozparłam się na krześle i skrzyżowałam ręce na piersi. „Ha! Zobaczymy, jak się z tego wywiniesz, pilociku, Casanovo, mistrzu ceremonii, kawalarzu obciągany, miłośniku rurek z kremem!"

Clay przesunął lewą rękę pod stołem i ścisnął mnie za nogę tak mocno, że poczułam się, jakbym założyła na nią opaskę uciskową. I chociaż patrzyłam prosto na Michaela, cierpliwie czekając na odpowiedź, czułam napięcie i skrępowanie emanujące od pozostałych biesiadników.

Szybko zerknęłam na Aimee, która patrzyła na mnie zdumionym, urażonym wzrokiem. A potem na Claya, który milcząco błagał, żebym przestała. I potem na Jennifer, która delikatnie kręciła głową. I zanim z powrotem spojrzałam na Michaela, nie tylko uszła ze mnie para, ale poczułam zażenowanie i smutek.

No bo co ja, do cholery, wyczyniałam? Wszyscy po prostu chcieli się bawić na miłej kolacji w Portoryko, a ja jedną kretyńską uwagą zamieniłabym cały wieczór w osobistą vendettę.

Więc Michael miał randkę z kolesiem i złamał mi serce. Czy naprawdę chciałam go poślubić? Bo wszechobecne piski w brzuchu i mdłości, które towarzyszyły każdej małżeńskiej myśli w mojej głowie, mówiły mi coś zupełnie innego.

Może raczej w jakiś pokrętny sposób Michael wyświadczył mi przysługę, wyrzucając mnie z mojego leniwego, wygodnego, pełnego zadowolenia świata, tak żebym wreszcie stawiła czoło swojemu życiu. Bo chociaż bardzo nie chciałam tego przyznać, to gdyby on nie wypchnął mnie na głębię, dalej bym siedziała na brzegu basenu, zanurzając w nim palec od nogi i mówiłabym sobie, że woda i tak wcale nie wygląda kusząco.

Poza tym czy już zapomniałam, jak Clay ujawnił się przed rodziną pięć lat temu? Czy nie wspierałam go, kiedy potem przez całe półtora roku nie odbierali jego telefonów? I czy nie widziałam na własne oczy, jak bardzo go to bolało? Jak więc teraz mogłam się zachowywać tak lekceważąco? Jak mogłam być tak mściwa?

Owszem, Michael mnie zranił, oszukując mnie i mówiąc, że jestem za stara na żonę. Ale prawda wyglądała tak, że już to niemal przebolałam, podczas gdy on wciąż musiał udowadniać swoje chwiejne męstwo przez randki z cheerleaderką, machanie kartą kredytową i zachowania w stylu podstarzałego młodzika.

Opamiętałam się w ostatniej chwili.

Ale teraz musiałam znaleźć jakieś wyjście. No bo wszyscy wpatrywali się we mnie, Clay powoli zatrzymywał krążenie w mojej nodze, a Michael obsesyjnie bawił się swoim kieliszkiem. I ponieważ ja to wszystko zaczęłam, wiedziałam, że muszę coś zrobić. Szybko.

— A wiesz, hm... dlaczego kobiety udają orgazm? — spytałam, patrząc prosto na Michaela, chcąc nawiązać z nim kontakt wzrokowy, żeby widział, że nie robię tego, czego on się obawia. Że nie wydam jego tajemnicy. Że nie jestem tak nikczemna i mściwa, jak sądzi.

I kiedy wreszcie podniósł głowę, jego brązowe oczy patrzyły prosto na mnie.

— Tak, bo mężczyźni udają grę wstępną — odrzekł, z uśmiechem kradnąc mi puentę.

8

Przy podawaniu napojów, kiedy siadałam na składanym krzesełku, zdałam sobie sprawę, że zgubiłam swój rękopis. „Świetnie, jakbym nie miała się czym denerwować" — pomyślałam, po raz trzeci przetrząsając swoją podręczną torbę i zaglądając znowu we wszystkie zakamarki.

Dzięki tej wielkiej tropikalnej burzy spędziłam pięć ostatnich dni w deszczowym Portoryko, zaszyta w hotelu. Z Clayem i Jennifer oglądałam płatne programy, wygrałam, a następnie przegrałam pięćdziesiąt dolarów w blackjacka w hotelowym kasynie, zachowywałam się przyjaźnie wobec Michaela i Aimee, kiedy niechcący wpadałam na nich w holu, i patrzyłam, jak czerwone części mojej twarzy łuszczą się i bledną, aż osiągnęły miły, świeży róż.

I dopiero na lotnisku zdałam sobie sprawę, że zostawiłam kotom karmę tylko na trzy planowane dni mojej nieobecności, a nie na pięć.

— Kat mnie zabije! — jęknęłam do Claya, pomagając mu zorganizować kuchnię.

Z powodu ostatniej serii odwołanych ze względu na pogodę lotów, wszystkie miejsca były zajęte. Jeśli więc chciałam się dostać do domu, nie miałam wyboru, musiałam siedzieć na składanym krzesełku. A jeśli zamierzałam lecieć w kuchni, to, no cóż, czułam się zobowiązana pomóc, choćby odrobinę.

— Nie wyłożyłaś dodatkowej miseczki, tak na wszelki wypadek? — spytał, waląc raz za razem torbą z lodem o podłogę, aż lód się rozpadł na mniejsze, bardziej użyteczne kawałki.

— Nawet mi to nie przyszło do głowy — przyznałam. — Wierz mi, zwierzęta i dzieci nie są ze mną bezpieczne. Nie mam żadnych instynktów opiekuńczych wymaganych do zajmowania się innymi. — Otworzyłam opakowanie serwetek, które reklamowały firmę software'ową (kolejny znak, jak totalnie się Atlas zaprzedawał), i wsadziłam je do pojemnika.

— O czym ty mówisz? Oczywiście, że masz instynkty, jesteś stewardesą! A tym samym pielęgniarką, psychologiem, niańką, portierem, dietetykiem, barmanką, weterynarzem, trenerem osobistym, GPS-em, kontrolerem pogody i żywą tarczą. Serwujesz drinki, rozbrajasz bomby, zwalczasz występek, pilnujesz kabiny pilotów, nosisz bagaże, podajesz jedzenie, czynisz cuda, czytasz w myślach. Posiadamy supermoce! Pomyśl o tym: transportujemy tysiące ludzi dziennie, karmimy ich i poimy, i to w takim miejscu! — Wstał z podłogi i ostrożnie przesypał świeżo rozdrobniony lód do plastikowego podajnika.

— Wierz mi, jedyny powód, dla którego karmię i poję kogokolwiek, to pensja. Zostanę zwolniona, jeśli tego nie zrobię. I teraz Kat wywali mnie z posady swojej przyjaciółki, kiedy wróci do domu z Grecji i znajdzie w kuchni trzy zagłodzone koty. Poza tym — wyszeptałam, zamykając drzwiczki wózka z napojami i zerkając w przejście między fotelami — po sześciu latach tej pracy nawet już nie lubię większości ludzi.

— Hailey, litości — wywrócił oczami. — A kto lubi? — Po czym kręcąc głową, popędził do korytarza, żeby powstrzymać jakiegoś pasażera przed roztrzaskaniem schowka zbyt dużą torbą.

A teraz, kiedy zawartość mojej torby zaścielała podłogę kuchni, nie mogłam już dłużej zaprzeczać, że zgubiłam rękopis. I nie martwiłam się tym, że to mój jedyny egzemplarz (pewnie skopiowałam go na dyskietkę, przed laty, ale dzisiaj nie miałam też pojęcia, gdzie jest ta dyskietka). Dobijała mnie myśl, gdzie on może być i kto go może czytać.

„Chwila. Jeśli prześledzę swoje kroki, po raz ostatni widziałam go... Myśl, Hailey! Kiedy siedziałam w pierwszej klasie, popijając szampana... zanim ta okropna baba z naziemnej kazała mi się przesiąść... potem przyszedł ten miły facet... O mój Boże! Jeśli on to czytał, zabiję się! Poważnie. Ale zaraz. Przecież on przekazałby go po prostu personelowi. A ponieważ spędziłam z nimi ostatnie pięć dni, wiem, że to się nie stało, więc musiał wpaść między poduszki fotela. Co znaczy, że znaleziono go w czasie kontroli bezpieczeństwa w Portoryko, a potem został niezwłocznie wyrzucony (po przejrzeniu pod kątem zagrożenia terrorystycznego oczywiście). To więc oznacza, że zapewne spoczywa w kontenerze ze śmieciami i zażywa długiej, spokojnej podróży do swojego ostatniego celu, składowiska odpadów...

— Ekhm, przepraszam panią...

O Boże, to było najgorsze w podróżowaniu na składanym krzesełku. Ludzie zawsze zakładali, że się lenisz i ich nie obsługujesz, chociaż moje beżowe lniane spodnie, kremowa kamizelka i zawiązany sweter ani trochę nie przypominały brzydkiego, poliestrowego mundurka, który kazał nam nosić Atlas.

Ani drgnęłam, pochylona nad swoimi rzeczami, w nadziei, że kobieta odejdzie.

— Proszę pani? Przepraszam, że pani przeszkadzam, ale chyba coś się dzieje z moim tatą.

Podniosłam głowę i zobaczyłam przed sobą przerażoną nastolatkę, z drżącymi rękoma, oczyma szeroko otwartymi w panice, i zanim zdążyłam pomyśleć, już wyskoczyłam na korytarz i sprawdzałam parametry życiowe jej taty.

— Biegnij do tych ludzi przy wózku i powiedz, że mają wezwać pomoc — poleciłam. Ale kiedy sięgnęłam po zestaw pierwszej pomocy, zobaczyłam, że dziewczyna dalej za mną stoi, zupełnie skamieniała. — Wszystko będzie dobrze — dodałam łagodnie. — Tylko idź już!

Facet spod okna pomógł mi położyć chorego pasażera w przejściu, a kiedy się nad nim pochyliłam, przystawiłam ucho do jego nosa i ust, z przerażeniem stwierdziłam, że mężczyzna nie oddycha. Rozerwałam zestaw pierwszej pomocy, chwyciłam maskę, założyłam mu, i niezwłocznie dwukrotnie wdmuchnęłam mu powietrze w usta, patrząc, jak jego klatka piersiowa powoli podnosi się i opada. Potem przytknęłam mu dwa palce do szyi, rozpaczliwie szukając tętna, ale nic nie wyczułam.

O Boże, o Boże. Spojrzałam gorączkowo na korytarz. Dziewczyna właśnie informowała Claya i wiedziałam, że nie mogę czekać, aż on nadejdzie z defibrylatorem. Musiałam natychmiast zacząć resuscytację! Jak się wyznaczało miejsce ucisku? Nie, teraz się nie wyznacza. Teraz po prostu kładziemy ręce na środku i zaczynamy uciskanie. A jeśli złamię mu żebro?

Przyjrzałam się mężczyźnie, zauważyłam, że jego twarz zrobiła się zupełnie biała, a wargi niebieskawe. I wiedząc, że pewnie jest już za późno, wzięłam głęboki oddech i do nadejścia Claya i Jennifer skupiłam się na wykorzystaniu całej swojej wiedzy o pierwszej pomocy.

Ponieważ już byłam na podłodze, pozostałam tak, kiedy Clay przyszedł, pomogłam mu rozciąć koszulę mężczyzny, ogolić jego klatkę piersiową i przymocować te lepkie poduszki do wyznaczonych punktów, podczas gdy Jennifer pobiegła znaleźć lekarza i próbowała uspokoić przerażoną dziewczynę.

Przez lata pracy miałam na pokładzie mnóstwo drobniejszych nagłych przypadków, ale chyba zawsze wtedy leciał lekarz, pielęgniarka, sanitariusz albo ratownik. A teraz, kiedy mieliśmy do czynienia z kwestią życia lub śmierci, był tylko Clay i ja. I zostaliśmy na klęczkach w korytarzu, rozpaczliwie próbując wtłoczyć powietrze w płuca tego nieszczęśnika i wstrząsem przywrócić mu przytomność, aż zawróciliśmy na lotnisko San Juan, gdzie pogotowie wpadło na pokład i wybiegło z nim na noszach.

Staliśmy w korytarzu, oszołomieni i spoceni, a ja spojrzałam na dziewczynę, w chwili gdy przedstawiciele Atlasa ją zabierali.

— Mój tata! — płakała. Ale nie mogłam jej pomóc. Już kiedy go znalazłam, było za późno.

Kiedy wreszcie wylądowaliśmy na lotnisku Kennedy'ego, czekało na nas standardowe stado superwizorów.

— Nic się nikomu nie stało? — spytała Dotty z Południa, z rozjaśnianą kręconą grzywką i w ciasnym fioletowym mundurku, który nie pasował na nią od 1987 roku.

— Musicie wypełnić trochę dokumentów — mówiła Shannon, nasza zbyt nerwowa i niedouczona szefowa bazy.

— Nie rozmawialiście z mediami, prawda?

— To pytanie zadał Lawrence, mój osobisty superwizor, którego, słowo daję, nie znosiłam.

Wzniosłam oczy do nieba i szłam dalej. Nie ma mowy, żebym w ogóle odpowiadała. Co on sobie myślał? Że dzwoniłam do CNN z telefonu pokładowego? Że mój agent przyjmował oferty na historię na wyłączność? No ludzie, ojciec jakiegoś dziecka umarł mi na rękach, a ten palant tylko tyle umie wymyślić?

Obejrzałam się na Claya, którego otoczyły garnitury. Ale on należał do załogi dyżurnej, co oznaczało, że nie ma wyboru, musi poczekać i odpowiedzieć na pytania. Podczas gdy ja z kolei miałam wolne. I czy to dla mnie dobrze czy źle, ten drobiazg wszystko zmieniał.

Ciągnęłam torbę rękawem, zdecydowana wstrząsnąć Lawrence'em.

— Hailey, wiem, że miałaś traumatyczny lot, ale nie możesz teraz odejść — mówił, siadając mi na ogonie. — Musimy złożyć raport.

— Jadę do domu. Jutro wyślę raport e-mailem — krzyknęłam przez ramię, wchodząc do terminalu i ruszając prosto do wyjścia.

Nie było mowy, żebym mu składała raport. Ten nadgorliwy pajac, który doniósł na mnie, że nosiłam uggi w drodze z mieszkania na lotnisko w czasie jednej z najgorszych zamieci w historii tego miasta.

Nieważne, że należycie zmieniłam obuwie na regulaminowe pantofle, zanim się zgłosiłam na odprawę. Najwyraźniej wyrządziłam wielką szkodę wizerunkowi linii Atlas, pozwalając, by narkomani snujący się po przystanku na rogu Sto Dwudziestej Piątej i Lex zerknęli na moje nieregulaminowe śniegowce o czwartej nad ranem.

Ale Lawrence nie ograniczył się tylko do występku obuwniczego. O, nie. W ciągu ostatnich kilku lat gromił mnie za:

1. Noszenie kolczyków większych niż ćwierćcentówka.
2. Lekkomyślne zaniedbanie włosów, które opadły mi na kołnierzyk.
3. Noszenie kryjących rajstop zamiast lśniących cielistych w czasie paskudnej pogody.
4. Noszenie dwóch srebrnych pierścionków na dwóch różnych palcach jednej ręki.
5. Używanie niedozwolonego bagażu, kiedy moja torba na kółkach doznała poważnego uszkodzenia w czasie trzydniowej podróży. (Najwyraźniej powinnam mieć zapasową torbę pod ręką. Nieważne, że to stałoby w sprzeczności z surową „dwutorbową" zasadą, której nawet my musieliśmy przestrzegać).
6. Nienoszenie marynarki w czasie boardingu (aha, nie wspomnę nawet, że na zewnątrz było czterdzieści stopni, a w samolocie czterdzieści trzy, ponieważ kierownictwo Atlasa w celu oszczędzania pieniędzy zakazało nam używania klimatyzacji).
7. Żucie gumy w mundurze.
8. Używanie „dizajnerskiej" smyczy do identyfikatora zamiast wydanego przez Atlas łańcucha z klamerką. (Chociaż to nie była żadna „dizajnerska" smycz, tylko podróbka kratki Burberry).

Posunął się nawet do tego, żeby zaciągnąć mnie do lustra wczesnym rankiem i rozważyć moje odbicie w zestawieniu z tabliczką z napisem „Wizerunek najważniejszy" i „Tak cię widzą klienci".

Cóż, jeśli na to właśnie musieli patrzeć, bardzo im współczułam. Ponieważ zobaczyłam nie tylko przepracowaną i źle opłacaną asystentkę lotu z porannymi workami pod oczyma, w brzydkim mundurze, z kędzierzawymi włosami, które usiłowały się uwolnić z regulaminowego francuskiego warkocza, ale obok niej stał wyprostowany inaczej kretyn z niewłaściwą postawą, nadmiernie wyskubanymi brwiami, niedokładnym męskim makijażem, podręcznikowy przykład kompleksu Napoleona w skali, jakiej jeszcze nigdy nie widziałam.

„Nie dziwota, że trzymają go w podziemiach JFK" — pomyślałam, kiedy wskazywał kosmyki, które spontanicznie wyskoczyły spod spinki do włosów.

— Kosmyki są niewskazane — upomniał mnie. — Może powinnaś sięgnąć po mocniejszy lakier do włosów.

I teraz chciał się spotykać? Nie ma mowy. Czy ten koleś nie miał papierów do przerzucania, odpowiedzialności do zrzucania, żarówek do zmieniania?

Przeszłam przez brudne szklane drzwi i skierowałam się na przystanek autobusowy, zastanawiając się, czy on za mną idzie.

Nie szedł.

9

Kiedy wreszcie dotarłam do mieszkania Kat, zupełnie odchodziłam od zmysłów. „Ile to ciał zostawiłam już za sobą?" — zastanawiałam się, idąc holem i napinając się w oczekiwaniu na horror, który zapewne na mnie czekał. Czy znajdę trzy wyniszczone persy rozczapierzone na kuchennej podłodze, z wygłodniałymi oczyma wpatrującymi się we mnie oskarżycielsko? Albo czy Kat będzie czekać sztywno u szczytu stołu, otoczona zespołem prawników gotowych pozwać mnie o rażące zaniedbanie?

Zawahałam się w progu, niepewna, czy mam w sobie tyle siły, żeby sobie z tym poradzić. Potem, wziąwszy głęboki oddech, weszłam do kuchni i zupełnie jak w klipie z cyklu *Zwierzęta atakują* Harold, Conrad i William ruszyły ku mnie w natarciu, ich drobne białe pazurki drapały wściekle o kamienną podłogę, a niebieskie oczy nie odrywały się od namierzonej zdobyczy — czyli ode mnie. Zamarłam w przerażeniu, patrząc, jak się zbliżają, i przez krótki moment rozważałam, czy może rzucić się do ucieczki i schować w swoim pokoju. Ale w końcu postawiłam tylko torby i tkwiłam tam, wiedząc, że jakąkolwiek bezwzględną zemstę koty zaplanowały, w pełni na nią zasłużyłam.

Zamiast jednak rzucić mi się do gardła, mierząc prosto w żyłę szyjną, one ślizgiem zatrzymały mi się u stóp. A potem, wyginając grzbiety w łuk i opuszczając łby, ocierały się o moje nogi, miaucząc w sposób, który raczej był powitaniem niż protestem. I jako dozgonna zdeklarowana psiara musiałam przyznać, że jestem pod wrażeniem

Z poczuciem ulgi, że koty chyba chcą tylko odrobiny miłości i pokarmu, zajęłam się napełnianiem ich miseczek. Potem położyłam się z nimi na podłodze i płakałam, podczas gdy one jadły.

Kiedy o siódmej zadzwonił budzik, już nie spałam. Pierwsze pół godziny spędziłam na przecieraniu szczypiących, załzawionych oczu i na walce z potężnym atakiem kichania spowodowanego przez „dzieciaczki". Powodowana poczuciem winy, że je porzuciłam, pozwoliłam im spać ze mną.

Wyciągnęłam rękę, wyłączyłam budzik i zawlokłam się do kuchni w poszukiwaniu kawy, papieru i długopisu. Wczorajsza tragedia wciąż była żywa w mojej głowie i wiedziałam, że kiedyś będę musiała się z tym zmierzyć, bo nie dam rady długo wymykać się Lawrence'owi. Na razie jednak miałam cały dzień wolny i byłam zdecydowana wykorzystać to na bardziej naglące sprawy.

Obiecałam sobie wcześniej, że gdy tylko wrócę z Portoryko, zacznę przebudowywać swoje życie. A najlepiej mi to wychodziło, jeśli zaczynałam od zrobienia listy. W przeciwnym wypadku chętnie odchodziłam od tematu albo schodziłam z kursu.

Chwyciłam więc notes z hotelu w Barcelonie i długopis reklamujący pub w Dublinie i napisałam:

Zadania na dzisiaj:
1. Odebrać rzeczy od Michaela.
2. Znaleźć mieszkanie i umieścić w nim te rzeczy.

Zgoda, będąc mieszkanką Nowego Jorku, wiedziałam, jakim z pozoru niemożliwym do wykonania zadaniem jest punkt drugi. Ludzie, którzy mają o wiele więcej niż ja pieniędzy i możliwości, miesiącami szukają porządnego mieszkania. Ale to był jeden z nielicznych wypadków, kiedy przydawał się zawód asystenta lotu. Ponieważ nasze nieregularne dyżury rzadko umożliwiały nam pobyt w jednym miejscu dłużej niż kilka dni pod rząd, słynęliśmy z tego, że liczną rzeszą zajmujemy maleńkie mieszkania. Na pewno więc gdzieś na tej dwudziestopięciomilowej wyspie znajdowało się puste łóżko czekające dla mnie. Bo chociaż w penthousie na Piątej Alei było bardzo miło, nie miałam szansy przeżyć reszty tygodnia z trzema puchatymi persami i ich wszechobecną sierścią. Poza tym nadszedł czas, żebym odzyskała swoje życie i zaczęła płacić za siebie.

Po nakarmieniu kotów i zaparzeniu kawy odpaliłam więc laptopa, zalogowałam się w intranecie Linii Atlas i przeszłam od razu do tablicy ogłoszeń personelu, gdzie personel pokładowy oferował wszystko od niechcianych przelotów, poprzez lekko używane części umundurowania, po pokoje do wynajęcia.

Ponieważ większość personelu pokładowego i latającego bazującego w Nowym Jorku to dojeżdżający do pracy, przylatujący do pracy, a potem kierujący się z powrotem do domu, kiedy tylko ich podróż dobiegnie końca, na tablicy widniała długa lista dostępnych lokali w Kew Gardens (ze względu na bliskość lotniska i mieszkania nabite pracownikami linii lotniczych nazywane też Crew* Gardens). Ale to na ogół sprowadzało się do sytuacji: dwadzieścia osób na dwupokojową metę, łóżka przechodnie (przynosisz własną pościel, kto pierwszy, ten lepszy). Ponieważ zaś ja od niedawna byłam singielką, nie dojeżdżałam, w pełnym wymiarze mieszkałam w Nowym Jorku, to zdecydowanie wolałam mieszkać w mieście. I zdecydowanie wolałam mieć własne łóżko.

Przejrzałam niezliczone oferty, którym nie miałam szansy sprostać i już chciałam się poddać, kiedy przeczytałam jedną na samym końcu:

SZUKAM — 1 k, npal, 2-os. syp., centrum, Lisette Johnson

Ponieważ nie znałam nikogo o imieniu Lisette, spróbowałam znaleźć jej harmonogram lotów w nadziei, że dowiem się czegoś o niej z preferowanych przez nią lotów. Ale kiedy wpisałam jej dane, na ekranie wyświetlił się napis „Informacje zastrzeżone" i od razu uznałam, że ona, podobnie jak ja, ma za sobą przykre zerwanie z innym pracownikiem Atlasa, i że nie chce być śledzona.

Czując więc, sięgnęłam po telefon i wybrałam jej numer, trzymając kciuki, żeby ogłoszenie było jeszcze aktualne.

Na czwarte piętro budynku bez windy dotarłam spocona, zziajana i ślubowałam iść na siłownię, kiedy tylko się wprowadzę. Potem przeczesałam palcami długie, kręcone włosy, zapukałam do drzwi Lisette i zamrugałam zdumiona na widok Lisy, którą mgliście pamiętałam ze szkolenia przed laty.

---

* *Crew* (ang.) — załoga

— O, cześć — powiedziałam, wycierając ręką spocone czoło. Miałam nadzieję, że pokój nie został wynajęty, zanim w ogóle zdążyłam go obejrzeć.

— Przyszłam do Lisette.

— To ja — odparła, odsuwając się i pokazując maleńkie zagracone mieszkanko z niedostrzegalnym dziennym światłem.

— Jak to? Ty jesteś Lisette? — spytałam, przystając na progu i spoglądając na nią niechętnie. Czułam się co najmniej zmieszana. No bo oczywiście jej włosy się zmieniły z brązowego kucyka na czarnego jak smoła, prostowanego boba sięgającego uszu, a jej niegdyś ubarwiona samoopalaczem skóra teraz była blada, wręcz biała, ale zdecydowanie pamiętałam ją jako Lisę, dziewczynę, która wciągnęła mnie do tratwy ratunkowej w czasie zajęć „Nieoczekiwanego wodowania" na basenie Atlasa.

— Zdałam egzamin z francuskiego. Teraz latam tylko do Nicei, Lyonu i Paryża — powiedziała, jakby to coś wyjaśniało.

Kiwnęłam głową, gorączkowo usiłując sobie przypomnieć o niej coś więcej z naszych sześciu tygodni na Południu, sześć lat temu. Ale niestety, zasoby pamięci okazały się puste.

— No więc tak — powiedziała z niepojętą dumą. — Tu jest kuchnia, za tymi drzwiami wanna z prysznicem, a za tymi moja sypialnia. — Pokazywała, wymierzając palec wskazujący we wszystkie ważne punkty orientacyjne w małej przestrzeni. — Co ty na to? — spytała, najwyraźniej oczekując pochwały.

— Cóż... — zagrałam na zwłokę, koncentrując się na umierającej roślinie doniczkowej w kącie, szkaradnym, ospowatym parkiecie oraz łuszczących się, pokrytych pęcherzami, pożółkłych ścianach, cały czas próbując przekonać siebie, że to co najwyżej sytuacja przejściowa. — Mogę zobaczyć ten wspólny pokój?

— Och, to nie jest wspólny pokój — pokręciła głową kategorycznie. — Sypialnia to mój pokój. A ty będziesz spać na tej rozkładanej kanapie. Podobno jest bardzo wygodna — powiedziała, przesuwając po oparciu krótkimi czerwonymi paznokciami jak hostessa w teleturnieju.

Na widok brzydkiej, ponurej, zapadającej się, brązowej, sztruksowej kanapy moje oczy o mało nie wypełniły się łzami. Ale że byłam zdecydowana przejść przez to, otarłam dłonią czoło, pokręciłam głową i powiedziałam:

— Dobra, to ile sobie życzysz?

Stała, przyglądając mi się uważnie.

— No, ponieważ będziesz spać na kanapie, uznałam, że zażądam mniej niż połowę czynszu. — Uśmiechnęła się.

— A ile to jest? — spytałam, chcąc dotrzeć do sedna sprawy. Nie miałam nastroju na podchody.

— Tysiąc dolarów miesięcznie plus połowa opłat. — Jej twarz nawet nie drgnęła.

— Za kanapę?! Żartujesz? — patrzyłam na nią z niedowierzaniem.

— Cały czynsz wynosi dwa tysiące dwieście! Płacę więcej niż ty! — przekonywała.

— Owszem, ale ty masz drzwi! A ja improwizuję na środku salonu — odparowałam. Czułam się bardzo przygnębiona, że targuję się o miejsce na kanapie.

— *D'accord* — westchnęła, wznosząc oczy do nieba i przechodząc na francuski. — Dziewięćset pięćdziesiąt.

— Dziewięćset — zripostowałam, mrużąc oczy.

— Niech będzie, *fini*. — Klasnęła dwukrotnie, dobijając targu.

Kręcąc głową, siadłam na gównianej, nierównej kanapie, która teraz służyła również za moje łóżko, i wypisałam jej czek za czynsz za pierwszy i ostatni miesiąc, w duchu mając nadzieję, że pierwszy będzie ostatnim.

— Przyjadę później ze swoimi rzeczami — powiedziałam, wymieniając czek na komplet lśniących złotych kluczy.

A kiedy kierowałam się do drzwi, zatrzymałam się i odwróciłam, by spojrzeć na Lisette i na kanapę, i wiedziałam, że właśnie dałam się kompletnie przerobić. Ale wiedziałam też, że jeśli mam zacząć szukać własnej drogi, to muszę zacząć tutaj.

STERYLNY KOKPIT

Personelowi pokładowemu pod żadnym pozorem nie wolno podejmować jakichkolwiek działań, które mogłyby odciągnąć pilotów od ich obowiązków.

10

Pierwsza noc na kanapie minęła mi nie najlepiej. Pal diabli wypukłości, wklęsłości i skrzypiące sprężyny, że nie wspomnę o mojej zarazkofobicznej paranoi na temat mrocznych początków mebla i jego historii erotycznej. Przede wszystkim nie spałam dlatego, że Lisette i jej pilot robili to tak głośno, że dwie zatyczki do uszu, dwie poduszki i gruba kołdra narzucona na głowę nie zdołały odciąć mnie od tego hałasu. A kiedy już wreszcie miłosiernie ich amory dobiegły końca, zaczęło się chrapanie (jej i jego). I zanim się zorientowałam, nastała 3.45 rano, a moje radio z budzikiem wybuchło jakże stosownym do sytuacji *All Out of Love*, które miało grać w mojej głowie przez resztę dnia.

Zawlokłam się do łazienki, odkręciłam kurki i czekając na gorącą wodę, zerknęłam w lustro. Moje orzechowe oczy miały worki wielkości bagażu rejestrowanego, włosy stanowiły nieokreślony kołtun, i jeśli się nie myliłam, na brodzie miałam bliską zapowiedź niespotykanie wielkiego syfa. Kiedy zaś otworzyłam szklane drzwi kabiny i ostrożnie weszłam do środka, po raz kolejny zadałam sobie pytanie, dlaczego zawsze zamieniam popołudniowe loty na te, na które trzeba się zameldować rano, skoro najwyraźniej nie jestem rannym ptaszkiem.

Owszem, to prawda, że musiałam przeżyć jedynie dwa szybkie, ale nużąco nudne rejsy do Waszyngtonu i z powrotem, ale jeśli małe cięcie, które właśnie sobie zrobiłam podczas golenia nóg, o czymś świadczyło, to moja koordynacja ręka-oko pozostawiała wiele do życzenia. A ponieważ do moich obowiązków należało dostarczanie wrzącej kawy szybko i bezpiecznie w ręce polityków i prezenterów wiadomości, którzy monopolizowali rejs (oni oczywiście uważali, że to mój jedyny obowiązek), poranne upośledzenie na pewno działało na moją niekorzyść.

Z drugiej jednak strony odprawa o piątej rano przekładała się na powrót wczesnym popołudniem. I wiedziałam, że kiedy przełknę kilka kubków tego okrutnego samolotowego naparu, stanę się na tyle komunikatywna, żeby przetrwać kontrolę bombową pierwszego lotu dnia, czego teraz ode mnie wymagano.

Świeżo wykąpana, z jednym ręcznikiem okręconym na głowie, a drugim zawiniętym ciasno wokół ciała, pochylałam się nad umywalką, wypluwając do niej pianę z pasty do zębów, kiedy blady, brzuchaty mężczyzna w średnim wieku, niefortunnie odziany w obcisłe gacie, gwałtownie otworzył drzwi i zapytał:

— Widziałaś moją obrączkę?

Odwróciłam do niego twarz, z ustami pełnymi piany pędzącej szybkim slalomem po mojej brodzie.

— Halo? Nie pukasz? — chwyciłam ręcznik na piersi, patrząc groźnie na Dana, odrażającego chłopaka Lisette, który w połowie przyłożył się do mojego niewyspania.

— Widziałaś ją? — spytał, zerkając nad moim ramieniem i wsuwając się do maleńkiej łazienki. — Muszę spadać. O piątej mam połączenie do domu i nie mogę jej nigdzie znaleźć.

— Chwila. Jak to? To ty nosisz obrączkę? — spytałam, ściskając ręcznik. Tkwiłam w miejscu, wyraźnie dając do zrozumienia, że nie dam się przesunąć.

— Może byś zaczęła szukać! — wrzasnął. Zgromił mnie wzrokiem i pokręcił głową ze złością, plądrując moją kosmetyczkę. — Gładka złota obrączka. Trudno ją przeoczyć.

Stałam coraz bardziej zmieszana i patrzyłam, jak poniewiera moją zalotką.

— Hm, czegoś nie rozumiem. — Wyszarpnęłam mu z ręki swoją kredkę do oczu i wbiłam wzrok w jego jabłko Adama, zdecydowana patrzeć tylko od tego punktu w górę.

— Szukam obrączki ślubnej. — Podniósł moją suszarkę i zajrzał pod spód. — Jeśli wrócę bez niej do domu, to już po mnie.

— Zaraz... to ty masz żonę? — spytałam, bezwiednie rzucając spojrzenie na drzwi sypialni i zastanawiając się, czy Lisette wie. O Boże, skąd ja się urwałam? Oczywiście, że wie.

Ale on nie odpowiedział. Pokręcił głową, przecisnął się obok mnie i ruszył do salonu.

Ja podążyłam za nim, czekając na odpowiedź.

— Może i żonę, na pewno stare pudło, które mnie zabije, jak wrócę bez obrączki — wyłożył mi powoli. — A teraz może byś mi pomogła, zamiast się gapić? — zajrzał za ramkę z fotografią Lisette pozującą na tle stereotypowego francuskiego krajobrazu.

Stałam bez ruchu, moje mokre włosy tworzyły sporą kałużę na brzydkiej drewnianej podłodze, i patrzyłam, jak on desperacko usiłuje namierzyć symbol swojej niegasnącej miłości, który najwyraźniej zdjął, zanim bzyknął symbol swego niegasnącego pożądania. I było dość jasne, że jedyna rzecz, która go naprawdę obchodzi, to własna obwisła dupa.

Potem pokręciłam głową, zebrałam elementy swojego munduru i zaniosłam je do łazienki. Tym razem zamknęłam się na klucz.

Najlepszą część rejsu do Waszyngtonu stanowiła półgodzinna przerwa, którą mieliśmy pomiędzy lotami. Rozsiedliśmy się w fotelach z granatowej skóry z rozłożonym na full oparciem i zjadaliśmy złożone z resztek śniadanie, a ja opowiadałam:

— To trwało i trwało — wywróciłam oczami na to wspomnienie. — W ogóle nie spałam. I kto mi zwróci te pięć godzin? — Pokręciłam głową i z trudem oderwałam kawałek twardego jak kamień bajgla, którego podawaliśmy pasażerom.

— On tam mieszka? — spytał Clay, zerkając na mnie znad kartonika soku pomarańczowego. Wszystko, co podawaliśmy na pokładzie, było miniaturowe — no może prócz wybujałego ego wszystkich osób, które obsługiwaliśmy.

— Nie. Dojeżdża z Atlanty, gdzie mieszka z żoną i dziećmi. Boże, to jest takie złe! A ona taka głośna! — Wzięłam łyk kawy.

Clayowi rozbłysły oczy.

— Jakaś szczególna mania? Czy zwyczajny wrzaskun? — Pochylił się ku mnie w oczekiwaniu na pikantne szczegóły.

— No cóż... — szepnęłam, wycierając usta i rozglądając się, czy aby na pewno piloci i generałowie są poza zasięgiem słuchu. — Ona lubi, jak on jej daje klapsy. Woła rzeczy typu: „Tak, tatusiu, chcę mieć czerwoną pupcię". — Kiedy na niego spojrzałam, mimowolnie zaczęłam się śmiać.

Clay z radości szeroko otworzył oczy.

— Zmyślasz!

— Chciałabym. A dzisiaj rano, jak się szykowałam w łazience, on się wtarabanił i pyta, czy widziałam jego obrączkę.

— O! Pięknie!

— A jak spytałam, czy ma żonę, odpowiedział, że ma stare pudło — pokręciłam głową. Znowu poczułam obrzydzenie do tego wszystkiego.

— Urocze — Clay wywrócił oczami.

— Wychodząc, znalazłam ją obok zlewu w kuchni. Pewnie ona kazała mu ją zdjąć i umyć ręce, zanim ją oklepał. — Wyjęłam z torebki wąską złotą obrączkę.

Clay sięgnął po nią.

— Bez brylantów? — Pokręcił głową. — Sknera. I co z tym zrobisz?

Wzruszyłam ramionami i upiłam kawy.

— Możesz ją zatrzymać, jeśli chcesz — powiedziałam, patrząc, jak ją wsuwa na serdeczny palec lewej ręki.

— Jest trochę luźna, ale chyba styknie. — Wyciągnął rękę przed siebie i podziwiał widok. — Mógłby się ze mną przeprowadzić do Vermont, żebyśmy to zalegalizowali. — Uśmiechnął się. — Ale poważnie, myślę, że to się przyda. Peter zwiększył liczbę ćwiczeń na mięśnie brzucha, a wiesz, że to może oznaczać tylko jedno. — Spojrzał na mnie, kręcąc głową złowróżbnie.

— Hm, chyba musisz mnie trochę naprowadzić, bo wasze wspólne wakacje w Hamptons to najbardziej złowrogi powód, jaki przychodzi mi do głowy.

— To znaczy, że nie czeka mnie nic dobrego. To znaczy, że próbuje na kimś zrobić wrażenie.

A takim gadżetem mogę wzbudzić jego zazdrość — uniósł brwi i pomachał do mnie swoim nowo wyposażonym palcem.

— To brzmi niezbyt zdrowo, Clay — pokręciłam głową.

— Hej, kochani, zgadnijcie, kto zaraz wejdzie na pokład? — Podniosłam wzrok i zobaczyłam Sydney, szefową personelu pokładowego i naszą dobrą przyjaciółkę, pędzącą korytarzem. Była jedyną osobą spośród piętnastu tysięcy członków naszego grona, która jakimś cudem wyglądała olśniewająco w mundurze. Ale mając metr siedemdziesiąt pięć, ciało brazylijskiej supermodelki, twarz rosyjskiej supermodelki i cudowne proste blond włosy szwedzkiej supermodelki chyba nie miała wyboru. — Właśnie widziałam, delikatnie mówiąc, stado superwizorów — zatrzymała się zdyszana.

— No świetnie — stęknęłam, rezygnując ze starego bajgla i wrzucając go z powrotem do kartonu, w którym przyjechał. — Co się dzieje?

— Najwyraźniej wracają z jakiegoś spotkania. Wszyscy mają te białe kubki do kawy z czarnymi literami: „OP".

— Mnie się to kojarzy z brzydkim słowem — rzucił Clay, zgniatając kartonik po soku i otwierając następny.

— Tak właśnie powinniśmy ich teraz nazywać. To oznacza Opiekuna Pracy.

— Żartujesz sobie, prawda? — spojrzałam na nią z nadzieją.

Przysiadła na poręczy naprzeciwko nas i pokręciła głową.

— „Używanie bardziej przyjaznej nazwy to pierwszy krok do załatania niefortunnej luki nieufności, która powstała pomiędzy pracownikami szeregowymi a kierownictwem" — zacytowała.

— Skąd to masz? — zaśmiał się Clay.

— Wpadłam na czterech takich w drodze do Starbucksa. Nie mogli się doczekać, żeby ujawnić strategię nowego OP i wdrożyć łagodniejszą, bardziej przyjazną wersję superwizora przyszłości.

— Wzniosła oczy do nieba.

— Czy to idzie w parze z łagodniejszym i bardziej przyjaznym nastawieniem? — spytałam.

— Nie. Ich podstawowa funkcja to nadal pisanie raportów na nasz temat. Ale teraz kiedy robią to jako OP, nie będziemy czuli takiej urazy, jak czuliśmy, kiedy byli superwizorami. Co to? — spytała, sięgając po rękę Claya.

— Clay właśnie się zaręczył z kapitanem z Atlasa — wyjaśniłam.

— A ja wiązałam z tobą takie nadzieje. — Puściła jego rękę i napiła się swojej latte. — Więc jak się spisuje kanapa?

— Koszmar — wzruszyłam ramionami.

— Nie do wiary, że nie wiedziałaś — powiedziała, wyciągając rękę, by oderwać kawałek bajgla Claya. — To niepisana zasada na postojach, że tylko najmłodszy stażem personel dostaje pokój obok tej parki.

— Cóż, chyba sporo czasu minęło, kiedy ostatnio latałam za granicę. — Podniosłam styropianowy kubek, by napić się kawy. — I chyba nie należę do tego elitarnego kręgu...

— Ucz się języków. Wtedy będziesz mogła cały czas latać do Europy — Clay kiwnął głową. — Ciągle potrzebują personelu greckojęzycznego.

— Hm, w trakcie lotu tutaj podałam dwie butelki wody George'owi Stephanopoulosowi. To się liczy? — Roześmiałam się. — Tak czy owak ona nie ma pojęcia, jaki błąd popełnia. No zobacz, co się stało ze mną. Jakby nie wystarczyło, że znalazłam się w tym samym hotelu w San Juan, co Michael. Wyobraź sobie, co by było, gdybym musiała z nim lecieć. Przysięgam, że już nigdy, nigdy więcej nie umówię się z żadnym pracownikiem linii Atlas. Poważnie. Nawet z prezesem.

— Hailey, litości. Zwłaszcza z prezesem! Widziałaś, jak on wygląda? — Clay pokręcił głową i napił się soku.

— Gotowi do boardingu? — Podniosłam wzrok i zobaczyłam, jak idzie korytarzem mój ulubiony kolega z obsługi naziemnej. George pracował tu prawie czterdzieści lat i znał historyjkę o każdym pracowniku Atlasa. Był też trochę flirciarzem, trochę zboczeńcem, ale w zaawansowanym wieku jakoś uchodziło mu to na sucho. Naprawdę uwielbialiśmy jednak w nim to, że zawsze nas ostrzegał, ilekroć wchodził na pokład ktoś z szefostwa Atlasa albo kontrolerzy FAA.

— Idzie całe stado superwizorów, pamiętajcie, żeby któreś cały czas było w rzędzie ewakuacyjnym — ostrzegał.

Ale dzisiaj byłam od niego dużo lepsza.

— Cześć, George, nie ma już superwizorów, teraz są OP — zawołałam za nim, patrząc, jak wraca korytarzem.

— Opierdalacze — burknął.

Nigdy nie mieściło mi się w głowie, jak ktoś stojący na środku samolotu, ubrany w szkaradny poliestrowy mundur może być tak niewidzialny. Od dziesięciu minut zajmowałam stanowisko obok rzędu ewakuacyjnego, a przez ten czas dwukrotnie ktoś stanął mi na stopie, moja lewa noga została zaatakowana przez zbuntowaną torbę na garnitur, a głowa niemal odcięta przez kształtny aluminiowy stelaż torby wrzucanej do schowka nad głową.

Odwróciłam się i pomachałam do Claya, aż zwróciłam na siebie jego uwagę. Potem posłałam mu wyraziste wzniesienia oczu do nieba połączone z potrząśnięciem głową, co służyło za nasz umówiony sygnał ewakuacji i oznaczało, że czas zamienić się miejscami.

Skierowałam się do kuchenki i zrobiłam sobie kolejny kubek kawy, potem oparłam się o brzeg wózka z napojami, zachowując się, jakbym uważnie obserwowała kabinę, podczas gdy tak naprawdę przeglądałam najnowsze wydanie magazynu „People", które pasażer z poprzedniego lotu zostawił życzliwie. Na okładce widniała Angelina Jolie i nie mogłam się doczekać, żeby się oddać lekturze.

— Mogę dostać butelkę wody?

Podniosłam wzrok i zobaczyłam przed sobą jedną z superwizorek, przepraszam, OP, w beżowej garsonce o wydatnych poduchach, pończochach w kolorze opalenizny, kremowych pantoflach na solidnym obcasie i z podkręcaną grzywką, która sterczała nad czołem jak daszek. Obrysowane ciemną konturówką usta układały się w cienką, ponurą kreskę, a oczy wpatrywały się w mój magazyn.

— Eee, oczywiście — odparłam, uśmiechając się serdecznie i jednocześnie spychając magazyn na bok, jakby nawet nie przyszło mi do głowy w ogóle go czytać, tylko bym uznała, że może mi się przydać nieco później, gdybym chciała pozamiatać kuchnię chociażby.

— A myśli pani, że mogłabym dostać... na przykład dwanaście? Wszystkim bardzo chce się pić.
— Wciąż pożerała wzrokiem Angelinę.

Uśmiechnęłam się jeszcze promienniej i otworzyłam wózek z napojami. Pewnie fakt, że jesteśmy zaaprowizowani jedynie dwunastoma butelkami wody na 138 spodziewanych pasażerów, w ogóle jej nie obchodził. No bo w końcu mieliśmy na pokładzie dwunastu odwodnionych OP, a moim obowiązkiem było im służyć.

Nie wspominając, że właśnie zostałam przyłapana na uczestniczeniu w najbardziej haniebnej ze wszystkich osobistych rozrywek. Czytanie gazety w trakcie którejkolwiek fazy lotu, zwłaszcza w czasie boardingu, startu i lądowania było ściśle zakazane. A teraz, z nastaniem telefonów z aparatami, słyszałam o niejednej żałosnej stewardesie sfotografowanej na gorącym uczynku i niezwłocznie wezwanej do biura superwizora — przepraszam, OP — na duży OPR.

Poza tym ta ostatnia zmiana nazwy mnie nie zwiodła, bo każdy wie, że cała grupa superwizorów personelu pokładowego składa się z byłych asystentów lotu, którzy nie podołali. Nie znieśli codziennego wyzwania pracy w powietrzu — tego, że nigdy nie wiadomo, z kim pracujesz, kogo obsługujesz, nie wspominając o tym, gdzie wylądujesz. Ci ludzie nienawidzili spontaniczności i kochali organizację, zasady oraz rutynę. I niestety, chcieli, żebyśmy też tego chcieli.

Och, pewnie, od czasu do czasu trafiał się jakiś kierujący się najlepszymi intencjami odmieniec o dobrych intencjach i rewolucyjnych marzeniach o zmianie systemu przez uczynienie go bardziej równym, mniej nieludzkim. Ale pół roku w firmie wystarczało, by taki Che Guevara kończył w punkcie wyjścia, z ideałami roztrzaskanymi w drobiazgi, złamanym duchem przez nieposkromioną tyranię życia biurowego Atlas Airlines.

Superwizorzy, OP, czy jak tam ich zwał, dla mnie jeden pies. To byli ludzie z innej bajki i wiedziałam, że lepiej się z nimi nie spoufalać.

Wrzuciłam dwanaście butelek do niebieskiej plastikowej torby na śmieci Atlasa, która miała spełnić dwojaką funkcję — pomóc jej w transporcie na miejsce i schować je przed wzrokiem podróżnych, żeby nie wzniecić masowego pędu do wody przed lotem. Wystarczyło, żeby jedna osoba przeszła korytarzem z czymś, czego nie zaoferowano jeszcze nikomu innemu, a już zaczynały się przywołania i dziki pęd do kuchni.

— Proszę bardzo — powiedziałam, krzywiąc twarz w uśmiechu i modląc się, żebyśmy zapomniały o niefortunnym magazynie i wróciły na La Guardię bez wypełniania żadnych raportów o zajściu.

Już wychodziła z kuchni, a ja wciskałam magazyn w swoje rozkładane krzesło, żeby go sobie przeczytać w trakcie przerwy, kiedy ona odwróciła głowę i powiedziała:

— Myśli pani, że mogłabym pożyczyć ten numer „People"? No bo chyba nie zamierza pani czytać na krzesełku, prawda? — Jej oczy utkwiły w moich, kiedy oblałam się zimnym, tchórzowskim potem.

— Ach, ten? — zaśmiałam się nerwowo, wyciągając go za krawędź, jakby był to jakiś obcy przedmiot, z którym nic mnie nie łączyło. — A może go pani w ogóle zatrzyma? — powiedziałam, wstrzymując oddech, kiedy wsadzała go do swojej małej niebieskiej torby i ruszała z powrotem korytarzem.

I kiedy w końcu usiadła, oparłam się o wózek z napojami i westchnęłam. Milszy, bardziej przyjazny superwizor? Wątpię. Ale najwyraźniej miała swoją cenę.

11

Stałam przed swoją szafą, pakując się na trzydniową podróż z długimi postojami w Miami i Missoula (bikini i kowbojki, jest ktoś chętny?), kiedy zadzwoniła moja komórka.

— Chciałbym rozmawiać z Hailey Lane — powiedział niski męski głos, którego nie rozpoznałam.

— To ja, słucham — odrzekłam, wrzucając do torby butelkę balsamu do opalania i grube bawełniane skarpety.

— Witam. Nazywam się Dane Richards. Ostatnio lecieliśmy razem.

Odsunęłam telefon od ucha i spojrzałam na niego, zastanawiając się, czego facet może chcieć. Czy to może jakaś nowa inicjatywa Atlas Airlines nastawiona na zadowolenie klienta? Czy teraz pasażerowie będą do nas dzwonić, żeby ponarzekać na gównianą obsługę?

— Chyba zostawiła pani pewne papiery, które się pomieszały z moimi. Niemal je dzisiaj włączyłem do sprawy w sądzie. Znakomity pomysł, żeby napisać na wierzchu nazwisko i numer komórki.

— Ma pan mój rękopis? — spytałam, czując ulgę, że się nie zgubił, ale przerażona, że facet go przeczytał.

— Mam je do pani wysłać kurierem? Mogłyby dotrzeć o piątej.

— Nie, wyjeżdżam z miasta. Może ja bym je skądś odebrała?

— A może pani dojechać do Midtown? — spytał. Teraz wydawało się, że coś go rozproszyło, bo w tle pojawiło się kilka głosów.

— Doskonale. Będę przejeżdżać Czterdziestą Drugą. Proszę mi podać adres, to się spotkamy.

Kiedy tylko się rozłączyłam, rzuciłam się na karton z moimi ulubionymi rzeczami nieakceptowanymi przez Atlas Airlines. Jeśli pamięć mnie nie zawodziła, to Dane Richards był niezłym towarem. A ponieważ w trakcie naszej krótkiej rozmowy padły słowa „sąd" i „Midtown", wiedziałam, że stoję w obliczu okazji, na której zignorowanie nie mogę sobie pozwolić.

Chociaż na Manhattanie nie brakowało „towarów", znalezienie kogoś w odpowiednim wieku, nieżonatego, z dobrą pracą oznaczało prawdziwą okazję — byli w ofercie tylko do wyczerpania zapasów. Znalezienie samotnego „towaru", który nie boi się zobowiązań, w odpowiednim wieku, z dobrą pracą przypominało znalezienie świętego Graala — wszyscy słyszeliśmy, że takie coś istnieje, ale jeszcze nie widzieliśmy go na oczy.

Zmieniłam nudne, regulaminowe kolczyki ze sztucznymi perełkami na moje ulubione złoto-szmaragdowe żyrandole, które kupiłam w podróży do Bombaju i rozpuściłam włosy, likwidując migrenogenny francuski warkocz. Potem wywinęłam pasek granatowej spódnicy mundurowej, co podkasało ją niemal o cztery centymetry, i założyłam parę nieregulaminowych, ale przeuroczych pantofli na koturnie. Patrząc w lustro, oceniłam dwuminutową przeróbkę ze strażniczki więzienia o zaostrzonym rygorze na modną stewardesę. A potem skrzyżowałam palce i wybiegłam z domu pełna nadziei, że nie natknę się na Lawrence'a.

Ale kiedy już stałam przed budynkiem Dane'a, wpatrując się we wszystkie przytłaczające czterdzieści cztery piętra, poczułam się niewiarygodnie mała i zdenerwowana. No bo kogo ja chcę oszukać? Midtown obfitowało we wszelkiej maści zachwycające, eleganckie profesjonalistki na wysokich obcasach, a ja chciałam na kimś zrobić wrażenie swoją poliestrowo-bawełnianą bluzką, plastikową odznaką i łatwopalną spódnicą?

Bo chociaż przeciętna Amerykanka miała metr sześćdziesiąt i nosiła czternastkę, tu na Manhattanie ta statystyka zmieniała się na metr siedemdziesiąt pięć i dwójkę. Ja co prawda byłam dwa i pół centymetra wyższa i kilka rozmiarów mniejsza niż średnia krajowa, ale w tej okolicy mogło to przejść niezauważenie.

No bo w filmowej wersji mojego życia grałaby mnie Atomówka Bójka. I chociaż mogła być urocza i przebojowa — wybitnie utalentowana do kopania tyłków i ratowania świata — i tak nie wytrzymywała porównania do wszystkich tych długich, leniwych lasek w rodzaju Jessiki Królik, które grały w drużynie przeciwnej w bezwzględnym świecie randek wielkiego miasta.

Zapinając żakiet, wjechałam windą aż na osiemnaste piętro, całą drogę prawiąc sobie kazanie, że tak się podjarałam spotkaniem z tym całym Dane'em, który pewnie wcale nie był taki obłędny, ponad wszelką wątpliwość był żonaty i z dużym prawdopodobieństwem był totalnym dupkiem. No bo nie bójmy się tego powiedzieć, każdy, kto wyskakuje jak diabeł z pudełka i spodziewa się, że cały samolot będzie na niego czekał, kto bezczelnie wywala kogoś z fotela pierwszej klasy, jest najwyraźniej utytułowanym elitarystą, którego należy za wszelką cenę unikać. I zanim dojechałam na jego piętro, tak skutecznie się do tego przekonałam, że byłam zdecydowana chwycić swój rękopis i wynieść się stamtąd w te pędy.

Stojąc przed lśniącym, czarnym łukowatym biurkiem, usiłowałam zwrócić na siebie uwagę recepcjonistki na krześle na kółkach i ze słuchawką na głowie. Ona zaś z nieznanych mi przyczyn wydawała się absolutnie mnie ignorować.

— Witam — powiedziałam, machając do niej, kiedy szybko odjechała, a jednocześnie nieprzerwanie trajkotała do mikrofonu. — Hm, przepraszam, ale trochę się spieszę. Szukam Dane'a Richardsa... Nazywam się Hailey Lane... — Stałam niepewnie i nie miałam jak stwierdzić, czy cokolwiek do niej dotarło.

Ona natomiast, nie dając znaku, że i owszem, ruszyła z powrotem, uderzyła w klawiaturę, zerknęła na monitor, potem sięgnęła do przegródki i wyciągnęła grubą usztywnianą kopertę z wielką białą nalepką i napisem „Hailey Lain".

Przez chwilę patrzyłam na to, co się działo, czując się jak idiotka, bo założyłam swoje najfajniejsze ciuchy dla kogoś, kto nie umiał nawet zapisać mojego nazwiska. Potem wcisnęłam kopertę do swojej przeładowanej torby i ruszyłam z powrotem do windy.

A kiedy tylko usiadłam w autobusie zdążającym na JFK, przekartkowałam rękopis, szukając plam po kawie, odcisków palców, DNA — jakichkolwiek wskazówek, które by mi powiedziały, czy Dane na tyle się zaciekawił, żeby przynajmniej rzucić na niego okiem. Ale jedyne ślady długopisu i zagniecenia, jakie znalazłam, to te, które pamiętałam jako swoje, co tylko dowodziło, że wielmożnego pana Dane'a Richardsa pierwsza strona nie zaciekawiła w stopniu umożliwiającym dobrnięcie do końca.

A ponieważ wszyscy wiedzą, jak wścibscy są prawnicy, stało się jasne, że dostałam właśnie pierwszą negatywną recenzję.

Po pięciogodzinnym locie do Missoula, w trakcie którego miałam do dyspozycji dwa niemal puste wózki z napojami i dwadzieścia cztery kanapki do nakarmienia 128 pasażerów, siedziałam w hotelowej siłowni, pedałując na rowerze „leżącym" i czytając ostatni numer magazynu „Author!", kiedy zadzwoniła moja komórka. Pochłonięta artykułem pod tytułem *Zagoń swoich bohaterów do roboty*, odebrałam, nie sprawdzając, kto dzwoni.

— Hailey? To ty?

No świetnie. Moja mama. Niezwłocznie rzuciłam magazyn na podłogę i usadowiłam się do niewątpliwie długiej, emocjonalnie wyczerpującej rozmowy.

— Mam dla ciebie niespodziankę! — pisnęła. W jej głosie słyszałam niepokojąco dużo ekscytacji.

— Tak? — Już się bałam.

— Przyjeżdżam do Nowego Jorku! Odwiedzić ciebie i Michaela!

— Och, to... świetnie — wybełkotałam, wpatrując się w swoje odbicie w lustrach na ścianie i zastanawiając się, jak by ją zniechęcić. Nie było bowiem mowy, żebym pozwoliła na to wydarzenie, jako że nie zebrałam się jeszcze do powiadomienia jej o Michaelu i o mnie. Miałam nadzieję, że zdołam to odwlec o jakiś... no nie wiem... rok? Dwa?

— Hm. A kiedy byś chciała przyjechać?

— Pojutrze!

— O, no dobrze. To naprawdę niespodzianka — powiedziałam, gorączkowo szukając powodu, dla którego ta wizyta nie mogłaby dojść do skutku. — A na ile chcesz przyjechać?

— Dwa dni, dwie noce — zaśpiewała.

— A sprawdzałaś już lot? Bo wiesz, teraz mają dużą nadprzedaż, więc jest szansa, że w ogóle nie wsiądziesz — ostrzegłam. Co prawda obejmowały ją moje profity służbowe, ale mogło wszak zabraknąć miejsc.

— Już sprawdziłam i są miejsca. Lecę o trzeciej i zarezerwowałam już nawet pokój w SoHo Grand. Nie chciałam ci robić kłopotu.

— Zatrzymujesz się w SoHo? — spytałam. Nie wiem, co mnie bardziej zaskoczyło — jej wizyta czy jej pobyt w hotelu. Moja mama zawsze należała raczej do konserwatywnych gości hoteli Midtown niż do bywalców najmodniejszych butików Downtown.

— Tak, i zarezerwowałam kolację w Spice! Słyszałam, że to modna knajpa.

Najpierw SoHo, teraz Spice... Może ona ogląda powtórki *Seksu w wielkim mieście* na TBS?

— Aha, może będę tylko ja — ostrzegłam. — Michael tyle lata, że sama ledwie go widuję. — Zaśmiałam się nerwowo.

— No to będziemy miały szansę nadrobić zaległości, prawda? Od waszej ostatniej wizyty upłynęło dużo czasu. Kiedy to było? Rok temu? Półtora? Jak na kogoś, kto lata za darmo, niezbyt często bywasz w domu rodzinnym, prawda?

Siedziałam, oddychając głęboko, zdecydowana zignorować ten ostatni docinek.

— Dobra — powiedziałam w końcu. — Ja lecę jutro o piątej. Jeśli chcesz na mnie zaczekać, możemy razem pojechać do miasta.

— Nie trzeba. Wezmę taksówkę i pojadę do hotelu. Możemy się tam spotkać później.

— Chcesz, żebym cię wpisała na listę rezerwową? — spytałam.

— No, miło by było. I gdybyś zechciała do pierwszej klasy, byłabym wdzięczna.

Zanim dotarłam na Broadway, pogodziłam się z nieuniknionym, wiedząc dokładnie, jak potoczy się wieczór. Najpierw mama rzuci na mnie okiem i powie: „A, więc tak się teraz czeszesz". Potem uśmiechnie się grzecznie i spyta, co u mnie. A potem, bez zbędnych ceregieli, pogrąży się od razu w najważniejszym punkcie swojej dwutysięcznomilowej podróży transkontynentalnej. Dotykając lekko mojego ramienia, pochyli się ku mnie i konspiracyjnym szeptem spyta: „Ustaliliście już datę?".

Pokręciłam głową i przeszłam przez szklane drzwi, kierując się prosto do głośnego, zatłoczonego baru. Mrużąc oczy w mroku, przeszukiwałam tłum biurw hulających po godzinach, wciąż trochę nie dowierzając, że naprawdę znajdę swoją matkę wśród wyznaczających trendy nowojorczyków.

Nagle od tyłu owinął mnie odziany w Gucciego uścisk i obłok Addict Diora.

— Mama? — spytałam niepewnie, odsuwając się i szukając choćby jednej znajomej rysy na twarzy kobiety, która urodziła mnie prawie trzydzieści lat temu. — Jesteś tam? — zażartowałam. Wiedziałam, że się gapię jak sroka w kość, ale nie mogłam się powstrzymać.

— Jak ci się podoba? — spytała, uśmiechając się i obracając jak modelka na wybiegu.

— Wyglądasz... inaczej — odparłam. Krótko ostrzyżona brunetka przerodziła się w maślaną blondynkę. Jasnoniebieskie oczy, mogłabym przy-

siąc, kiedyś były brązowe. Że nie wspomnę o lśniących, pełnych ustach, niegdyś... mniej pełnych.

— Zrobiłam sobie kilka rzeczy — szepnęła. —
I? — Z uśmiechem czekała na werdykt.

Dalej się wpatrywałam, ogarniając bezzmarszcz-
kową, równo ubarwioną skórę i obfity rowek wychy-
lający się z głęboko wyciętego dekoltu swetra.

— Ekhm... wyglądasz świetnie, naprawdę. —
W duchu zastanawiałam się, czy przeoczyłam ważny odcinek *Łabędziem być...**.

— No i świetnie się czuję! To jak nowy początek.
I tyle mam ci do powiedzenia! — Uśmiechnęła się,
odsłaniając lśniące nowe zęby. — Najpierw jednak
chcę, żebyś poznała moich nowych przyjaciół.

Zaprowadziła mnie do baru, gdzie czekało
dwóch ciemnowłosych typów z Wall Street.

— To Mark — wskazała faceta w grafitowym
garniturze i krawacie w różowe groszki, już polu-
zowanym na znak fajrantowego buntu „ruszamy
w tango". — A to Daniel. — Wskazała lekko łysie-
jącą wersję Marka.

— Cześć — uśmiechnęłam się. Czułam się jak
niezgrabna dwunastolatka, patrząc, jak moja prze-
robiona mama flirtuje z facetami raczej w moim
wieku niż jej.

— Mogę ci postawić drinka? — spytał Mark.

— Hm, a co pijecie? — zerknęłam do szklanki
mamy.

— Ja jabłkowe martini! — obwieściła i odnio-
słam wrażenie, że to nie pierwsza jej kolejka.

— Ja chyba poproszę kieliszek wina — powiedziałam, wsuwając się na stołek pomiędzy nimi.

---

* *The Swan (Łabędziem być...)* — amerykańskie show, w którym nie najpiękniejsze kobiety mają szansę radykalnej metamorfo-
zy, między innymi za pomocą operacji plastycznych.

— Cindy mówi, że obie jesteście z Kalifornii — zagaił uśmiechnięty Daniel.

Zerknęłam szybko na mamę, która patrzyła na mnie spojrzeniem nie do końca dla mnie czytelnym. I nie wiedząc, co jest grane, chociaż czując pewność, że coś grane jest, odpowiedziałam jak najmniej konkretnie:

— Zgadza się, z Orange County — kiwnęłam głową.

— Mieszkałyśmy razem przez kilka lat, ale potem Hailey dostała robotę w liniach lotniczych i odleciała. — Upiła drinka i niewinnym chichotem skwitowała ten uroczy przykład historii poprawionej.

Mieszkałyśmy razem? Czy ona mówiła poważnie? To znaczy, no owszem, nie sposób zarzucić jej kłamstwa... ale... Pokręciłam głową, spojrzałam na puchate rozjaśniane włosy, na wyeksponowany rowek i kieliszek martini wypełniony kompotem jabłkowym... O Boże! Moja mama była na podrywie!

Patrzyłam, jak uśmiecha się zalotnie, wiedząc, że nie ma mowy, żebym sobie z tym poradziła. To było zbyt zatrważające. Możliwe, że przez najbliższe dwadzieścia lat będę musiała chodzić na terapię.

— Ekhm... Cindy, czy my aby nie mamy zarezerwowanego stoika? — spytałam, postukując tarczę zegarka od Cartiera, który dała mi, kiedy zaczęłam college, a którego odebraniem zagroziła, gdy dwa lata później go rzuciłam.

— Ach tak, masz rację, trzeba by już iść — powiedziała, dopijając martini jednym solidnym łykiem.

Patrzyłam, jak Daniel i Mark rzucają stos banknotów na bar i wstają, jakby do nas dołączali.

— Cóż, miło było was poznać — powiedziałam, wykonując zdecydowane, krótkie machnięcie

112

i ciągnąc mamę za rękaw. Nie mogłam się doczekać końca tej upiornej szarady.

— Ale ja ich zaprosiłam, żeby do nas dołączyli — uśmiechnęła się radośnie. — Fajnie będzie, prawda?

Spojrzałam na Daniela i Marka, zastanawiając się, który ma być mój. Potem potulnie podążyłam za nimi, kiedy wychodziliśmy z hotelu i zatrzymywaliśmy taksówkę na ulicy.

Gdzieś pomiędzy zupą z soczewicy o cynamonowym aromacie i kardamonowymi lodami stało się dość oczywiste, że Cindy i Daniel się zaprzyjaźniają. Co wystawiło mnie na pastwę zdecydowanie nadmiernej atencji Marka.

— No to dokąd teraz? — spytała mama tonem zbuntowanej nastolatki, która nie przestrzega godziny policyjnej.

— Kilka przecznic stąd jest nowy klub. Możemy zamówić koktajle i posłuchać jazzu na żywo — zaproponował Daniel, przysuwając się jeszcze bliżej i sunąc palcem po jej ramieniu.

— Hm, jeśli nie macie nic przeciwko, ja chyba pójdę do domu — powiedziałam, posyłając Cindy znaczące spojrzenie.

— Ale noc jest jeszcze taka młoda! — zaprotestowała.

— No tak, ale ja leciałam cały dzień i jestem naprawdę wykończona. — Ziewnęłam dla podkreślenia swoich słów.

— Ja też leciałam cały dzień i czuję się świetnie! — Uśmiechnęła się.

— Ale ty nie miałaś na sobie poliestrowego fartucha i nie pchałaś stukilowego wózka z napojami, prawda, Cindy? — zmrużyłam powieki.

Ona jednak tylko wzruszyła ramionami i sięgnęła do torebki. Wyjęła portfel od Louisa Vuittona, stamtąd plastikową kartę i rzuciła mi ją.

— Masz. Mieszkamy w trzysta sześć. Zobaczymy się później — powiedziała.

Siedziałam wstrząśnięta, czując, jak twarda krawędź karty wbija mi się w dłoń i patrząc, jak moja mama pochyla głowę ku Danielowi i śmieje się cicho, kiedy on szepce jej coś do ucha.

Potem pokręciłam głową, chwyciłam swoją torebkę i pognałam do drzwi, udając, że nie słyszę, jak Mark mnie woła.

Idąc korytarzem, czułam taką irytację na Cindy, że zastanawiałam się wręcz, czy może iść na dół, złapać taksówkę i pojechać do swojej ohydnie małej rozkładanej kanapy. Kiedy jednak wsunęłam kartę do zamka, otworzyłam drzwi i weszłam do modnego, czystego, dobrze wyposażonego pokoju, zdałam sobie sprawę, że powrót do mojego mizernego mieszkanka będzie karą tylko dla mnie. A chyba już i tak dużo przeszłam.

Zrzuciłam pantofle, zdjęłam dżinsy i rzuciłam bluzkę na oparcie krzesła. Potem weszłam na bosaka do łazienki, by ochoczo skorzystać z tych wszystkich ekskluzywnych udogodnień, na które teraz, w singlowym życiu, już nie było mnie stać. Więc po umyciu twarzy, nasmarowaniu się cytrynowym balsamem i spryskaniu się najmodniejszymi nowymi perfumami mojej mamy wsunęłam się w luksusową pościel i patrzyłam, jak hotelowa złota rybka pływa w swojej szykownej, minimalistycznej wazie.

Potem przetoczyłam się na drugi bok, spojrzałam na zegarek i czekałam.

*

Jeśli personel podejrzewa, że ma do czynienia z pasażerem na gapę, nie powinien podejmować próby pobrania opłaty.

12

— Jeszcze śpisz?

Otworzyłam oczy i stwierdziłam, że mama szarpie mnie za ramię i przygląda mi się uważnie.

— Która godzina? — spytałam, przecierając oczy.

— Czas wstawać! — zaśpiewała, rozsuwając zasłony i wpuszczając do środka bezlitosne poranne światło.

Mrugając powiekami, spojrzałam na budzik, nie dowierzając, że naprawdę jest dziesiąta trzydzieści. Nie spałam do tej godziny, odkąd zeszłej wiosny latałam na trasach międzynarodowych. Potem potrząsnęłam głową i spojrzałam na nią raz jeszcze. Czy ona właśnie wróciła?

— Mam wielkie plany! — oznajmiła, uśmiechając się z ekscytacją i ściągając mi stopy na gruby bawełniany dywan.

Spojrzałam na drugie łóżko — na którym ona powinna spać — i stwierdziłam, że pościel na nim jest nietknięta. Potem odwróciłam się z powrotem do niej, zauważyłam, że ma na sobie to samo, co poprzedniego wieczora, w tym wczorajszą maskarę rozmazaną delikatnie na policzkach. A potem dotarło do mnie: „O mój Boże! Moja matka właśnie zaliczyła haniebny powrót poranny!"

— Czy ty dopiero wróciłaś? — spytałam, gapiąc się na nią z otwartymi ustami.

— Pospiesz się i wskakuj pod prysznic — poleciła, zręcznie unikając odpowiedzi na moje pytanie.

— Za niecałą godzinę mamy rezerwację na brunch w Tavern on the Green. A potem chyba pójdziemy sobie na całodzienne zakupy!

Patrzyłam, jak układa kwiaty na drugim końcu pokoju.

— Mamo, chyba powinnyśmy pogadać — powiedziałam zdecydowana dotrzeć do sedna jej dziwnego zachowania i jeszcze dziwniejszego wyglądu.

— Przy jedzeniu będziemy miały mnóstwo czasu na rozmowy — odparła, skupiając się na kwiatach i uparcie na mnie nie patrząc. — A teraz się szykuj.

Zanim przełknęłam pierwszy łyk cappuccino, matka spojrzała mi prosto w oczy i oznajmiła:

— Chcę wiedzieć, co się dzieje z tobą i Michaelem.

— Co masz na myśli? — spytałam, grając na czas i zastanawiając się, jak by tu w ogóle tego tematu uniknąć.

— Hailey, proszę. Wiem, że coś jest nie tak. Chciałabym, żebyś mi zaufała i powiedziała, co.

— No świetnie, a mam ci się zwierzyć jako dawnej współlokatorce Cindy? Czy jako mojej matce? — spytałam, obdarzając ją oskarżycielskim spojrzeniem, kiedy nagle się zainteresowała ziemniakami z cebulą, których normalnie unikała. — Chyba musisz mi wybaczyć pewne zdezorientowanie — ciągnęłam. — Bo widzisz, ostatnio słyszałam, że w zasadzie nie jesteśmy spokrewnione. — Patrzyłam na nią gniewnie, chcąc, by podniosła wzrok. Ale kiedy

117

wreszcie to zrobiła, coś w jej wyrazie twarzy sprawiło, że pożałowałam wszystkich swoich słów.

— Och, Hailey — westchnęła, posyłając mi zakłopotane spojrzenie. — Ty tego nie jesteś w stanie zrozumieć.

— Daj mi szansę. — Napiłam się kawy i czekałam.

Zacisnęła usta i pokręciła głową.

— Jesteś młoda, masz przed sobą całe życie. Nie jestem pewna, czy potrafisz pojąć, jak bardzo życie może zawieść twoje oczekiwania.

— Doprawdy? No to dla twojej informacji, ostatnio spotkało mnie kilka niespodzianek. Na przykład pewnego dnia wróciłam do domu i zastałam Michaela w łóżku... z facetem! Co powiesz na taką realizację oczekiwań? — spytałam, poniewczasie zdając sobie sprawę, że ułatwiłam jej zadanie.

— Och, skarbie. Tak mi przykro. — Wyciągnęła rękę nad stołem i chwyciła mnie za ramię.

Ale ja tylko wzruszyłam ramionami i wzięłam łyk drinka.

— Dlaczego wcześniej mi nie powiedziałaś? — spytała.

Pokręciłam głową.

— Nie mogłam — szepnęłam, słysząc, że głos mi się łamie.

— Ależ mnie możesz powiedzieć wszystko!

— Mamo, litości. To nieprawda. Nie pochwaliłaś chyba żadnej decyzji, jaką w życiu podjęłam! W college'u, kiedy chciałam jako główny przedmiot wybrać angielski, powiedziałaś, że powinnam wybrać ekonomię. Kiedy podjęłam pracę w Atlasie, powiedziałaś, że marnuję sobie życie. I obstawałaś przy tym, dopóki nie poznałam Michaela. Potem nagle wszystko było świetnie, bo spotykałam się z facetem, którego biurem była kabina pilotów! —

Pokręciłam głową. — Zupełnie jakby Michael był jedynym elementem mojego życia, który spotkał się z twoją aprobatą. Wybacz więc, że nie pognałam do ciebie z wieściami!

— Ale ja zawsze byłam z ciebie dumna — powiedziała, krzywiąc się, tak jak zawsze, kiedy się miała rozpłakać, ale nie chciała, żeby jej się rozmazał makijaż.

— I może chciałabyś wiedzieć, co powiedział Michael? — spytałam. Byłam na fali, nic nie mogło mnie zatrzymać. — Powiedział, że nigdy nie brał pod uwagę małżeństwa ze mną, bo jestem za stara!

— Opadłam na oparcie i skrzyżowałam ramiona. I co ona na to?

Ale moja mama pokręciła głową.

— Alan się ożenił — powiedziała, po czym zajęła się swoją białą płócienną serwetką.

— Co takiego? Kiedy? — pochyliłam się ku niej. Alan był moim okresowym ojczymem. Mój rodzony tata umarł, kiedy byłam mała, i znałam go tylko ze starych zdjęć.

— W zeszłym miesiącu. — Wzruszyła ramionami i odwróciła wzrok.

— A kim jest szczęśliwa panna młoda?

— Jego trzydziestoletnia trenerka osobista. — Westchnęła.

— Powiedz mi, że to głupi dowcip — poprosiłam.

Ale ona tylko na mnie spojrzała.

— Myślałam, że znowu ze sobą rozmawiacie, że się godzicie. — Moja mama i Alan rozwiedli się przed laty, ale nigdy się do końca nie rozstali. Byli jak Liz Taylor i Richard Burton, bez siebie nieszczęśliwi, razem toksyczni.

— Zjedliśmy kilka razy kolację, pograliśmy trochę w golfa, potem ja uznałam, że muszę nad sobą popracować i kiedy dochodziłam do siebie, on chyba znalazł lepszą partię.

Teraz ja chwyciłam ją za rękę.

— Dobra, wygrałaś — powiedziałam, uśmiechając z zakłopotaniem.

— Hailey — westchnęła, kręcąc głową. — Kiedy twój tata umarł, czułam się taka zagubiona, a kiedy pojawił się Alan, to no cóż... Wydawało mi się, że wychodząc za niego, wybieram bezpieczne życie. Potem ty wyjechałaś do college'u, myśmy się rozwiedli i nie miałam pojęcia, co dalej. Więc przez ostatnie dziesięć lat kurczowo trzymałam się przeszłości. — Spojrzała na mnie i znowu pokręciła głową. — Teraz chyba próbuję to nadrobić.

— A co z Danielem? O co w tym chodzi?

Wbiła wzrok w swój talerz.

— Chciałam zobaczyć, jak to jest, być z kimś innym niż twój ojciec i Alan.

„O Boże! O nie!". Wpatrywałam się w swoją serwetkę przerażona, że matka zaraz mi powie, jak to jest z tym kimś innym.

— Było inaczej. — Wzruszyła ramionami.

— Więc jak daleko jest do twojego mieszkania? — spytała moja mama, z jedną ręką obładowaną torbami z zakupami, a drugą machając na taksówkę.

— Ekhm, niedaleko. A czemu pytasz? — spytałam nerwowo.

— A tak sobie pomyślałam, że się tam bujniemy. Chciałabym zobaczyć twoje nowe mieszkanie. — Uśmiechnęła się, otwierając drzwi i gestem kierując mnie do środka.

Wsunęłam się na siedzenie, wyobrażając sobie moją mamę w zestawieniu z czerwoną pupcią Lisette.

— To chyba nie jest dobry pomysł. Może być moja współlokatorka i... ona jest trochę dziwna — wyznałam.

— Hailey, czy ty potrzebujesz pieniędzy? — spytała moja matka z zatroskaną twarzą.

— Nie! — zaciekle potrząsnęłam głową. Jezu! Już i tak czułam się dziwacznie z tymi wszystkimi rzeczami, które mi kupiła, nie wspominając o tym, że przez ostatnie cztery lata karmił mnie, ubierał i kwaterował Michael, nie było więc mowy, żeby ona podjęła to, co on sobie odpuścił. Nadszedł czas samodzielności. Odwyk. Żadnych dobroczyńców, żadnych zasiłków i zdecydowanie żadnych wypłat z Mambanku.

— To nie żaden wstyd — powiedziała.

— Mamo, nic mi nie dolega. Naprawdę. Mam pracę i jeśli będę potrzebować pieniędzy, wezmę więcej lotów.

Pokręciła głową.

— Jesteś taka niezależna. Zupełnie jak twój ojciec. — Westchnęła.

Ale ja tylko się uśmiechnęłam i wyjrzałam przez okno, mając nadzieję, że pewnego dnia to będzie prawda.

Chociaż rzeczywiście postanowiłam być bezgranicznie samowystarczalna, musiałam przyznać, że będę tęsknić za noclegiem w SoHo Grand. Spędziłam z mamą dwa zdumiewająco miłe dni, a teraz ona musiała wracać do Kalifornii i do swojego życia bez Alana. Było mi smutno z jej powodu, ale wiedziałam, że tak jak w przypadku mojego rozstania z Michaelem, i dla niej ten koniec oznacza lepsze wyjście.

— Sprawdź, czy nic nie zostawiłyśmy — poleciła, po raz czwarty przeszukując szuflady. — Zajrzałaś pod łóżka?

— Nic nie ma — zameldowałam, wstając z podłogi i wpatrując się w wazę z rybką. — Ale co zrobisz z Jonathanem Franzenem?

— Z kim? — mama odwróciła się do mnie.

— Ze złotą rybką. Tak ją nazwałam — wyjaśniłam, przesuwając palcem po skraju szklanej wazy, podczas gdy Jonathan krążył niestrudzenie, jakby jednostajność nigdy go nie nudziła.

— To po jakimś twoim przyjacielu? — spytała, nakładając konkretną warstwę szminki na usta, po czym osuszając je chusteczką.

— To taki autor. — Przypomniałam sobie, że jej podstawowym źródłem informacji jest E!channel.

— No skoro go ochrzciłaś, to chyba powinnaś go zatrzymać — uznała, dzwoniąc na recepcję z prośbą o niezwłoczne przysłanie torebki strunowej.

13

Mając zwierzątko, poczułam się zobowiązana do znalezienia lepszego pokoju. No bo nie mogłam należycie wychowywać Jonathana Franzena w takim chaotycznym, rozwiązłym otoczeniu. A ponieważ Lisette chwilowo nie pracowała z powodu skręconej kostki (co zasadniczo przekładało się na to, że jeszcze więcej czasu spędzała w łóżku), ja nie miałam jak pisać. Musiałam brać laptop w garść i udawać się do najbliższego Starbucksa, zostawiając Jonathana, żeby był świadkiem wszelkiej maści bezbożnych czynów.

Pochylałam się nad swoim laptopem, w przypływie weny twórczej pisząc jak szalona, kiedy usłyszałam, jak ktoś mówi:

— Cześć, jak idzie książka?

Zakładając, że to wypowiedź skierowana do któregoś z pozostałych przyszłych pisarzy, zaludniających lokal, dalej pisałam.

I wtedy usłyszałam ten sam głos:

— Przepraszam, myślałem, że jesteś Hailey.

Z palcami zawieszonymi w powietrzu, podniosłam wzrok i zobaczyłam przed sobą Dane'a. Wyglądał jeszcze milej, niż go zapamiętałam.

— Ach, cześć — powiedziałam, zgarniając z twarzy nieposłuszny lok. — Ekhm, jakoś idzie. — Kiwnęłam głową na ekran i aż się skręciłam nad swoją beznadziejną odpowiedzią. „Jakoś idzie? O Boże, słabo, Hailey, słabiutko. I ty masz się za pisarkę?"

— O czym ona jest? — spytał, uśmiechając się, jakby naprawdę był zainteresowany.

— No, o dziewczynie... i... no... to powieść — nie chciałam ujawniać szczegółów intrygi, bo on już miał swoją szansę na zapoznanie się z nią.

— Aha. — Kiwnął głową. — To twoja pierwsza czy już coś napisałaś wcześniej?

Rozejrzałam się po pozostałych pisarczykach i poczułam się jak uzurpator pierwszej wody.

— Hm, pierwsza — wzruszyłam ramionami.

— No to powodzenia — uśmiechnął się i ruszył do baru.

Patrzyłam, jak staje w kolejce, żeby zamówić sobie kawę, po czym próbowałam wrócić do swojej historii. Ale w głowie miałam tylko jego piękny uśmiech... i wydawał się taki miły... i był taki słodki...

„Weź się w garść — pomyślałam, kręcąc głową. — Gdyby był tobą zainteresowany, nie zostawiłby cię recepcjoniste jak jakiegoś kuriera. No ale teraz podszedł się przywitać. Nie musiał, bo ja go nawet nie widziałam. Pewnie ciągle ma poczucie winy, że wtedy mnie wyeksmitował do klasy turystycznej. Założę się, że tak".

Podniosłam wzrok, zerknęłam szybko, jak płacił za kawę, potem równie szybko odwróciłam wzrok, zanim on mnie dostrzegł. A kiedy moje oczy z powrotem usadowiły się na monitorze, przyszło mi do głowy, że jak na kogoś, kto ostatnie cztery lata mieszkał z facetem, to ciągle niewiele wiem o płci przeciwnej.

Przeglądając stronę, którą właśnie napisałam, doszłam do fragmentu, w którym moja bohaterka konfrontuje się z matką, kiedy znowu usłyszałam:

— Cześć raz jeszcze. Przysięgam, że ostatni raz ci przerywam, ale to cię może zainteresować.

Siedziałam z palcami znieruchomiałymi na klawiaturze, zastanawiając się, czy on mnie zaprasza na randkę.

— Chodzi o promocję książki.

Kiwnęłam głową i uśmiechnęłam się zachęcająco, czekając, aż wydusi z siebie pytanie.

— Chodzi o ostatnią książkę Harrisona Manna. Znasz go może?

„Czy go znam? A czyż on nie ma na koncie kilku Pulitzerów? Czyż nie wielbię każdego słowa, które napisał?"

— Tak, słyszałam o nim — kiwnęłam głową. Starałam się sprawiać wrażenie wyluzowanej i swobodnej, jakby takie spotkania były dla mnie chlebem powszednim.

— Świetnie, no więc ta promocja jest w piątek w Kasbah, zaczyna się o ósmej.

— Chyba dałabym radę — powiedziałam. Wiedząc doskonale, że ten piątek, podobnie jak wszystkie pozostałe piątki, mam wolny, i zastanawiając się, czy powinnam zaryzykować, żeby po mnie przyjechał. Tak dawno nie miałam randki, że zupełnie wyszłam z wprawy. Ale ponieważ Lisette jest ciągle w domu, lepiej chyba, żebyśmy umówili się na miejscu.

— No to świetnie! Wpiszę cię na listę, z osobą towarzyszącą, jeśli chcesz. Ja mam inne zobowiązania, ale spróbuję wpaść się przywitać. — Uśmiechnął się.

— Ach, doskonale. Naprawdę z przyjemnością! Może się tam zobaczymy. — Siliłam się na swobo-

125

dę, jakbym nigdy w życiu ani przez chwilę nie myślała, że on mnie zaprasza na randkę. I tak trwałam, uśmiechnięta i zarumieniona, aż poszedł.

Po czym sięgnęłam po komórkę i zadzwoniłam do Claya.

Czekałam pod Kasbah, patrząc, jak kolejni eleganccy nowojorczycy wysiadają z taksówek, limuzyn albo town carów i w obcisłych czarnych strojach suną do wejścia. Potem spojrzałam na swoją barwną cygańską spódnicę z cekinami, złote sandały na koturnie i obcisłą białą bluzkę bez rękawów i westchnęłam. Choćbym mieszkała w tym mieście całe wieki, nigdy się nie pozbędę swojego kalifornijskiego wyglądu. Potem spojrzałam na zegarek i wzniosłam oczy do nieba. Clay miał już ponad kwadrans spóźnienia i już miałam do niego zadzwonić, kiedy on zadzwonił do mnie.

— Hailey, dzięki Bogu — powiedział zdyszany.

— Gdzie jesteś? — spytałam, patrząc, jak sunie do wejścia smukła, zachwycająca, ubrana z doskonałą elegancją protegowana magazynu „Vogue", która niedawno wydała babską powieść sezonu.

— Słuchaj, bardzo cię przepraszam, ale nie dam rady.

— Co? Jako to? — Lepiej, żeby miał dobry powód.

— Mam tu taką jedną akcję, i to potrwa trochę dłużej, niż planowałem — powiedział zagadkowo.

— Dlaczego szepczesz? — wyszeptałam, odwracając się od drzwi i całą uwagę poświęcając rozmowie.

— Obserwuję Petera. Nie może mnie zauważyć.

— Mam nadzieję, że żartujesz.

126

— Ani trochę. O mój Boże, wiedziałem! Właśnie wszedł Carson i pocałował Petera w policzek. I siadł naprzeciwko niego!

— Gdzie jesteś?

— Przed Canteen, ale nie martw się, on mnie nie pozna.

— Bo co? Przebrałeś się za kobietę? — roześmiałam się.

— Hailey, to nie jest śmieszne — powiedział złowrogo.

— Clay, daj spokój. Nie sądzisz, że posuwasz się za daleko? Przecież ty flirtujesz ze wszystkimi!

— To co innego.

— Bo?

— Bo ja to ja, a on to on.

— Rozumiem — pokręciłam głową.

— O mój Boże, Peter właśnie wstaje i idzie do łazienki. Muszę kończyć — wyszeptał niecierpliwie, rozłączając się, zanim zdążyłam cokolwiek powiedzieć.

Pokręciłam raz jeszcze głową i wrzuciłam telefon do torebki, myśląc, że wiele dziwnych rzeczy już widziałam, odkąd poznałam Claya, ale czegoś takiego jeszcze nie. Ale też, z drugiej strony, on nigdy wcześniej nie był zakochany. Teraz, kiedy przegiął, zrozumiałam, że przepadł z kretesem.

Odwróciłam się ku drzwiom i patrzyłam, jak wchodzą do środka oszałamiająco piękna blond autorka bestsellerów i jej równie oszałamiający mąż. Wzięłam głęboki oddech, przygładziłam dłońmi włosy i próbowałam przygotować się psychicznie na to, że wejdę tam sama.

Kiedy już przeszło mi poczucie ulgi, że naprawdę znajduję się na liście gości, przede wszystkim zaczęłam się rozglądać za Dane'em. Ale nie widząc go nigdzie, skierowałam się prosto do baru i chwyciłam szampana, myśląc, że chociaż nie mam z kim rozmawiać, przynajmniej mam czym zająć ręce.

Błąkałam się po pomieszczeniu, dostrzegając kolejne twarze znane mi z książkowych okładek, z artykułów w magazynach oraz wywiadów telewizyjnych i starałam się wyglądać przystępnie i interesująco. Kiedy jednak zakończyłam drugie okrążenie, a nie zaliczyłam nawet żadnego pozdrowienia, zrozumiałam, że powinnam się zaszyć w jakimś cichym kąciku, zanim wycofam się i ruszę do domu.

Upiłam łyk szampana i spojrzałam po sobie. Pożałowałam, że nie włożyłam mundurka Atlasa zamiast tego dziwacznego cygańskiego stroju. Pewnie nie wyróżniałabym się bardziej niż teraz, a było coś w moim służbowym stroju, co pozbawiało mnie nieśmiałości. Zupełnie jakbym w chwili, gdy wkładałam ten granatowy mundurek, stawała się autorytatywną osobą, która umie pokierować całym samolotem pasażerów, żeby wyłączyli urządzenia elektroniczne, schowali dokładnie bagaż pod fotelem przed sobą i podnieśli oparcia do pionu. Zupełnie jakby ten syntetyczny ubiór dostarczał mi specjalnych mocy, jak Superman i jego peleryna, Popeye i jego szpinak, doktor Jekyll i jego mikstura.

To było idiotyczne. Wszyscy dokoła mnie się śmiali, rozmawiali, jedli i pili jak najwięcej darmochy, a ja tylko stałam, potrząsałam moim drinkiem i wpatrywałam się tęsknie w drzwi, zastanawiając się, czy powinnam do nich pobiec.

— Jeśli pani pójdzie, to ja też.

Podniosłam wzrok i zobaczyłam uśmiechniętego starszego pana o pobrużdżonej twarzy, ale przystojnego surową męską urodą.

— Och! — wgapiłam się na niego z płonącymi policzkami. — Pan to Harrison Mann! — powiedziałam, jakby nie miał o tym pojęcia. „Brawa za elokwencję, Hailey".

— Naprawdę? — Na jego twarzy pojawił się ciepły uśmiech. — No to skoro wiemy już, kim ja jestem, to kim jest pani?

Spojrzałam w jego oczy, które były ciemnoniebieskie, głęboko osadzone i otoczone kurzymi łapkami, myśląc, że to nie w porządku, że dzięki zmarszczkom mężczyźni stają się bardziej seksowni, a kobiety od nich wpadają w panikę.

— Ja jestem Hailey. — Uśmiechnęłam się nerwowo, podając mu gorącą, drżącą rękę. Czułam się śmiesznie, że tak się denerwuję, jeśli wziąć pod uwagę niezliczone gwiazdy rocka, filmowe, supermodelki, dziennikarzy, ambasadorów, członków rodziny królewskiej, przywódców państwa, prezesów, artystów i dziedziców — po prostu codzienną mieszankę ludzi z okładek „Vanity Fair" — których obsługiwałam przez sześć lat latania.

Puścił moją rękę, wziął spory łyk szkockiej, rozejrzał się i zagaił:

— Jak się pani podoba moje przyjęcie?

— Świetne! — uśmiechnęłam się z zapałem.

— Więc dlaczego wpatruje się pani w drzwi, zastanawiając się, czy czas na ucieczkę?

— Bo nikogo tu nie znam — przyznałam, wzruszając ramionami z zakłopotaniem.

— Przyszła pani bez zaproszenia? — spytał, przyglądając mi się ze świeżym zainteresowaniem.

— Nie! Absolutnie legalnie — zapewniłam, nerwowo popijając szampana.

— Co za ulga. Bardzo bym nie chciał pani wyrzucać. Tylko pani ma tutaj jakiś kolor. Od razu zwróciłem na panią uwagę — powiedział, wskazując moją spódnicę i puszczając do mnie oko.

„O Boże! Czyżby Harrison Mann flirtował? Ze mną?!"

Roześmiałam się, czując się totalnie zmieszana i zupełnie nie na miejscu.

— A więc czym się pani zajmuje? Działalnością wydawniczą? Może jest pani pisarką?

— I tak, i nie. W tej chwili nad czymś pracuję, ale... — przerwałam. Kogo ja oszukuję? Rozmawiam z wychwalanym przez krytyków zdobywcą Pulitzera, literackim bogiem! Nie ma szans, żeby on chciał słuchać o moim drugorzędnym pisaniu.

— A kiedy pani nie pisze? — spytał.

— Cóż, w swoim drugim wcieleniu jestem asystentką lotu w Atlas Airline — powiedziałam, czując wstyd, że tak mnie to zakłopotało. Ale przez lata boleśnie zdążyłam sobie uświadomić, że niejeden nowojorczyk po świetnej szkole jest ciężko zdumiony, że umiemy czytać, a co dopiero pisać. Świadczyło to o znacznym niedoinformowaniu, jeśli wziąć pod uwagę, że niemal każdy, z kim latałam, miał za sobą college i prowadził osobne życie poza lotniskiem, gdzie pracował jako prawnik, biegły księgowy, autor, psycholog, śpiewak operowy, aktor, model, fotografik, artysta, nauczyciel, broker, analityk finansowy, trener osobisty, drobny biznesmen — do wyboru, do koloru. Posada asystenta lotu to kwestia wyboru stylu życia, a nie akt rozpaczy.

— Jest pani stewardesą? — spytał, a oczy mu rozbłysły.

— No cóż, tak — w duchu wzdrygnęłam się, że użył niepoprawnego politycznie słowa „stewardesa". No ale z drugiej strony, był już stary. Że nie wspomnę o tym, że słynął ze swoistego doboru słów. Kogo ja chciałam oceniać?

— Może pani doleję? A potem chciałbym o tym posłuchać — powiedział, chwytając mój kieliszek i kierując się do baru.

Patrzyłam, jak odchodził. Potem rozejrzałam się po pomieszczeniu i zauważyłam, że nagle spora liczba osób zaczęła na mnie patrzeć z zainteresowaniem. Niesamowite, jeszcze przed chwilą czułam się speszona, że nie niknę w tłumie, a teraz z tego samego powodu kręcę się wokół gościa honorowego. A gdybyśmy się z Harrisonem zaprzyjaźnili, to może gdzieś w którymś momencie on zechciałby zerknąć na moją pracę i podzielić się ze mną swoją mądrością. „Wyobraźmy sobie tylko, Harrison i ja spotykamy się w Starbucksie, dzielimy się cantucci i rozmawiamy o książkach..."

— Hailey! — podniosłam wzrok i zobaczyłam Dane'a z absolutnie oszałamiającą kobietą u boku.

— Miło, że dałaś radę przyjść — uśmiechnął się. — To Cadence — skinął głową na wyjątkową istotę z długimi, prostymi czarnymi włosami, gładką oliwkową skórą, wielkimi niewinnymi oczyma łani, nieskończonymi nogami, obfitym biustem, który choć bez stanika, wydawał się stać prosto i niewzruszenie.

— Cześć — uśmiechnęłam się. Nagle poczułam, że jestem ubrana bez gustu, że mam puchate włosy. Zastanowiłam się, czy to jej prawdziwe imię czy pseudonim artystyczny.

— Właśnie wpadliśmy na chwilę. Niedługo mamy spotkanie z agentem Cadence — powiedział.

„Agentem? Będzie modelką czy osobą do towarzystwa? Dostępna w agencji czy u klienta?". Dobra, wiem, to było jędzowate, szczeniackie i zawistne, ale przecież nie powiedziałam tego na głos. Uśmiechnęłam się tylko i rozejrzałam nerwowo, zastanawiając się, dlaczego Harrisona nie ma tak długo. Na widok Dane'a i jego idealnej dziewczyny poczułam nagłą potrzebę towarzyskiego uzasadnienia dla samej siebie.

— Jesteś sama? — spytał, patrząc na mnie z troską.

— Nie! — odparłam, gorączkowo szukając wzrokiem Harrisona. — To znaczy tak. Ale poznałam kogoś, tylko poszedł po drinka dla mnie.

— Kiwnęłam głową, zastanawiając się, co gorsze: fakt, że słychać, iż jestem niewiarygodnie niepewna? Czy że mimowolnie zaczęłam mówić z brytyjskim akcentem?

Staliśmy, patrząc na siebie, skrępowani i milczący, i już miałam coś powiedzieć, kiedy pojawił się Harrison.

— Widzę, że już poznaliście moją przyjaciółkę stewardesę — powiedział, podając mi kieliszek.

— Jesteś asystentką lotu? — spytał Dane, a rysy jego twarzy ułożyły się w wyraz, którego nie umiałam odczytać.

„No przynajmniej on użył nowoczesnego, poprawnego politycznie określenia" — pomyślałam, wzruszając ramionami i przesuwając wolną ręką po długich, niesfornych włosach z zupełnie innego świata niż włosy Cadence.

— Jak idzie książka? — spytał Harrison Cadence, obejmując mnie ramieniem.

„Książka? Jaka książka? — przyjrzałam się jej uważnie. — Błagam, niech to będzie poradnik. Może coś o poradach na temat urody. Błagam, niech życie nie będzie tak okrutne, żeby dawać jej prawdziwy talent i wielki umysł oprócz wszystkich innych oczywistych darów".

— Spływają już recenzje przedwydawnicze i na razie jest bardzo dobrze przyjmowana — odparła, uśmiechając się doskonale białymi zębami z reklamy.

— Cadence napisała zbiór opowiadań — wyjaśnił Dane. — Okrzyknięto ją następną Jhumpą Lahiri.

„Och, tylko tyle?" — uśmiechnęłam się blado. Zazdrość zżerała mnie żywcem.

— No, miło było cię poznać, Hailey, ale musimy już iść — powiedziała, zerkając na swój złoty zegarek Bulgari.

Dane kiwnął głową i wyciągnął rękę.

— Harrison — powiedział i odwrócił się do mnie z uśmiechem. — Do zobaczenia, Hailey.

Patrzyłam, jak lawirują przez tłum drinkujących bywalców, często przystając, by szybko się powitać, a Dane cały czas trzymał rękę przyciśniętą mocno do małego jedwabnego tyłka Cadence. Zanim wyszli, mogłabym przysiąc, że odwrócił się i spojrzał na mnie, z zupełnie dziwnym wyrazem twarzy. Ale nim się co do tego upewniłam, odezwał się Harrison.

— Co byś powiedziała, żeby pójść coś przekąsić?

I zanim spojrzałam na nich znowu, zniknęli.

— Ależ to twoje przyjęcie! — powiedziałam.

— No wiesz, nie możesz tak wyjść ze swojego przyjęcia. Prawda?

— Zaraz się przekonamy — wziął mnie pod ramię i poprowadził do drzwi.

Ostatnim razem byłam u Elaine's prawie sześć lat wcześniej, zaraz po przyjeździe do Nowego Jorku, kiedy nie mogłam się doczekać, żeby odwiedzić wszystkie miejsca, o których wcześniej tylko czytałam. A wiedząc, że to podobno ulubiona knajpka wielkich tego świata, śmietanki towarzyskiej i literatów, umieściłam ją wysoko na swojej liście. Po tym jednak jak przecisnęłam się do zatłoczonego baru i spędziłam kolejne dziesięć minut, usiłując zamówić drinka u opryskliwego barmana, który za wszelką cenę mnie ignorował, szybko ją wykreśliłam z listy i wątpiłam, czy kiedykolwiek tu wrócę.

Ale wyprawa do Elaine's z Harrisonem Mannem to było zupełnie nowe doświadczenie. Nagle wszyscy członkowie personelu okazali się moimi najlepszymi przyjaciółmi, jako że kieliszek czerwonego wina, szkocka z lodem i stół pełen przystawek pojawił się w ciągu kilku sekund po tym, jak zajęliśmy miejsca.

Ignorując znaczący szum, który już czułam po dwóch kieliszkach szampana spożytych wielkimi haustami na przyjęciu, podniosłam kieliszek i uśmiechnęłam się do Harrisona.

— To pański osobisty stolik? — spytałam, popijając cabernet.

— To nielegalny podnajem i mam szczęście, że go dostałem. — Uśmiechnął się, podniósł szklankę i chlupnął zacną ilość szkockiej.

Rozejrzałam się po zatłoczonym pomieszczeniu, potem pochyliłam się do niego podekscytowana, wciąż nie dowierzając, że naprawdę siedzimy przy jednym stoliku. No bo miałam tyle pytań, że nawet nie wiedziałam, od czego zacząć. Ale zdecydowałam, że nie będę marnować czasu, odchrząknęłam i zaczęłam:

— Harrison, tak się zastanawiałam...

— Harrison! Mój drogi!

Podniosłam wzrok i zobaczyłam Bardzo Sławną Dziennikarkę z Telewizji, którą niedawno obsługiwałam w locie bezpośrednim z Nowego Jorku do Los Angeles (i która była tak chamska i wymagająca, że lot wydawał się dwa razy dłuższy niż zwykle).

Właśnie zmarszczyła swoje jasnoróżowe usta i wymierzyła je w policzek Harrisona. Potem, za pomocą kciuka usuwając pozostawiony blady ślad, siadła obok niego, zerknęła przelotnie na mnie i błyskawicznie uznawszy, że jestem nikim, położyła dłoń na jego przedramieniu i kontynuowała angażowanie całej jego uwagi.

A ja siedziałam, skubiąc zakąski i pijąc wino, kiedy miejsca przy stoliku zaczęły się wypełniać sławnymi twarzami. I chociaż mogło się wydawać fascynujące i podniecające, że otaczają mnie celebryci, fakt, że byłam systematycznie ignorowana, sprawiał, że niczym się to nie różniło od sytuacji, w której musiałam obsługiwać dokładnie tych samych ludzi na pokładzie samolotu. Więc po pięciu porcjach koktajlu krewetkowego i misce linguini z małżami, po kieliszku cabernet i wobec kompletnego braku uwagi ze strony Harrisona, uznałam, że czas wyjść.

— Przepraszam, Harrison? — powiedziałam, sięgając po torebkę. — Ja wychodzę.

— Zaczekaj, odprowadzę cię. — Wstał i zostawił trudne dziecko literatury, dziennikarza, gwiazdę Broadwayu i eksperta politycznego, żeby sami sobie poradzili.

— Przepraszam cię bardzo — powiedział, przytrzymując mi drzwi i machając na taksówkę.

— Och, mogę się przejść — zastrzegłam, wiedząc, że mój portfel świeci pustkami i że bankomat aż do wypłaty zdecydowanie odmówi mi współpracy.

— Nie żartuj. — Skierował mnie na siedzenie z tyłu i przez krótką chwilę zastanawiałam się, czy może pojedzie ze mną. Ale on zamknął drzwi i rzekł: — Może kolacja? W sobotę? W jakimś spokojnym miejscu. — Podniósł swoje ciężkie brwi i czekał.

— Dobra — powiedziałam. Sięgnęłam do torebki i zapisałam mu swój numer na odwrocie instrukcji udzielania pierwszej pomocy, zastanawiając się, czy rzeczywiście zadzwoni.

Potem popatrzyłam, jak rzuca kierowcy dwadzieścia dolarów, macha mi na pożegnanie i wraca do Elaine's.

— Znam tego gościa — powiedział taksówkarz, zerkając na mnie we wstecznym lusterku i włączając się do ruchu na Drugiej Alei. — W jakim filmie grał?

— To nie jest aktor — powiedziałam, opadając na oparcie winylowej kanapy. — To pisarz. Laureat Pulitzera. — Uśmiechnęłam się.

14

Siedziałam w swoim Starbucksie przy swoim stoliku, przy oknie, na północ od lady z przyprawami, czekając niecierpliwie na Claya, który już miał kwadrans spóźnienia, chociaż to on zwołał całe to poranne, nagłe spotkanie na szczycie.

— Cześć — powiedział, wkraczając do kawiarni, może trochę zbyt swobodnie jak na kogoś tak spóźnionego. — Gdzie Kat? — Zdjął ciemne okulary od Gucciego i cisnął je na stół między nas.

— W Grecji. Znowu.

— To musi być miłość. — Wzruszył ramionami, wyciągnął rękę i odłamał sobie kawałek mojego cantucci.

— Dlatego ciągle tam jeździ? — spytałam, a moja ciekawość sięgnęła szczytu. — Spotyka się z kimś?

— Pewnie tak — powiedział, zakrywając usta w trakcie przeżuwania sucharka. — Ale ona się zachowuje bardzo tajemniczo, więc kto wie? — znowu wzruszył ramionami.

— No dobrze, a co się dzieje z tobą? — spytałam.

Ze smutkiem pokręcił głową.

— Koniec z Peterem.

— Och, Clay. — Ścisnęłam jego rękę. Prawdę mówiąc, nigdy nie poznałam Petera, ale wydawał się porządnym gościem. — Kiedy to się stało?

— No, właściwie jeszcze mu nie powiedziałem, ale uwierz mi, to koniec.

Opuściłam rękę, opadłam na oparcie i spojrzałam na niego.

— Dobra, a więc kiedy zamierzasz mu przekazać te cudowne wieści? — spytałam.

— Niedługo. — Wziął moją serwetkę recyclingową i złożył ją w malutki, zgrabny kwadracik. — Powinienem sprawę zakończyć w ciągu tygodnia, potem wyłożę wszystkie dowody i będzie po wszystkim.

— Dowody? Kim ty jesteś? Czwartym aniołkiem Charliego?

— Bardzo śmieszne. — Wywrócił oczami. — Dla twojej informacji, to poważne. Odkąd przypadkiem powiedziałem, że go kocham, on zaczął się zachowywać naprawdę dziwnie. Mówię ci, to najgorsze, co można powiedzieć w związku. — Ze smutkiem pokręcił głową.

Patrzyłam, jak rozkłada serwetkę, wygładza ją, potem zaczyna wszystko od nowa. Tym razem robił trójkącik.

— Ale ty go kochasz?

— Nie — odrzekł tonem godnym dwulatka.

— Czekaj, chcę coś wyjaśnić. Więc od czterech dni przemykasz po mieście, śledząc go?

— Jeśli pozwolisz, wolałbym słowo „obserwujesz" — poprawił, z zakłopotaniem przesuwając swój papierowy trójkącik po stole.

— Ach, no to w takim razie raczej studium antropologiczne niż pokręcone, świrowate śledzenie chłopaka.

— Odnoszę wrażenie, że nie traktujesz tego poważnie. — Porzucił na środku stołu swój projekt origami, opadł na oparcie i posłał mi znaczące spojrzenie.

Ale ja je zignorowałam.

— Bo może prawda wygląda tak, że to ty świrujesz, odkąd wypowiedziałeś te fatalne słowa. Może to ty flirtujesz ze wszystkimi, przebierasz się w damskie ciuchy i szpiegujesz swojego chłopaka.

— Nie przebrałem się w damskie ciuchy, Hailey. Przebrałem się za hetero. Miałem workowate dżinsy, flanelową koszulę i czapeczkę baseballową tyłem do przodu.

— New York Yankees?

— Fire Island. Zgubiłem czapeczkę Yankees w którymś hotelu.

— No jasne, prawdziwy heteryk — roześmiałam się. — Więc powiedz mi, co złowiłeś na tym całym obserwowaniu. Niewinny pocałunek w policzek? Potajemny posiłek w najjaśniej oświetlonej restauracji w Chelsea?

Wzruszył ramionami i odwrócił wzrok.

— Co prowadzi mnie do wniosku, że może jednak to ty masz coś do ukrycia, a nie Peter. — Oparłam się na krześle i uśmiechnęłam z triumfem, zastanawiając się, dlaczego nie mam takiej jasności w kwestii własnych sercowych porażek.

Ale Clay na mnie nie patrzył.

— Rozważę twoją koncepcję, ale niczego nie obiecuję — powiedział, po czym wstał od stolika i skierował się do baru.

I nagle, właśnie kiedy rozgryzałam ostatnie kawałki cantucci, do kawiarni wszedł Dane.

— Cześć, jak leci? — spytał z uśmiechem, palcami przeczesując faliste brązowe włosy.

— Świetnie — wybełkotałam, zakrywając usta ręką i przeżuwając wściekle, szukając jednocześnie jakichś zbłąkanych okruchów, które mogłyby mi przylgnąć do błyszczyka.

— Jak przyjęcie?

— Świetnie! Dziękuję, że mnie zaprosiłeś. No, że mnie wkręciłeś. — „Boże, dlaczego ja zawsze przy nim jestem taka werbalnie niepełnosprawna?", zastanawiałam się, patrząc na jego grafitowy garnitur, lawendową koszulę i granatowy krawat, i myśląc, jak mogłam zacząć przychodzić tu co rano o tej mniej więcej godzinie, skoro wydaje się to elementem jego codziennej rutyny.

— A Harrison? — podniósł pytająco brwi.

— Harrison był świetny! — Fuj, dlaczego ciągle mówię „świetnie"? Na pewno znam inne określenia. Czy ja jestem jakąś grafomanką?

Ale on tylko kiwnął głową.

— Wyszliśmy wkrótce po was i poszliśmy coś przekąsić do Elaine's — dodałam, zastanawiając się, po co mu to wyjawiam.

— Ach, do Elaine's. — Na jego twarzy pojawił się wyraz dla mnie nieodgadniony. Wiedziałam tylko, że na pewno nie jest to zaskoczenie.

I czy on kiwnął głową z rozbawieniem? Czy po prostu kiwnął głową? Boże, gdzie jest Clay, kiedy go potrzebuję, żeby rozstrzygnął moje uczuciowe dylematy? Spojrzałam w kierunku baru i zobaczyłam, że Clay flirtuje z obsługą. No oczywiście.

— Prawdę mówiąc, chyba się spotkam z Harrisonem w ten weekend — powiadomiłam go. „Syndrom Tourette'a. Czy to możliwe, żebym miała syndrom Tourette'a?"

Ale Dan się tylko uśmiechnął.

— Dobra, wezmę jakąś kawę i lecę. Cieszę się, że cię spotkałem.

— I vice versa. — Uśmiechnęłam się. — I pozdrów Cadence! — dodałam ku własnemu rozczarowaniu. Przez następne pięć minut zadręczałam się analizą naszej rozmowy i skręcałam się na każdą swoją wypowiedź.

— Hailey? — Clay padł na swoje krzesło z kawą w jednej ręce i zapisanym nickiem baristy w drugiej. — Kto to był? — wyszeptał, patrząc, jak Dane wychodzi.

— To był Dane, facet, który mnie wkręcił na przyjęcie. — Wzruszyłam ramionami, unikając jego wzroku.

— Masz przede mną tajemnice. — Posłał mi oskarżycielskie spojrzenie.

— Nieprawda. — Wbiłam wzrok w okruszki cantucci.

— Nie mogę uwierzyć, że się z nim umówiłaś. On jest boski.

— Dobra. Po pierwsze, nie jestem do końca pewna, jak to ująć. A po drugie, nie umówiłam się z nim. On ma dziewczynę. I uwierz mi, ona jest nieziemska pod każdym względem. Szkoda, że jej nie widziałeś: lśniąca, efektowna i jeszcze podobno błyskotliwa.

— Ale on ci się podoba — orzekł, jakby to był fakt.

— Nieprawda! — zaprotestowałam głosem siódmoklasistki.

— Owszem — droczył się.

— Clay, czy ty mnie słuchasz? On ma dziewczynę.

— A skąd wiesz, że to dziewczyna? Może to tylko podrywka?

— Bo ja ją widziałam, a ty nie. Uwierz mi, nie ma na świecie takiego heteryka, który by nie chciał spędzić z nią całego życia.

— Nie bądź taka pewna — pokręcił głową.

— Clay, zaufaj mi. To pełnokrwista zdobywczyni Triple Crown, a ja... — zawahałam się, szukając właściwego słowa — ja to kuc szetlandzki zmuszony do pracy na kinderbalu.

— Prawda, uroczy, uparty i cholernie łatwo się na nim jeździ.

Harrison Mann co prawda był laureatem Pulitzera, ale to jeszcze nie znaczyło, że chciałam, by wiedział, gdzie mieszkam. Kiedy więc się już pozadręczałam, co włożyć (byłam tak zdesperowana, że nawet poprosiłam o radę Lisette), postawiłam na kolorową kopertową sukienkę od Diane von Furstenberg, którą kupiłam na wyprzedażach dwa lata temu, ale wciąż ją uwielbiałam, złote sandały z pasków na szpilce i moje stare dobre kolczyki z Bombaju. Potem zbiegłam po schodach, omal nie wpadłam pod koła taksówki i wreszcie dotarłam do Elaine's bez tchu, chwiejąc się na obcasach, w stanie bliskim udaru.

I właśnie miałam wejść do środka i udać się w wyznaczone na spotkanie miejsce, kiedy usłyszałam, jak ktoś mówi:

— Panno Lane?

Odwróciłam się i zobaczyłam wysokiego mężczyznę w posępnym czarnym garniturze i czapce szofera, wskazującego na długą, czarną lśniącą limuzynę, w której z tyłu brylował Harrison Mann.

— Zawsze jeździsz limuzyną? — spytałam, usiłując wsiąść do środka tak, żeby przy okazji nie walnąć się w głowę, nie złamać obcasa i nie pokazać majtek.

— A próbowałaś kiedyś złapać taksówkę w deszczowy sobotni wieczór? — sięgnął po dwa kieliszki szampana i zaczął je napełniać.

— Tu właśnie widzę zastosowanie dla metra — powiedziałam, przyjmując z uśmiechem kieliszek.

— Miałaś dzisiaj lot? — spytał, rozsiadając się wygodnie i krzyżując nogi.

— Nie — pokręciłam głową i upiłam łyk szampana.

— Wczoraj? — spojrzał z nadzieją.

— Wczoraj leciałam ze Scottsdale z międzylądowaniem w Salt Lake City — odparłam. Oczy mu się zaświeciły. Tak jest!

— To twoja stała trasa? — Pochylił się ku mnie, a jego zainteresowanie najwyraźniej sięgnęło szczytu.

— Niezupełnie. Latam w zasadzie wszędzie. — Wzruszając ramionami, upiłam kolejny łyk.

— Na trasach międzynarodowych też?

— Czasami. — Z uśmiechem pomyślałam sobie, jakie to miłe, że taki wielki, słynny autor próbuje okazać zainteresowanie moją pracą.

— A które wolisz? — spytał, przysuwając się tak blisko, że widziałam zatkane pory na jego nosie i lśniącą złotą plombę w trzonowcu po lewej.

— Lubię połączenia międzynarodowe, ale trudno się na nie dostać. — Oparłam się o drzwi, zastanawiając się, do czego on zmierza.

— A jakie widziałaś najbardziej szalone zachowanie? — spytał, wpatrując się we z wyczekiwaniem.

W duchu wzniosłam oczy do nieba. Ludzie zawsze o to pytają. I jeszcze: „Nad jakim miastem teraz lecimy?". Jakbym umiała rozpoznawać miasta jednym rzutem oka na ląd z wysokości dziewięciu tysięcy metrów. Albo: „Pokazujecie film?", co niezmiennie padało zaraz po pokazaniu trailera.

Prawda wyglądała tak, że przez ostatnie sześć lat sporo się naoglądałam i nie miałam pojęcia, co uznać za najbardziej szalone. Może karmienie piersią siedmiolatka, który przerwał na tyle, by zamówić sok pomarańczowy? Pijaną gwiazdę filmową, która pomyliła szafę klasy biznes z toaletą? Biznesmena, który stanął w korytarzu i przebrał się we flanelową piżamę, szlafmycę, buciki i maskę na oczy w czasie nocnego lotu do Europy? Gościa, który przywołał personel w czasie prezentacji filmu instruktażowego, żeby spytać, czy może sobie spróbować trochę tlenu, który widział na ekranie? Niewiernego męża, który przemknął do łazienki z inną pasażerką, by odnowić członkostwo w klubie tysiąca mil, podczas gdy jego wściekła żona wywrzaskiwała świństwa pod drzwiami? A może niewidomy, który obwieścił, że zmierza na spotkanie Ku-Klux-Klanu?

A pasażerowie wcale nie mieli wyłączności na szokujące zachowania, bo niektórzy członkowie personelu pokładowego, z którymi latałam, byli równie dziwni. Tak jak koleś z bazy w Dallas, który koniecznie chciał pokazywać zdjęcia z czerwonymi, opuchniętymi wymionami swojej jałówki. Weteranka z trzydziestoletnim doświadczeniem, która zawsze nosiła białe rękawiczki do łokci i dodawała do listy specjałów w pierwszej klasie jedzenie przynoszone z domu. Miłośniczka zwierząt, która woziła trzy małe żółwie w każdą ze swoich podróży. Dziewczyna na szkoleniu, która tak bardzo chciała dostać tę pracę, że skserowała cudze CV, wymazała nazwisko tej osoby, a wpisała swoje.

Spojrzałam na Harrisona, który cierpliwie czekał na odpowiedź, i wiedziałam, że wcale nie chcę mu tego wszystkiego opowiadać. No bo skąd wiadomo, że sama nie napiszę kiedyś o tym książki? Uśmiechnęłam się więc tylko i powiedziałam:

— Tym razem widziałam, jak facet zdjął buty i poszedł do łazienki w samych skarpetkach.

Nagle limuzyna się zatrzymała, a kierowca odsunął małe okienko i oznajmił:

— Panie Mann, jesteśmy na miejscu.

W SYTUACJI WYMAGAJĄCEJ NAGŁEJ POMOCY MEDYCZNEJ

Sprawdzić reakcję
Uzyskać zgodę
W razie konieczności przemieścić chorego

15

Kiedy zmierzaliśmy do swojego stolika, modliłam się, żeby się nie potknąć, bo wydawało mi się, że cała restauracja na nas patrzy. I chociaż przyzwyczajona byłam do tego, że gapi się na mnie cały samolot pasażerów, takie badawcze spojrzenia stanowiły dla mnie nowość.

— To cię nie denerwuje? — spytałam, ostrożnie umieszczając serwetkę na kolanach i uśmiechając się do niego.

Ale Harrison tylko wzruszył ramionami.

— Nie będą się nam naprzykrzać — powiedział.

Patrzyłam, jak przegląda kartę win, i miałam nadzieję, że się nie myli. Tak mnie ekscytowała myśl o tym wieczorze, że nie mogłam znieść myśli, że znowu będę ignorowana, ponieważ każdą wolną chwilę w minionym tygodniu spędziłam na googlowaniu szczegółów jego oszałamiającej kariery. Ale wszystko, czego się dowiadywałam, rodziło tylko następne pytania.

Kiedy więc wreszcie wina zostały zamówione i mieliśmy za sobą cały obrządek z kołysaniem, wąchaniem i popijaniem, pochyliłam się ku niemu i spytałam:

— Zawsze wiedziałeś, że chcesz być pisarzem?

Wpatrywałam się w niego wyczekująco, patrząc, jak popija swoje wino i kiwa głową z namysłem, czekając na krasomówczy popis, który nie nastąpił.

„Dobra, może to nie było najbardziej błyskotliwe pytanie, ale dopiero zaczynam, i mam o wiele więcej pytań, które z tego pierwszego wypływają".

— A powiedz mi — oparł przedramię na stole i pochylił się do mnie — dlaczego ty zdecydowałaś się zostać stewardesą?

Wiedziałam, że nie mogę tak jak on odpowiedzieć na to prostym skinieniem głowy, więc tylko wzruszyłam ramionami.

— Hm, cóż, to był czysty przypadek. No bo tak: lubię podróżować, słyszałam, że jest nabór, i myślałam, że dzięki takiej pracy będę miała mnóstwo czasu na pisanie. — Proszę, wróciłam do pisania, doskonałe niezauważalne przejście do mojego następnego pytania.

— No to opowiedz mi o szkoleniu. Jakie ono jest?

— Żartujesz? — spytałam. Ramiona mi opadły, kiedy spojrzałam w jego niebieskie oczy.

— Ani trochę. — Sięgnął po wino. — Chcę wiedzieć wszystko.

Zanim wyszliśmy z restauracji, przejaśniło się i uznaliśmy, że wieczór jest zbyt piękny na jazdę samochodem. Harrison odesłał więc limuzynę i szliśmy wąskimi, brukowanymi ulicami SoHo, a moje już nadszarpnięte obcasy niebezpiecznie się zbliżyły do całkowitego załamania.

— Pozwolę sobie podsumować — powiedział. — Nie dostajesz wynagrodzenia za boarding, tylko za rzeczywiste godziny lotu? Dobrze zrozumiałem?

— Tak — wzniosłam oczy do nieba, nawet nie starając się ukryć zdenerwowania. Prawie trzy godziny toczyliśmy tę samą rozmowę i już sobie myślałam, że ten sławny pisarz jest kolejnym odrażającym nudziarzem z fiołem na punkcie stewardes.

— Od zamknięcia drzwi do otwarcia drzwi — powtórzyłam, po raz trzeci i ostatni.

— Ale czy boarding to nie jest najgorsza część lotu? Ci wszyscy pasażerowie, którzy krzyczą nad swoimi miejscami i bagażem?

Boarding rzeczywiście był najgorszą częścią lotu, ale ja miałam zdecydowanie dość rozmowy na ten temat.

— Harrison? Moglibyśmy porozmawiać o czymś innym? Na przykład no nie wiem... o książkach, wydawcach, agentach, Pulitzerach?

Ale on tylko spojrzał i się uśmiechnął.

— To mój dom — powiedział, wskazując piękny trzypiętrowy budynek. — Może wejdziesz na kieliszek?

Podobnie jak wszyscy nowojorczycy, cierpiałam na nienasyconą ciekawość, jak mieszkają inni mieszkańcy miasta. Zwłaszcza ci o olśniewających karierach, którzy zarabiali góry pieniędzy i zajmowali trzy piętra tylko dla siebie.

— Jasne — wzruszyłam ramionami. — Ale tylko jeden i muszę lecieć — dodałam, nie chcąc na nim zrobić złego wrażenia.

— Lecisz jutro? — spytał, wsuwając klucz do zamka.

I chociaż leciałam, pokręciłam głową przecząco. Za wszelką cenę chciałam uniknąć dalszych rozmów o samolotach.

Wędrując przez ogromny wielopiętrowy dom, wchodziliśmy do kolejnych pokoi, a Harrison pokazywał plemienne maski obrzędowe, stare fotografie rodzinne i abstrakcyjne obrazy artystów znanych mi ze słyszenia, a zapełniające każdy wolny centymetr na ścianach. A kiedy weszliśmy do jego gabinetu, dech mi zaparło na widok pięknego starego, zniszczonego drewnianego biurka i wytartego skórzanego krzesła, przy których stworzył wszystkie swoje powieści. Przesunęłam palcami po dobrze naolejonym, dziobatym drewnie, myśląc o tym, że wygląda dokładnie jak na zdjęciu, które kilka lat temu widziałam w „Przeglądzie Architektonicznym". A teraz tam stałam i dotykałam go. Niewiarygodne.

— Mogę skorzystać z łazienki? — spytałam, wciąż pieszcząc biurko.

— Korytarzem, ostatnie drzwi po lewej. A ja nam przygotuję drinki. Masz jakieś preferencje?

Ponieważ nie byłam mocna w drinkach, wzruszyłam tylko ramionami i powiedziałam:

— Zrób mi niespodziankę.

Łazienka dla gości Harrisona Manna była dużym, wręcz ogromnym pomieszczeniem, przypominającym mi łazienki w wielkich starych hotelach. Nie żebym była ich stałym bywalcem, ponieważ większość mojego hotelowego doświadczenia ograniczała się do tańszych, kontraktowanych przez Atlas przybytków sieciowych, w których nocowaliśmy na postojach. Ale od czasu do czasu rzucali nam kość i kwaterowali w jakimś miłym miejscu, na ogół w Europie, gdzie lubili stwarzać mylące wrażenie.

Umyłam ręce mydłem migdałowym, wytarłam je luksusowym czerwonym ręcznikiem. Potem zajrzałam do szafki pod zlewem, szukając tropów osobistego świata tego znanego autora. Ale oprócz prozaicznego szeregu drogich mydeł do rąk i zapasowego papieru toaletowego niewiele było tam do oglądania. Siadłam więc na skraju starej wanny na lwich nogach, nałożyłam świeżą warstwę błyszczyku i oszacowałam wieczór do tej pory.

Jeśli nie liczyć obsesyjnego zainteresowania Harrisona moją pracą, to chyba nie było tak źle. Z tego co wiedziałam, pisał scenę w samolocie i chciał poznać szczegóły. A kim ja byłam, żeby mącić w jego procesie twórczym? Poza tym czy to nie jest cenna cecha u pisarza? Zdolność słuchania i dowiadywania się od innych? A ponieważ lata obcowania z ogłupiającymi pasażerami uczyniły mnie wyczerpaną i aż nadto chętną do zagłuszania ignorowania ludzi, było oczywiste, że nauczyłam się paru rzeczy. No i czyż nie po to właśnie tu przyszłam?

Wpatrywałam się w lustro weneckie i delikatnie przesunęłam palcem wskazującym pod oczami, ciesząc się, że nie próbował mnie pocałować ani złapać za rękę. No bo chociaż fajnie powiedzieć, że obściskiwałam się z laureatem Pulitzera, to on nie wyglądał jednak jak Michael Chabon.

Wyszłam z łazienki i natychmiast spowiły mnie ciemności. Oprócz słabego, migoczącego blasku na końcu korytarza widziałam tylko czerń.

— Harrison? — zawołałam, mrużąc powieki w oczekiwaniu, aż oczy mi się przyzwyczają, nerwowo posuwałam się po omacku przy ścianie.

— Tu jestem — usłyszałam płynącą z daleka odpowiedź.

„To słynny pisarz, a nie seryjny morderca. Pisze normalne powieści, a nie horrory" — powtarzałam sobie, usiłując — na wszelki wypadek — przypomnieć sobie, gdzie znajdują się drzwi wejściowe.

— Hm, wciąż jesteś na trzecim piętrze? — spytałam, przystając, żeby zerknąć przez poręcz. Chwilę się zastanawiałam, czy nie uciec.

— Jestem na końcu korytarza. Idź w stronę światła.

Dobra, teraz już byłam oficjalnie przerażona.

— Wszystko w porządku? — spytałam, wahając się na progu, w stanie alarmowym, gotowa do ucieczki.

— Jak najbardziej, Hailey. Dołącz do mnie, proszę.

I chociaż to zaproszenie zabrzmiało bardzo mile, nadal zerkałam tęsknie na schody, powtarzając sobie w duchu, że on dużo pije i ma sporo lat na karku, więc zdecydowanie w razie potrzeby zdołam mu uciec.

Potem wzięłam głęboki oddech i weszłam do dużego, oświetlonego świecami pokoju, gdzie wielbiony przez krytyków zdobywca Pulitzera, twórca bestsellerów „New York Timesa" leżał rozwalony na łóżku, z kieliszkiem brandy w obu dłoniach, całkowicie nagi.

— Gotowa do startu? — spytał, podnosząc się, by podać mi drinka.

Wstrząśnięta ani drgnęłam, patrzyłam tylko, jak rozmaite części ciała Harrisona poruszają się i kołyszą, kiedy on zbliża się do mnie. Nagle potrząsnęłam głową i odwróciłam wzrok.

— Hm, chyba powinnam wyjść — powiedziałam.

„O mój Boże, nie to miałam na myśli, kiedy poprosiłam o niespodziankę" — myślałam, pędząc korytarzem.

— Hailey? Źle się czujesz? — spytał, idąc za mną.

— Eee, tak — wybełkotałam, pokonując schody najszybciej, jak się dało, przy jednoczesnym oszczędzaniu niemal złamanego obcasa. Zauważyłam, że on porusza się zadziwiająco szybko jak na kogoś z tak zaawansowaną atrofią.

— Co się stało? To przez krewetki? — spytał, teraz już tak blisko, że czułam jego oddech na karku.

Chwyciłam klamkę i pociągnęłam, czując przypływ ulgi, kiedy zimne nocne powietrze uderzyło w moją wilgotną, spanikowaną twarz.

— Tak — kiwnęłam głową, łapiąc oddech i odwracając się do niego. — To zdecydowanie kwestia krewetki.

A kiedy wyszłam na zewnątrz, poczułam, jak jego szorstkie, stwardniałe palce wbijają się mocno w moje ramię.

— Chętnie przeczytam twoją powieść — powiedział. — Możesz ją w każdej chwili mi przysłać.

Potem zbiegłam schodami na ulicę i dalej aż do rogu, gdzie złapałam taksówkę, czując absolutną ulgę, że nie jestem na tyle zdesperowana, by skorzystać z jego zaproszenia.

Zanim dotarłam do swoich drzwi, pragnęłam jedynie kieliszka wina, gorącego prysznica i wymazywacza wspomnień jak z filmu *Zakochany bez pamięci*. A ponieważ Lisette wyzdrowiała i wróciła do pracy, oczekiwałam, że będę miała mieszkanie dla siebie.

Weszłam, zrzuciłam buty i już miałam rozwiązać sukienkę, kiedy zauważyłam, że włochaty, żonaty kapitan Lisette drzemie na mojej kanapie, odziany tylko w niedopasowane gacie i czarne skarpetki.

— Co ty robisz? — spytałam, rzucając torebkę i mrużąc oczy. No bo dwie wizualne napaści w jeden wieczór to naprawdę okrucieństwo niespotykane.

Ale on tylko chwycił pilota i zrobił głośniej telewizor.

— Gdzie Lisette? — spytałam, podchodząc do niego, zdecydowana pozyskać odpowiedź.

— W Paryżu — burknął, nadal na mnie nie patrząc.

Ale ja patrzyłam na niego. I czułam się coraz bardziej wzburzona widokiem półnagiego ciała w takiej bezpośredniej bliskości mojego łóżka.

— To nie jest twoje mieszkanie — oznajmiłam, krzyżując ramiona. — Nie mieszkasz tu, nie płacisz czynszu i nie możesz tu przebywać pod nieobecność Lisette.

— Ona wie, że tu jestem. Jeśli masz problem, rozwiąż go z nią — posłał mi spojrzenie pełne triumfu.

Spojrzałam na palec serdeczny jego dłoni, zauważyłam, że złotej obrączki jeszcze nie zastąpił, i nagle poczułam, że mam straszliwie dość tego niechlujnego ofermy, który zarabiał dziesięć razy więcej ode mnie, a trzymał swoją sflaczałą dupę na moim łóżku.

— Dla twojej informacji: płacę dziewięćset dolarów miesięcznie, żeby spać na tej kanapie. Jeśli więc nie chcesz mi refundować kosztów zajęcia tej części, którą właśnie zajmujesz, sugeruję, żebyś się przeniósł do sypialni. A jeszcze lepiej żebyś wrócił do domu, do żony i dzieci.

I stałam, patrząc na niego gniewnie, z rękoma skrzyżowanymi na piersiach i rozpaloną twarzą, podczas gdy on wyciągnął kabel od telewizora, zaniósł go do sypialni Lisette, po czym zamknął za sobą drzwi na klucz.

16

Kiedy się obudziłam następnego ranka, przede wszystkim zauważyłam, że telewizor wrócił na swoje miejsce, a kapitana już nie ma. Wyczołgałam się z łóżka i stanęłam przy pojemniku Jonathana Franzena, postukując w szkło w desperackiej próbie przyciągnięcia jego uwagi.

— Kto cię karmi? Kto cię uratował z tego przesadnie drogiego hotelu?

On jednak chował się w kącie, wybałuszał oczy w drugą stronę, całkowicie mnie ignorując. Dalej pukałam w szkło, zdecydowana za wszelką cenę pozyskać choćby okruch uznania za wszystkie moje wysiłki, kiedy nagle przyszło mi do głowy, że jeśli chodzi o zwierzątka domowe, to złota rybka okazuje się wyniosła i mało przyjazna.

Poszłam do kuchni, wsypałam sobie płatków do miski, po czym zdałam sobie sprawę, że będę musiała je zjeść na sucho garściami, bo KTOŚ zbyt swobodnie rozporządził moim mlekiem, oszczędzając jedynie dwie kropelki i zostawiając pusty karton w lodówce dla uniknięcia podejrzeń. A kiedy niosłam swoje suche dobra do łóżka, wiedziałam, że ta faza mojego życia zdecydowanie wymknęła się spod kontroli i że czas odkładać jakieś pieniądze, by znaleźć nowe lokum.

*

— Chciałabym, żebyśmy ominęli lot i przeszli od razu do postoju — powiedziałam do Claya, wpatrując się w kompletnie ogołocony samochód na poboczu Van Wyck Expressway. Stał tam już ponad tydzień.

— Mów dalej. — Kiwnął głową, przyglądając się swoim skórkom.

Siedzieliśmy w autobusie powoli zmierzającym zakorkowaną trasą na lotnisko JFK, skąd jakimś bezprzykładnie szczęśliwym zrządzeniem losu (nie wspominając o całym mnóstwie zamian dyżurów), mieliśmy się udać w trwający siedem godzin czterdzieści pięć minut lot do Francji. Po którym natychmiast miał nastąpić miły, długi postój w Paryżu.

— No to co zrobisz ze swoim kolegą autorem? — spytał Clay, zerkając na mnie, a potem znowu na paznokcie.

— Hm, nic? — wzruszyłam ramionami, niezainteresowana absolutnie żadnymi rozmowami na ten temat.

— Chcesz znać moje zdanie?

— Nie do końca — odparłam, dalej wyglądając przez okno.

— Myślę, że powinnaś skorzystać z jego propozycji.

— Bo to nie ty musiałeś odpierać frontalny atak. Zapewniam cię, inaczej byś śpiewał, gdybyś widział to, co ja widziałam. Uwierz mi, to było złe. Bardzo, bardzo złe. — Wzdrygnęłam się na samo wspomnienie.

— Ja natomiast uważam — powiedział, rezygnując z oglądania paznokci i koncentrując się na mnie — że krytyczna analiza twojego rękopisu to minimum rekompensaty należnej ci po tej traumie.

156

— Zapomnij — pokręciłam głową. — Widziałam cenę za wstęp i nie płacę. Nie ma takich rzeczy jak darmowy lunch, przyjacielu.

— No ale właśnie o to chodzi. Ty już zapłaciłaś rachunek, teraz więc czas udać się do lady i odebrać Happy Meal.

— Żadnych opłat za wstęp, żadnych lunchów, żadnych Happy Meals, żadnych krytycznych analiz i żadnych metafor. — Odpięłam torbę i wyjęłam rękopis, a wraz z nim czerwony długopis, którego używałam do korekty. — Harrison Mann jest jak łóżko producenta. A ja nie biorę udziału w castingu — powiedziałam, zanurzając się w rozdziale piętnastym.

Kiedy tylko weszliśmy do sali personelu pokładowego, wiedziałam, że coś się dzieje. Normalnie znajdowało się tu pełno odzianych na granatowo ludzi spieszących na odprawy, plotkujących z przyjaciółmi, przeklinających nad komputerami i wiecznie niedziałającymi drukarkami, albo kierującymi się do „sypialni", żeby się zdrzemnąć przed ciężkim dniem. Ale dzisiaj było tu spokojniej, mniej tłoczno. Przynajmniej z pozoru. Bo po uważniejszym rozpoznaniu zauważyłam mnóstwo szybkich spojrzeń z ukosa i szeptów.

— Słyszeliście? — zobaczyliśmy kroczącą ku nam Kat. — Ponad osiem tysięcy osób wysyłają na bezpłatny urlop. Pilotów, personel pokładowy, naziemną obsługę pasażerów, mechaników, personel naziemny. — Kręciła głową.

— A superwizorzy? — spytał Clay, patrząc, jak jeden z najbardziej leniwych wyjada resztki popcornu z maszyny, którą kupiono kilka miesięcy temu w celu podniesienia morale. Do tej pory nie udało mi się z niej spożyć ani ziarenka. Teraz wiedziałam dlaczego.

— OP zostają — powiedziała Kat, kierując piorunujące spojrzenie na korpulentnego złodzieja popcornu. — Najwyraźniej samoloty latają dzięki przerzucaniu papierów i raportom o naruszeniach regulaminu mundurowego.

„No to wszystko jasne" — pomyślałam, patrząc na zmartwione, wściekłe twarze. Nasz ostatni prezes właśnie został nagrodzony dwudziestoma milionami dolarów za doprowadzenie nas na skraj upadku, zanim powiedział pożegnalne „bye". A teraz ci, co zostali, zbiorą baty za zmniejszenie dochodów, w formie groźnych okólników i wypowiedzeń.

Jeśli myślałam, że źle mi, bo śpię na przeszacowanej kanapie, mając do towarzystwa tylko aspołeczną rybkę, to mogłam sobie zacząć wyobrażać, jak bym się poczuła, gdybym straciła pracę. Bo chociaż już naprawdę nie lubiłam pracować dla Atlasa, nie znaczyło to, że jestem gotowa zrezygnować z tej pracy.

Z widmem zwolnienia z pracy na horyzoncie miałam dobry powód do paniki, ponieważ od kilku lat tkwiłam w strefie oczekiwania, krążąc w kółko, ale donikąd nie zmierzając. A teraz, czy mi się to podobało czy nie, musiałam wylądować. I nie byłam pewna, czy zrobię to bezpiecznie.

— Chyba czas na emeryturę — powiedziała Kat, stanowczo kiwając głową, jakby już sporo nad tym myślała, jakby to nie było przypadkowe oświadczenie.

— Mówisz poważnie? — spytałam, budząc się z własnych myśli i patrząc na nią wstrząśnięta.

— Kogo ja oszukuję? Ubawu nie mam z tego już od dawna. — Wzruszyła ramionami.

Patrzyliśmy na nią z Clayem bez słowa. Miała rację co do ubawu — zniknął wiele lat temu. Chociaż

Clay i ja nie zaznaliśmy tego rodzaju ubawu, który miała na myśli. Kat latała w czasach, kiedy podróż samolotem uchodziła za zaszczyt, kiedy ludzie odświętnie się ubierali, zanim wsiedli do samolotu, a zawód stewardesy oznaczał pożądaną, szalenie prestiżową karierę.

Zanim myśmy się pojawili, cały ten przemysł przerodził się w latające autobusy — zło konieczne, żeby się przemieścić z punktu A do punktu B. Prestiż zniknął, impreza się skończyła — a ja się czułam jak ostatni irytujący gość, który ignoruje mrugające światła i nie chce sobie pójść.

Zanim jednak któreś z nas ułożyło odpowiedź, zaskrzeczał głośnik: „Hailey Lane i Clay Stevens proszę się natychmiast zgłosić do pokoju numer cztery. Jesteście spóźnieni na odprawę".

— Dokąd lecisz? — spytałam, chwytając torbę i podążając za Clayem.

— Do Aten — odparła Kat, z uśmiechem stając w kolejce do komputera.

Nie latałam do Europy od pół roku, a od sześciu lat nie umawiałam się z pasażerem. Ale uroczy facet z miejsca 2B miał się stać wyjątkiem.

— Co się dzieje? — spytał Clay.

Pracowaliśmy w kuchni „Business Select", przy czym Clay nakładał posiłki, a ja roznosiłam je pasażerom.

— Nic — odparłam, patrząc, jak odrywa skręcony, przesuszony kawałek mięsa od tacki aluminiowej i ostrożnie umieszcza go na Atlasowej porcelanie z granatowym brzegiem, po czym dekoruje go zwiędłą pietruszką. — Myślisz, że oni kiedykolwiek skumają, że podajemy im gotowe dania? — spytałam, stawiając talerz na nakrytej serwetką tacy.

159

— Nie zmieniaj tematu — powiedział, wycierając ręce w ściereczkę i patrząc na mnie.

— Jest uroczy — wzruszyłam ramionami. — Ale my już mamy plany, pamiętasz?

— Masz moje błogosławieństwo, żeby mnie wystawić, jeśli on cię zaprosi.

— Poważnie? — spytałam, jedną ręką balansując tacą, a drugą sięgając po Châteauneuf de Pape.

— Jasne. A teraz idź go olśnić domową kuchnią — z tymi słowy wypchnął mnie z kuchenki.

Kiedy zbliżyłam się do pana 2B, wymyślałam, co mogę powiedzieć, jeśli naprawdę będzie chciał się ze mną umówić. Przez całe lata przestrzegałam restrykcyjnej polityki zakazującej umawiania się z pasażerami. Biorąc pod uwagę fakt, że przez cztery lata byłam związana z Michaelem — że nie wspomnę, iż większość obsługiwanych przeze mnie pasażerów nie nadawała się na randki — muszę przyznać, że trzymanie się tej zasady nie wymagało ode mnie wielkiego wysiłku.

Teraz jednak wszystko się zmieniło. I stare zasady już nie obowiązywały, skoro nie miałam chłopaka, a wkrótce mogłam też pozostać bez pracy. Kim więc byłam, żeby odrzucić interesującą rozrywkę?

— Pan zamawiał stek? — postawiłam przed nim talerz i próbowałam nie poczuć zażenowania jego wyglądem. — Dolać panu wina? — zaproponowałam, próbując odwrócić jego uwagę w kierunku etykiety.

Wpatrywał się w skręcony kawałek mięsa otoczony rozmiękłą, pożółkłą marchewką i jakąś chrupką, beżową skrobią, która była ryżem, ziemniakami albo kaszą manną. Potem podniósł wzrok na mnie i uśmiechnął się.

— Proszę mi powiedzieć, że to nie pani tu gotuje — podał mi kieliszek do napełnienia.

— Niestety, nie mogę sobie przypisać tej zasługi. Chociaż muszę przyznać, że pewnie nie zrobiłabym tego lepiej. — Okręciłam butelkę na koniec, tak jak się nauczyłam na fundowanym przez Atlasa kursie winiarskim przed kilku laty.

— W takim razie jak wygląda pani kolacja? — spytał, wciąż wpatrując się we mnie przepięknymi brązowymi oczami.

— Trzymam się kuchni i walczę z załogą o reszt-ki — wzruszyłam ramionami.

— Nie — roześmiał się. — Miałem na myśli Pa-ryż. Jak długo pani tam zostaje?

— Dwadzieścia siedem godzin i trzydzieści dwie minuty — odparłam, zauważając, że jego sweter jest z kaszmiru, ciemne włosy świeżo ostrzyżone, a zęby bardzo białe, ale raczej prawdziwe.

— Może zechciałaby pani zjeść ze mną? Zatrzy-muję się w Ritzu, przy placu Vendôme. Ale mam samochód i kierowcę, więc mogę odebrać panią z dowolnego miejsca — uśmiechnął się.

Ritz? Samochód z kierowcą? Poczułam się tro-chę jak Kopciuszek.

— Kuszące — rzuciłam zdawkowo, starając się nie potknąć w drodze powrotnej do kuchni.

— Co tak długo? — spytał Clay, zerkając na mnie szybko. — Te talerze utworzyły korek.

Spojrzałam na wózek zastawiony wysokim, chwiej-nym stosem talerzy z daniami, których już mi się nie chciało podawać. „No bo dlaczego mam ciągle tyrać w kuchni, skoro zaproszono mnie na bal?!"

— Zaprosił mnie na kolację! — uśmiechnęłam się, z trudem balansując tacą, na której teraz stały trzy talerze. — Ej, to się robi ciężkie — jęknęłam, kiedy dostawił czwarty.

— Masz zaległości. Na wypadek gdybyś nie za-uważyła: w drugim korytarzu są dwa rzędy więcej, co oznacza, że przegrywamy. — Pokręcił głową i wyjął kolejne danie z piekarnika, zdjął papierową pokrywkę i patrzył, jak para ucieka. Clay bardzo poważnie traktował swoje kuchenne obowiązki.

— Och, nie wiedziałam, że się ścigamy — powiedziałam, czując się strasznie jako najsłabsze ogniwo.

— Zawsze się ścigamy.

— Zaczekaj tylko, aż weźmiemy wózki z lodami — powiedziałam. — W deserach lodowych jestem nie do pobicia.

Ale zanim rozpoczęliśmy podejście, wydaliśmy płaszcze i przygotowaliśmy się do lądowania, większość mojego entuzjazmu, o ile nie cały, wyparowała. Pan 2B spędził ostatnie sześć godzin w głębokim śnie, niemal w śpiączce, co oznaczało, że nasze plany kolacyjne się nie zrealizują. Rozłożyłam swoje krzesełko, zapięłam pas, wyjrzałam przez maleńkie okienko na poranny paryski pejzaż, stłumiłam rozczarowanie, zdusiłam ziewnięcie i walczyłam, żeby nie zasnąć w czasie lądowania.

— No więc co z tą kolacją? — spytał Clay, wyjmując torbę z szafy i zakładając płaszcz.

— Chcesz pójść na kisz do tej małej knajpy w Saint-Germain? — spytałam, ruszając korytarzem i ciągnąc za sobą torbę.

— O czym ty gadasz? Myślałam, że książę wysyła po ciebie karocę?

— Nie ma księcia, nie ma karocy — pokręciłam smutno głową. — Okazało się, że to wszystko tylko wielka dynia.

— Ale myślałem, że on ci się podoba? — ruszył za mną.

— Bo mi się podobał. Był uroczy, a nie zachowywał się, jakby o tym wiedział. Miły, ale nie przymilny, dowcipny, ale nie ohydnie frywolny. I ani razu mnie nie przywołał, nie zdjął skarpetek, nie oddawał się wysoce osobistym obrządkom higienicznym, nie wystawiał nóg na korytarz, żebym się mogła potknąć, i niestety, ani razu się nie obudził, żeby zapisać moje imię i numer. — Wzruszyłam ramionami. — Za pięknie to wyglądało.

Zatrzymaliśmy się w przedziale pierwszej klasy i czekaliśmy na resztę personelu, po czym wszyscy skierowaliśmy się do rękawa, pragnąc już przejść przez odprawę celną i do vana, gdzie wyjmiemy butelki po wodzie wypełnione sokiem pomarańczowym, przyrządzoną w kuchni sangrią i mimozą, i zaznamy krótkiej chwili wytchnienia, zanim dotrzemy do hotelu i padniemy na łóżka z wyczerpania.

Uwolniłam włosy z końskiego ogona, który od trzech godzin przyprawiał mnie o tępy ból głowy i przeczesałam je palcami, aż rozsypały się swobodnie na ramiona.

— Łał, ależ ma pani piękne włosy. — Podniosłam wzrok i zobaczyłam pana 2B czekającego z uśmiechem przy drzwiach. — Zupełnie odpadłem. To do mnie niepodobne. — Pokręcił głową z zakłopotaniem i ruszył ze mną.

— Stracił pan deser — zrugałam go, zauważając, że Clay zniknął daleko z przodu.

— Hm, mam nadzieję, że mi to pani wynagrodzi. Nadal jesteśmy umówieni na kolację?

Kiwnęłam głową, zauważając, że reszta załogi już przedziera się przez odprawę. Wiedziałam, że muszę ich dogonić. Szybko.

— Może być siódma?

— Doskonale — odpowiedziałam, już biegnąc.

163

— A gdzie mam jechać? O kogo pytać? — zawołał.

— Hailey Lane, Grand Hotel — z uśmiechem pobiegłam do odprawy.

POZYCJA GOTOWOŚCI

Członkowie personelu pokładowego muszą siedzieć na rozkładanych krzesłach z rozsuniętymi stopami i rękoma umieszczonymi pod udami, dłońmi do góry.

17

O 18.55 stałam w swoim pokoju naga i zdenerwowana. No bo nic nie wiedziałam o tym facecie
prócz kilku faktów, które poskładałam z listy pasażerów, połączonych ze starą, dobrą obserwacją.
A więc nazywał się Maxwell Dunne i regularnie la-
tał liniami Atlas, ponieważ miał status platynowy
— to oznaczało, że spędzał na pokładzie samolotu
więcej czasu niż ja. Wiedziałam, że jest uroczy, że
lubi czerwone wino, nie lubi podejrzanego mięsa,
i że prawdopodobnie mieszka w jednym z najlepszych hoteli w Paryżu. Ale powód jego pobytu w Paryżu był mi nieznany. A teraz miałam z nim wsiąść
do samochodu i skierować się Bóg wie gdzie w tym
mieście, które już wiele razy zwiedzałam, ale które
wciąż było dla mnie obce.

Zerknąwszy na zegarek, włożyłam jedwabny top
na ramiączkach w kolorze złamanej bieli, obcisły
czarny blezer, dżinsy Citizens for Humanity i złote
sandały z rzemyków. Potem sięgnęłam po torebkę
i wyszłam z pokoju do windy.

Czy to szaleństwo wychodzić z tym gościem?
zastanawiałam się, wciskając strzałkę w dół. No bo
koniec końców jak bardzo mogłam ufać procesowi
prześwietlania pasażerów Atlasa? Nasza rozmo-

wa była tak krótka, że wyglądało na to, iż wychodzę z nim, ponieważ ma piękne oczy i olśniewający uśmiech. A z drugiej strony — czyż większość pierwszych randek nie odbywała się z tego właśnie powodu?

Kiedy drzwi windy się rozsunęły, nerwowo przeczesałam palcami włosy i jeszcze raz sprawdziłam strój. „Weź się w garść — pomyślałam, kierując się do holu. — Jesteś tylko dziewczyną, on jest facetem i idziemy jedynie na kolację".

A kiedy podniosłam wzrok, zobaczyłam, jak Maxwell Dunne wkracza przez szklane drzwi, ubrany w luźne spodnie khaki, oślepiająco białą koszulę i brązową skórzaną kurtkę narzuconą na ramiona.

— Zarezerwowałem nam stolik w Jules Verne — powiedział. — Była tam pani?

Pokręciłam głową, nie odrywając od niego wzroku. Jules Verne to restauracja na szczycie wieży Eiffla — no, na drugim poziomie, jeśli chodzi o ścisłość. A ceny menu, wraz z trudną do zdobycia rezerwacją sprawiały, że nie znajdowała się na liście typowych postojowych przybytków.

— Mamy szczęście, jest taka pogodna noc, że widok powinien być spektakularny. — Uśmiechnął się. — Jeśli oczywiście to pani odpowiada. Bo jeśli pani woli, możemy udać się gdzie indziej. — Z tymi słowy przepuścił mnie w drzwiach i poprowadził do czarnego mercedesa.

— Ależ odpowiada — powiedziałam, uśmiechając się, kiedy kierowca otwierał mi drzwi, a ja wsunęłam się na skórzane siedzenie.

Problem z wieżą Eiffla polega na tym, że widać ją z każdego miejsca w Paryżu, więc zawsze się człowiekowi wydaje, że znajduje się ona o wiele bliżej niż w rzeczywistości. Zanim wreszcie dotarliśmy na miejsce, nie mogłam uwierzyć, że zajęło nam to tyle czasu.

— Może pójdziemy schodami? — spytał Max.

— Według ostatnich doniesień jest ich tylko tysiąc sześćset sześćdziesiąt pięć, mniej więcej — uśmiechnął się.

— No ja bym poszła, ale tak się składa, że mam najświeższe plotki o prywatnej windzie, zarezerwowanej dla gości restauracji — odparłam. — Tam jest wskazówka — pokazałam.

— Prowadź.

Wjechaliśmy wschodnią windą aż na poziom restauracji, a jazda była tak szybka i ostra, że uszy mi się zatkały po drodze. A kiedy wreszcie otworzyły się drzwi, poczułam, jak dopada mnie rozczarowanie, kiedy znalazłam się w ciemnej, kanciastej przestrzeni, która bardziej przypominała night club niż jedną z najbardziej romantycznych restauracji na świecie.

Kiedy jednak Max przekazał maître d' garść euro, poprowadzono nas do miłego stolika przy oknie, z takim oszałamiającym widokiem na Paryż, że moje wcześniejsze wrażenie rozwiało się bez śladu.

— To niesamowite — powiedziałam, patrząc na miasto w dole.

— Cieszę się, że ci się podoba — wpatrywał się we mnie.

— Często tu przychodzisz? — spytałam, otwierając menu i zastanawiając się, czy ma taki zwyczaj, żeby podrywać stewardesy i zapewniać im rozrywki. Co prawda w ogóle mnie to nie obchodziło, dopóki byłam jedną z tych, którym zapewniano rozrywki.

— Byłem tu tylko raz — odrzekł, sięgając po kartę win. — Dawno temu.

*

Opadłam na oparcie i wpatrywałam się w światła Paryża, myśląc o tym, jaki fantastyczny jest Max. Był interesujący, bystry, grzeczny w podróży, a co jeszcze ważniejsze, miał świetne poczucie humoru. I właśnie skończyliśmy trzygodzinną orgię żywieniową, po której czułam się szczęśliwa, nasycona i co najmniej ciekawa, co będzie dalej.

— Dokąd teraz? — spytał, podpisując czek i dopijając wino.

Popatrzyłam na niego i wzruszyłam ramionami. Po takim posiłku mogłam za nim pójść wszędzie.

— Byłaś kiedyś w Temple*? — spytał, wsuwając portfel do kieszeni.

— Hm, nie jestem żydówką. — Zakłopotałam się, zastanawiając się, dlaczego pyta.

Ale on się tylko roześmiał.

— To klub — powiedział. — Chodźmy, spodoba ci się.

Poszłam za nim nie do końca przekonana, czy clubbing może mi się spodobać. Kiedy po raz ostatni tego próbowałam w Nowym Jorku, koniec końców poczułam się stara i nieuleczalnie obciachowa. Ale może w Paryżu będzie inaczej.

Znaleźliśmy naszego kierowcę, Jeana Claude'a, opartego o mercedesa. Palił papierosa i rozmawiał przez komórkę. A po dwudziestu minutach lawirowania w paryskim ruchu ulicznym zatrzymaliśmy się przed świeżo wyremontowanym trójkondygnacyjnym budynkiem z niewielkim, nieoznaczonym wejściem.

Max zameldował się w wejściu, po czym zaprowadził mnie do niedużej odosobnionej loży obitej delikatną zamszową tapicerką z przejrzystymi, zwiewnymi zasłonami z każdej strony.

---

* *Temple* (US ang.) — synagoga.

— Pewnie myślisz, że nietypowy ten klub. — Uśmiechnął się, przeglądając kartę napojów.

— To taki klub tylko dla członków? — spytałam, rozglądając się po seksownym, wytwornym wystroju oraz jeszcze wytworniejszych klientach. Ze swoimi kręconymi włosami i w dżinsach poczułam się jak typowa amerykańska, wykarmiona krowim mlekiem dziewczyna.

— Tak, i słyszałem, że teraz do członkostwa jest nawet kolejka.

Wiedziałam, że mieszka w Bostonie, że często jeździ do Paryża, ale nie zdawałam sobie sprawy, że tak często.

— Musisz spędzać tu mnóstwo czasu — zauważyłam.

— Przez ostatnie pół roku co miesiąc, tydzień albo dwa — wzruszył ramionami, zerkając w kartę. — Co powiesz na brandy?

Generalnie byłam za, ale nagle przypomniałam sobie, że rano lecę, że mam zakaz picia osiem godzin przed odprawą, że Atlas ma słabość do zbierania naszego moczu do plastikowych pojemniczków i losowego sprawdzania naszych oddechów alkomatem, więc pokręciłam głową.

— Powinnam poprzestać na wodzie mineralnej — powiedziałam.

Ale Max tylko się uśmiechnął i przysunął jeszcze bliżej.

„Czas na pocałunek" — pomyślałam, bawiąc się nerwowo kolczykiem i zastanawiając się, czy przez to przejdę. Z jednej strony od czterech lat całowałam tylko Michaela, więc w ogóle pomysł obmacywania się z kimkolwiek nowym wydawał się trochę niezręczny. Nie wspominając o tym, że następnego dnia wyjeżdżałam i najpewniej nigdy więcej już nie miałam go zobaczyć.

A z drugiej strony — czyż nie był to właśnie świetny powód, żeby go pocałować? No bo do tej pory pod każdym względem ten wieczór był doskonały, więc może dałoby się go udoskonalić jeszcze bardziej?

Podniosłam wzrok i zobaczyłam, że Max wpatruje się we mnie swoimi wspaniałymi, seksownymi brązowymi oczami spod ciężkich powiek, i poczułam, że ciągnie mnie do niego jakaś nieodparta, magnetyczna siła. A kiedy się pochylił i przycisnął swoje usta do moich, rozpłynęłam się w nicości i myślałam tylko o Trójkącie Bermudzkim.

Wplatając palce w moje włosy, tulił moją twarz i dalej mnie całował tak namiętnie i tak bez reszty, i tak świetnie, że całkiem się w nim zatraciłam. Potem rozpiął mój żakiet i zsunął mi go z ramion, i właśnie zaczął do niego dołączać ramiączka koszulki. A gdy pochylił głowę, zamknęłam oczy i rozkoszowałam się dotykiem jego ust pieszczących płatek mojego ucha.

Kiedy jednak jego ręce zaczęły wędrować z moich ramion na piersi, zatrzymałam się i odepchnęłam go. No bo nie miałam nic przeciwko miłemu drobnemu okazywaniu afektacji na oczach ludzi. Ale ręce na piersiach?! Bez przesady. Nawet w Paryżu.

— Nic ci nie jest? — spytał. Pochylił się do mnie i chwytając mnie za brodę, podniósł mi twarz, tak że musiałam na niego spojrzeć.

— Nic, ale muszę iść. Rano mam lot do Nowego Jorku.

— Ale już jest rano — pokazał mi tarczę zegarka. Była pierwsza w nocy. Czasu paryskiego.

— No to naprawdę muszę iść. — Pochyliłam się, żeby go znowu pocałować.

*

— Łał, musiało być dobrze, bo wyglądasz potwornie — mówił Clay, kiedy szliśmy korytarzem do windy.

— Było nieźle. — Wzruszyłam ramionami, wspominając każdą niewiarygodną chwilę.

— Żartujesz sobie? Masz rozpaloną twarz i otarcia od zarostu.

— Nie uprawialiśmy seksu — wyszeptałam, dotykając wrażliwych, otartych miejsc na brodzie i policzkach i uśmiechając się do swoich wspomnień.

— Trochę się tylko całowaliśmy.

— I? — spytał, najwyraźniej mając nadzieję na coś więcej.

— I było bosko — uśmiechnęłam się, patrząc na zamykające się drzwi windy. — A co ty robiłeś? — spytałam, bardzo pragnąc zmiany tematu. Miałam świetną randkę z Maxem, ale szanse na ponowne spotkanie równe zeru. I nad tym faktem nie za bardzo chciałam się rozwodzić.

— Jadłem, byłem na zakupach, potem jadłem, potem trochę spałem. Kupiłem portfel od Louisa Vuittona, którego tak bardzo pragnie Peter.

— Myślałam, że już nie jesteście razem — spojrzałam na niego, ciągnąc torbę przez hol.

— Postanowiłem powstrzymać się od osądzania i dać mu drugą szansę.

— Myślę, że to była dobra decyzja — powiedziałam, przystając przed recepcją, żeby oddać klucz i zapłacić za kawę, którą zamawiałam do pokoju.

— Mademoiselle Lane to pani? — spytał wysoki, szczupły recepcjonista.

— Eee, *oui* — odpowiedziałam, wykorzystując całą swoją znajomość francuskiego.

— Mam coś dla pani. Proszę tu zaczekać.

Patrzyłam, jak znika na zapleczu i zastanawiałam się, co to może być. Może przez nieuwagę zostawiłam coś w holu, kiedy czekaliśmy na swoje pokoje?

Ale wrócił z wielkim bukietem kwiatów w kryształowym wazonie i wiedziałam od razu, że to od Maxa. Niewątpliwie miał klasę i gest.

— Co masz na bileciku? — spytał Clay, zaglądając mi przez ramię.

— „Dziękuję za cudowny wieczór. *Bon voyage.* Max".

Kiedy weszłam po schodach prowadzących do mojego mieszkania, byłam kompletnie wykończona. Nieprzespana noc z Maxem, niezliczone kieliszki wina i brak snu definitywnie mnie pokonały. I o ile podróż do Paryża była magiczna, to powrotna już ani trochę.

Naprawdę bardzo dużo można powiedzieć o człowieku, sądząc po tym, jak traktuje ludzi, którzy go obsługują. A ja właśnie spędziłam osiem godzin w samolocie pełnym osób, które doszły do wniosku, że jestem ich osobistą służącą. Krzyczano na mnie, kiedy skończyły mi się gazety, zwymyślano, kiedy skończyły mi się poduszki, obrażono, kiedy skończyły mi się kurczaki, i grożono, kiedy musieliśmy czekać przy wyjściu z samolotu. Niepełnoletnia gwiazda pop próbowała podstawić mi nogę, kiedy odmówiłam podania jej alkoholu, gwiazda filmowa z uporem porozumiewała się wyłącznie przez swojego asystenta, a sławna prezenterka rozwścieczyła się na bramce, kiedy na nią wypadła wyrywkowa kontrola bezpieczeństwa.

Ale ostatnio nie tylko pasażerowie rozdzielali ciosy. Również szefostwo Atlasa. Oczekiwali bowiem, że będziemy obsługiwać przeładowane loty w obsadzie pomniejszonej o połowę, szukać na pokładzie bomb przed boardingiem, bronić się przed brutalnymi pasażerami dialogiem wyuczonym na seminarium z perswazji, i działać jak nieuzbrojona żywa tarcza dla pilotów, którzy nosili broń, bezpiecznie schowani w kokpicie. Obcięli mi pensję, zredukowali bonusy, wyznaczali dłuższe dyżury z krótszymi postojami, domagali się zwolnienia od lekarza za każdy dzień choroby, i w ogóle odebrali mi ostatnie okruchy godności zawsze powiązanej z pracą. A za swoje wysiłki dostawałam cotygodniowe e-maile od zadowolonych z siebie OP, strofujących mnie za drastyczny spadek dochodów, punktualnych odpraw i zadowolenia klienta.

Ale teraz, kiedy zwalniali tysiące pracowników i zmuszali pilotów do drastycznych opłat za koncesje (podczas gdy pracownicy najwyższego szczebla wypychali sobie kieszenie bonusami, opcjami na akcje i pewnymi emeryturami), stwierdziłam, że obawiam się straty czegoś, co już nie za bardzo lubię. Bo pomimo wszystkich przerażających momentów w trakcie lotu, wciąż były takie chwile jak Paryż i oczywisty był fakt, że żadna inna praca, do której mam obecnie kwalifikacje, nie zapewni mi takich korzyści.

Kiedy więc rzuciłam torby, zdjęłam mundur i oblekłam się w ukochaną flanelową piżamę, zaraz nalałam sobie wolnocłowego wina Lisette i siadłam na kanapie, wpatrując się to w Jonathana Franzena, to w kwiaty Maxa.

A kiedy wstałam, aby sobie dolać, zobaczyłam karteczkę przy telefonie:

Hailey,
przepraszam, ale to nie zdaje egzaminu.
Masz dwa tygodnie, żeby znaleźć sobie nowe mieszkanie.

Lisette

18

Kat nie żartowała z emeryturą. Kilka dni po naszej krótkiej rozmowie siedziałam przy kuchennym stole, wpatrując się w monitor komputera, a ona wypełniała stosowne dokumenty. I powiedzieć, że jej zazdrościłam, to za mało. Pozostał mi już tylko tydzień, żeby znaleźć nowe mieszkanie, nie miałam natomiast pojęcia, jak miałabym podpisać umowę, skoro nie wiedziałam nawet, czy za trzy miesiące będę tu jeszcze pracować. Że nie wspomnę o fakcie, że już ponad tydzień temu powiedziałam Maxowi *au revoir*, a jeszcze nie dostałam od niego wiadomości.

— Co robisz? — spytała Kat, podpisując ostatni już dokument.

— Szukam mety do waletowania — odparłam, wpatrując się w swój laptop. — Ale wszystko jest albo zupełnie poza moim zasięgiem, albo w Kew Gardens.

— A dlaczego nie zostaniesz tutaj? — Zdjęła okulary do czytania Chanel i położyła je na stole między nami.

— Już to przerabiałyśmy. Mam alergię na koty i nie chcę się narzucać.

— Nie narzucałabyś się, pilnowałabyś mi domu.

— Dokąd jedziesz? — spytałam, skręcając się na wspomnienie ostatniego razu, kiedy koty zostały pod moją opieką.

— Do Grecji. — Uśmiechnęła się.

— Co? — patrzyłam na nią z otwartymi ustami.

— Czas na zmianę — wyjaśniła. — A Janni ma najpiękniejsze domy w Atenach, na Mykonos i na Spetses.

— Wychodzisz za mąż? — spytałam, myśląc: „Znowu?".

— Kto wie? — Wzruszyła ramionami, sięgając po kubek z kawą. — Ja wiem tylko, że jestem gotowa na kolejny rozdział w moim życiu. A ty?

Patrzyłam na przyjaciółkę siedzącą naprzeciwko mnie. Dawno już skończyła pięćdziesiątkę, a wciąż była piękna, energiczna i pełna ekscytacji. Nie wspominając, że jej życie miało już tyle rozdziałów, że zakrawało na zawiłą tysiącstronicową sagę. Podczas gdy moje przypominało skąpą, nieskomplikowaną książeczkę kąpielową dla niemowląt.

— Posłuchaj, to brzmi świetnie, ale ostatecznie kiedy wrócisz i tak będę musiała poszukać sobie jakiegoś lokum. Czy więc to nie byłoby odkładanie nieuniknionego? — spytałam.

— Hailey — powiedziała cierpliwie, patrząc mi prosto w oczy. — Ktoś musi tu zostać. Nie sprzedam mieszkania, nie wezmę jeszcze ze sobą kotów. A ty jesteś najlepszym rozwiązaniem, jakie przychodzi mi do głowy.

Spojrzałam na trzy futrzaki leżące u jej stóp. No cóż, chyba po to właśnie są leki antyhistaminowe, co?

— A co z Jonathanem Franzenem? — spytałam, wciąż niezdecydowana.

— A co ma być?

— No wiesz, czy nie narażę go na niebezpieczeństwo? Kwaterując go z trzema kotami?

— Może mieć własny pokój — wzruszyła ramionami. — No więc co ty na to?

Rozejrzałam się po pięknej kuchni, z wyspą z granitowym blatem i piecykiem dla smakoszy. „Mogę zaoszczędzić pieniądze, dokończyć powieść, i to nie cudzym kosztem, skoro wyświadczam jej przysługę..."

— Dobra — zgodziłam się. — Ale pod jednym warunkiem. Obiecaj, że mnie wykopiesz, jak tylko wrócisz.

— Stoi — uśmiechnęła się.

Niesamowite, ile można osiągnąć, jeśli się mieszka w spokojnym penthousie na Piątej Alei z cudownym widokiem na park, mnóstwem leków antyhistaminowych i bez obrzydliwych współlokatorów, którzy cię rozpraszają. Kat nie zwlekając, pożegnała się i udała do Grecji, a ja, nieobarczona już płaceniem czynszu, stałam się bardzo wybredna w doborze lotów. Nigdy więcej trzydziestogodzinnych postojów na zadupiu. Teraz mogłam sobie latać tylko na fajne trasy albo nie latać wcale. I chociaż technicznie rzecz biorąc, przeniosłam się ledwie kilka ulic na zachód, różnica pomiędzy Lexington a Piątą była przepastna.

Zamknęłam się więc na trzy tygodnie, wychodziłam tylko na codzienną małą latte i wreszcie skończyłam książkę. I w nadziei na zyskanie nowej perspektywy po przerwie, odłożyłam ją i wyruszyłam w trasę, którą Atlas zachwalał jako cudowny dwudziestoczterogodzinny postój w hotelu St. Francis w San Francisco. Z powodu niekorzystnej pogody w Atlancie i przestoju technicznego w Cincinnati cudowny postój w San Francisco szybko skurczył się do półlegalnego siedmiogodzinnego odsapnięcia w jakimś obskurnym motelu w Kentucky z brudnym materacem, wątpliwą pościelą i bez ciepłej wody. A wróciłam z tej piekielnej podróży zdecydowana zabrać się za swoją powieść z nowym entuzjazmem, dopracowując ją i czytając raz za razem, aż osiągnę szczyt możliwości.

I już miałam wsadzić sześć wydruków do sześciu kopert zaadresowanych do sześciu większych wydawców, kiedy zadzwoniła moja komórka.

— Hailey?

— Słucham? — burknęłam, zaklejając ostatnią przesyłkę i odkładając ją na stos.

— To ja, Max. Co u ciebie?

Opadłam na najbliższe krzesło i gapiłam się w telefon. Zupełnie machnęłam na niego ręką, myśląc, że to takie skarpetki, które się wkłada do szuflady i nigdy już nie ogląda. Ale proszę, dzwonił, jakby w ogóle nie minęło te siedem tygodni.

— Świetnie — powiedziałam. — A u ciebie?

— No właśnie lecę dzisiaj do Paryża i miałem nadzieję, że cię zobaczę.

— Hm, co masz na myśli: w Paryżu czy na lotnisku?

— W Paryżu — zaśmiał się. — Strasznie chciałbym z tobą zobaczyć pewną nową restaurację.

— To brzmi kusząco, ale Francja nie należy do moich rutynowych tras. Żeby dostać taki przelot, trzeba się posunąć do łapówkarstwa i gróźb karalnych.

— Spędzę tam najbliższe dwa tygodnie. Będę mieszkał w Ritzu. Zadzwonisz do mnie, jeśli ci się uda?

— Jasne — powiedziałam, logując się na tablicy ogłoszeń Atlasa na długo przed naciśnięciem czerwonej słuchawki.

＊

W drodze do domu z poczty wstąpiłam do pobliskiej księgarni Barnes & Noble, żeby sobie pomarzyć, gdzie wypadłoby miejsce mojej książki na półce z nowościami. Weszłam przez szklane obrotowe drzwi i ruszyłam prosto do nowych powieści, wpatrując się w rywalizujące tytuły i wyobrażając sobie pośród nich swój. No bo jak fajnie będzie zobaczyć „Hailey Lane" umieszczone obok moich ulubionych autorów?

Zauważyłam cienką książkę z piękną złotą okładką, po której przesunęłam dłonią, po czym szybko ją przekartkowałam i zerknęłam na tył. A kiedy ujrzałam fotografię autora, serce mi podeszło do gardła.

W rogu po lewej znajdowało się małe zdjęcie Cadence. Wyglądała olśniewająco w białej bluzce i nefrytowych kolczykach, oszałamiające ciemne włosy rozsypywały się dokoła, jakby fotografię zrobiono w przypadkowym, ale bardzo korzystnym powiewie. A potem z czystej ciekawości, a nie dlatego, że mnie to w ogóle obchodziło, szybko przejrzałam kilka pierwszych stron, żeby sprawdzić, czy nie wspomniała Dane'a w dedykacji albo podziękowaniach.

— Jest dość dobra, ale nie musisz jej kupować. Ja mogę ci dać egzemplarz.

Odwróciłam się i zobaczyłam Dane'a stojącego obok mnie.

— Och, cześć, właśnie... — urwałam, odstawiając książkę na półkę i niepewnie wzruszając ramionami. — To pewnie jedna z korzyści znajomości z autorem, co nie? Mnóstwo darmowych egzemplarzy — zaśmiałam się nerwowo.

Przesunął palcami po swoich oklapłych brązowych włosach i uśmiechnął się.

— Właśnie szedłem na górę coś przekąsić. Może chciałabyś do mnie dołączyć?

Podsumujmy, mieszkałam na Piątej Alei, właśnie wysłałam rękopis książki, a teraz dwóch fajnych facetów jednego dnia zaprasza mnie na posiłek. Nie pamiętam, żebym miała kiedyś taki dobry dzień.

Siedząc przy małym kwadratowym stole, patrzyłam, jak Dane składa zamówienie przy ladzie, i pomyślałam, jakie to dziwne, że ciągle na niego wpadam. Ale Nowy Jork był właśnie taki dziwny. Można było mieć sublokatora przez pięć lat i ani razu go nie widzieć. A z drugiej strony — za każdym razem kiedy się szło do knajpki na rogu, wpadało się na te same przypadkowe trzy twarze.

— Wiem, że powiedziałaś, że nie jesteś głodna, ale proszę — położył obok mojej latte waniliowo--migdałowe cantucci.

— A więc tutaj jadasz lunch? — spytałam, dobierając się do cantucci. — Chyba trochę daleko z Midtown.

— Mieszkam niedaleko — wyjaśnił, wgryzając się w kanapkę z indykiem.

— To wszystko wyjaśnia — powiedziałam. Popiłam kawy, patrząc na niego. — Wiesz, to całe wpadanie na siebie.

Popatrzył na mnie i wybuchnął śmiechem.

— Właśnie, skoro o tym wspominasz, ostatnio nie widuję cię w Starbucksie. Skończyłaś książkę?

— Owszem. Właśnie rozesłałam sześć maszynopisów. — Wciąż nie mogłam uwierzyć, że ją skończyłam, wydrukowałam i wysłałam na sześć biurek wydawców.

— Gdzie ją wysłałaś? — spytał, sięgając po butelkę z wodą i odkręcając nakrętkę.

— Do kilku czołowych wydawców — odparłam, niezdolna powstrzymać się od szerokiego uśmiechu, kiedy popijałam swoją latte i czekałam na gratulacje.

— Jakichś agentów? — Odchylił głowę do tyłu, pijąc wodę.

— Agentów? Hm. Nie. — Wzruszyłam ramionami. Jezu, w ogóle nie rozważałam jeszcze wysyłki do agentów. Nie przyszło mi do głowy, że jakikolwiek agent by mnie chciał, skoro jeszcze nic nie wydałam. Ale może się myliłam? Może powinnam była uderzyć do agenta?

— Rozumiem. A sprawdziłaś przynajmniej ich wytyczne dotyczące nadsyłania propozycji wydawniczych? — Spojrzał na mnie wzrokiem pełnym troski i z mocno zaciśniętymi ustami.

— Hm. Nie. Tego chyba też nie zrobiłam — powiedziałam, unikając jego wzroku, a mój nastrój zmieniał się równie szybko jak karton mleka pozostawiony na słońcu.

Pokręcił głową, na twarzy miał wyraz dezaprobaty.

— Widzisz, oni mają dość restrykcyjne zasady i nawet nie spojrzą na przesyłkę, która nie jest z nimi zgodna. Albo ją wyrzucą do śmieci, albo odeślą, albo zostawią, żeby marniała i poniewierała się w jakimś brejowatym stosie przez następne półtora roku — powiadomił mnie, kończąc kanapkę i za pomocą papierowej serwetki ścierając okruchy z ust.

Wpatrywałam się w blat stolika, czując się jak urodzinowy balon, który właśnie został przekłuty długą ostrą szpilką przez wielkiego łobuza.

— Cóż, zanim cię spotkałam, czułam się wspaniale, że ją skończyłam — powiedziałam z gardłem ściśniętym i zdławionym od gniewu i może nawet, broń Boże, od łez. — Rozumiesz, już samo to odbierałam jako spore osiągnięcie. — „Dopóki ty nie przylazłeś, ponury, sadystyczny zabójco radości!"

— Hm — mruknął.

Hm? Nic więcej? Tylko „hm"? Naprawdę bardzo przepraszam, że nie jestem takim literackim geniuszem wielbionym przez krytyków jak Cadence. Ale gdybyś mi pogratulował, to by cię zabiło? Albo gdybyś chociaż powiedział: „Tak trzymać!". No co jest z tobą? I dlaczego w ogóle mnie zaprosiłeś?

— A jak się miewa Harrison? — spytał, natychmiast przechodząc niepostrzeżenie na nowe konwersacyjne terytorium, jako że najwyraźniej nie było sensu marnować więcej czasu na moją źle wykonaną, nierozważną spamerską gafę.

Wzięłam łyk kawy i wzruszyłam ramionami.

— Świetnie — skłamałam. — To naprawdę fajny facet. „O, niech on sobie pomyśli, że to Harrison poradził mi ominąć wytyczne".

— Naprawdę? — sprawiał wrażenie zaskoczonego.

— Naprawdę. — Kiwnęłam głową, dopijając kawę. Chciałam już tylko powiedzieć „adios", nic więcej, i zabrać się stamtąd. Ten koleś był toksyczny. I zupełnie mnie dobijał.

Ale on właśnie wzruszył ramionami i powiedział:

— No, muszę wracać do biura. Ale tak się zastanawiam... może masz wolny ten weekend?

Wpatrywałam się w swój kubek po kawie, z makulaturowego papieru, który nieświadomie zgniotłam i zwinęłam, aż się zupełnie zniekształcił. „Chyba żartuje? No bo dlaczego miałabym chcieć z nim wychodzić? Żeby mógł mi szczegółowo wypominać, że kompletnie nic nie wiem o świecie wydawniczym? Jezu, co za ego! Przecież on jest prawnikiem, a nie pisarzem. Od samego chodzenia na randki z pisarzem nie można się z nim stać. Co za gad. Chyba czas, żebym sobie znalazła nową okolicę do kupowania kawy i książek".

— Ten weekend spędzam w Paryżu — powiedziałam, patrząc na niego zmrużonymi oczami.

— Ale masz fajnie — wytrzymał spojrzenie o ułamek za długo, zważywszy że miał dziewczynę. I zważywszy, jak bardzo go nie lubiłam.

Bez słowa chwyciliśmy swoje rzeczy i udaliśmy się do windy, przy czym ja stałam z przodu, żeby nie patrzeć już na niego. A kiedy zjechaliśmy na dół, on pognał do drzwi i przytrzymał mi je. Potem wyszliśmy na słońce i każde ruszyło w swoją stronę.

19

Latanie do Paryża bez Claya nie było nawet w połowie tak fajne. Ośmioosobowa załoga była nieprzyjazna i hermetyczna, i bezwiednie podzieliła się na trzy ostro zdefiniowane grupy na długo, zanim skończyliśmy odprawę. I chociaż wcześniej bywałam już w takich sytuacjach, zawsze miałam tyle szczęścia, że trafił się co najmniej jeden taki outsider jak ja, i jego mogłam się trzymać. Ale tym razem byłam sama, a wszyscy jednomyślnie uchwalili, że będę czuła się obco. Kiedy się kierowaliśmy do bramki, oni wszyscy szczęśliwie w parach, a ja samotnie w ogonie, wiedziałam, że to będzie długi lot.

Pierwszą grupę stanowili Pionierzy Atlasa, czyli ci, którzy zaczynali karierę dawno temu, w czasach gdy asystenci lotu byli stewardami i stewardesami, sam Atlas zaś tylko małą regionalną linią. Żyli w przekonaniu, że zajmują wysoką pozycję w rodzinie Atlasa i że jeśli się będą zachowywać jak dobre, posłuszne dzieci, to na pewno kierownictwo zareaguje jak sprawiedliwy i ufny rodzic. Ale to z pozoru lojalne, bezwarunkowe oddanie rodzinie podsycało jednocześnie mroczną wrogość wobec nowicjuszy, zwłaszcza wobec Dzieci Fostera, których nienawidzili od chwili przybycia.

Dzieci Fostera to grupa wielonarodowościowych, wielojęzycznych asystentów lotu obu płci, przygarniętych przez Atlas Airlines przed laty, kiedy ich rodzima linia się rozpadła. Zostali z powodzeniem umieszczeni w nowym, bardziej tradycyjnym i stabilnym domu, ale nie znaczyło to, że się zasymilowali. Ponieważ spędzili okres kształtowania osobowości w bardziej światowej, pełnej przepychu globtroterskiej linii lotniczej, byli bardziej wyrobieni, o wiele bardziej zblazowani, mieli o wiele więcej ogłady i żywili głęboką pogardę w stosunku do swojego prowincjonalnego pionierskiego rodzeństwa. I podobnie jak turyści na statku wycieczkowym, zwykle trzymali się razem.

No i ostatnią grupą byli Francuskojęzyczni — w ich skład wchodziło dwoje świeżych absolwentów szkoły Berlitza, więc choć ich staż nie przekraczał trzech i pół roku, dzięki swym odpowiednim umiejętnościom językowym mogli pomijać obwarowania regulaminu i latać do wszystkich zagranicznych lotnisk. Już choćby dlatego budzili niechęć u Pionierów i Dzieci Fostera, jak również, o dziwo, pomiędzy sobą.

A do tego byłam ja. Nienależąca do żadnej kliki i z o wiele krótszym stażem niż pozostali (może prócz Francuskojęzycznych), zostałam niezwłocznie przypisana do wszystkich obowiązków, których nie chciał wykonywać nikt inny. I do kilku dodatkowych, wymyślonych specjalnie na mój użytek.

„Lecisz do Paryża, gdzie będziesz jadła kolację z Maxem, i masz nadzieję znowu się z nim całować" — stało się moją mantrą, kiedy podnosiłam śmieci na korytarzu, by uniknąć obgadywania w kuchni.

I właśnie kiedy wciskałam trzecią nadmiernie wypchaną torbę ze śmieciami do już i tak pełnego wózka, usłyszałam pytanie:

— Kto chce nakarmić pilotów?

A rozpaczliwie pragnąc wyrwać się na chwilę, pierwsza (i jedyna) się zgłosiłam.

— Mogłabym tu zostać trochę? — spytałam, podając posiłki Billowi i Tedowi.

— Musi tam być paskudnie, skoro tutaj szukasz schronienia — zaśmiał się Ted.

Wzniosłam oczy do nieba i pokręciłam głową. Nie chciałam tego roztrząsać.

— Masz jakieś plany na postój? — spytał Bill, popijając colę dietetyczną ze styropianowego kubka z plastikową przykrywką, czyli regulaminowego kubka Atlasa, zapobiegającego rozlaniu napoju na deskę rozdzielczą.

— Mam randkę — uśmiechnęłam się. Znałam Billa od lat, bo był dobrym przyjacielem Michaela. Ale był też naprawdę fajnym facetem, więc nie miałam mu tego za złe.

— Kim jest ten szczęściarz? — spytał, odcinając kawałek steku i patrząc na mnie.

— Maxwell Dunne. Poznałam go w czasie lotu jakiś czas temu — odparłam, wyglądając przez okno, kiedy lecieliśmy nad chmurami.

— To Francuz? — spytał Ted, tnąc kurczaka.

Pokręciłam głową.

— Nie. Ale sprawnie porusza się po mieście. — „I po mojej szyi", pomyślałam, czując, że się rumienię do wspomnień.

— No to pewnie nie ma mowy, żebyś zjadła z nami kolację? — spytał Ted. — Chciałem zabrać wszystkich do małej knajpki na lewym brzegu.

— Powinnam cię ostrzec, że za tymi drzwiami trwa wojna domowa. Ale jeśli masz nastrój do burzenia murów i budowania mostów, to wszystko w twoich rękach. — Uśmiechnęłam się.

— Tak źle? — spytał.

— Gorzej — odparłam.

— Ale i tak to może być ostatni raz, kiedy ja płacę, zwłaszcza jeśli szefostwo wdroży planowaną redukcję pensji o pięćdziesiąt pięć procent. — Pokręcił głową.

— Jezu, chyba lecimy na dno, co nie? — spytałam, patrząc, jak smaruje masłem bułeczkę.

— Niewątpliwie — Ted kiwnął głową.

Bill nagle podniósł głowę i ocierając usta serwetką, spytał:

— A u ciebie wszystko w porządku, Hailey? To znaczy bez Michaela? Kupę czasu spędzasz sama. Zwłaszcza w Nowym Jorku.

Ale ja tylko wzruszyłam ramionami. O ile miło było, że się troszczył, nie potraktowałam słów o mieście poważnie. Niewielu znałam pilotów, którzy mieli coś dobrego do powiedzenia o Manhattanie.

— Myślałaś, żeby wrócić do domu i dojeżdżać? To mogłoby być dla ciebie najlepsze. — Patrzył na mnie, kiwając głową i przeżuwając posiłek.

Wrócić do domu? Mieszkać z mamą? Żartował sobie? Patrzył na mnie, czekając na odpowiedź. I chociaż wiedziałam, że ma dobre zamiary, nie mogłam się powstrzymać:

— No wiesz, w tej chwili mieszkam w penthousie na Piątej Alei i myślę tylko o dzisiejszej randce w Paryżu, która na pewno będzie oszałamiająca. — Wzruszyłam ramionami. — Ale poza tym po prostu żyję dniem dzisiejszym, Bill, tylko dniem dzisiejszym.

Potem chwyciłam ich puste tace i ruszyłam z powrotem do kabiny, zastanawiając się, ile z moich słów dotrze do Michaela.

*

Zanim wyruszyłam na JFK, próbowałam zadzwonić do Maxa w Ritzu. Ale ponieważ nie odbierał, zostawiłam mu krótką wiadomość na sekretarce, że przylatuję i przyjęłam jego zaproszenie na kolację. Zanim więc dotarłam do recepcji Grand Hotelu, miałam nadzieję na wiadomość z potwierdzeniem, jeśli nie na kolejny bukiet kwiatów.

— To wszystko? — spytałam, wpatrując się w kartę. — Bo spodziewam się wiadomości.

— *Non*, nie ma żadnej wiadomości — powiedział recepcjonista, już zajmując się kolejną osobą w kolejce.

Ściskając klucz, skierowałam się do swojego pokoju, łajając się za poczucie rozczarowania. „Weź się w garść. Jesteś w Paryżu — pomyślałam, otwierając drzwi. — To jedno z twoich ulubionych miast i jeszcze ci za to płacą! A jeśli Max cię wystawi, to co z tego? Orientujesz się w sytuacji! Nie potrzebujesz go. Możesz sobie sama zafundować kolację!"

Rzuciłam torby na podłogę i zdjęłam mundur. Bardzo chciałam się zdrzemnąć na chwilę, zanim wyruszę na miasto. „Zapomnij o Maksie. Nawet o nim nie myśl. Śpij".

Przetoczyłam się, żeby nastawić budzik i zauważyłam, że miga czerwona lampka poczty głosowej. I starając się nie czuć zbyt wielkiej nadziei, wstrzymałam oddech i podniosłam słuchawkę.

„Hailey, w recepcji powiedzieli, że właśnie się zameldowałaś, więc pewnie idziesz na górę. W każdym razie cieszę się, że ci się udało, i jeśli wszystko w porządku, odbiorę cię o siódmej. Jeśli ci to nie odpowiada, zostaw wiadomość w Ritzu. W przeciwnym wypadku uznam, że jesteśmy umówieni. *À bientôt!*"

Wysłuchałam wiadomości raz jeszcze, a potem ustawiłam budzik na dużo, dużo później. Szłam na kolację z Maxem! I miałam nadzieję na kolejną zarwaną noc.

Kiedy zeszłam do holu, Max czekał na mnie, kartkując magazyn.

— Spóźniłam się? — spytałam, patrząc na jego wytarte dżinsy, wyłożoną na wierzch koszulę w paski i jasnobrązowe zamszowe mokasyny. Poczułam ulgę, że naprawdę jest taki słodki, jak zapamiętałam.

— Ja przyszedłem za wcześnie — z uśmiechem pochylił się, by złożyć szybki pocałunek na moim policzku. Mogłam się rozkoszować długotrwałym miętowym zapachem z ust, świeżo umytych włosów i jego własnego, seksownego piżma. A kiedy wyprowadził mnie na zewnątrz, do swojego samochodu z kierowcą, wsunęłam się na skórzane siedzenie i pomyślałam, że tak łatwo się do tego przyzwyczaić.

— Byłaś już w Dzielnicy Łacińskiej? — spytał, kiedy mercedes włączył się ruchu.

— Wiele razy — kiwnęłam głową. — To moja ulubiona część miasta.

— No właśnie tam jest ta mała restauracja, którą ostatnim razem widziałem. Jest w miarę nowa i jeszcze tam nie jadłem, więc nie wiem, czy jest dobra. Prawdę mówiąc, nawet nie mam pewności, czy znowu ją znajdę. Ale pomyślałem, że Jean Claude nas podrzuci w pobliże, a potem będziemy szukać sami. Co ty na to?

— Świetny pomysł — powiedziałam, wpatrując się w cudowne brązowe oczy i czując, jak dziwnie mi się robi w brzuchu, kiedy on się do mnie uśmiecha.

*

190

Jean Claude wysadził nas na bulwarze Saint-
-Germain, a Max chwycił mnie za rękę i ruszyliśmy
w labirynt wąskich, pełnych życia uliczek.

— Jeśli się nie mylę, powinno to być zaraz po
lewej — powiedział.

— A jeśli się mylisz, to zawsze zostają nam na-
leśniki u handlarzy — uśmiechnęłam się, myśląc
o tym, że niejeden raz smakował mi naleśnik z nu-
tellą.

— Przykro mi, dzisiaj nie będzie naleśników.
Jest tam.

Weszliśmy do małego, mrocznego, głośnego pomieszczenia nabitego do granic możliwości. A kiedy
tylko siedliśmy w loży pod ścianą, zachwyciłam się,
że jest tam tak bardzo parysko, z obrusami na sto-
likach, siedzeniami obitymi czerwoną skórą i naz-
wami win wypisanymi kredą na tablicy. Że nie
wspomnę o rozkosznym białym terierze przy są-
siednim stoliku, czekającym cierpliwie, aż jego pan
niespiesznie spożyje posiłek.

— Jest doskonale — powiedziałam, podnosząc
menu i czując konsternację, bo stwierdziłam, że
nie rozumiem z niego ani słowa. — Ale potrzebuję trochę pomocy przy zamówieniu. Mój francuski
z liceum nie jest zbyt dobry.

— Nie ma problemu — Max szybko przejrzał
przystawki. — Lubisz tradycyjne jedzenie z bistro?

— Jeśli masz na myśli stek, frytki i francuską
zupę cebulową, to odpowiedź brzmi *oui* — uśmiechnęłam się.

Przybył kelner, a Max spędził sporo czasu na
szybkiej francuskojęzycznej konwersacji, której nawet nie próbowałam zrozumieć. Po jego odejściu
Max pochylił się ku mnie z uśmiechem.

— Mam nadzieję, że lubisz nowe smaki?

— Ślimaki? Tak. Małpie mózgi? Nie.

— No to więcej zostanie dla mnie. — Opadł na oparcie, mrugając okiem.

Kiedy jednak nasz stolik zaczął się zapełniać karafkami z winem, miskami małży, talerzami z pasztetem i endywią, terynami z foie gras, z ulgą stwierdziłam, że nie ma w pobliżu małp ani innych naczelnych, tylko oszałamiająca ekspozycja jedzenia, którego już straszliwie chciałam skosztować.

— Prawdziwa kuchnia bistro wykorzystuje najprostsze składniki i wynosi je na poziom doskonałości poprzez przygotowanie i technikę — wyjaśnił, nakładając mi na talerz marynowane oliwki.

— Ty się naprawdę znasz na rzeczy — powiedziałam, zjadając odrobinę kawioru na opiekanej brioszce ze śmietaną. — W domu też tak gotujesz?

Ale Max ze smutkiem pokręcił głową.

— Nawet jak gotuję wodę, to uruchamiam alarm przeciwpożarowy. Jestem zwierzęciem ściśle restauracyjnym.

Na deser spożyliśmy odrobinę wyjątkowej tarty cytrynowej, a byliśmy już tak objedzeni, że zdecydowaliśmy się na powolny spacer po pełnych przechodniów ulicach. Skręciliśmy w bulwar Saint-Michel i doszliśmy do Sekwany.

— Uwielbiam to miasto — powiedziałam, wpatrując się w piękne stare budynki i urocze narożne kafejki. — Masz szczęście, że spędzasz tu tyle czasu.

— To prawda — przyznał, obejmując mnie w talii i prowadząc przez ulicę do Pont Neuf, który wbrew swojej nazwie jest wręcz najstarszym mostem w Paryżu. Doszliśmy do połowy mniej więcej, po czym przystanęliśmy i wychyliliśmy się przez betonową poręcz, wpatrując się w ciemne, kapryśne wody rzeki, gargulce na Notre Dame i odległe migoczące światła miasta. I już miałam się o niego oprzeć, myśląc „Pocałuj mnie", kiedy on przyciągnął mnie do siebie i pocałował.

Podobnie jak przy ostatniej naszej kolacji, wypiłam sporo wina. Ale uczucie, które mnie ogarnęło, kiedy znalazłam się w jego ramionach, nie było ani trochę związane z alkoholem, za to bardzo ze zwykłym, tradycyjnym pożądaniem. Takim, jakiego nie czułam od bardzo dawna, a na pewno przez większość związku z Michaelem.

Przesuwałam dłońmi po ciele Maxa, pod delikatnym płótnem koszuli czując naprężone mięśnie jego ramion, barków i klatki piersiowej. Potem chwycił mnie jeszcze mocniej i przycisnął do siebie, a usta zsunął po mojej szyi.

— Chodź ze mną do Ritza — wyszeptał.

A ja otworzyłam oczy i spojrzałam głęboko w jego źrenice.

— Nie mogę.

— Dlaczego? — spytał, znowu muskając moją szyję, czym niemal zdołał zmienić moje postanowienie.

Pomyślałam o całej logistyce, że jedziemy do Ritza, potem ja wracam do Grand Hotelu, żeby zdążyć na transport rano, a potem muszę pracować w drodze do domu z niemiłą załogą i niewyspana. Pokręciłam głową.

— Naprawdę nie mogę. Muszę rano lecieć z powrotem.

— Ale kiedy cię znowu zobaczę? — spytał, wpatrując mi się w oczy.

— Nie wiem. — Wzruszyłam ramionami, myśląc o tym, że jego prawdziwy dom w Bostonie dzieli ode mnie krótka podróż samolotem.

— Wróć do Paryża. Jutro.

— Słucham? — Czy on mówił poważnie?

— Wylądujesz na JFK przed wieczornym lotem do Paryża, prawda?

— No tak... — powiedziałam z co najmniej sporym wahaniem.

— I latasz za darmo?

Kiwnęłam powoli głową.

— Więc idziesz przez odprawę, robisz w tył zwrot i maszerujesz z powrotem. Mówiłaś przy kolacji, że masz cały tydzień wolny, tak?

— No tak, ale...

— No to doskonale. Jean Claude cię odbierze i zostaniesz ze mną w Ritzu.

— Ale... co z moimi ubraniami? Nie będę miała czasu wrócić do domu się przepakować — mówiłam, zdając sobie sprawę, że są to kiepskie wymówki. Ale chociaż bardzo mnie kusiło, aby zaakceptować jego plan, nadal potrzebowałam jeszcze trochę argumentów.

On jednak machnął ręką.

— To jest Paryż — powiedział. — Pójdziemy na zakupy.

I chociaż mnie akurat nigdy nie trzeba było długo namawiać na zakupy, wiedziałam, że w obecnej sytuacji nie powinnam sobie wymieniać garderoby. A jeśli Max zamierzał płacić rachunki, no to cóż, to też było krępujące. No bo w końcu nie znałam go na tyle. Ale właśnie kiedy miałam odmówić, on mnie pocałował. A kiedy moje usta mu uległy, przeanalizowałam wszystko, co proponował: Paryż, zakupy, Ritz i ewidentnie niewspominany, chociaż zdecydowanie rozumiany — SEKS — i to najpewniej wyjątkowy, oszałamiający.

Odsunęłam się na chwilę i spojrzałam na jego ciemne oczy, silny nos i delikatne, wilgotne wargi. Życie jest krótkie. Czyż nie lepiej więc żałować czegoś, co się zrobiło, niż żałować, że się czegoś nie zrobiło?

Pocałowałam go mocno.

— Tak — powiedziałam. — Dobrze, zrobię to!

20

Gdy tylko przedarłam się przez odprawę celną, pobiegłam do sali personelu pokładowego w nadziei, że zdołam umyć zęby, przebrać się i może trochę odświeżyć, zanim wsiądę z powrotem do samolotu i udam się do Francji.

— Cześć, gdzie się pali? — spytał Clay, chwytając mnie za rękaw, kiedy minęłam go pędem.

— Och, nie zauważyłam cię — przystanęłam, by złapać oddech. — Lecę do Paryża na kilka dni.

— Wydawało mi się, że właśnie wróciłaś? — obrzucił mnie podejrzliwym spojrzeniem.

— Owszem, ale to długa historia, a teraz nie mam czasu. Możemy pogadać później? — spytałam, przekładając torebkę i rozglądając się nerwowo.

— Gdzie będziesz mieszkać? — Zrozumiał że coś się dzieje, i ani myślał pozostać w niewiedzy.

— W Ritzu — wyznałam, czując, jak się rumienię pełnym wachlarzem czerwieni.

— Ty mała jędzo! — Uśmiechnął się. — Jak długo?

Wzruszyłam tylko ramionami.

— Hej, a ja właśnie załapałem się na dwudniowy postój w Amsterdamie, przylot w piątek, wylot w poniedziałek. Mogłabyś do mnie dobić w drodze z Paryża i wrócilibyśmy razem.

Do piątku miałabym tylko cztery dni z Maxem. Co mogłoby oznaczać albo za dużo, albo o wiele za mało czasu spędzonego razem, zależy, jak nam pójdzie.

— Nie wiem — powiedziałam, zerkając nerwowo na łazienkę. Kończył mi się czas, a naprawdę musiałam już tam iść.

— Dobra, zadzwonię do ciebie do Ritza. Który pokój mam prosić? Twój czy jego? — zażartował.

— Poproś Maxwella Dunne'a — uścisnęłam go szybko, chwyciłam torbę i pobiegłam dalej.

Ponieważ ostatnie osiem godzin spędziłam, wykładając na talerze to samo menu, które mi teraz proponowano, raczej nie byłam nim zainteresowana. Zamówiłam więc kieliszek czerwonego wina u stewardesy, z którą kilka lat temu spędziłam postój w Pradze, z dna torby wyjęłam zmiażdżony batonik truskawkowo-jogurtowy i przypomniałam moim udom, żeby później mi za to podziękowały.

Siedziałam przy oknie w kabinie Business Select, która stanowiła swoistą hybrydę pomiędzy zdegradowaną pierwszą klasą a nieznacznie lepszą klasą biznes. I chociaż miałam do dyspozycji wybór pomiędzy ośmioma filmami i czterema quizami, zamierzałam od razu zasnąć, gdy tylko pochłonę jedzenie i picie.

Zerknęłam na gościa obok, który był zmięty, nieumyty i wyglądał na sześćdziesiąt parę lat. Ale wydawał się przyjazny, kiedy uniósł wysoko swój kieliszek i uśmiechnął się, jakby wznosił za nas toast. Ja podniosłam swój, też się uśmiechnęłam, napiłam się, potem odpaliłam iPoda, żeby nie przyszło mu aby do głowy porozmawiać ze mną.

Słuchałam, jak Gwen Stefani śpiewa *It's My Life*, rozpakowałam batonik, ugryzłam kawałek i zachwyciłam się, jak dobrze słodki, sztuczny truskawkowy smak miesza się z winem. I już miałam wziąć drugi łyk, kiedy staruszek obok mnie wyciągnął podnóżek, zdjął skarpety i wystawił swoje starcze, gołe stopy na widok całej kabiny.

Skórę na lewej stopie miał żółtą w pewnych miejscach, czerwoną w innych i złuszczoną w stopniu do tej pory mi nieznanym. Kiedy się schylił, by te stopy podrapać, zakryłam swoje jedzenie, bo w przerażeniu wyobraziłam sobie miliardy cuchnących drobinek skóry, które teraz ruszają na kabinę i będą krążyć i krążyć w czasie naszej podróży przez Atlantyk.

„Błee! Gorzej już nie będzie" — pomyślałam, chowając się głębiej w swoim kącie. I już miałam się zakryć kocem, obwarować się nim ściśle, kiedy on położył prawą nogę na lewej, dumnie eksponując wielki paluch z grubym, zniekształconym żółtym paznokciem, skurczonym zgiętym małym palcem bez paznokcia i wielką pustą przestrzenią pomiędzy nimi, tam gdzie powinny być trzy pozostałe palce.

Siedziałam, wpatrując się w wielkie puste miejsce, jakby to była katastrofa samochodowa, od której nie mogłam odwrócić wzroku. A kiedy dostarczono mu posiłek, podniósł kieliszek, postukał mnie w ramię i powiedział:

— *Bon appétit!*

Zerkając po raz ostatni na jego okaleczoną stopę, uśmiechnęłam się blado i wymamrotałam *„Bon appétit"*, po czym zarzuciłam koc na głowę i modliłam się o wiatr od tyłu.

Sztuczka z kocem musiała zadziałać, bo zanim stanęłam przed Ritzem, wpatrując się w jakby bezkresną kamienną fasadę, czułam się o wiele mniej zmęczona. A kiedy dotarłam do apartamentu Maxa i spojrzałam na kamienny kominek, złocone lustra, kryształowe żyrandole, aksamitne sofy i ogromną marmurową łazienkę, kusiło mnie, żeby z czystej radości poskakać na miękkim, ogromnym łóżku.

Ale tylko stałam, niezręcznie grzebiąc w torebce, szukając czegoś na kształt napiwku dla gońca hotelowego.

— Mademoiselle, nie trzeba. Monsieur Dunne o wszystko zadbał. Proszę zadzwonić, jeśli czegoś będzie pani potrzebować — powiedział, wychodząc.

Potem zdjęłam ubrania, dorzuciłam je do stosu pośrodku pokoju i skierowałam się do wielkiej luksusowej łazienki, nie mogąc się doczekać miłej, długiej, pienistej kąpieli w wielkiej marmurowej wannie.

Ubrana w te same dżinsy z rozszerzanymi nogawkami i czystą, no, prawie, bawełnianą bluzkę bez rękawów pod turkusowym swetrem, wyszłam z Ritza na miasto, pragnąc kupić kilka rzeczy, skoro już spędzałam dzień w Paryżu. A ponieważ lepiej się orientowałam w rejonie lewego brzegu, ruszyłam nad Sekwanę, odwiedzić kilka sklepików, które znałam po drugiej stronie.

Dzień był jasny i ciepły, a ulice pełne spieszących się ludzi. Zdjęłam sweter, wrzuciłam go do swojej czarnej, wolnocłowej torby Longchampa i pomyślałam, jak moje życie się zmieniło od moich urodzin i jak się zmieni jeszcze bardziej, niezależnie od mojej woli.

No bo w ciągu kilku miesięcy skończyłam rękopis i go wysłałam, przeniosłam się na Piątą Aleję (dobra, może to nie moje mieszkanie, i tylko tymczasowe, ale teraz tam byłam, i tylko to się liczyło) i zaczęłam się spotykać z najcudowniejszym, najseksowniejszym, najbardziej podniecającym facetem, jakiego widziałam w prawdziwym życiu.

Max był doskonały. Miał wszystko, o czym kiedykolwiek marzyłam, a fakt, że nie był żonaty, wydawał się aż nierealny. Ale był singlem, bo nieusatysfakcjonowana wnioskami płynącymi wyłącznie z braku obrączki, zapytałam go wprost w czasie naszej ostatniej kolacji. No bo wiedziałam, że mogę się mocno zakochać w tym facecie, i chciałam zebrać wszystkie fakty, zanim podadzą deser.

— Jezu, Max, lecę aż do Paryża, żeby się z tobą zobaczyć, a nasze domy dzielą trzy kwadranse lotu. Nie jesteś żonaty, prawda? — spytałam, po czym zachichotałam nerwowo i łyknęłam wina. Ale on tylko pokręcił głową, co nie było zasadniczo słownym potwierdzeniem, którego pragnęłam. Więc nacisnęłam trochę mocniej: — Nie masz żony, piątki dzieci, wyczekujących tęsknie twojego powrotu? — zagryzłam dolną wargę i czekałam.

— Nie mam żony, nie mam dzieci, nie mam dziewczyny. Widzisz, Hailey, ciągle latam w tę i z powrotem między Paryżem a Bostonem, a utrzymanie związku przy takim trybie życia byłoby trudne.

„Chyba że się spotykasz ze stewardesą!" — pomyślałam.

— Oczywiście, chętnie zwolnię i ożenię się któregoś dnia — wzruszył ramionami. — Ale nie mam pewności co do tych dzieci.

Nawet to mi pasowało, bo ja też nie miałam pewności co do dzieci.

— Jeśli chcesz się spotkać w Bostonie, to nie ma sprawy. Myślałem po prostu, że o wiele fajniej poznawać razem Paryż. — Z uśmiechem pochylił się ku mnie, żeby mnie pocałować.

Tak, Max był doskonały. I samotny. I zasługiwał na dużo więcej niż mój wystrzępiony beżowy komplet bielizny marki Gapa, pomyślałam, wchodząc do Sabbia Rosa, jednego z najlepszych sklepów z bielizną w Paryżu.

— Słucham panią? — spytała szczupła starsza pani. Wyglądała niewiarygodnie szykownie w taki niedopowiedziany, ale całkowicie dopracowany sposób, w którym specjalizowały się Francuzki.

— Och, ja tylko oglądam — odparłam. Pożałowałam, że wyglądam równie amerykańsko jak placek jabłkowy, bo ten jeden raz fajnie by było wyglądać miejscowo, choć trochę miejscowo.

— Mamy nową kolekcję kompletów bielizny, które doskonale będą harmonizować z pani kolorystyką. Proszę — powiedziała i poprowadziła mnie na drugą stronę sklepu, gdzie wisiał rząd delikatnej, eleganckiej, delikatnej jak szmer jedwabnej bielizny.

— Och — sięgnęłam po mocno brzoskwiniowy stanik obszyty kremową koronką. — Jakie to piękne. — Gładziłam delikatną, przejrzystą tkaninę, nonszalancko szukając metki z ceną. „Trzysta euro! Zwariowali?". Uśmiechnęłam się blado i odłożyłam go na wieszak, myśląc, że może lepiej byłoby znaleźć Victoria's Secret albo przynajmniej coś w zasięgu mojego lotniczego budżetu.

— A potem to — podsunęła mi ciemnoszmaragdową koszulę nocną.

— O, zachwycająca. — Kiwnęłam głową, wiedząc, że nie ma szans, żebym włożyła koszulę nocną. Związana z nią logistyka była za bardzo skomplikowana, wymagała wymknięcia się do łazienki od razu po kolacji, tak żebym mogła się szybko przebrać, a potem pojawić się ponownie, jakbym cały czas sekretnie ją skrywała pod swetrem i dżinsami. Kiedy więc zerknęłam na metkę i znalazłam na niej dziewięćset euro, ucieszyłam się, że już wcześniej ją wykluczyłam.

— Prawdę mówiąc, niezbyt często noszę koszule nocne — powiedziałam, wracając do staników i majtek, i myśląc o tym, że w porównaniu z peniuarem brzoskwiniowy komplet teraz wydaje się tani. Wybrałam figi tanga i zauważyłam, że kosztują o połowę mniej niż biustonosz. Ale ponieważ składały się tylko z maleńkiego trójkącika jedwabiu na przedzie i kawałka paska z tyłu, rozumiałam, dlaczego są tańsze.

Ale były piękne. No i nie musiałam płacić już czynszu. Nie wspominając, że nie przywiozłam ze sobą żadnej ładnej bielizny (zapewne dlatego, że takowej nie miałam). A Max był wyjątkowy. I naprawdę chciałam, żeby nasza noc też była wyjątkowa...

— Tylko szybko je przymierzę — powiedziałam do ekspedientki, wsuwając się do przebieralni.

Powiedziałam Maxowi, że spotkam się z nim w Barze Hemingway z czterech powodów:

1. Uznałam, że może być bardzo niezręcznie spotykać się w pokoju, na którego środku stoi łóżko, nawet jeśli oboje wiedzieliśmy, że tam właśnie skończymy.
2. Bar miał piękną literacką historię, między innymi na ścianach wisiały zdjęcia zrobione przez samego Hemingwaya.
3. Czytałam, że to właśnie tutaj powstała Krwawa Mary — drink, który uwielbiałam.
4. Trochę miałam nadzieję na scenę jak z *Pretty Woman*. Znacie ten kawałek, w którym Richard Gere (który o dziwo był trochę podobny do Maxa) wchodzi do baru hotelowego i zastaje Julię Roberts (ani trochę niepodobną do mnie, jeśli nie liczyć oberżynowych włosów), która wygląda olśniewająco w swojej małej czarnej. (Po-

mijając ten aspekt, że ona była dziwką, a on jej zapłacił za to, że tam przyszła).

Siadłam przy małym okrągłym stoliku, założyłam nogę na nogę, palcem wskazującym nerwowo sunęłam po krawędzi kieliszka, miałam na sobie zupełnie nową, seksowną czarną sukienkę i nowe paskowe srebrne sandały, które kupiłam do kompletu i oczywiście bardzo delikatną, bardzo drogą bieliznę, która nie dawała żadnego wsparcia temu czemuś, co dyskretnie chowała pod spodem. Wszystko beztrosko obciążyło moją kartę milową Atlasa, bo wmówiłam sobie, że nie tylko nabywam oszałamiający nowy strój, lecz także punkty milowe, co się może przydać, jeśli Atlas zdecyduje się dać mi wymówienie.

— *Bonsoir* — podniosłam wzrok i zobaczyłam, jak Max idzie przez bar. Wyglądał powalająco w obcisłym grafitowym garniturze, lawendowej koszuli i granatowym krawacie we wzorki. — Wyglądasz pięknie. — Pochylił się, by mnie pocałować, po czym zajął miejsce obok. — Byłaś na zakupach? — spytał, wpatrując się w moją nową sukienkę.

— Przeszłam się na lewy brzeg — powiedziałam.

— Przeszłaś? Powinnaś była podjechać. Jean Claude miał być pod ręką, gdybyś go potrzebowała.

— Wiem. Wspomniał o tym na lotnisku. Ale był taki piękny dzień, a ja spałam przez cały lot i chciałam się przejść.

— Więc miałaś dobry lot? — spytał, gestem prosząc kelnera o lampkę wina.

Pomyślałam o sąsiedzie i jego ohydnych gołych stopach. Ale patrząc wstecz, uznałam, że to niewysoka cena za pobyt w tym miejscu.

— Cały przespałam — powiedziałam. Uśmiechnęłam się i upiłam wina.

Słowo honoru, spożywanie z Maxem kolacji przypominało robienie doktoratu z jedzenia, bo każdy posiłek był całkowicie nowym doświadczeniem kulinarnym. I chociaż od sześciu lat mieszkałam w restauracyjnej stolicy Ameryki, nie oznaczało to, że wiem, co w którejkolwiek z tych restauracji zamawiać.

— Co sugerujesz? — spytałam, gapiąc się na menu napisane po francusku i przeklinając się po raz kolejny, że na lekcjach w liceum nie słuchałam z większą uwagą Mademoiselle Simone, kiedy jeszcze miałam taką szansę.

— Cóż — Max założył okulary do czytania, które czyniły go jeszcze doskonalszym. Zawsze miałam słabość do facetów w okularach. — Myślałem, że zaczniemy od smażonej gęsiej wątróbki z porzeczkami, ziarnami kakaowca i kruszonką pistacjową. Co ty na to?

Ziarna kakaowca i kruszonka? Mówił o przystawce czy deserze?

— Hm, zapowiada się dobrze — odparłam, przypomniawszy sobie, że jeszcze ani razu nie zamówił niczego, co by mi nie smakowało.

— Świetnie. — Zajrzał znowu do menu i dodał: — Potem może sałatka z pomidorów organicznych i ziół, a potem wahałbym się pomiędzy królikiem a gołębiem z Tour. Jak uważasz?

„Ludzie jedzą gołębie?"

— Hm, a to na pewno nie są przypadkiem importowane nowojorskie gołębie? — spytałam, śmiejąc się nerwowo i przypominając sobie takiego, co to kilka lat temu otarł się o mnie w Central Parku, a jego obrzydliwe skrzydła zostawiły pióra i cuchnący, ciemny, lepki ślad na moim ramieniu, który zszedł dopiero po paru dniach.

— Nie — roześmiał się. — I uwierz mi, są boskie.

„No dobra — powiedziałam sobie. — Znam ludzi, którzy widzieli *Super Size Me*, a i tak dalej jedzą w McDonaldzie, więc co mi szkodzi?". Poza tym naprawdę go lubiłam, naprawdę chciałam, żeby on lubił mnie i byłam mocno oddana próbowaniu nowych rzeczy. Nawet jeśli to obejmowało skonsumowanie czegoś, czego w życiu nie widziałam w piramidzie żywienia.

— A może ty zamówisz królika, ja gołębia, a potem się podzielimy? — zasugerowałam.

— Doskonale — z uśmiechem zamknął menu.

Znowu miał rację. Uwielbiałam każdą jedną zjedzoną potrawę, ale teraz kiedy tam siedziałam, czując, jak boki moich nowych majtek wpijają mi się w ciało, przyszło mi do głowy, że może nie powinnam spożyć aż tyle. W końcu kwestią czasu pozostawało, że stanę naga przed Maxem, a teraz będę nadęta i napęczniała. Świetnie.

— Co byś powiedziała na tartę z pieczonym rabarbarem ze śmietanką kremową na deser? — spytał.

— Powiedziałabym, że skończyło mi się miejsce — potarłam swoją świeżo powiększoną talię.

— No to może brandy.

— Brandy dam radę.

— Mam ją zamówić tutaj czy do pokoju? — spytał. Cudowne brązowe oczy zajrzały głęboko w moje, a jego palce nieustannie kreśliły powolne kręgi na moim udzie, tak podsycając moje pragnienie, że nie byłam pewna, czy dam radę dokończyć posiłek. Chociaż oczywiście jakoś dałam radę.

— Chodźmy do pokoju — powiedziałam, biorąc go za rękę i ściskając ją lekko.

Kiedy wróciliśmy do pokoju, Max szybko zamówił dla nas brandy, podczas gdy ja się przygotowywałam w łazience, szorując zęby, poprawiając makijaż i wmawiając sobie, że jego nie powinno obchodzić, czy jestem wzdęta, skoro to jego wina, że najpierw pozamawiał to całe rozkoszne sycące jedzenie. A kiedy otworzyłam drzwi, on siedział na sofie z dwoma kieliszkami brandy, przed płonącym kominkiem.

— Chodź do mnie — powiedział, po czym podał mi kieliszek, a ja usadowiłam się obok niego. Patrzyłam, jak popija trunek i stawia kieliszek na stoliku z marmurowym blatem. Wtedy ja nerwowo upiłam ze swojego kieliszka i odstawiłam obok.

— Tak się cieszę, że przyjechałaś do Paryża. — Odgarnął mi z twarzy przypadkowy kosmyk. I właśnie kiedy pomyślałam, że nie wytrzymam już ani sekundy bez jego ust, on przyciągnął mnie do siebie i pocałował.

Całowaliśmy się jak więźniowie na ucieczce. Jak nastolatki, które ślubowały abstynencję, a mnie to pochłonęło tak całkowicie, tak się w tym zatraciłam, że już nie docierało do mnie nic prócz faktu, że nie chcę, by to się kiedykolwiek skończyło. Potem on, przyciskając mnie mocno do siebie, sięgnął mi na plecy i rozpiął sukienkę, i ściągnął ją całkiem, aż leżałam pod nim tylko w swojej nowej bieliźnie, która kosztowała prawie tyle, co mój ostatni czynsz.

— Rany — szepnął, opuszkami palców wiodąc po koronce stanika i miękkim, kremowym trójkąciku majtek. Potem podniósł mnie, zaniósł do łóżka (bez widocznych oznak zataczania się czy zdenerwowania) i złożył mnie na środku. Patrzyłam, jak zdejmuje krawat, spinki do mankietów i koszulę. Następnie, zrzuciwszy buty, ukląkł na skraju i ściągnął mi majtki i usadowił się tam, a ja nie mogłam się opanować.

— Max — szepnęłam, ciągnąc go za ręce i ramiona. Straszliwie go pragnęłam.

Powoli wędrując w górę mojego ciała, wtulił twarz w moją szyję, ja zaś gorączkowo zaczęłam rozpinać mu pasek i ściągać spodnie. Potem sięgnęłam do jego majtek i już miałam wsunąć dłoń pod gumkę z przodu, kiedy on chwycił moje nadgarstki i podniósł mi je wysoko nad głowę.

— Hailey — mruknął, wciąż trzymając moje ramiona jedną ręką, a drugą ściągając majtki. A potem sięgnął do nocnego stolika, wyjął prezerwatywę i założył ją, podczas gdy ja czekałam z zamkniętymi oczami.

— Och, Hailey — powiedział, wciskając w moją szyję wilgotne czoło. — Och, jesteś taka piękna.

— Oddychał jeszcze szybciej, ciężej, a ja leżałam pod nim i nie mogłam się doczekać, aż też coś poczuję.

I właśnie kiedy pomyślałam, że zaraz się zacznie, jego urywane ruchy i wysokie okrzyki powiedziały mi, że już po wszystkim.

„Dobra, pierwszy raz nigdy nie jest taki świetny — pomyślałam, poruszając się delikatnie pod ciężarem jego bezwładnego ciała, kiedy on odzyskiwał dech. — Dużo zjedliśmy, dużo wypiliśmy i dopiero się poznajemy. Oczywiście to było trochę niezręczne. W końcu jeszcze wiele się musimy o sobie dowiedzieć".

Wydał długie, ciężkie westchnienie, stoczył się ze mnie i padł na bok. A potem wstał z łóżka i ruszył do łazienki.

— Przynieść ci coś? — zawołał przez ramię.

„Hm, a co ze mną?". Ale nie powiedziałam tego. Powiedziałam tylko: „Nie, wszystko mam". I patrzyłam, jak między nami zamykają się drzwi.

CO NALEŻY ROZWAŻYĆ
PRZY PODEJMOWANIU DECYZJI
O EWAKUACJI

Co widzisz?
Co słyszysz?
Jaki zapach czujesz?
O czym zostałaś poinformowana?

21

Całą noc nie spałam, czując ciało Maxa wtulone w moje i słuchając jego ciągłego chrapania, które zaczęło się w zasadzie w chwili, kiedy wyszedł z łazienki, wyłączył światło i powiedział: *„Bonne nuit".*

Ale kiedy poranne światło przekradło się zza krawędzi zasłon z gęstego brokatu, Max zaczął się wiercić. A ja leżałam cicho, udając, że śpię, aż on wyszedł z łóżka i ruszył pod prysznic. Wtedy siadłam, rozejrzałam się po naszym okazałym pokoju i zastanowiłam się, co robić.

Niemal wszystko w Maksie było doskonałe. No, wszystko oprócz jednej rzeczy. I absolutnie nie miałam pojęcia, co z tym zrobić. Z jednej strony był wolny, zabawny, romantyczny, wyrafinowany, żądny przygód, bystry, troskliwy, szczodry, miły i cudownie całował — po prostu wymarzony Książę z bajki. Ale pozostawał jeden potencjalny haczyk, którego nie można było zignorować.

Rzuciłam się na poduszki, przetaczając się, tak że twarz schowałam w gęstym, delikatnym puchu. I czułam się taka przybita i taka sfrustrowana, że kusiło mnie, żeby je rozerwać i patrzeć, jak pokój wypełnia się pierzem.

Dlaczego? Dlaczego wszystko się musi zawsze skomplikować? Dlaczego nigdy nic nie może się okazać zgodne z moimi oczekiwaniami? I dlaczego od początku nie zdawałam sobie sprawy, że Max jest za dobry, żeby był prawdziwy?

I nie chodziło tylko o to, że z seksu uszła para w ciągu kilku sekund, bo z tym mogłam sobie poradzić. Albo przynajmniej dać mu jeszcze kilka szans, żeby zobaczyć, czy sytuacja się poprawia. Nie, chodziło o powód, dla którego poszło tak źle. I jak na razie postęp techniki nie znalazł na to rozwiązania.

Usłyszałam, jak otwiera drzwi łazienki i szybko przewróciłam się na bok, zerkając na niego przez rzęsy, żeby się upewnić.

Z początku miał na sobie gruby biały ręcznik owinięty ciasno w pasie, tak że nic nie widziałam. Ale zerknąwszy na mnie nerwowo i uznawszy, że owszem, nadal śpię, zrzucił go na podłogę. I w ciągu kilku sekund, nim przeszedł od kompletnej nagości do czystych majtek, ja potwierdziłam najgorsze obawy.

Maxwell Dunne miał najmniejszego penisa, jakiego w życiu widziałam.

— Nie wiem, co robić — powiedziałam, kręcąc głową i popijając cappuccino, które zamówiłam sobie do pokoju. Przed chwilą wzięłam prysznic, zawinęłam się w szlafrok Ritza, który znalazłam w szafie, i zwinęłam się na sofie, z telefonem przy uchu. Rozmawiałam z Clayem. — I zostawił taki słodki liścik, że postara się skończyć wcześnie, żebyśmy mogli spędzić dzień razem. — Zamknęłam oczy i przycisnęłam czoło do kolan zawiniętych we frotte.

— No wiesz, może on jest z tych, co najwięcej rosną w akcji — powiedział Clay ze śmiechem.

— Clay, to poważny problem. Wiem, co widziałam.

— Świetnie. Więc powiedz mi, w skali od jednego do dziesięciu, jak poważny.

— Zero. On nie jest mały, jest nieistniejący. W ogóle się dziwię, jakim cudem znalazł dla siebie gumki. — Sięgnęłam po croissanta i odgryzłam kęs.

— Hailey, musisz się stamtąd zabierać — orzekł kategorycznie.

— Ale jak? Bo widzisz, on pod każdym innym względem jest absolutnie doskonały. I tak cudownie całuje.

— Bo musi! Poza tym nie jesteśmy w siódmej klasie. Już dawno przeszliśmy od całowania do następnej fazy.

— Ale jakim bym musiała być potworem, gdybym rzuciła faceta, bo... — urwałam, nie chcąc powiedzieć tego na głos. — No, tak czy owak, mężczyźni są bardzo czuli na tym punkcie, wiesz przecież.

— No ale przecież nie musisz mu mówić prawdy! Znajdź po prostu inny powód do zerwania!

— Kiedy nie ma innych powodów! Mówię ci przecież, że to najlepsza partia pod słońcem, oprócz tego jednego drobiazgu. To była niezamierzona gra słów — dodałam, słysząc jego śmiech.

— Dobra, niech będzie. Więc wyjdź za niego. Przez resztę życia będziecie się tulić w Ritzu. To nie najgorszy scenariusz.

— Owszem, ale niestety, mnie to nie wystarcza. Ja chcę cały przyprawiający o dreszcz pakiet.

— No to musisz się ewakuować, i to zaraz. A jeśli masz poczucie winy, to przypomnij sobie, że od zarania dziejów faceci dołują kobiety z powodu ich wyglądu. Uznaj, że to taka mała zemsta.

— Pewnie, tylko że Max taki nie jest — pokręciłam głową i dodałam masła do maślanego croissanta.

— Przemyśl to, Hailey. Za kilka dni będę w Amsterdamie, jeśli chcesz się spotkać.

— Dam ci znać — powiedziałam, żałując tej rozmowy, jeszcze zanim się rozłączyłam. Bo nieważne, jaką podejmę decyzję, nieważne, co się stanie między Maxem a mną, Clay zawsze będzie myślał o Maksie jako facecie z małym fiutem. I pomimo rozpaczliwej, kosztującej dwanaście dolarów za godzinę rozmowy, którą właśnie wykonałam, prawda była taka, że bez względu na to, jak bardzo rozczarowująca okazała się ostatnia noc, nie mogłam opuścić tego mężczyzny, najcudowniejszego ze wszystkich, z którymi się w życiu spotykałam, z powodu pewnego, jak by to powiedzieć, niedoboru.

Dalej tam siedziałam, z telefonem u boku, nogami na stole, wpatrując się w nadjedzonego croissanta, kiedy wszedł Max.

— Cześć, miło cię widzieć. Wziąłem wolne na resztę dnia. Pomyślałem, że może byśmy pojechali do Wersalu, zwiedzili pałac, a potem zajechali gdzieś na lunch — powiedział, dołączając do mnie na kanapie i pochylając się, by mnie pocałować. — Co ty na to?

Objęłam go i oddałam mu pocałunek. „Widzisz? Potrafisz. On bosko całuje, o wiele lepiej niż większość. Nie wspominając o tym, że tacy mężczyźni nie trafiają się co krok. Poza tym przez ostatnie cztery lata uprawiałaś nudny seks z Michaelem, więc co będzie teraz ze wszystkimi wielkimi nadziejami?". Tak sobie myślałam, a Max tymczasem wyłuskał mnie ze szlafroka, po czym wędrował ustami po moim ciele w dół, gdzie wprawnie dokończył to, co zaczął w nocy.

*

Zanim przemierzyliśmy rozległe tereny Château de Versailles, Parku i Petit Trianon, a potem ucztowaliśmy na oszałamiającym lunchu w Trianon Palace Hotel, zdecydowałam nieodwołalnie, że zostaję w Paryżu z Maxem. No, przynajmniej do następnej niedzieli, kiedy to będę musiała lecieć do Nowego Jorku.

Naprawdę on był po prostu za dobry, żeby go odrzucić, zwłaszcza z tego śmiesznego, płytkiego powodu, który rozważałam. I wydawało się, że im więcej czasu razem spędzamy, tym bardziej czułam, że się w nim zakochuję. O ile się nie myliłam, on czuł to samo do mnie.

Niewiele czasu nam zajęło wypracowanie codziennego schematu — Max wychodził do pracy, ja zamawiałam obsługę hotelową, a potem szłam na dół nad piękny kryty basen, w którym krążyłam niestrudzenie w nadziei, że spalę część z tych sutych kolacji (a może przy okazji odrobinkę seksualnej frustracji). I chyba pomagało, bo zawsze wychodziłam z czystej, ciepłej wody, z drżącymi nogami i wyczerpana, gotowa spędzić resztę dnia na nurkowaniu w sklepach, zwiedzaniu muzeów i popijaniu cappuccino w którejś z uroczych narożnych kafejek.

Potem wieczorem spotykaliśmy się przy swoim ulubionym stoliku w Bar Hemingway, gdzie wypijaliśmy szybkiego drinka, zanim Jean Claude uwoził nas na kolejną czarowną kolację.

A po kolacji... no dobra, może część pokolacyjna nie była taka ekscytująca, ale nauczyłam się sobie z tym radzić. Poza tym już widać było, jak to całe pływanie zaczyna rzeźbić jakieś konkrety w moich ramionach i barkach.

I teraz, kiedy zostały nam już tylko trzy krótkie dni, zanim będę musiała polecieć do Nowego Jorku, już drżałam na myśl o pożegnaniu. Więc w czwartek, kiedy Max skończył pracę wcześniej niż zwykle i uparł się, żebyśmy poszli na zakupy przed kolacją, czułam się trochę przygnębiona, gdy szliśmy przez miasto, a on zaciągnął mnie do butiku Versace tylko dlatego, że podziwiałam sukienkę na wystawie.

— Max, nie mogę się zgodzić, żebyś mi to kupił — szeptałam, wpatrując się tęsknie w suknię i wiedząc, że nie tylko jest oburzająco przeszacowana, lecz także że nie ma zastosowania w moim prawdziwym życiu w Nowym Jorku.

— Bzdura. Na tobie ta suknia będzie doskonała — powiedział, przykładając ją do mnie z uśmiechem.

— Ale gdzie ja ją będę nosić? — spytałam, patrząc w lustro na zmysłową czarną dzianinę z seksownym otworem na przedzie.

— Jesteś w Paryżu! Tu możesz ją nosić wszędzie! Jeśli chcesz, możesz ją nawet nosić w tym sklepie! Przymierz ją — nalegał. — Jeśli ci się nie spodoba, już więcej nic nie powiem. Słowo harcerza. — Z uśmiechem podniósł rękę.

No oczywiście, że mi się podobała. Komu by się wszak nie podobała? A ponieważ buty, które miałam na sobie, nie za bardzo do niej pasowały, kupił mi też buty.

— A co z tobą? — spytałam, patrząc, jak ekspedientka wrzuca moje stare ciuchy do torby, kasując nowe. — Tobie też powinniśmy coś kupić.

— Może ten krawat? — Podał mi barwny krawat w dzikie nadruki i ze złotymi literkami V.

— Szalony krawat, jak na konserwatywnego bankiera inwestycyjnego — kręcąc głową, wybuchnęłam śmiechem.

— To będzie mój krawat fajrantowy.

— Dobra, chociaż fakt, że masz nawet krawat fajrantowy, tylko potwierdza moją opinię — stwierdziłam, patrząc, jak podaje go sprzedawcy.

— Co chcesz przez to powiedzieć? Że nie stać mnie na szaleństwo? — spytał, podnosząc brwi.

Ale ja tylko wzruszyłam ramionami z uśmiechem.

— Mam ci udowodnić? — rzucił wyzwanie.

— Wykończysz się — pocałowałam go w policzek.

— Pokażę ci. — Zdjął swój stary krawat i założył nowy. Potem chwycił paczki i objął mnie ramieniem. — Idziemy, znam pewne miejsce.

— Dokąd idziemy? — spytałam, wychodząc ze sklepu i ruszając ulicą.

— Najpierw zostawimy te paczki Jean Claude'owi. Potem dam mu wolne do rana. Potem pójdziemy na metro. A potem pokażę ci dziką stronę swojej natury.

22

Wyszedłszy z metra na powierzchnię, skrzywiłam się na widok obskurnego, nieznajomego otoczenia.

— Gdzie jesteśmy? — spytałam.

— To Pigalle — odparł Max, obejmując mnie ramieniem i prowadząc obok wystrzałowego pasma klubów ze striptizem, kabaretów, modnych butików i podejrzanych barów.

— To mi przypomina Times Square, zanim Giuliani go uporządkował.

— Kiedyś były tu same burdele, bary i artyści. Wiedziałaś, że mieszkał tu Picasso?

— Hm, moim zdaniem nadal ta dzielnica wygląda, jakby były tu burdele i bary, artystów nie jestem pewna — powiedziałam, mijając sex shop i patrząc na wystawę wypełnioną sztucznymi penisami.

— Owszem, ale nie uwierzyłabyś, za ile tu idą nieruchomości. A mimo to zastanawiam się nad kupnem — powiedział.

— Więc dokąd mnie zabierasz? — spytałam.

— No a jak sądzisz? Na kolację i pokaz. — Uśmiechnął się.

*

Po kolejnym cudownym posiłku w modnej małej brasserie, Max chwycił mnie za rękę i poprowadził zatłoczonym, wystrzałowym bulwarem wzdłuż niekończącego się pasma peep-show i klubów dla dorosłych, od czego tylko wzrosła moja ciekawość, co też on zamierza. No bo z tego co widziałam do tej pory, to miejsce zdecydowanie dalekie było od naszej zwykłej strefy wypoczynku.

— A może chociaż jakaś drobna wskazówka? — spytałam, pochylając się ku niemu. Wydawał się tak podekscytowany swoim tajnym programem, że ja nie mogłam się oprzeć próbom wyduszenia go z niego.

— Nie ma mowy — odparł, całując mnie. — Musisz czekać.

Dalej szliśmy jasnym i tłocznym bulwarem Clichy, mijając liczne nocne kluby i bary, i zrozumiałam dopiero, kiedy go zobaczyłam. Nie chcąc jednak psuć niespodzianki, nie powiedziałam nic, dopóki charakterystyczny czerwony neon nie pojawił się prosto przed nami.

Oczywiście! Max zabierał mnie do jednego z najsłynniejszych kabaretów na świecie.

— Och, Moulin Rouge! — powiedziałam podniecona. — Zawsze chciałam zobaczyć to przedstawienie. — Ścisnęłam go za rękę i popatrzyłam nań z podziwem. W kwestii wyszukania miejsca z klasą w gąszczu innych był niezawodny.

— Mekka turystów — prychnął z pogardą, ciągnąc mnie dalej.

Odwróciłam się, by spojrzeć na słynny znak.

— Ale... ty już tam byłeś? — spytałam, starając się ukryć rozczarowanie.

— Nie, i wcale nie chcę. To robią pod turystów, szkoda pieniędzy. Ale nie martw się, zabieram cię w miejsce o wiele bardziej autentyczne. — Kiwnął głową.

Spojrzałam na niego i uśmiechnęłam się, bo przecież jeszcze się na nim nie zawiodłam. Nagle skręciliśmy w ciemny, ciasny zaułek, by stanąć przed pozbawionym okien budynkiem o wąskich czarnych drzwiach.

Max kiwnął głową wielkiemu, smagłemu bramkarzowi, dał mu parę euro i wciągnął mnie do środka. A kiedy weszliśmy do małego, mrocznego pomieszczenia z odłażącą tapetą na ścianach i ciężką czerwoną zasłoną w charakterze ścianki działowej, na próżno szukałam jakiegokolwiek szyldu czy tabliczki, który by mi powiedział, gdzie się znajduję.

— Byłeś już tutaj? — spytałam, szukając wskazówki na jego twarzy.

— Kilka razy. — Wzruszył ramionami, odmawiając bardziej szczegółowej odpowiedzi.

I właśnie kiedy uznałam, że nie zniosę dłużej tego napięcia, zza zasłony wyłonił się blady, niski mężczyzna w ciemnym wyświeconym garniturze, wystrzępionej białej koszuli i starym rdzawym krawacie. Na widok Maxa się uśmiechnął.

— Monsieur Dunne! — powiedział. — Jakże miło pana widzieć. Pański stolik, jak sądzę?

Potem rozsunął kotary i wprowadził nas do małego kwadratowego pokoju. Na środku dominowała owalna scena, dokoła której ustawiono przykryte obrusami stoliki z niewielkimi migoczącymi świeczkami.

Siedliśmy przy środkowym w pierwszym rzędzie, ja zdziwiona, że Max zawsze zna najlepsze miejsca i dostaje najlepsze stoliki. Potem rozejrzałam się po pomieszczeniu, patrzyłam, jak zaczyna się wypełniać zwyczajnie ubranymi parami, grupami hałaśliwych oficjeli i kilkoma samotnymi maruderami.

— Jak tu trafiłeś? — spytałam, odwracając się do Maxa i patrząc, jak studiuje kartę napojów. — No bo wiesz, nie było żadnego szyldu ani nic.

Ale on się tylko uśmiechnął. A kiedy przy naszym stoliku pojawiła się skąpo odziana kelnerka, zamówił szkocką z lodem dla siebie i kieliszek Bordeaux dla mnie.

— Hm, a może chociaż dasz mi wskazówkę, po co tu przyszłam? — poprosiłam. Zauważyłam, że ręka, którą położył mi na udzie, robi się coraz wilgotniejsza, chociaż w pomieszczeniu panował chłód.

Ścisnął moją nogę i uśmiechnął się.

— Cierpliwości — rzekł.

Wiedziałam, że muszę już przestać go maglować. No bo najwyraźniej chciał mnie zaskoczyć. Więc ja powinnam po prostu odegrać swoją rolę, siedzieć i odpuścić sobie pytania. Ilu facetów zadałoby sobie tyle trudu, żeby tylko pokazać, jak bardzo są spontaniczni i zabawni? Spojrzałam na Maxa z uśmiechem. Rany, ale miałam szczęście.

Kiedy stoliki się już zapełniły, światła jeszcze bardziej przygasły, a pomieszczenie wypełniły głośne, bezkompromisowe tony piosenki, której jeszcze nigdy nie słyszałam. Patrzyłam, jak Max jednym haustem dopija swojego drinka i ściska moje udo jeszcze mocniej. Pochyliłam się do niego, żeby go pocałować, a kiedy z powrotem spojrzałam na scenę, zobaczyłam na niej starszego mężczyznę i o wiele odeń młodszą kobietę, którzy poza kilkoma paskami skóry zawiązanymi niezgrabnie na klatkach piersiowych, byli kompletnie nadzy.

Siedziałam z rozdziawionymi ustami i szeroko otwartymi oczami, i patrzyłam, jak włażą na czarną skórzaną otomanę, a potem na siebie.

„Spokojnie — skarciłam się, w szoku nie odrywając oczu od sceny — to pewnie jakieś przedstawienie".

Ale kiedy oni... ekhm... skończyli, a muzyka zmieniła się na coś łagodniejszego i wolniejszego, na scenie pojawiła się naga blondynka z jedną białą świeczką i pudełeczkiem zapałek. I nagle zrozumiałam.

Maxwell Dunne przyprowadził mnie do seks cyrku.

— Max — szepnęłam, usiłując przyciągnąć jego uwagę, kiedy się rozpływał nad kobietą i jej wielofunkcyjną świeczką. — Max! — dźgnęłam go w bok. — Żartujesz sobie ze mnie?

— Słucham? — Pokręcił głową, potem zerknął na mnie szybko i z powrotem na scenę, nie chcąc niczego przeoczyć.

— Nie mogę uwierzyć, że mnie tu przyprowadziłeś — syknęłam, krzyżując ramiona na piersi i patrząc, jak on patrzy na nią, kompletnie ignorując mnie.

Ściskał moje udo tak mocno, że zaczęłam odczuwać ból, odgięłam więc jego palce, chwyciłam torebkę i wstałam.

— Wychodzę — oznajmiłam, z rękoma na biodrach czekając na odpowiedź. — Powiedziałam, że wychodzę! — tym razem głośniej, sądząc po nieprzyzwoitych spojrzeniach i uciszających syknięciach, którymi obdarzyli mnie wszyscy oprócz Maxa, skupionego na scenie.

Drżąc z gniewu, ruszyłam do kurtyny. Już mnie nie obchodziło, czy on za mną idzie.

— Mademoiselle? Wszystko w porządku? — spytał obleśny gospodarz w tanim wyświeconym garniturze.

Ale ja tylko minęłam go pędem i wypadłam przez drzwi.

*

W chwili gdy znalazłam się na ulicy, uspokoiłam się na tyle, by zrozumieć, że zdecydowanie nie powinnam się błąkać po tej okolicy samotnie w maleńkiej, obcisłej dizajnerskiej sukience.

— No świetnie — burknęłam, ściskając mocno torebkę i idąc do rogu, rozglądając się za potencjalnymi rabusiami, jak również wolną taksówką.

Dotarłam do wylotu zaułka, kiedy poczułam, jak ktoś mnie dogania.

— Stój! — krzyknął Maxwell. Ale było za późno. Już trafiłam go torebką. Chociaż szczerze mówiąc, pewnie i tak bym to zrobiła.

— Hailey, czekaj. — Dysząc ciężko, rozcierał sobie ramię.

— Coś ty sobie myślał, do cholery?! — wrzasnęłam, powstrzymując łzy i patrząc na niego płonącym wzrokiem w żółtym świetle latarni.

— Chciałem ci pokazać inne oblicze Paryża. — Wzruszył ramionami.

Stałam przed nim ze skrzyżowanymi ramionami, mrużąc oczy i zastanawiając się, czy znowu się zamachnąć.

— Pokazać mi Pigalle to jedno. Ale przyprowadzić mnie na seks show to zupełnie niestosowne — powiedziałam, odwracając się ze złością i kierując w stronę bulwaru.

— Hailey, przepraszam. Chciałem ci pokazać, że ja to nie tylko drogie kolacje i pięciogwiazdkowe hotele. Że umiem też być spontaniczny i szalony.

Zatrzymałam się i patrzyłam na niego, kręcąc głową we frustracji.

— Kpisz sobie ze mnie? Przecież ty jesteś ich stałym klientem! Wiedziałeś, gdzie to znaleźć, a gospodarz przywitał cię po nazwisku! Masz tam nawet swój stolik — patrzyłam, jak się skręca i odwraca wzrok, zakłopotany.

— I co teraz? — spytał.

— Co teraz? Odchodzę. Oto co teraz!

— Hailey, zaczekaj, proszę. — Wyglądał na zmęczonego i pokonanego. — Dobra, bywałem już tutaj. Przynajmniej nie próbuję tego ukryć. Poza tym wydawałaś się taka otwarta, że myślałem, że tobie też się to spodoba. — Wzruszył ramionami.

Patrzyłam na niego, na jego ramiona oklapłe ze wstydu, i musiałam przyznać, że trochę było mi go żal. Bo może przyprowadził mnie tutaj, bo wiedział, że nie jestem zaspokojona. Albo może miał nadzieję na odrobinę zrozumienia. A może był tylko odrażającym perwersem. Jedno natomiast było jasne — popełnił błąd w ocenie sytuacji. I w tym momencie ja już nie miałam powodu, żeby zostać.

Miałam jednak wymówkę, żeby odejść.

— Max, chyba powinnam już pójść — powiedziałam. Delikatnie ścisnęłam jego rękę, po czym ją puściłam.

— Dokąd? — spytał, wpatrując się w moją twarz.

— Wrócę do Ritza. A potem na lotnisko. — Miałam nadzieję, że nie zdenerwuje się za mocno.

Patrzył na mnie chwilę, aż w końcu kiwnął głową.

— Przynajmniej znajdźmy taksówkę.

Poszliśmy bulwarem, uważnie wystrzegając się wszelkiego przypadkowego fizycznego kontaktu. A kiedy otworzył przede mną drzwi taksówki, wsunęłam się do środka głęboko, zostawiając dla niego dużo miejsca. Ale on tylko sięgnął po portfel, podał kierowcy garść euro i odszedł, nie odwracając się już.

— Proszę zaczekać — powiedziałam do kierowcy, który chciał ruszyć. — Chwileczkę. — Wychyliłam się przez okno i patrzyłam, jak Max idzie zaułkiem, aż w końcu znika za niewielkimi, nieoznaczonymi drzwiami.

23

— Wyobrażasz to sobie? — spytałam, kręcąc głową. — Nie sądzisz, że to trochę wczesny etap związku, żeby wyciągać uzależnienie od porno? — podniosłam kubek i łyknęłam spory haust holenderskiego piwa.

Ale Clay tylko wzruszył ramionami.

— Większość znanych mi par poznała się dzięki uzależnieniu od porno — odparł, zaciągając się papierosem. Rzucił ten nałóg kilka lat temu, ale od czasu do czasu wracał do niego, ilekroć piliśmy w jakimś europejskim barze.

— Tak, jasne. Nie jestem pruderyjna, ale...

— Hailey, litości. Każda znana mi pruderyjna osoba tak mówi.

Wywróciłam oczami i ciągnęłam:

— Posłuchaj, gdybyśmy się spotykali dłużej i uzgodnilibyśmy, że spróbujemy z takim pokazem, ot, z potrzeby odrobiny dekadencji, nie ma sprawy. Może nawet byłoby zabawnie. Ale myśmy nie znali się długo, a przede wszystkim seks, który uprawialiśmy, był mocno niedoskonały. To pogarsza sprawę.

— Ale może dlatego on cię tam zabrał — powiedział Clay, wydmuchując doskonałe kółeczko z dymu, a potem odwracając do mnie twarz. —

Wiesz, żebyś się rozkręciła. Bo jak wracaliście do hotelu, nic już nie mógł zdziałać.

Wzięłam kolejny łyk piwa i wzruszyłam ramionami.

— Albo może wiedział, że nie jest wam dobrze w łóżku, więc uznał, że pokaże ci ludzi, którym jest.

— Ale sądzisz, że siedziałabym tutaj, gdyby nie było tego drugiego problemu? — spytałam.

Zerknął na mnie i znowu się zaciągnął.

— Przestań się zadręczać — powiedział, przy każdym słowie wypuszczając z ust zwoje dymu. — Myślę, że ten koleś był taki doskonały dlatego, że musiał. A kiedy już się wszystko wydało, no to mógł być sobą, prawdziwym. Facetem z marginesu.

Wpatrywałam się w pusty kufel po piwie, zastanawiając się, czy ma rację.

— Postawię ci piwo za papierosa.

Podniosłam wzrok. Przed nami stała naprawdę śliczna, uśmiechnięta blondynka. I chociaż doskonale mówiła po angielsku, akcent miała czysto holenderski.

— Nie ma sprawy — Clay wysunął papierosa z paczki, a ona kiwnęła na barmana.

— Dwa piwa — powiedziała. A potem, wsuwając papierosa do ust, zauważyła mnie i mój pusty kufel. — Trzy piwa — poprawiła się z uśmiechem.

Kilka piw później Clay, ja i nasza nowa przyjaciółka, której imienia zapomniałam, chociaż ciągle stawiała nam piwo, jak również kilkoro jej przyjaciół próbowaliśmy podjąć decyzję, czy udać się do klubu, czy zostać na miejscu, gdzie już mieliśmy stolik i szybko uzupełniano nam drinki.

— Chodźmy do klubu — powiedziałam. Czułam się wyluzowana i szczęśliwa i bardzo chciałam spędzić noc na mieście.

I zanim się zorientowałam, siedziałam na garbie w taksówce, pomiędzy dwojgiem ludzi o nieznanych mi imionach.

A potem już nic nie pamiętam.

— Wo... — wyczołgałam się z łóżka, trzymając się za głowę, z językiem opuchniętym i niezdatnym do użytku, jakby w ciągu w nocy jakimś cudem za mocno się rozrósł w moich ustach. — Wody — wymamrotałam, kierując się do łazienki, gdzie odkręciłam kran, wsadziłam usta pod strumień i piłam, aż skończyło mi się miejsce. Potem, ocierając twarz brzegiem za dużej koszulki, ruszyłam do swojej torby, rozpaczliwie szukając czegoś, co uciszyłoby łomot w mojej głowie.

— Jeśli szukasz aspiryny, mam tu kilka — powiedział Clay. Trzymał maleńką podróżną buteleczkę i potrząsał nią, tak że tabletki grzechotały o siebie. — I jest mnóstwo kawy do wypicia. — Wskazał srebrną tacę zastawioną śniadaniem.

— O której wstałeś? — spytałam, przełykając aspirynę i kęs holenderskiego sera. — To znaczy która godzina? — spojrzałam na niego spod zmrużonych powiek.

— Jest popołudnie — wzruszył ramionami. — Pewnie koło pierwszej.

— Żartujesz sobie?

— Wróciliśmy dopiero po czwartej. — Leżał rozciągnięty na kanapie, nagie stopy opierał o stolik do kawy i jak zwykle wyglądał świeżo i przystojnie.

— A dobrze się przynajmniej bawiliśmy? — spytałam. Nie pamiętałam nic oprócz drobnych przebłysków.

— Ty owszem. — Uśmiechnął się.

Odstawiłam kawę i spojrzałam na niego.

— O, nie. Co to ma znaczyć? — spytałam, już się bojąc odpowiedzi.

— Powiedzmy, że Tara Reid to przy tobie szara myszka. — Zaśmiał się.

„Tara Reid? A cóż my mamy wspólnego?"

— Tak, naprawdę głośno balowałyście z Jan. A kiedy weszłaś na ten stół, myślałem, że umrę.

„Stół? Jaki stół?". Patrzyłam na Claya w panice.

— Rozbawiłyście widownię. Chyba nawet dostałaś jakieś napiwki. Sprawdź, czy nie masz w portfelu zmiętych banknotów — zasugerował, wstając i ruszając do łazienki.

— Ale miałam na sobie ubranie, tak? — zawołałam za nim, gorączkowo szukając torebki. Musiałam się dowiedzieć wszystkiego. To znaczy jeśli rzeczywiście dostałam jakieś napiwki, to chciałam wiedzieć nie tylko za co, ale też ile.

Rozsypałam zawartość na kołdrze i zrobiłam inwentaryzację szczątków — nowa paczka chusteczek, dziwnie silne miętówki Altoids, błyszczyk MAC, który jakoś wymknął się z kosmetyczki Prady, w której go trzymałam, trzy czarne bezuciskowe gumki do włosów, które woziłam w każdej torebce, i płaszcz przeciwdeszczowy na wypadek niespodziewanych opadów atmosferycznych — ale wszystko wyglądało po staremu. Aż pod portfelem Burberry, który sobie kupiłam pod choinkę w zeszłym roku, znalazłam białą wizytówkę z amsterdamskim adresem i słowami „Zadzwoń do mnie" wypisanymi drobnym, zgrabnym pismem nad nazwiskiem Jan van Dijk. W rogu widniało maleńkie narysowane odręcznie serduszko.

„Jan van Dijk, Jan van DIjk. Kim do cholery jest Jan van Dijk?" — zastanawiałam się, próbując skojarzyć to nazwisko z jakąś twarzą. Ale ostatniej nocy poznałam tyle osób, że nie nadążałam już wtedy, a co dopiero teraz. Zaraz, zaraz... czy aby Clay nie mówił, że ja i Jan rozbawiłyśmy widownię? Że tańczyłyśmy na stole? Zamknęłam oczy, zdecydowana sobie przypomnieć. „W barze była dziewczyna z papierosem, która stawiała piwo i uśmiechała się do mnie... a potem... czy to obok niej siedziałam w taksówce?...” Czy ona to Jan van Dijk? A jeśli tak, to dlaczego dała mi wizytówkę? Dlaczego napisała, że mam do niej zadzwonić? I o co chodziło z tym serduszkiem?

Gapiłam się na drzwi łazienki, kiedy Clay je otworzył.

— Czy ja się puściłam z dziewczyną?

Zatrzymał się i popatrzył na mnie.

— A to byłoby takie straszne? — spytał z uśmiechem.

— Tylko mi powiedz — poprosiłam cała spięta, nie chcąc się wygłupić. — Powiedz mi, zniosę to. Obmacywałam się z dziewczyną, tak? Obmacywałam się z Jan van Dijk? — Położyłam się na łóżku i zamknęłam oczy. A więc proszę, tak wyglądało moje osobiste dno. Nie żebym miała coś przeciwko dziewczynom całującym się z dziewczynami. Tylko że to zdecydowanie nie była moja codzienna rozrywka.

Co ja sobie do cholery myślałam? Najpierw rzucam Maxa, bo zabrał mnie na sex show, a potem ląduję w Amsterdamie, gdzie się upijam i obmacuję z dziewczyną. Najwyraźniej potrzebowałam jakiejś interwencji. Najwyraźniej musiałam już wracać do domu.

— Hailey — powiedział Clay, siadając koło mnie.

— Tylko mi powiedz — błagałam, wciąż nie otwierając oczu. — Strasznie się skompromitowałam? Wszyscy widzieli?

— No, wszyscy to nie.

Otworzyłam oczy i zobaczyłam, że mój przyjaciel trzyma się za brzuch, zgięty wpół ze śmiechu. No przynajmniej jedno z nas miało ubaw.

— Wiesz co? Zapomnij. Nie chcę już o tym rozmawiać — powiedziałam i zaczęłam wstawać.

— Hailey — wydyszał, sięgając do mojego ramienia. Nie mógł przestać się śmiać. — Jan to facet.

— Co? — padłam na łóżko, patrząc na niego spod zmrużonych powiek. — Jak to facet? Myślałam, że Jan to dziewczyna.

— Jan to dziewczyna, ale tak naprawdę ma na imię Janice. To z nią tańczyłaś. Ale tylko tańczyłyście, nic więcej. I nie na stole, tylko na parkiecie. — Uśmiechnął się. — Podczas gdy ten drugi Jan to facet. Pracuje w reklamie, mieszka w Amsterdamie i bardzo się z tobą zaprzyjaźnił.

— Całowaliśmy się? — spytałam, kiedy ten facet Jan zaczął się wyłaniać z mroków niepamięci: blond włosy, niebieskie oczy, szczupły, mleczna cera, miły uśmiech...

— Nie, zero kontaktu, przysięgam — dodał, podnosząc prawą dłoń. — Chociaż chciał cię zabrać na kolację.

Siedziałam bez ruchu, patrząc na niego groźnie.

— Lepiej powiedz mi prawdę — ostrzegłam.

— Mówię poważnie. Do niczego nie doszło. Ale Jan to fajny towar, zdecydowanie powinnaś do niego zadzwonić.

Pokręciłam głową i ruszyłam do swojej walizki.

— Zapomnij — powiedziałam, rozpinając torbę i szukając czegoś czystego do przebrania. — Czas wracać do domu.

*

231

Do mojego powrotu uzbierała się cała góra poczty, którą musiałam posortować. Większość przesyłek była zaadresowana do Kat, ale niektóre do mnie — tak jak wyciąg z mojej karty kredytowej, którego ciężar i objętość zapewne niedobrze zwiastowały, i zwykła, biała zwrotna koperta, pochodząca albo od mojego ginekologa, przypominającego mi o corocznej wizycie, albo od jednego z sześciu wydawców, do których wysłałam swoją książkę. I wiedziałam, że tak jak ława przysięgłych wracająca po szybkiej naradzie nie zwiastuje najlepiej, tak i szybka odpowiedź od wydawcy nie jest dla mnie dobra.

Rzuciłam pocztę na bok, zostawiłam torbę w korytarzu, włożyłam swój ulubiony niechlujny szlafrok, nalałam sobie wody i siadłam przy kuchennym stole z perłowym nożem do kopert Kat w jednej ręce i tajemniczą kopertą w drugiej.

Rozłożyłam kartkę jaskrawobiałego papieru z nagłówkiem CHANCE PUBLISHING HOUSE i przeczytałam:

Szanowna Pani Lane,

Dziękujemy za nadesłanie rękopisu. Z przyjemnością czytałam o przygodach Pani bohaterki, i uważam, że bardzo realistycznie oddała Pani świat siedemnastoletniej dziewczyny.

Zmartwiła mnie jednak zdrada jej przyjaciółki, jak również fakt, że Pani bohaterka w ogóle nie mogła polegać na rodzicach. Osobiście uważam, że dzieciom niezbędne są granice, a wobec chaotycznego domu, który Pani nakreśliła, połączonego z brakiem wzorców osobowych, uważam, że nie dała Pani swojej bohaterce szans. I chociaż koniec końców pokonuje ona wszystkie trudności, odnoszę silne wrażenie, że nadmiernie utrudniła jej Pani zadanie.

Jeśli jest Pani zainteresowana poczynieniem zmian w powieści, obejmujących: wprowadzenie co najmniej jednego wspierającego rodzica, zmniejszenie trudności do pokonania, zakreślenie granic i wprowadzenie sympatyczniejszych przyjaciół, chętnie ponownie ją przeczytam.

Łączę wyrazy szacunku
Martina Rasmussen.

Po trzeciej lekturze listu nadal nie wiedziałam, co z nim zrobić. Bo o ile najwyraźniej nie było to całkowite odrzucenie moich umiejętności pisarskich, zdecydowanie była to dezaprobata wobec moich zdolności rodzicielskich. Czy ta kobieta była wariatką? Naprawdę nazwała mnie złą matką? Bo sądząc z jej listu, najwyraźniej uważała, że nie spisałam się w wychowaniu swojej FIKCYJNEJ postaci. Naszła mnie obawa, czy może powinnam się spodziewać wizyty kuratora.

Przejrzałam list po raz ostatni, po czym go złożyłam i wsadziłam do koperty. Najwyraźniej ta Martina miała jakieś urojenia, mieszała fikcję literacką z rzeczywistością i nie rozumiała, że niezrównoważeni rodzice i egoistyczni przyjaciele to sedno tej opowieści. Że nie byłoby jej bez walki, trudów i ostatecznego zwycięstwa.

Kręcąc głową, ruszyłam korytarzem do swojego pokoju. Martina dawała mi szansę spełnienia najważniejszego marzenia.

Musiałam tylko zmienić całą swoją historię.

ASYSTENCI LOTU MUSZĄ
PRZED STARTEM I PRZED LĄDO-
WANIEM DOKONAĆ W PAMIĘCI
ANALIZY SYTUACJI NA POKŁA-
DZIE. POWINNA ONA OBEJMO-
WAĆ PONIŻSZE ASPEKTY (ACZ-
KOLWIEK NIE POWINNA SIĘ DO
NICH OGRANICZAĆ):

Dostępność wyposażenia
Lokalizacja najbliższego wyjścia
Osoby, które mogą pomóc
Osoby, którym trzeba pomóc

24

Stałam przed pełnowymiarowym lustrem, kręcąc się i wyginając, żeby upewnić się, czy taftowa kokarda z tyłu mojej sukni jest zawiązana jak należy. Potem się pochyliłam i sprawdziłam włosy, pusząc i burząc spiralne sploty, które niczym konfetti wysypywały się z niewielkiej perłowej spinki w koronie. Następnie wsunęłam stopy w cielistych rajstopach w turkusowe, koronkowe, ufarbowane pod kolor sukni czółenka, zerknęłam na zegarek, upewniając się, że zdążę jeszcze złapać taksówkę i udać się do East Village na doroczny Bal Druhen, na który nie zapraszano mnie od czterech lat.

Bal Druhen urządzano mniej więcej o tej samej porze co roku, ale niekoniecznie w tym samym miejscu. A najlepsze było w nim to, że chociaż członkinie grupy pojawiały się i znikały, nikt cię nie traktował z pogardą, jeśli żyłaś w szczęśliwym związku, i zawsze z radością witano cię z powrotem, kiedy ów związek dobiegał końca. W zamian prosili tylko o składkowe jedzenie, picie i żebyś zaprezentowała najbrzydszą suknię druhny, jaką kazano ci kiedykolwiek nosić.

Ponieważ stałam przy linii bocznej okazji małżeńskich, miałam z czego wybierać. Nie chcąc jednak ryzykować, że wpadnę na którąś z moich zamężnych przyjaciółek i będę zmuszona potwierdzić, że owszem, ma rację, naprawdę ciągle mam prawo tę suknię nosić, wybrałam taką, którą miałam na sobie dwa miesiące po liceum, kiedy dawna koleżanka z klasy zdecydowała, że to moment dobry jak każdy inny na zamążpójście.

Gapiłam się w lustro, szczerze zdumiona, że sukienka ciągle na mnie pasuje i że moje włosy wyglądają dokładnie tak samo jak wtedy, mimo że tyle się zmieniło. No bo tafta wyszła z mody, nie słuchałam już Hootie and the Blowfish i nie miałam pojęcia, co się stało z tą koleżanką.

Założyłam trencz Burberry należący do Kat, doszedłszy do wniosku, że się pod nim schowam i użyję go jako osłony, żeby się spokojnie dostać na przyjęcie, a potem z niego wrócić. Ale kiedy zapięłam guziki i ciasno zawiązałam pasek w talii, nie było co zaprzeczać, że zostałam zredukowana do masy zniekształconych szwów walczących z rebelią tafty, kokard i krynoliny, które nie chciały się schować pod spodem. Zrzuciłam go więc i wmówiłam sobie, że jeśli na kogoś się natknę, to tylko na osoby podobnie ubrane albo całkowicie mi obce. Potem wyszłam z mieszkania i wsiadłam do windy, mając nadzieję, że zjadę na dół, nie zatrzymując się po drodze ani razu.

„Do tej pory nieźle" — pomyślałam, kiedy kabina ruszyła w dół. Nagle jednak poczułam niedwuznaczne pikowanie, kiedy się zbliżyła do poziomu oczekującego i szybko wyjęłam z torebki książkę, dziękując losowi, że sześć lat lotniskowych opóźnień nauczyło mnie chociaż tego, że zawsze mam przy sobie coś do czytania.

Kiedy drzwi się otworzyły, trzymałam swoją książkę wysoko, chowając za nią twarz. Zerknęłam na podłogę i stwierdziłam, że dołączyły do mnie dwie pary sportowych butów marki Nike, jedna para mokasynów, jakieś buty o czarnych spiczastych czubkach, cztery kudłate łapy i drgający czarny nos, który natychmiast zaczął obwąchiwać koronkowy rąbek mojej sukienki.

Postanowiłam zignorować teriera, który teraz napinał smycz, żeby obniuchać moje rajstopy, i na powrót skupiłam się na książce, wywracając oczyma z frustracji, kiedy winda znowu stanęła, trzy piętra niżej. I tym razem, kiedy tylko drzwi się otworzyły, weszła para złotych Jimmy Choo, których już pożądałam, niebieskich gumowych japonek, których nowojorczycy używają u pedikiurzystki, a Kalifornijczycy na każdą okazję prócz przyjęć wymagających strojów wieczorowych, oraz świeżo wypastowane, czarne mokasyny Ferragamo, a wszystkie walczyły o pozycję na maleńkiej kwadratowej podłodze.

Wciąż się kryjąc za książką, przycisnęłam plecy do ściany, próbując zrobić miejsce dla nowych pasażerów, a jednocześnie patrzyłam w dół, jak moja suknia rusza się, przesuwa i wypuszcza warstwy tkaniny pędzące na przód, gdzie wybrzuszały się w wielką, bulwiastą chmurę zieleni. A kiedy niby od niechcenia próbowałam ją okiełznać i trochę się zmniejszyć, uczynić się mniej natrętną, Pan Mokasyn Ferragamo postanowił złamać międzynarodowe reguły obowiązującej w windzie etykiety (cisza i anonimowość) i spytał:

— I jak książka? Dobra?

Rozpoznałam ten głos bez wahania. Potem szybko wykluczyłam tę koncepcję. To było śmieszne! Chore! A ja wpadałam w paranoję. Nie podnosząc więc wzroku, kiwnęłam tylko głową i burknęłam:

— Yhm.

239

I już myślałam, że po wszystkim, kiedy on pochylił się i spytał:

— Hailey?

Stałam nieruchomo, kuląc się za książką. „O cholera. No nie. Błagam, tylko nie to" — zanosiłam prośby do stosownej siły odpowiedzialnej za kwestie typu windziana karma.

— To ty?

Wpatrując się w podłogę, patrzyłam, jak obcasy się przemieszczają, ciała obracają, a łapy drapią, kiedy wszyscy pasażerowie przeładowanej puszki obracają się, by przyjrzeć się dziewczynie w wielkiej, puchatej sukni, która nagle zaczęła mieć imię. I chociaż ten moment kosztował mnie tylko trzydzieści sekund z życia, mnie wydawał się nieskończonością. A najgorsze było to, że wiedziałam, że nie mam wyjścia, muszę podnieść wzrok i się przyznać.

— Ach, cześć — powiedziałam, swobodnie kiwając głową, i uśmiechając się grzecznie, jakby w moim wyglądzie nie było absolutnie nic dziwnego ani wyjątkowego. Jakby ubieranie się na porcelanową lalkę z limitowanej edycji sprzedawanej w QVC było jednym z moich uroczych małych dziwactw.

— Co tu robisz? — spytał, patrząc na mnie spod zmrużonych powiek, kiedy winda dotarła na parter i drzwi w końcu się otworzyły.

— Spóźniam się — odparłam, zastanawiając się, czy to się wyda niegrzeczne, jeśli zablokuję bliźniaki Nike, pchnę panią Jimmy Choo i przeskoczę przez psa, żeby w końcu stąd spłynąć.

— Pytałem z naciskiem na „tu" — drepcząc obok mnie, jak jeden z tych psów w punkcie celnym tropiących nielegalnych imigrantów.

— Mieszkam tutaj — odparłam, odwracając ku niemu twarz. „O matko, naprawdę to takie niewiarygodne? A poza tym czy to rzeczywiście jego sprawa?"

— Mieszkasz? — spytał, wyraźnie wstrząśnięty, a ja zaczęłam się zastanawiać, czy to zbieżność tego wszystkiego, czy też potężna hipoteka wprawiła go w taką konsternację.

— Tak, w penthousie. — Odwróciłam się i wyszłam do holu.

— Ja też tu mieszkam — powiedział, zdecydowany kontynuować pogawędkę. — Aczkolwiek nie w penthousie. Najwyraźniej wybrałem niewłaściwy zawód — zaśmiał się.

— A co to niby ma znaczyć? — spytałam, odwróciłam się i spojrzałam na niego spode łba.

— Hm, nic. Pewnie powinienem był zostać asystentem lotu, tylko tyle. — Znowu się roześmiał.

Ale ja dalej na niego patrzyłam, mrużąc powieki.

— Szybko byś wymiękł — powiedziałam, odwracając się na swoich pokrytych koronką obcasach, nie do końca pewna, co miałam na myśli, chociaż czułam, że coś musiałam powiedzieć. „No bo jak on śmie się dziwić, że mieszkam w penthousie! Jakby mnie nie było na to stać czy co?! Oczywiście technicznie rzecz biorąc, nie stać mnie, ale i tak, jak on śmie tu mieszkać?!". Zmieniłam wszystkie swoje przyzwyczajenia i teraz wędrowałam aż na drugą stronę parku, żeby kupić sobie książki i kawę! Ale najwyraźniej to było za mało. Teraz będę musiała też korzystać z windy służbowej! Pokręciłam głową i pognałam do wyjścia, żeby jak najszybciej wydostać się na zewnątrz i do taksówki.

I wtedy właśnie wbiłam się w Cadence.

— Och, przepraszam — powiedziała, chociaż to zdecydowanie była moja wina.

— Hm, nic się nie stało — wybełkotałam. Czułam się wytrącona z równowagi i śmieszna, i chciałam już tylko zniknąć.

— Jesteś gotów? Samochód czeka. — Spojrzała na Dane'a, który znowu stał obok mnie.

— Dokąd idziesz? — spytał, patrząc na moje włosy i sukienkę, zachowując niezwykle spokojną twarz jak na kogoś, kto patrzy na taki widok.

— Hm, na Downtown — odparłam, podążając za Cadence na ulicę.

— My też. Wskakuj, podwieziemy cię — zaproponował, kiedy kierowca przytrzymał drzwi.

— Ach, ale ja idę na wschód — zapewniłam, zakładając, że oni kierują się na zachód, do SoHo albo West Village, gdziekolwiek, gdzie bywają ważniaki ze świata wydawniczego.

— My też. Chodź — kiwnął głową, przesuwając się na środek.

Stojąc na krawężniku, wahałam się, próbując wymyślić inny dobry powód, dla którego nie mogę z nimi jechać. A potem nagle światło zmieniło się na zielone, a że samochód parkował na pasie ruchu, jakiś milion klaksonów zaczęło na niego trąbić. I wtedy ktoś wrzasnął:

— Wsiadaj już, kurwa, do tego wozu!

I zanim się zorientowałam, siedziałam w town carze obok Dane'a, który siedział obok Cadence, która rozmawiała przez swoją komórkę. I przemykaliśmy w stronę Downtown.

— Więc co to takiego? — spytał, lustrując moje pończochy w stylu Malibu Barbie, koronkowe czółenka, puchatą sukienkę i równie puchate włosy. — Bal maturalny?

— Niezupełnie. — Skrzywiłam się w duchu, że mówię tak sztywno, ale nie chciałam podawać szczegółów. Mój strój już był wystarczająco upoka-

242

rzający, kiedy stałam sama w sypialni, ale w takiej bliskości Cadence w jej ponętnym zestawieniu koszulki na ramiączkach i spódnicy, chciałam wykopać jakąś dziurę i się w niej schować.

Jechaliśmy w milczeniu. No, może Dane i ja w milczeniu. Cadence siedziała odwrócona do okna z telefonem przyciśniętym do ucha i mówiła rzeczy w rodzaju „Aha", „Nie-e" oraz „Ach!", a ja miałam nadzieję, że w piśmie jest bardziej elokwentna.

Nagle, zanim zdążyłam się powstrzymać, spojrzałam na Dane'a i powiedziałam:

— Jadę na przyjęcie. Nazywa się Bal Druhen i należy się tam pojawić w najbrzydszej sukience druhny. Ale poza tym to normalne przyjęcie, z dobrą muzyką, fajnymi ludźmi, mnóstwem jedzenia i drinków. Na koniec jest konkurs na najbrzydszą sukienkę. — Przerwałam na chwilę, bo zdałam sobie sprawę, że mówię jak jakiś spocony grzesznik w konfesjonale. Chyba nigdy nim nie byłam ze względu na długą, niezręczną ciszę.

— Co się wygrywa? — spytał, patrząc na mnie z uśmiechem.

— Bukiet — odparłam, wyglądając przez okno i stwierdzając, że właśnie zaczęło padać.

— Nie zrozum mnie źle, ale moim zdaniem masz duże szanse — zaśmiał się. — To coroczne wydarzenie?

— Tak, ale ja nie byłam od czterech lat — wzruszyłam ramionami, zerkając na Cadence, która dalej wisiała na telefonie.

— Dlaczego?

— No bo trzeba być wolnym, żeby wziąć w nim udział. — Poczułam, że zupełnie bez powodu się rumienię.

— A przez ostatnie cztery lata się nie kwalifikowałaś? — spytał, pochylając się ku mnie, co było trochę upiorne, zważywszy, że już i tak dzieliła nas niewielka odległość.

Kiwnęłam głową i znowu wyjrzałam przez okno.

— A na tych przyjęciach są jacyś drużbowie?

— Właściwie nie. Większość to druhny i oczywiście ich odpowiedniki gejowskie — zaśmiałam się.

— Bardzo interesujące. — Pokiwał głową i uśmiechnął się do mnie, kiedy przypadkiem spojrzałam w jego niebieskie oczy. — A dostałaś wiadomość od któregoś wydawcy? — spytał.

— Jakiego wydawcy? — Cadence zatrzasnęła telefon, zerkając to na mnie, to na Dane'a.

Świetnie. Akurat taka dyskusja najmniej mi teraz była potrzebna. No bo czy nie wystarczyło, że przyłapał mnie w najbrzydszej sukience świata i z włosami jakby piorun w nie strzelił? Naprawdę musiał mnie znowu dobić? I to przed nią?

Pokręciłam głową i wyjrzałam przez okno. A kiedy zobaczyłam, że światło zmienia się na czerwone, wiedziałam, że muszę działać szybko.

— Och, to tutaj! — oznajmiłam, otwierając drzwi i wyskakując z samochodu. A potem, z nie wiadomo jakiego powodu, oprócz czystego zdenerwowania, niezręczności i ogólnej nieporadności, wcisnęłam mu dziesięciodolarowy banknot.

— Dzięki za podwiezienie — uśmiechnęłam się, gdy deszcz lał mi się na plecy.

— A to za co? — spytał, gapiąc się na zmiętą dziesiątkę. — Jeszcze nie jesteśmy nawet na Downtown.

— Ach, bo ja miałam na myśli, że jadę na Downtown w sensie, że nie jadę na Uptown. Nie miałam na myśli Downtown sensu stricto — skłamałam, skręcając się ze wstydu i zastanawiając się jednocześnie, gdzie jest najbliższa stacja metra.

A on siedział, patrząc na mnie dziwnie, Cadence się pochyliła, żeby też na mnie zerknąć.

Potem światła zmieniły się na zielone i ktoś za nami wrzasnął:

— Weź się, kurwa, wreszcie zdecyduj!

Trzasnęłam drzwiami i pobiegłam pod jakąś osłonę.

25

Jednym z najlepszych aspektów wieloletniego latania jest możliwość kontrolowania własnego harmonogramu, dzięki czemu można pracować tak mało albo tak dużo, jak się chce. Jednym z najgorszych jest to, że łatwo w ten sposób zrobić sobie krzywdę.

Pierwotnie myślałam, że mieszkając u Kat, za darmo, mam doskonałą sposobność, żeby latać mniej. Teraz jednak, kiedy posępne okólniki kierownictwa Atlasa codziennie zalewały moją skrzynkę e-mailową, swobodnie szafując wyrażeniami typu „okres wielkich wyzwań", „bezprecedensowe trudności", „ciężkie decyzje", „optymalizowanie kosztów stałych" i mój ulubiony „Program przekształceniowy zasiłków", wiedziałam, że jak mała wiewiórka odkładająca orzechy na zimę, powinnam zacząć zarabiać jak najwięcej pieniędzy, dopóki grube ryby w Atlasie są jeszcze w stanie podpisywać czeki.

Nie wspominając o tym, że nie dostałam jeszcze odzewu od żadnego z pozostałych pięciu wydawców, do których wysłałam rękopis, co oznaczało, że nie mogę całkiem wykluczyć sugestii Martiny. Nawet jeśli byłam święcie przekonana, że ona jest kompletnie obłąkana.

Ponieważ więc nie miałam nic lepszego do roboty ani nie miałam dokąd iść, wzięłam się do latania jak jeszcze nigdy, biorąc jedną okropną podróż po drugiej, aż trzy tygodnie później ten mój masochistyczny miesiąc zakończył się ostateczną rozgrywką z Helgą.

Chociaż zaczęło się to w zasadzie przed sześciu laty, w czasach, kiedy byłam równie zielona jak mój mundur granatowy. Cała nasza czwórka kuliła się w kuchni klasy turystycznej, opierając się o ohydne wózki z napojami, które właśnie ozdobiliśmy czystymi serwetkami, przepełnionymi wiaderkami z lodem, wieżyczkami styropianowych kubków, paczkami pierniczków i jednym szarym plastikowym termosem wypełnionym kawą, którą podawaliśmy wszystkim, ale teraz była bezkofeinowa.

— Bezkofeinowa dla wszystkich. Mają być zmęczeni i słaniać się na nogach — zarządziła Helga. Miała na koncie trzydzieści lat stażu, twardy niemiecki akcent i poważny wyraz oczu, a wszystko to sprawiało, że nie chciałam z nią zaczynać.

Kiedy zaś zgasły znaczki zapięcia pasów, samolot znalazł się na wysokości przelotowej, a wózki były ozdobione i gotowe, nadszedł czas wyboru partnera.

Ponieważ byłam nowa, nie wiedziałam, że to standardowa praktyka kiwnąć na osobę obok, chwycić wózek i pchać go korytarzem. Ale tamtego akurat dnia rządziła Helga, która posłała mi jedno piorunujące spojrzenie, wskazała dziewczynę obok mnie po prawej i powiedziała:

— Chcę pracować z nią. Z tą ładną.

I tyle.

Ale minęło sześć lat, a ja nauczyłam się paru rzeczy. Takich jak:

A. Nie należy się chować w toalecie, kiedy reszta załogi pracuje.
B. Nie należy mówić na głos, że się chce pracować tylko z ładnymi.
C. Wszyscy nie cierpią Helgi.

Więc w czasie odprawy, kiedy stało się jasne, że Helga w ogóle nie pamięta ani mnie, ani też swojego afrontu, zrozumiałam, że wreszcie nadszedł mój moment.

— Może będziemy pracować razem? — spytałam, uśmiechając się promiennie, nie mając w głowie żadnego realnego planu, ale wierząc w swoją zdolność do improwizacji.

Ale Helga tylko wzruszyła ramionami, burknęła coś, że jest wyczerpana, bo dojechała z Frankfurtu, i chwyciwszy za wózek, pchnęła go tak mocno, że niemal mnie przejechała.

Kiedy pokonywałyśmy drogę korytarzem, ona pchając, ja udając, że ciągnę, zdecydowałam dokonać zemsty, nie spiesząc się, wdając się w rozmowy z klientami i wręcz patrząc im w oczy podczas obsługiwania. Byłam gotowa się poświęcić, zwłaszcza gdyby moja ofiara miała zakończyć Helgowe rządy postrachu, ponieważ wówczas nie miałaby wyboru i musiałaby dla odmiany trochę się poruszać.

Zaczęłam gawędzić, śmiać się i traktować każdy rząd pasażerów, jakbym urządzała bajeczne przyjęcie dla 226 obcych osób. A kiedy zobaczyłam, jak bardzo to złości Helgę, z jej nieustannym wywracaniem oczami, burczeniem niemieckich przekleństw i kręceniem głową, zaczęłam wymyślać zamówienia.

— Ach, chciałby pan łodygę selera do Krwawej Mary? Proszę zaczekać chwilę, zobaczę, co tam się kryje w pierwszej klasie! — mówiłam, machając Heldze na pożegnanie i znikając za siatkową przesłoną.

Kiedy jednak wróciłam z długiego, przeciągniętego poszukiwania czekoladek miętowych, których na pewno nie było, Helga zniknęła. A pozostali pasażerowie zamienili porzucony wózek w bar z bezpłatnymi napojami.

„Może trochę przesadziłam" — pomyślałam, przeganiając amatorów napitków i podejmując wędrówkę. Ale kiedy rzędy i minuty mijały, a ona się nie pojawiała, zrozumiałam, że ucina sobie jedną ze słynnych łazienkowych drzemek, i nieprędko się pojawi.

I wtedy poznałam prawdę o zemście. Mogłam ją serwować na zimno, ale i tak mi się odbijała niczym paskudna lasagne z klasy turystycznej.

Kiedy szłam dalej korytarzem, szybko wróciłam do starych dobrych monosylab i zwyczajnych powitań. Chociaż niestety pasażerowie, których za sobą zostawiłam, byli nieświadomi mojej ostatniej odmiany. I wciąż się łudząc, że zrobię wszystko, żeby im zapewnić wygodę i bezpieczeństwo, zaczęli włączać lampki przywołujące, by prosić o dolewki, ciasteczka, dodatkowe słuchawki, poduszki, koce, gazety, magazyny — jeden nawet poprosił o łyżkę sorbetu dla zmiany smaku w ustach.

Wiedziałam, że sama jestem sobie winna. To była naturalna konsekwencja udawania troski. Ale prawdę mówiąc, nie obchodziło mnie to. Miałam to w nosie. No bo Helga prawdopodobnie była głęboko w fazie REM, a ja miałam jeszcze trzydzieści rzędów do obsłużenia.

Potrząsając głową, dalej pchałam stukilogramowego potwora korytarzem, rzucając ciasteczka jak okruszki chleba gołębiom, i otwierając puszki, aż krwawiły mi zgrubienia. Otarłam pot z czoła i podniosłam wzrok na nieskończone rzędy ludzi w potrzebie, z ustami rozdziawionymi jak pisklaki niespokojnie czekające na swój przydział wyplutej żywności, i przeklęłam tę straszliwą Helgę, wraz ze swoim złudzeniem, że zdołam ją zmienić, skoro już tylu innych na tym poległo.

A kiedy poczułam, że ktoś się zakrada od tyłu i stuka mnie delikatnie po ramieniu. Ha! Ten właśnie pasażer odpłaci za grzechy pozostałych! Może i stracę pracę, i może nie zapamiętają mojego imienia, ale niczym moja legendarna poprzedniczka, która uraczona przez zadufanego pasażera ciągłymi krzykami: „Czy pani wie, kim ja jestem?", chwyciła mikrofon i obwieściła: „Proszę państwa, w przedziale pierwszej klasy siedzi zdezorientowany pasażer, który nie zna swojego nazwiska. Czy ktoś może podejść go zidentyfikować?", zapiszę się w ich pamięci.

Zaciskając szczękę i mrużąc oczy, trzasnęłam plastikowym kubkiem z lodem tak mocno, że zgubiłam kilka kostek, a kiedy zrobiłam w tył zwrot, gotowa do starcia, zobaczyłam maleńką osóbkę w grubych szkłach, z lśniącą łysą głową, uschniętym ramieniem i z dziwnym garbem na plecach. Miała ona na twarzy najbardziej uroczy i szczery uśmiech, jaki zobaczyłam w ciągu sześciu lat pracy.

I wtedy właśnie poczułam, że to moja karma. Tyle że już wcześniej ją znałam. Po prostu czasami o niej zapominałam. Dałam mu więc dodatkową serwetkę, o którą prosił, a także poduszkę, koc i paczkę ciasteczek, jak również dodatkowe słuchawki, których prawdopodobnie nie chciał. Nawet mruknęłam coś o sorbecie.

Potem zakończyłam obsługę, zaparkowałam wózek i popsułam drzwi łazienki, tak żeby Helga nie mogła wyjść.

*

Do domu z przystanku autobusowego doczołgałam się w stanie całkowitego wyczerpania, chwyciłam stos poczty i przeglądałam ją, jadąc windą na samą górę. A kiedy otworzyłam drzwi i rzuciłam torbę w korytarzu, zauważyłam, że ostatnia koperta jest od Atlas Airlines. I coś w zwykłym, a jednocześnie oficjalnym wyglądzie koperty przyprawiło mnie o ból żołądka. Ale tak jak przy zrywaniu bandaża z kolana, wiedziałam, że muszę działać szybko. Rozdarłam ją więc i rozłożyłam kartkę papieru, którą szybko przebiegłam wzrokiem.

Weszliśmy w fazę NOWYCH WYZWAŃ, które przyniosły w rezultacie ZMIANĘ KLIMATU BIZNESOWEGO, tak że nie mamy wyboru i musimy przedsięwziąć RADYKALNE PRZEMIANY SPÓŁKI, które niestety przyniosą w rezultacie TYMCZASOWE URLOPOWANIE DZIEWIĘCIU TYSIĘCY pracowników Atlasa, ble, ble, ble.

Na samym końcu znalazłam informację:
Informujemy, że zagrożone mogą być numery stażowe od 13 400 wzwyż.

Ja miałam numer 13 802.

— Hailey? Halo, halo, słyszysz mnie?
— Ach, cześć, Kat — powiedziałam, przecierając oczy i zezując na zegarek. Wstrząśnięta stwierdziłam, że jest już za piętnaście jedenasta.
— Chyba cię nie obudziłam?
— Hm, nie. Oczywiście, że nie — skłamałam. — Siedzę sobie i czytam gazetę. — Podniosłam rolety i wyjrzałam przez okno, ale apartament znajdował się tak wysoko, że z łóżka widziałam tylko, że niebo jest niebieskie.
— Jak dzieciaczki?

— Koty świetnie, ale na pewno za tobą tęsknią, zwłaszcza Conrad. A jak Grecja? Jesteś w Atenach?

— Grecja jest wspaniała, taka odprężająca. Byliśmy w Atenach do wczoraj, ale potem uznaliśmy, że pojedziemy do willi Janniego na Mykonos. Jest taka piękna, wszystko w bieli.

— Świetnie — powiedziałam, rozważając, czy powinnam wstać, czy nie, żeby coś zrobić ze swoim dniem, ale potem szybko uznałam, że nie, i ciasno owinęłam kołdrą stopy.

— A co u ciebie? Jak pisanie i latanie?

— Pisanie? No chyba jest na liście rezerwowej, bo donikąd nie zmierza. A latanie to... no cóż... Atlas właśnie mnie powiadomił, że mam spore szanse na zwolnienie. Chociaż nic nie obiecują — zamknęłam oczy i przygryzłam dolną wargę.

— Słucham? Dzwonię z komórki i niedokładnie cię słyszałam. Co powiedziałaś?

— Powiedziałam, że mnie zwalniają! — wrzasnęłam, nagle siedząc wyprostowana ze słuchawką przyciśniętą do ucha.

— Och, Hailey, to straszne.

— No co ty powiesz — już nie chciałam wyjaśniać, że jesteśmy z Atlasem ciągle na etapie podejmowania prób rozwiązania problemu. Że jeszcze nie zdecydowaliśmy, czy się rozstać czy nie.

— Przyjedź na Mykonos.

— Och, nie. Nie mogę. Muszę zostać i coś wymyślić. Znaleźć nową pracę, zacząć nową książkę, cokolwiek.

— Zgadzam się. Ale to wszystko będzie na ciebie czekać po powrocie. W tej chwili możesz więc przyjechać do Grecji, żebyśmy się z Jannim zajęli tobą przez kilka dni. Wykorzystaj po raz ostatni darmowe przeloty na coś wspaniałego.

— A co z twoimi kotami? — spytałam, chociaż już zdecydowałam, że jadę, i teraz chciałam tylko ustalić szczegóły.

— Zadzwoń do Claya. Na pewno się zgodzi.

— No dobra. Więc trzeba je karmić dwa razy dziennie, rano i wieczorem. A Jonathan Franzen dostaje szczyptę karmy. I mam na myśli dokładnie szczyptę, nie więcej. Jak dasz mu więcej, to go wykończysz — ostrzegłam.

— Hailey, na Boga. Skumałem, uwierz. — Clay pokręcił głową i napił się piwa. Wyszliśmy na wieczornego drinka do baru, który drogą negocjacji wytypowaliśmy jako położony w połowie drogi pomiędzy jego mieszkaniem a moim. A ponieważ wyjeżdżałam do Grecji nazajutrz, musiałam przygotować go do obowiązków.

— Aha, a jak już nakarmisz Jonathana, sprawdź, czy zamknąłeś drzwi do jego pokoju. Nie chcę, żeby koty się dowiedziały, że on tam jest.

— A o co chodzi? On jest tam dzikim lokatorem?

— Pasażerem na gapę — odparłam i sięgnęłam po wino. — Wiesz, powinniście z Peterem zostać na noc. Wziąć jeden z pustych pokoi i zamienić go na pokój wakacyjny, albo na miodowy miesiąc czy cokolwiek. Bo jesteście ciągle razem, tak?

— Od pięciu miesięcy — uśmiechnął się.

— Więc... robi się poważnie?

— Sama powiedz: pewnego dnia wróciłem z kolejnej upiornej podróży La Guardia — Lauderdale, a kiedy wszedłem do domu, Peter przygotował szampana, kwiaty, aromatyczne świeczki i kąpiel. Wszystko czekało na mnie.

— Rany — jęknęłam. Było mi miło ze względu na Claya, a jednocześnie trochę mnie zakłuło, że faceci hetero nie robią takich rzeczy. — Wiesz, takie traktowanie powinno być obowiązkowe po trasie do Lauderdale. W zasadzie Atlas powinien zapewnić ekipę masażystów i specjalistów od leczenie stresu pourazowego w chwili, gdy się zbliżamy do bramki.

Clay wybuchnął śmiechem i znowu się napił, ale ja nie żartowałam. Niektóre trasy zyskały sobie określoną reputację, ale lot z La Guardii do Fort Lauderdale był zdecydowanie najgorszy. I nie chodziło tylko o Atlasa. O, nie. Rozmawiałam z mnóstwem ekip z innych linii i zawsze zasadniczo wychodziło to samo.

Inne mundury, inne logo, to samo gówno.

Zaczynało się od boardingu. Co druga osoba latająca na tej linii ponoć potrzebowała wózka inwalidzkiego — bo wózki wsiadają pierwsze. A kiedy do bramki stoi pięćdziesiąt wózków, lepiej zacząć boarding wcześniej, jeśli chcecie mieć jakąkolwiek szansę odlecieć o czasie.

Po opróżnieniu wszystkich wózków, odprowadzeniu ich z powrotem rękawem, kiedy już wszyscy mniej więcej pogodzą się z faktem, że narzekanie choćby najgłośniejsze nie zaowocuje darmowym awansem do pierwszej klasy, można przystąpić do boardingu pozostałych pasażerów.

I wtedy zaczynały dzwonić przywoływacze. Bo właśnie teraz, kiedy korytarze były zatarasowane stu pięćdziesięcioma sześcioma osobami, które próbowały znaleźć swoje fotele i miejsce na nieregulaminowo duży bagaż, ci już usadzeni uznawali, że to doskonały moment na oddanie się łykaniu swoich tabletek i mikstur, i w takim razie potrzebowali wody. Natychmiast.

Kiedy już personel pokładowy przedarł się pod prąd ciał prących korytarzem, kiedy już został wciśnięty w oparcia i obity torbami, kiedy już jakimś cudem nie wywalił całej tacy wody, zanim dotarł do celu, przedstartowa obsługa wodna dobiegała końca i kabinę ogarniał krótki moment relatywnego spokoju, zanim nadszedł czas prezentacji filmu instruktażowego.

Ale kiedy tylko personel pokładowy siadał przypięty pasami na swoich składanych krzesełkach i samolot rozpoczynał jedną z najbardziej niebezpiecznych faz lotu, rozpędzanie się na pasie startowym i wzbijanie w powietrze, lampki znowu się odzywały, jako że pasażerowie ruszali z litanią narzekań na wszystko, od temperatury w kabinie poprzez sposób prowadzenia samolotu, brak miejsca na nogi, jak również apelowali o pojawienie się personelu latającego i narzekali na siebie nawzajem.

Po osiągnięciu dogodnej wysokości przelotowej personel pokładowy przetacza wózki wąskimi korytarzami, sygnalizując, że jest to dla pasażerów świetna sposobność do:

A. Wykonania kilku ćwiczeń jogi na ich trasie.
B. Upewnienia się, że wszystkie torby, walizki, torebki i nieistotne części ciała spoczywają sobie na ich drodze, tak żeby nie można było się obok nich przemieścić.
C. Powolnego spaceru po kabinie, zaglądania do kuchni i sprawdzania łazienek, depcząc po piętach personelowi pokładowemu pracującemu przy wózkach.

Po przemieszczeniu wózków w tę i we w tę, raz za razem, tak żeby pasażerowie mogli dostać się do swoich foteli lub się z nich wydostać, z rozmaitych, niezmiennie ważnych powodów, kiedy już każda, dosłownie każda osoba na pokładzie ponarzekała na jedzenie (lub brak tegoż), kiedy już poproszono o absolutnie każdy łyk wody, kawy bezkofeinowej, piwa imbirowego i soku pomidorowego, nadchodził czas, by zasztauować wózek i rozpocząć zbieranie śmieci.

Uzbrojeni w wózek na śmieci członkowie personelu pokładowego kierowali się z powrotem korytarzem, gdzie szturchano ich w tyłek brudnymi palcami, nieopróżnionymi kubkami z kawą, zużytymi pieluchami, lepkimi puszkami po soku pomidorowym, długopisami, broszurowymi wydaniami książek, pudełkami na CD, mieszadełkami do kawy, butami, dziecięcymi butelkami, szczotkami do włosów, termosami, a raz nawet małym brązowym jamnikiem, ponieważ każdy zakładał, że właśnie on jest ignorowany, podczas gdy w rzeczywistości personel próbował zbierać przedmioty w kolejności zgłaszania.

Po zakończeniu zbierania śmieci wózek był parkowany i personel pokładowy powracał do korytarza, narażając się na pytania w rodzaju:

„Czy z moim bagażem wszystko w porządku?" — Nie jestem pewna, ale zaraz wrócę.

„Czy zdążę na następny lot?" — Nie wiem, ale zaraz wrócę.

„Poprzednim razem stewardesy bardziej mi się podobały, wszystkie miały taki uroczy południowy akcent. Dlaczego wy nie mówicie z uroczym południowym akcentem?". Będę musiała sprawdzić, ale zaraz wrócę.

Przy podejściu do lądowania, kiedy personel pokładowy musiał przejść przez kabinę i dokonać kontroli bezpieczeństwa nakazanej przez FAA, nagle większość pasażerów z ogromnym entuzjazmem zakasywała rękawy, by włączyć się w pokazywanie każdego naruszenia, prawdziwego lub wyimaginowanego, w które mogli być zaangażowani ich sąsiedzi.

Kiedy samolot wreszcie docierał do bramki i drzwi się otwierały, wszyscy pasażerowie szybciutko wyskakiwali z foteli, by pogrążyć się w masowym pędzie ku wyjściu. Ale kiedy już nadchodziła ich kolej, by opuścić samolot i wejść do rękawa, każdy przystawał, uśmiechał się i mówił „dziękuję" do PILOTÓW za tak wspaniały lot.

Kiedy już wysiadła ostatnia osoba, personel pokładowy pędził jak szalony do terminalu, by odprowadzić pięćdziesiąt niepotrzebnych, nieodebranych, pustych wózków inwalidzkich — bo wózki wysiadają ostatnie — i podjąć próbę zakupu i spożycia obiadu w Starbucksie w czasie niespełna ośmiu minut.

A potem ogłaszało się boarding i wózki szybko odbierano, i w ten sposób całe przedstawienie zaczynało się od nowa.

Mówiliśmy na ten rejs „Lot Cudów", ponieważ natychmiast po wylądowaniu wszyscy znowu zaczynali chodzić. I zawsze tak było. I nigdy się nie zmieniało. I teraz wręcz przygnębiała mnie możliwość, że zostanę wylana z jednego z najdłużej granych przedstawień.

— A na jak długo jedziesz? — spytał Clay, budząc mnie ze snu.

— Nie wiem — wzruszyłam ramionami. — Mam dziesięć dni wolnego, ale pewnie zostanę krócej. Trochę zaczynam panikować z powodu zwolnień. No bo wiesz, zastanawiałeś się w ogóle, co zrobisz, jeśli to się stanie? — chwyciłam garść mieszanki studenckiej i spojrzałam na przyjaciela.

— Tak, myślałem, żeby wrócić do szkoły i skończyć magisterkę. Peter powiedział, że pomoże mi finansowo. — Wzruszył ramionami. — A ty myślałaś kiedyś, żeby wrócić do szkoły?

— Teraz myślę. Chociaż ja to musiałabym skończyć licencjat. — Pokręciłam głową i upiłam łyk wina. — Żyjemy pod kloszem, wiesz? Zawsze myślałam, że ta praca jest taka świetna, i naprawdę wierzyłam, że niska płaca jest tego warta, ze względu na wszystkie atrakcje. Ale teraz, po sześciu latach, co mam z tego? Paszport pełen stempli, kolekcję plastikowych kart z najtańszych hoteli w Stanach, kilka zabawnych opowiastek i tyle.

— O czym ty mówisz? — spytał, posyłając mi stroskane spojrzenie.

— Mówię, że jestem dokładnie w punkcie wyjścia sprzed sześciu lat. Samotna i nie mam pojęcia, co będzie dalej. Wiesz, po tym wszystkim, co się stało z Michaelem, próbowałam sobie wmówić, że to początek ekscytującego nowego życia, druga szansa, zupełnie nowy początek. A teraz zdaję sobie sprawę, że utknęłam. I nie posunęłam się do przodu ani o milimetr.

— Nie mów tak.

— To prawda. A teraz jeszcze Atlas powie ostatnie słowo i znajdę się na ulicy.

— Znajdziesz się na alei. Piątej Alei.

— Wiesz, o czym mówię.

— No a co z twoją książką? Co się dzieje w tej sprawie? — spytał, gestem przywołując barmana.

Wzruszyłam tylko ramionami. Miałam ostry zespół użalania się nad sobą, co oznaczało, że nie za bardzo chce mi się rozmawiać o możliwościach.

— Bo wiesz, mógłabyś zadzwonić do tamtego kolesia, Harrisona Cośtam. Albo mogłabyś ją poprawić zgodnie z sugestiami tej redaktorki.

— Ale nie chcę robić ani jednego, ani drugiego — odparłam, upijając wina.

— Czasem człowiek nie ma wyboru.

— Co masz na myśli?

— Tylko ty możesz zdecydować, jak bardzo jesteś zdesperowana. Tylko ty wiesz, jak bardzo tego naprawdę chcesz, i jak daleko się posuniesz, żeby to zdobyć.

— Namawiasz mnie, żebym się zaprzedała? — spytałam, wpatrując się uważnie w jego twarz, ciekawa, do czego on zmierza.

— Namawiam cię, żebyś rozpoznała swoje możliwości i zachowała otwarty umysł. — Ze wzruszeniem ramion rzucił dwudziestkę na bar.

26

Powinnam być szczęśliwa. Udawałam się do Grecji, odwiedzić wyspę, którą widziałam tylko w ilustrowanych czasopismach turystycznych. Będę mieszkać w luksusowej willi z dobrą przyjaciółką i jej nowym chłopakiem, którego bardzo chcę poznać. Kiedy jednak szłam Madison Avenue, wpatrując się w witryny z ubraniami, o których wiedziałam, że nigdy nie będzie mnie na nie stać, zaczęłam czuć panikę, do której nie przyznałam się do końca Clayowi.

Ostatnio czytałam jakieś okropne statystyki, z których wynikało, że 75 procent kobiet wychodzi za mąż, zanim skończy dwadzieścia siedem lat. Więc można sobie wyobrazić statystykę dla tego tłumu powyżej dwudziestego ósmego roku życia. I nie w tym rzecz, że koniecznie chciałam wyjść za mąż czy nawet mieć dzieci, jeśli o to chodzi. (Psy owszem, ale żeby dzieci?). Ale coś w tych liczbach sprawiło, że poczułam się taka samotna i odosobniona — jak ten jedyny gatunek zostawiony na brzegu, kiedy wszystkie pozostałe zwierzęta na arce odmówiły utworzenia z nim pary.

No bo jakim cudem tyle kobiet potrafi określić tak wcześnie, z kim chce spędzić resztę życia?

To prawda, że większość moich przyjaciółek jest zamężna i że większość z nich wydaje się szczęśliwa. I chociaż ich mężowie byli mili, nie mieli rażących zaburzeń osobowości ani fatalnych wad charakteru, musiałam przyznać, że nic w nich nie uderzyło mnie jako do tego stopnia niezwykłe. I chociaż jeszcze całkiem niedawno sama byłam aż nadto chętna, żeby się ustatkować, teraz kiedy o mały włos uniknęłam przeciętnego związku, mimowolnie się zastanawiałam, czy zwyczajne bycie miłym naprawdę wystarcza.

No żeby aż po grób?

Czułam się jak na jakimś szalonym nieskończonym padlinożernym polowaniu, jakbym była jedyną osobą wciąż szukającą tej ostatniej, nieosiągalnej rzeczy, podczas gdy wszyscy inni, zadowoleni ze swoich znalezisk, zapakowali je i szybko poszli do domu. I jeśli ostatecznie znajdę skarb, to oczywiście zwyciężę. Ale jeśli ten skarb w ogóle nie istnieje? Jeśli zjawisko ekscytującego, przejmującego związku jest kolejnym mitem społecznym? A jeśli ja ostatnia miałam to rozgryźć?

Co się wtedy ze mną stanie?

Przeszedłszy przez park, przecięłam ulicę i skierowałam się do swojego budynku. I chociaż miałam dużo spraw do załatwienia i torby do pakowania, jeszcze nie byłam gotowa wejść do środka. Oparłam się więc o ścianę i patrzyłam na przechodniów.

Uwielbiałam tu mieszkać, w tym niebezpiecznym, irytującym, brudnym, wspaniałym mieście. Uwielbiałam, że na powierzchni było prymitywne i drażniące, póki się nie przyjrzałeś z bliska i nie zauważyłeś, że koleś w kawiarni się do niego uśmiecha, albo że taksówkarz czeka, aż wejdziesz bezpiecznie do budynku. Ale jeśli stracę pracę dla Atlasa, to nie wiem, czy będę mogła tu zostać. Bo nie byłam pewna, czy w mieście pełnym nadmiernie wykształconych, za wysoko wykwalifikowanych młodych zawodowców jest miejsce dla mnie.

— Hailey?

Podniosłam wzrok. Dane trzymał długą, brązową skórzaną smycz z pięknym czekoladowym labradorem na końcu, a obok niego szła Cadence i jakaś blondynka, której nigdy wcześniej nie widziałam.

— Cześć — powiedziałam, poklepując delikatną brązową sierść psa i pozwalając mu obwąchać moją twarz i oblizać dłonie.

— To Jake — uśmiechnął się. — Cadence oczywiście już znasz, a to jej przyjaciółka, Evie.

Podniosłam głowę i uśmiechnęłam się do jak zawsze olśniewającej Cadence i jej niemal równie cudownej przyjaciółki. Potem ponownie skupiłam się na psie, przysunęłam twarz do jego pyska i podrapałam go za uszami.

— Och, ależ ci zazdroszczę. Uwielbiam psy, a ten jest doskonały — powiedziałam, zerkając na Dane'a i zauważając, że Cadence przygląda mi się odrobinę zbyt uważnie.

— Przypomnij mi, jak wyście się poznali — poprosiła, wciąż na mnie patrząc.

— Długa historia — wzruszyłam ramionami, nie będąc w nastroju do podsumowań. Poza tym myśmy z Dane'em nie byli przyjaciółmi. W zasadzie ledwie go znosiłam. Moim zdaniem jedyną jego zaletą był ten cudowny pies.

— Spóźniłem się na lot i wyrzuciłem Hailey z jej miejsca. A ona tak pospiesznie się przesiadała, że zostawiła rękopis — powiedział Dane, uśmiechając się radośnie. Zaczęłam się zastanawiać, czy on kiedykolwiek przestanie się pojawiać, tak żeby się nade mną znęcać, czy też ja muszę nauczyć się go znosić, jako że najwyraźniej taki los był mi pisany.

— Jesteś pisarką? — spytała Cadence, a jej oczy otwierały się coraz szerzej, Evie zaś uznała, że teraz jej kolej obejrzeć się na mnie.

Czy byłam pisarką? Hm, nie w oczach Martiny z Chance Publishing i na pewno nie w porównaniu z nią.

— Nie, to było tylko... Nie zajmuję się tym na poważnie. W zasadzie piszę dla siebie — powiedziałam, w duchu wywracając oczami na swoje słowa. Nie było mowy, żebym dalej prowadziła tę dyskusję.

Ona jednak stała bez ruchu w swoim dizajnerskim swetrze, wpatrując się we mnie. A potem śliczna, zmierzwiona kosztem sześciuset dolców blondynka Evie zerknęła na swój wysadzany diamentami zegarek TAG Heuer i powiedziała:

— Hm, jeśli chcemy zdążyć, musimy iść.

Patrzyłam, jak Cadence żegna się z Dane'em uściskiem, zerkając na mnie nad jego ramieniem. A kiedy odeszły, on odwrócił się do mnie i powiedział:

— Mógłbym do ciebie dołączyć?

Po czym oparł się o ścianę, a Jake położył się u moich stóp, kładąc mi łeb na bucie.

— Popatrz no tylko — Dane pokręcił głową — i to ma być wierność. Od lat o niego dbam. Ale myślisz, że go to obchodzi? Na widok pierwszej ślicznej dziewczyny zapomina o moim istnieniu.

Zadrżałam i wbiłam wzrok w ziemię, myśląc sobie, jakie to obleśne, że zaczął ze mną flirtować w chwili, gdy jego dziewczyna odeszła.

— Masz jakiegoś zwierzaka? — spytał.

— Cóż, w tej chwili niańczę trzy zamożne koty, ale mam też złotą rybkę. Znasz takie z czarne z wyłupiastymi oczami? Wybawiłam go od wygodnego życia w SoHo Grand, ale nie mam pojęcia dlaczego. Jest arogancki, wyniosły i uparcie mnie ignoruje. Ma szczęście, że jeszcze go nie spuściłam w klozecie. — Pochyliłam się, by popieścić łeb Jake'a.

— Jak się nazywa? — spytał Dane z uśmiechem.

— Jonathan Franzen.

— Jake ma imię po bohaterze *Chinatown* — dorzucił.

— Jake Gittes? Och, uwielbiam ten film — powiedziałam zdziwiona, że ma taki dobry gust do filmów.

— I jak, zdobyłaś bukiet? — spytał.

Spojrzałam na niego gniewnie. Dziwne pytanie, zważywszy moje rozmyślania w chwili, gdy się pojawił.

— Pamiętasz, kiedy się widzieliśmy ostatnio? Bal Druhen? Poliestrowa suknia? Koronkowe buty?

— Ach, tak. A swoją drogą to była tafta, nie poliester — poprawiłam go. — Ale nie. Nie uwierzysz, ale kilka osób miało jeszcze brzydsze sukienki niż ja.

— Niemożliwe.

— A jednak. Moja zdecydowanie należała do lepszych. Nie zapominaj, że miałam za przeciwniczki sukienki z lat osiemdziesiątych.

— Ach, rzeczywiście, poduszki na ramionach. — Kiwnął głową.

Spojrzałam na niego, podnosząc brwi.

— Moja mama i siostry były uzależnione od *Dynastii* — wyjaśnił.

Uśmiechnęłam się i skierowałam uwagę na Jake'a, kreśląc łagodne, leniwe kółka na jego łbie.

— Słuchaj, wiem, że to tak w ostatniej chwili, ale jesteś może wolna w ten weekend? — spytał. — Jest takie przyjęcie, które może by cię zainupaneresowało. Wiem, że powinienem zadzwonić wcześniej, ale sam się właśnie o nim dowiedziałem.

— Dzięki, ale nie mogę — odparłam. — Jutro lecę do Grecji.

Popatrzył tylko na mnie i pokręcił głową.

— Rany, nie znam nikogo, kto by miał takie egzotyczne wymówki.

— Jestem asystentką lotu — wzruszyłam ramionami.

— A więc to wyjazd służbowy? — spytał.

Pokręciłam głową, nie chcąc wyjaśniać, że po raz ostatni skorzystam ze swoich bonusów, zanim pewnie je stracę na zawsze.

— Wyjeżdżam na kilka dni. Odwiedzić przyjaciółkę.

— No a teraz?

— Co teraz?

— W tej chwili. Ciągle jesteś na Manhattanie, nie widzę żadnego bagażu, co powiesz? Chcesz zjeść ze mną obiad?

— Hm... — „Cholera, on czeka, aż odpowiesz, więc lepiej wymyśl coś szybko, bo nie ma mowy, żebyś z nim jadła jakieś obiady". — Teraz naprawdę muszę iść do domu i się spakować — powiedziałam w końcu.

— Może, ale i tak musisz jeść. Obiecuję, że wcześnie odstawię cię do domu. No chodź — uśmiechnął się.

— A co z Cadence? — spytałam. „No, co z tym zrobisz?"

— Ona podpisuje książkę w Bordersie — wzruszył ramionami, a wyglądał przy tym na mocno zdumionego.

Patrzyłam na niego, on patrzył na mnie. No cóż, byłam głodna. A lodówkę miałam pustą. I już naprawdę miałam dość żarcia na wynos.

— Dobra — powiedziałam. — Ale tylko pod warunkiem, że nie będziesz nic mówił o pisaniu.

— Twoje życzenie jest dla mnie rozkazem. — Uśmiechnął się, pociągając Jake'a za smycz. — A miałabyś coś przeciwko, żebym najpierw go odstawił?

Spojrzałam na psa i chociaż naprawdę nie chciałam zachodzić do jego mieszkania, czułam też ulgę, że nie zamierza go zostawiać na dworze, kiedy my będziemy jeść. Te uwiązane na ulicy psy zawsze wyglądają tak smutno i niespokojnie. Wzruszyłam więc tylko ramionami i poszłam za nimi do budynku, a potem zupełnie z przyzwyczajenia, w ogóle się nie zastanawiając, skierowałam się prosto do windy służbowej.

— Dokąd idziesz? — spytał Dane, i obaj się z Jakiem zatrzymali, posyłając mi pytające spojrzenie.

Stałam jak wmurowana, a moja twarz przybierała wszystkie możliwe odcienie czerwieni, kiedy wychodziło na jaw moje tajne życie służbowych wind i unikania Dane'a.

— No...

I już miałam przedstawić jakąś kiepską, wysoce niewiarygodną, wymyśloną wymówkę, kiedy Maurice, nasz konserwator, minął nas, mówiąc:

— Cześć, Hailey. Mogłabyś dzisiaj jeździć normalną windą? Ktoś się wprowadza i potrzebujemy dużo miejsca.

Popatrzyłam na Dane'a, on się do mnie uśmiechnął, i już nie powiedzieliśmy ani słowa w drodze na górę.

— No więc tu mieszka Jake. Ale mam dużo szczęścia, bo pozwala mi też tu przebywać — powiedział, otwierając drzwi i wpuszczając psa, żeby szaleńczym pędem pognał do kuchni, prosto do swojej miski z wodą.

Rozejrzałam się po przepięknie urządzonym mieszkaniu z zachwycającymi starymi dywanami i ciężkimi rustykalnymi meblami.

— Lubisz gotować? — spytałam, zauważając wiszące garnki, straszliwie długi stojak z przyprawami i coś, co wydawało się setkami książek kucharskich ustawionych na półce pod ścianą.

— Człowiek nie może żyć tylko na daniach na wynos. — Uśmiechnął się, idąc korytarzem, a Jake podążał tuż za nim. — Czuj się jak u siebie — zawołał. — Ja tylko zmienię koszulę i idziemy.

Przechadzałam się po mieszkaniu, zaglądając do ładnie urządzonych pomieszczeń wypełnionych interesującymi meblami, które były zupełnie do siebie niedopasowane, a jednocześnie wydawały się takie bez zarzutu. „Mogłabym tak mieszkać" — pomyślałam, na chwilę zapominając, że w tej chwili zajmuję znajdujący się kilka pięter wyżej luksusowy penthouse Kat. Ale chociaż mieszkaniu Dane'e brakowało metrażu mieszkania Kat, było luksusowe na swój sposób, jakieś takie surowe, ciepłe i egzotyczne.

Na samym końcu korytarza odkryłam olbrzymi kąt z wyściełaną kanapą, interesującym stolikiem do kawy, kilkoma lampami o marokańskich abażurach, wielkim płaskim telewizorem i dwiema biblioteczkami pod sufit, wypchanymi książkami, które wydawały się uporządkowane kategoriami. Stałam przed nimi, wpatrując się w liczną grupę książek politycznych, które pasowały do moich poglądów, sporo beletrystyki — niektóre pozycje czytałam, a niektóre udawałam, że czytam — kilka pozycji Davida Sedarisa, cały zbiór Nicka Hornby'ego, *Korekty*, egzemplarz z autografem, i właśnie tam, w samym środku tego wszystkiego wąska książka ze złotą okładką, napisana przez Cadence.

Zerknęłam na drzwi, upewniając się, że nikt się nie czai. Potem chwyciłam ją, otworzyłam i przejrzałam kilka pierwszych stron, szukając autografu, śladu szminki albo jakiegokolwiek osobistego śladu, cały czas wstrzymując oddech w nadziei, że Dane nie podkradnie się do mnie tak jak tamtego dnia w Barnes & Noble.

I wreszcie zobaczyłam. Dokładnie nad notą copyrightu, czarnym atramentem i wyszukanym, wariackim gryzmołem napisała:

Dane,
Dziękuję za wszystko. <u>Wszystko!</u> Bez Ciebie by mi się nie udało!

Cadence
Xxx

Stałam, trzymając tę książkę i gapiąc się na wyrazy, aż zaczęły się kołysać i zamazywać. No, może z pozoru wcale nie mieściły się w kategorii intymne. Ale po bliższym wejrzeniu były jak *Ostatnia wieczerza* da Vinci — pełne ukrytych znaczeń i aluzji.

Przede wszystkim te trzy iksy. Dobra, technicznie pewnie były za wszystkim, a nie przed, ale zdecydowanie się wyróżniały, więc w praktyce były przede wszystkim. Przecież wszyscy wiedzą, że dwa iksy znaczą buzi-buzi. Do diabła, nawet babcie je stawiały na kartkach urodzinowych. Ale trzy iksy? Nie za bardzo. Nie, trzy iksy zdecydowanie znaczyły coś więcej — jak kilka pocałunków, albo może nawet kilka potrójnych pocałunków. A gdyby to było za mało, to pozostawało: „Bez Ciebie by mi się nie udało!". Co to znaczyło? Czy on na przykład był dla niej jakąś taką muzą? I jeszcze to podkreślone

„wszystko". A to mogło oznaczać właśnie wszystko.

Stałam, wpatrując się w tę stronę, ręce mi drżały, czoło się pociło. Wiedziałam, że jestem kompletną idiotką, że zignorowałam instynkty i dałam się wplątać w zaproszenie na obiad od kolesia, który najwyraźniej jest jakimś odrażającym, nadętym podrywaczem.

— Hailey? — Usłyszałam jego wołanie, kiedy pazury Jake'a szurnęły o twarde drewno podłogi w pogoni za mną.

„Jasne, na psa spokojnie można się zdać, że da mu cynk o moich potajemnych działaniach. W końcu jak sobie zdobył tytuł najlepszego przyjaciela człowieka?"

— Przeglądałam właśnie twoją biblioteczkę. Zaraz przyjdę — powiedziałam, gorączkowo zatrzaskując książkę i usiłując wcisnąć z powrotem tam, skąd ją wzięłam. I patrzyłam przerażona, jak wysuwa mi się z rąk, spada na ziemię i głośno uderza u mych stóp.

— Gotowa? — spytał, z uśmiechem wychylając się przez próg, ubrany w granatowy sweter z dekoltem w szpic i śnieżnobiałą koszulę pod spodem.

„Książka jest na podłodze! Co zrobić z książką na podłodze?! Można ją tak zostawić, będzie wiedział, że węszyłaś! Pomyśli, że masz obsesję na punkcie tej cholernej książki! Pochyl się, podnieś ją i wsadź z powrotem na tę cholerną półkę!"

— Lubisz włoską kuchnię? — spytał. — Bo niedaleko stąd jest taka fajna knajpka.

„Książka, Hailey! Haloooo! Zrób coś!"

— Hm, jeśli o to chodzi... — powiedziałam, kopiąc książkę i zerkając, jak sunie aż pod kanapę. — Wiesz, naprawdę mam dużo do zrobienia do jutra. Chyba muszę lecieć.

— Och — patrzyłam, jak opadają mu ramiona.
— Jesteś pewna? Bo możemy coś szybciutko przekąsić.

— Nie, naprawdę powinnam iść — obeszłam kanapę.

— Dobra. No to może po twoim powrocie — mówił, kiedy ja szłam do drzwi.

I wtedy, pochylając się, by po raz ostatni pogłaskać Jake'a, podniosłam wzrok na Dane'a i swoim sztucznym, nadmiernie ożywionym, wyćwiczonym przez Atlasa: „Witamy na pokładzie" głosem, powiedziałam:

— Cóż, do zobaczenia!

I wyszłam. Dotarłam do windy, wiedząc doskonale, że już go nie zobaczę.

27

Zanim prom wpłynął do portu, miałam już za sobą ponad osiemnaście godzin podróży non stop. Ale że na pokładzie samolotu porządnie się zdrzemnęłam, a na statku odpoczęłam, nie czułam się najgorzej.

Chwyciłam torby i ruszyłam na nabrzeże, gdzie w tłumie oczekujących szukałam Kat i jej chłopaka, Janniego, którego bardzo chciałam poznać. Ale było tam tyle twarzy i taka wrzawa, że już miałam się poddać, kiedy ją zobaczyłam.

— Kat! — wrzasnęłam, spiesząc do przyjaciółki i usiłując zachować równowagę, kiedy statek zakołysał się na silnych wiatrach meltemi.

— Jak ci minął lot? — spytała. Uścisnęła mnie szybko i poprowadziła do starego białego dżipa, zaparkowanego nieopodal.

— Dobrze — powiedziałam, rzucając torby na tył i patrząc na nabrzeże miasteczka. Wydawało się senne i spokojne, na przekór szalonym, krętym uliczkom leżącym w głębi.

— Siedziałaś w klasie biznes?

— W życiu — odparłam, otwierając drzwi i wsiadając na miejsce pasażera. — Była przepełniona dopłaconymi, przeważnie młodymi parami

271

i ludźmi stojącymi nad grobem. Poza tym Atlas bardzo dba, żebym nie miała zbyt wygórowanych oczekiwań — zaśmiałam się. — No to mi powiedz, gdzie ten Janni, bo już nie mogę się doczekać.

Kat wyjechała na brukowaną ulicę bez linii, bez znaków stopu i bez świateł ulicznych.

— Janniego nie ma, pojechał nurkować po ośmiornice, więc poznasz go później. Pomyślałam, że pojedziemy do willi odpocząć — powiedziała.

— Nurkować po ośmiornice? To jakieś wasze nowe hobby? — Zerknęłam na nią, zauważając, jak pięknie wygląda z opaloną skórą, wypłowiałymi od słońca włosami, ubrana cała na biało, i w pięknych lazurowych kolczykach, równie niebieskich jak jej oczy. — Wyspiarskie życie ci służy — powiedziałam, gorączkowo chwytając się boków siedzenia, bo ona nagle, bez ostrzeżenia, wrzuciła wsteczny i cofnęła wąską, stromą uliczką, żeby zrobić miejsce dla przejeżdżającego samochodu. — I zadziwiająco sobie radzisz z tymi drogami. — Miałam nadzieję, że w moim głosie nie słychać strachu, który poczułam.

Ale ona tylko się roześmiała.

— To jak w życiu, Hailey. Czasami musisz wrzucić wsteczny, żeby znowu ruszyć do przodu — powiedziała, wrzucając jedynkę i ruszając w dalszą drogę.

Jechałyśmy jakiś czas, powoli wspinając się długą, wąską drogą, aż wreszcie dotarłyśmy na szczyt.

— O mój Boże! To tu? — spytałam, spod zmrużonych powiek patrząc na okazałą białą willę zbudowaną w tradycyjnym wyspiarskim stylu, z płaskim dachem, gładkimi ścianami i jasnoniebiesko pomalowanymi okiennicami i drzwiami. Wapienne ścieżki prowadziły do wejścia, a wszędzie kwitły niezliczone pelargonie i bugenwille.

— Obejrzyj się i zobacz widok — powiedziała.

Wysiadłam z dżipa i wpatrzyłam się w szeroki pas głębokiego niebieskiego Morza Egejskiego, w barwne kawiarenki na nabrzeżu miasteczka, port, do którego dopiero co zawinęłam, i obfitość białych domków zdobiących pejzaż.

— Jak pocztówka — powiedziałam, niechętnie się odwracając. — Musi ci się tu strasznie podobać.

Uśmiechnęła się.

— Wejdź do środka, pokażę ci twój pokój.

Ciągnąc torbę po dziewiczo białej marmurowej podłodze, miałam nadzieję, że nie zostawiam szlaku rys, kiedy podążałam za Kat przez salon, obszerniejszy niż większość apartamentów na Manhattanie.

— Mam nadzieję, że ci się spodoba — otworzyła drzwi do wielkiego, okazałego pokoju urządzonego w różnych odcieniach bieli.

— Jest doskonały — powiedziałam, opierając swoją niechlujną czarną torbę o gładką białą ścianę, a potem kierując się do okna wychodzącego na ten sam zachwycający widok, który widziałam z podjazdu. — Ale ostrzegam cię, że mogę nigdy nie wyjechać.

Kat się uśmiechnęła.

— Tam jest łazienka — wskazała drzwi w rogu. — I możesz się zdrzemnąć, jeśli chcesz, bo na dzisiaj nic nie zaplanowałam. Myślałam, że po tak długiej podróży będziesz zmęczona.

— Cóż, prysznic wezmę chętnie — przyznałam.

— Zawołaj, jak będziesz czegoś potrzebować — rzuciła, zamykając za sobą drzwi.

Po przebudzeniu widziałam samą biel — białe ściany, białą podłogę, białe dywaniki flokati, białą pościel, i przejrzystą białą moskitierę trzepoczącą dokoła. „Albo jestem w niebie, albo w Grecji" — pomyślałam, rozciągając ramiona nad głową i zerkając na zegarek na lśniącym białym stoliku nocnym. „Chwileczkę, w Nowym Jorku jest po pierwszej, plus siedem godzin... o Boże, spałam do ósmej?"

Wyskoczyłam z łóżka i pobiegłam do łazienki, pospiesznie wycierając twarz myjką, a jednocześnie szorując zęby. Potem otworzyłam torbę i włożyłam pierwsze, co mi się nawinęło pod rękę — białe płócienne spodnie na sznurek, obcisłą czarną koszulkę na ramiączkach i złote sandały na płaskiej podeszwie. Potem przeczesałam palcami włosy i wypadłam na korytarz. Miałam nadzieję, że nie opóźniłam obiadu.

Kiedy jednak wyszłam na patio, znalazłam Kat i bardzo przystojnego Greka, wyciągniętych wygodnie i raczących się jakimś mętnym napitkiem.

— Przepraszam, zaspałam — powiedziałam, czując się jak najgorszy gość na świecie.

Ale Grek tylko się roześmiał i wskazał mi siedzenie.

— Jadamy o wiele później, niż jesteś przyzwyczajona, więc przybyłaś w sam raz na cocktail. Jestem Janni — z uśmiechem wyciągnął wielką, silną dłoń i uraczył mnie takim wiotkim, słabym uściskiem, którym pewni mężczyźni witają się z kobietami, bo są kobietami. — Czego się napijesz?

— A co macie? — zerknęłam na ich szklanki.

— Ouzo — odparła Kat. — Z lodem i odrobiną wody.

— Och, no nie wiem. Piłam to kiedyś w barze na Place, w trakcie postoju w Atenach, i wciąż pamiętam ból głowy następnego dnia.

— Mam też retsinę, to takie wino z dodatkiem żywicy — zaproponował Janni.

Zawahałam się, bo prawdę mówiąc, tego też nie chciałam. Ale też czułam odrazę do Amerykanów, którzy jeździli po świecie i pili tylko budweisera i colę.

— Zacznę od ouzo — powiedziałam, mając nadzieję, że mają pod ręką mnóstwo aspiryny na później.

— A więc po raz pierwszy jesteś na Mykonos?

Kiwnęłam głową, nieśmiało popijając drinka, zdziwiona, że podoba mi się chłodny, lukrecjowy jakby smak.

— Miałam kilka postojów w Atenach, ale nigdy nie byłam na wyspach.

— No to masz szczęście. Bo chociaż Mykonos jest jedną z mniejszych wysepek, to zdecydowanie jest najpiękniejsze.

Patrzyłam, jak się uśmiecha i sięga po rękę Kat. Z falistymi, przetykanymi srebrem włosami, opaloną skórą i pięknymi ciemnymi oczami był niezaprzeczalnie przystojny, a jednocześnie całkowicie wolny od próżności czy wazeliniarstwa. W znoszonych levisach i na bosaka, mógł łatwo uchodzić za zwyczajnego miejscowego, a nie za potentata nieruchomości o politycznych koneksjach, którym wszak był.

— Za twój pobyt w Mykonos. Oby przysporzył ci przyjaciół i mnóstwo przygód! — powiedział, uśmiechając się szeroko i podnosząc szklankę w toaście. — *Stin iyia sas!*

Spojrzałam na Kat, żeby mi przetłumaczyła.

— Twoje zdrowie! — stuknęła swoją szklanką o moją.

*

Do dziesiątej przybyli wszyscy goście, więc weszliśmy do środka na kolację. Podążając za grupą, którą właśnie poznałam, zdałam sobie sprawę, że już nie pamiętam ich imion.

— Hailey, może usiądziesz między Adonisem a Eleni — podsunęła Kat, sama kierując się do kuchni.

Gapiłam się na ogromny stół jadalny, wiedząc, że jestem lekko zamroczona przez coś więcej niż jet lag, ouzo i pusty żołądek. Zawsze byłam kiepska w zapamiętywaniu imion. „Który to Adonis i która to, do cholery, Eleni?" — zastanawiałam się. — „W ogóle poznałam jakąś Eleni?"

— Pst! Mówiła o mnie. Ja jestem Adonis.

Podniosłam wzrok i zobaczyłam cudownego faceta, który machał do mnie ze środkowego siedzenia.

— To gdzie jest Eleni? — szepnęłam, zajmując miejsce obok.

— Która? Są trzy.

— Aha. Cóż, ja jestem Hailey — powiedziałam, uśmiechając się nerwowo i zastanawiając się, czy już się poznaliśmy pomiędzy kolejnymi ouzo.

— Wiem. To z twojego powodu tu jestem.

— Słucham? — Wbiłam w niego wzrok. Jechałam tak daleko, żeby Kat mogła mnie umówić na randkę?

— Spokojnie — zaśmiał się, upijając wina. — Z twojego powodu wszyscy tu jesteśmy.

Kiwnęłam tylko głową, czując się jeszcze bardziej niezręcznie i głupio.

— Więc jak ci się podoba nasza wyspa?

— Z tego, co widziałam, jest piękna — odparłam, dostrzegając, że puszysta ruda głowa (Atena? Anastazja? Afrodyta?) — zajmuje miejsce obok mnie.

— A byłaś już w miasteczku? — spytał Adonis.

— Nie, ale postanowiłam zajrzeć tam jutro — powiedziałam, zauważając, że jego angielski jest dość oficjalny, z lekkim brytyjskim akcentem.

— Gdzie się tak nauczyłeś mówić po angielsku?

— CNN, MTV, *Gotowe na wszystko* — wzruszył ramionami. — Większość z nas tak się uczy. Wasza kultura jest do nas eksportowana i ciągle nam jej za mało.

— Żartujesz — powiedziałam, patrząc, jak jego zielone oczy kontrastują tak mile z gęstymi, długimi rzęsami i gładką ciemną skórą.

— I jeszcze studiowałem w Londynie — dodał, w uśmiechu odsłaniając białe zęby i piękne pełne wargi, a także dołeczki w policzkach.

Ten widok był tak oszałamiający, że uniosłam szklankę i dopiłam swojego drinka nerwowym haustem. I natychmiast tego pożałowałam.

— Jezu, jakie to mocne — powiedziałam, skręcając się, kiedy ouzo wypalało mi gardło.

Adonis tylko się uśmiechnął.

— Trzeba się do niego przyzwyczaić. Ale jeśli zostaniesz dostatecznie długo, pokochasz je.

I właśnie kiedy się zastanawiałam, jak odpowiedzieć, Janni i Kat wnieśli niezliczone talerze jedzenia, a wszyscy zaklaskali i krzyknęli: *„Kali oreksi!"*. Co pewnie po grecku znaczy *„Bon appétit"*.

Przyglądałam się wszystkim kopiastym półmiskom wypełnionym rzeczami tak obcymi, że nie umiałam ich zidentyfikować, nawet gdybym musiała, kiedy Adonis spytał:

— Potrzebujesz tłumacza?

— Chyba tak — odparłam, wpatrując się w stos fioletowych macek, czyli najpewniej w świeżo złapaną ośmiornicę, po którą Janni wcześniej się wyprawił.

— Zaczynasz od *ktapodi salata*, czyli sałatka z ośmiornicy. I nie kręć tak nosem, bo bardzo trudno ją złapać, ale Janniemu zawsze jakoś się udaje przywieźć do domu same najlepsze. Uwierz mi, są boskie.

Spojrzałam na niego i kiwnęłam głową.

— Dobra, a to jest *pasticcio*, czyli zapiekanka z mięsem i makaronem — mówił, już nakładając mi ją na talerz. — A to *kalasounna*, zapiekanka serowo-cebulowa. — Przytrzymał mi półmisek, a ja patrzyłam, jak nakłada mi sporą porcję.

— Chyba powinieneś zwolnić. No wiesz, zostawić trochę dla innych — zasugerowałam.

— Nic się nie martw, nam nigdy nie brakuje jedzenia. — Z uśmiechem sięgnął po kolejny półmisek.

Nie żartował. Zanim skończył, mój talerz był wypełniony takimi specjałami jak *psari psito*, czyli ryba z rusztu z cytryną, oliwą i oregano; *arni riganato*, czyli jagnięcy gulasz z czosnkiem i cytryną, *tzatziki* i dolmadesy, które rozpoznałam ze swoich wcześniejszych wycieczek do ateńskich tawern, i jakieś miejscowe sery, które wyglądały zupełnie jak feta, ale smakowały całkiem inaczej. I wydawało się, że ilekroć któryś półmisek się opróżniał, natychmiast pojawiał się następny.

A chociaż wszystko było przepyszne, najbardziej mi smakowała, o dziwo, sałatka z ośmiornicy.

— To jest wspaniałe — powiedziałam Janniemu, wypełniając talerz drugą dokładką. — Taka delikatna. Wcześniej tylko raz próbowałam ośmiornicy i smakowała jak opona Michelina.

— Janni opracował ściśle tajną technikę — wyjawiła mi Kat.

— A są jakieś szanse, że ją wyjawisz? — spytałam, z widelcem zastygłym w powietrzu.

— Żadne! — odparł, z uśmiechem otwierając kolejną butelkę wina. — Chociaż nie wymaga ona wiszenia na linie w gorącym południowym słońcu. Jeśli zobaczysz, że ktoś stosuje tę straszliwą metodę, uciekaj bez wahania. Jak najdalej!

— Wygląda na to, że bardzo poważnie traktujesz swoje ośmiornice — powiedziałam, zajadając swoją porcję.

— *Ktapodi* to bardzo poważna sprawa — mrugnął okiem.

Jedzenie w ogóle wydawało się poważną sprawą, ponieważ kolację skończyliśmy dopiero, kiedy zostaliśmy wyprowadzeni z powrotem na patio, na *baklawę, melomakaronę* (miodowe ciasteczka nadziewane orzechami), i najlepszego świeżego arbuza, jakiego w życiu jadłam. Obejrzałam się na Kat i uśmiechnęłam. Jezu, ależ ona miała życie.

— A więc jakie masz plany?

Podniosłam wzrok na drobną kobietę z długimi czarnymi włosami, mocno umalowanymi oczami, cienkimi czerwonymi ustami i klasycznym greckim nosem, w sukience z golfem, która wydawała się bardziej stosowna na zebranie zarządu niż kolację. A ponieważ już się trochę oswoiłam z nazwiskami, wiedziałam, że ona najpewniej nazywa się Stavroula.

— W zasadzie nie mam żadnych — powiedziałam, wycierając z brody arbuzowy sok. — Chcę tylko odpocząć, pobyć z Kat i Jannim, pójść na plażę, zobaczyć wiatraki, zwiedzić miasto. — Wzruszyłam ramionami.

— Brzmi świetnie — włączył się Adonis, podchodząc z uśmiechem, i przysuwając się tak blisko, że wręcz poczułam, jak ciepło jego ciała wypełnia przestrzeń pomiędzy nami. — Daj mi znać, jeśli będziesz potrzebować przewodnika. — Wpatrywał się we mnie swoimi cudownymi zielonymi oczami.

— Adonis, na pewno Kat i Janni jej wystarczą — powiedziała Stavroula, patrząc to na mnie, to na niego ciemnymi oczami i śmiejąc się jakoś nie do końca szczerze.

Ale Adonis tylko wzruszył ramionami.

— Pamiętaj o tym. Gdyby oni nie dali rady, ja jestem dostępny — wciąż uśmiechał się do mnie, całkowicie ignorując ją.

Zerknęłam na Stavroulę siedzącą przede mną. Jej twarz pozostawała spokojna, podczas gdy oczy mnie lustrowały, każdy mój centymetr kwadratowy.

— Jak długo zostajesz? — spytała tonem wysokim i ostrym, chociaż jej angielski był doskonały.

— Tylko parę dni — odparłam, skręcając się pod jej niezłomnym spojrzeniem. Czułam się jak podejrzany bagaż, który próbuje się prześliznąć przez kontrolę.

— Zwiedzasz inne wyspy?

„Jezu, ona ciągle się gapi, jeszcze nie widziałam, żeby mrugnęła".

— Nie bądź śmieszna! — powiedział Adonis, kręcąc głową ze śmiechem. — Nie ma innych wysp.

Nerwowo spojrzałam na Stavroulę, zastanawiając się, czy rozchmurzy się na tyle, by skumać dowcip, ale ona tylko siedziała z zaciśniętymi mocno ustami, zerkając to na niego, to na mnie. Potem nagle, już bez słowa, wstała i odeszła.

„O co chodziło?" — zastanawiałam się, patrząc, jak dołącza do jednej z Eleni na samym końcu tarasu, gdzie obie odwróciły się, aby popatrzeć na mnie piorunującym wzrokiem, szepcząc coś do siebie i przypominając mi o wydarzeniach z ósmej klasy, kiedy niechcący umówiłam się z miłością najpopularniejszej dziewczyny w szkole. Drogo zapłaciłam za tę małą nieostrożność. Musiałam znosić przezywanie, krzywe spojrzenia, wredne liściki i głupie telefony, i zostałam nawet wyzwana na burdę łazienkową, w której można było ciągnąć za włosy, ale surowo było zakazane drapanie.

I do dzisiaj nie mogę słuchać *Wicked Game* bez dojmującego uczucia przerażenia.

Ale kiedy spojrzałam na Adonisa, on się uśmiechał, jakby wszystko było w porządku. I chociaż wydawał się naprawdę miły i był bezdyskusyjnie słodki, czasy kopania po piszczelach dla mnie nieodwołalnie się skończyły.

— Pójdę do środka pomóc Kat — powiedziałam, wstając z ławki i oddalając się od niego jak najszybciej.

28

Następnego dnia, po śniadaniu, na które zjadłam chrupiący chleb posmarowany domowym masłem i miodem i wypiłam dwie i pół filiżanki gęstej, mulistej greckiej kawy, Kat, Janni i ja wsiedliśmy do dżipa i ruszyliśmy na ich ulubioną plażę.

— To jedna z najbardziej odludnych, najspokojniejszych plaż na wyspie, bo można na nią dotrzeć tylko łodzią albo samochodem. Nie ma tam żadnych autokarów z turystami — mówił Janni, z uśmiechem poprawiając maskę do nurkowania i zbierając sprzęt, podczas gdy Kat i ja rozkładałyśmy ręczniki na czystym, beżowym piasku.

— Nurkujesz z nim czasami? — spytałam, patrząc, jak wyrusza na swoje codzienne polowanie na ośmiornice i wyjmując z torby kapelusz z szerokim rondem.

— Żartujesz sobie? — Kat wybuchnęła śmiechem. — Nie, to zdecydowanie jego działka. Odpręża się, polując na obiad. Ja się odprężam, leżąc na plaży.

Uśmiechnęłam się.

— Muszę ci powiedzieć, Kat, że jestem pod wrażeniem. Janni jest wspaniały, Mykonos jest piękne, willa prosto z „Architectural Digest", jedzenie niesamowite. Jest jakaś druga strona medalu?

— Cóż — powiedziała, upewniwszy się, że Janni nas nie usłyszy, chociaż już dawno zniknął. — Jego dzieci nie szaleją przesadnie na moim punkcie. Ale mają już własne rodziny, więc nie można powiedzieć, że często się z nimi spotykamy. I czasami różnice kulturowe mogą stanowić pewne wyzwanie, że tak to ujmę. Ale wiesz, zawsze coś się znajdzie, Hailey. Sztuka polega na tym, żeby zdecydować, czy zwrot jest większy niż inwestycja, czy wszystkie te drobne utrapienia są warte zachodu. A w tym wypadku zdecydowanie tak.

— Myślisz, że weźmiecie ślub? — spytałam, wspominając, jak straszliwie nie lubiłam, kiedy ludzie pytali mnie o to w kontekście Michaela.

Ale Kat tylko się roześmiała.

— Już byłam mężatką. Trzykrotnie! — pokręciła głową, patrząc na mnie. — I nie jestem do końca pewna, czy widzę w tym jeszcze sens. Poza tym jestem absolutnie szczęśliwa w obecnej sytuacji, więc po co ją zmieniać?

Nie miałam na to nic do powiedzenia. No bo nie tylko miała rację, ale na tym etapie życia nie czułam się kompetentna do udzielania rad. Popatrzyłam więc tylko na nią z uśmiechem. Potem położyłam się na swoim ręczniku, zamknęłam oczy i rozkoszowałam się słońcem.

Po długim popołudniu na plaży Kat i Janni wyczekiwali sjesty. Ale ponieważ na zwiedzanie wyspy zostało mi tylko kilka dni, nie mogłam sobie pozwolić na drzemkę.

— Na pewno nie chcesz, żebyśmy cię oprowadzili? — spytała Kat, podrzucając mnie do miasta. — Uliczki są zbudowane jak labirynt i potrafią bardzo zmylić. Sama całymi tygodniami uczyłam się okolicy. — Spojrzała na mnie z troską.

— Nic mi nie będzie — odparłam, wysiadając.
— A kiedy będę chciała wrócić, wezmę taksówkę.

— Ale masz nasz numer, na wypadek gdybyś się zgubiła, tak? — spytała, podczas gdy Janni uśmiechał się i kręcił głową za nią.

— Tak, mamusiu. A teraz odpocznij. — Pomachałam im na pożegnanie i ruszyłam w stronę nadbrzeżnych kawiarni, gdzie znalazłam miejsce nad samą wodą, zamówiłam frappé i oddałam się obserwowaniu ludzi.

Nie zajęło mi wiele czasu dojście do wniosku, że Mykonos jest wyspą kontrastów. Miejsce, gdzie weterani na osiołkach pozowali do zdjęć z międzynarodowymi celebrytami, gdzie mężczyźni w japonkach stykali się z tłumem „sześćdziesięciu pięciu osób i więcej" ze statków wycieczkowych. Patrzyłam, jak dwie turystki w stanikach od kostiumu i szortach kupują owoce od starej Greczynki odzianej od stóp do głów na czarno. Potem dopiłam kawę, zostawiłam kilka euro na stoliku i skierowałam się prosto na ulicę Matoyianni, która zdaniem mojej mapy była głównym traktem w labiryncie uliczek składających się na miasteczko.

Szłam uroczym, wąskim, wymytym do białości brukiem, kiedy w bocznej uliczce zauważyłam szyld modnego sklepu. A że nigdy się nie wzbraniam przed interesującą wystawą i otwartymi drzwiami, weszłam do środka. Kiedy zaś skończyłam tam, zaszłam do sklepu naprzeciwko. Potem do dwóch następnych i nagle okazało się, że zupełnie nie wiem, gdzie jestem i nie mam pojęcia, jak wrócić.

„No i dobrze. Kiedyś znajdę wyjście z tego labiryntu" — pomyślałam, błądząc po uliczkach zamkniętych dla ruchu kołowego, pomiędzy gładkimi białymi ścianami, za którymi się znajdowały maleńkie mieszkanka, modne bary, najmodniejsze butiki i zatrzęsienie sklepików z biżuterią, oferujących złote kopie wzorów ze starożytnej Grecji i Bizancjum. Zauważywszy wyjątkowo piękne kolczyki w kształcie kół, przystanęłam i wpatrzyłam się w wystawę, myśląc, że skoro są takie żółte, muszą być co najmniej z dwudziestodwukaratowego złota.

— Proszę do środka, musi je pani przymierzyć — powiedział starszy ciemnowłosy mężczyzna stojący w drzwiach z szerokim uśmiechem.

— Och nie, ja tylko oglądam — odparłam, nie odrywając oczu od kolczyków.

— No to niech pani obejrzy w środku. Proszę, pani wejdzie — gestem zapraszał mnie do sklepu.

I zanim się zorientowałam, patrzyłam w niewielkie podręczne lusterko, podziwiając piękne kunsztowne złote kolczyki zwisające mi z uszu. A kiedy wreszcie zdobyłam się na odwagę, żeby zapytać o cenę, wiedziałam, że one nigdy nie będą moje.

— Powinnaś je mieć — powiedział głos, który rozpoznałam z poprzedniego wieczoru. Odwróciłam się i zobaczyłam Adonisa.

— Ach, tak, ja je tylko przymierzałam. — Szybko zdjęłam kolczyki, zastanawiając się, jak on mnie znalazł.

— Ale doskonale do ciebie pasowały — nalegał.

— Tak, oczywiście — wzruszyłam ramionami, myśląc o swoim nieuchronnym zwolnieniu i wiedząc, że nie ma mowy, żebym wykosztowała się na kolczyki, które przypominały osobistą kolekcję Kleopatry.

— Jak było na plaży? — spytał, wychodząc za mną ze sklepiku.

— Świetnie — odparłam, kierując się w dół ulicy tak wąskiej, że musieliśmy iść gęsiego. Po chwili przystanęłam i oparłam się o gładką białą ścianę, przepuszczając starszą kobietę z koszykiem jajek.

— Skąd wiesz, że byłam na plaży?

— Wyspa jest mała — powiedział, patrząc mi w oczy. — Wszyscy tu o wszystkich wszystko wiedzą. — Uśmiechnął się.

Przyglądałam mu się chwilę, niepewna, czy on żartuje, czy mówi poważnie, i właśnie miałam ruszyć dalej, kiedy naszą drogę przebiegło stado wyliniałych kotów.

— Czy to nie jest zły znak? — spytałam, patrząc, jak przemykają pod bramą.

— Musiałyby być czarne — zaśmiał się. Potem dotknął mojego ramienia i spytał: — Moglibyśmy zjeść lunch?

Spojrzałam na niego, był taki uroczy, a ja w zasadzie byłam głodna, ale pokręciłam głową. Tyle jeszcze musiałam zobaczyć, a nie chciałam, żeby coś rozpraszało moją uwagę. Poza tym po prostu nie widziałam sensu. No bo wyjeżdżałam za trzy dni i już widziałam *Shirley Valentine*.

— Spieszę się do Paraportiani — powiedziałam. — Chcę ją zobaczyć, dopóki jest dobre światło.

— Mogę cię poprowadzić — zaproponował.

— Nie, dziękuję, mam mapę. — Podniosłam ją na dowód. I machnąwszy mu przez ramię, ruszyłam ulicą, która miała mnie zaprowadzić do słynnego kościoła. Miałam nadzieję, że mnie zaprowadzi.

Zrobiwszy dwadzieścia zdjęć Paraportiani, przeszłam dwie ciężkie próby swojej odporności na zakupy w starciu z dwoma nachalnymi handlarzami, wypiłam jedno ouzo i ledwie przeżyłam bardzo kłopotliwe i niezbyt urocze spotkanie z maskotką wyspy, pelikanem Petrosem, a w końcu znalazłam drogę do Małej Wenecji, rejonu na skraju miasteczka, gdzie obmywane falami budynki chylą się nad samą wodą.

— To podobno najlepsze miejsce do oglądania zachodu słońca — podsłuchałam parę turystów, a ponieważ nic więcej nie było mi trzeba, podążyłam za nimi do baru Caprice i na patio, gdzie znalazłam sobie miejsce.

Zamówiłam kieliszek wina i wyjęłam dziennik podróży, który od sześciu lat ciągałam za sobą po świecie. Chociaż szczerze mówiąc, była to bardziej lista miejsc i nazw niż rzeczywiste sprawozdanie z moich doświadczeń. I właśnie gdy zapisałam „Pelikany są miłe tylko z daleka", usłyszałam pytanie:

— Czy to krzesło jest wolne?

Podniosłam wzrok i zobaczyłam blondynkę w bluzeczce na ramiączkach i w szortach. Trzymała oparcie pustego krzesła.

— Ach, tak, może je pani wziąć — powiedziałam, patrząc, jak ciągnie je do zatłoczonego stolika, przy którym siedział Adonis.

„No ten to zdecydowanie nie marnuje czasu — pomyślałam, zerkając szybko na jego towarzyszkę, a potem z powrotem na niego. — To pewnie jeden z tych pajaców, przed którymi ostrzegała mnie Kat, co to całe lato uganiają się za turystkami. Jak ona ich nazwała? *Kamaki*?". Pokręciłam głową i skupiłam się na swoim dzienniku ucieszona, że nie dałam się nabrać na jego wyświechtane frazesy. Chciałam dopić wino i popatrzeć na zachód słońca, i najlepiej, gdyby mnie przy tym nie zauważył.

Wypełniłam kilka stron przemyśleniami i opisami, opróżniłam kieliszek, a słońce tymczasem przybrało postać bladopomarańczowego blasku na końcu morza. I wciąż świadoma dźwięku śmiechu i rozmów dopływających od stolika Adonisa, zebrałam swoje rzeczy i zdecydowana przemknąć niezauważenie za wszelką cenę, okrążyłam ich szerokim łukiem.

Błąkałam się w labiryncie uliczek zdumiona, jak miasteczko się zmieniło. Te same wąskie zaułki, które jeszcze niedawno wydawały się takie spokojnie i ciche, teraz były pełne modnych turystów, spieszących na nocny ubaw. I chociaż na pewno fajnie było zostać na mieście do późna, wiedziałam, że Kat naprawdę zacznie się martwić, jeśli nie wrócę niedługo. Przeszłam więc przez tłum ludzi, kierując się na nabrzeże i na koniec kolejki po taksówkę.

— Może podwieźć?

Podniosłam wzrok i zobaczyłam uśmiechniętego Adonisa.

Ale tylko pokręciłam głową, wzniosłam oczy do nieba i przesunęłam się odrobinę.

— Wiesz, my mamy na to specjalne określenie: nękanie. I nawet mamy na to paragraf — powiadomiłam go.

On się roześmiał i przysunął do mnie.

— A jak ci się podobało Paraportiani? — spytał.

— Jeszcze bardziej niż na widokówkach — odparłam, ledwie na niego patrząc. Nie ma mowy, żebym się nabrała na ten szajs *kamaki*. To żałosne, tak się czaić po mieście, polując na turystki.

— A jak ci się podobał bar Caprice? Oglądałaś zachód słońca?

Kiedy na niego spojrzałam, stwierdziłam, że patrzy na mnie ubawiony. I musiałam przyznać, że naprawdę mnie wkurzył.

— Zachód słońca był piękny. A jak twoja randka? Już skończona? — spytałam, uśmiechając się z wyższością i przesuwając się dalej w kolejce i bliżej do ucieczki.

Ale on się znowu roześmiał.

— Czy ja cię czymś obraziłem? — spytał.

— Nie — powiedziałam, patrząc prosto przed siebie. Przede mną zostały już tylko dwie osoby i miałam nadzieję, że są razem.

— No to pozwól, że postawię ci drinka.

Wywróciłam oczami i odwróciłam się do niego przodem.

— Adonis... — i już miałam powiedzieć „nie", kiedy dołączyli do nas jego przyjaciele z baru Caprice. Tylko że dziewczyna, którą uznałam za jego partnerkę, zdecydowanie teraz była z kimś innym.

— Idziemy do Dziewięciu Muz. Idziecie z nami? — Patrzyli na nas wyczekująco.

— Nie wiem. Idziemy? — spytał Adonis, kiedy podjechała pusta taksówka.

Wszędzie dokoła mnie były pełne bary i restauracje, muzyka ryczała, ludzie się śmiali, a ja bez makijażu i ciągle pokryta kremem do opalania, miałam zupełnie niestosowny strój. Ale kiedy spojrzałam na Adonisa, na jego opaloną skórę, zielone oczy, ciemne włosy, doskonałe usta i silny grecko-rzymski nos, pomyślałam: „A, do diabła. Czasami trzeba się zgodzić. Poza tym on już został w pełni zweryfikowany przez Janniego i Kat, to co może być złego?"

— Muszę zadzwonić do Kat — powiedziałam z uśmiechem i wyszłam z kolejki.

— A jak sądzisz, jak cię znalazłem? — spytał, chwytając mnie za rękę i dołączając do przyjaciół.

29

— Wychodzisz znowu z Adonisem? — spytała Kat, załadowując zmywarkę i zatrzymując się na tyle, by posłać mi spojrzenie, które mówiło, że nie mogę jej po prostu zbyć.

— Tak — zamknęłam lodówkę i oparłam się o jej drzwi.

Właśnie skończyliśmy niespieszną kolację na patio i to był jeden z pierwszych wieczorów, kiedy nie dołączył do nas Adonis. Chociaż miał przyjechać w każdej chwili, żeby mnie zabrać na kolejny wieczór w mieście. I prawdę mówiąc, nie mogłam się go doczekać. Byłam na Mykonos już od pięciu dni, czyli o dzień dłużej, niż planowałam, i nie wyobrażałam sobie wyjazdu.

No bo przy długich popołudniach na plaży, boskich lunchach, leniwych sjestach, koktajlach i przyjęciach kolacyjnych, które zamieniały się w noce na mieście, pomysł powrotu na Manhattan, gdzie mogłam wyglądać tylko stosu listów z odmową i powiadomienia o zwolnieniu, jakoś nie wydawał się kuszący.

I dopóki tkwiłam tutaj, nie musiałam do tego wracać. Bo Mykonos było jak skrajnie bezpieczny raj, zapewniało same słoneczne dni i wyluzowane nastawienie pełne miłości do życia, do którego szybko się przyzwyczaiłam. I wiedziałam, że dopóki starannie unikam CNN i USA Today, nie muszę wydostawać się z tej bańki.

Poza tym wszystko przygotowałam. Do końca miesiąca musiałam przepracować jeszcze tylko dwa loty. Wymyśliłam więc, że zadzwonię po prostu do Claya, poproszę, żeby je wystawił do zamiany i żeby karmił koty do mojego powrotu.

Wiedziałam jednak, że nie mogę zostać z Jannim i Kat; już i tak długo mnie znosili. I miałam już trop na tani pokój w miasteczku.

— Więc robi się poważnie? — spytała, zamykając zmywarkę i wycierając ręce w ręcznik.

Próbowałam beztrosko wzruszyć ramionami, ale poczułam, jak twarz mi się rumieni. Adonis był cudowny. Słodki, bystry i zabawny...

— Poznałaś jego rodzinę?

Spojrzałam na nią.

— Znamy się dopiero tydzień! Nawet mnie jeszcze nie próbował pocałować... — pokręciłam głową.

— Aha, a więc traktuje to poważnie — uśmiechnęła się. — Więc poznanie jego rodziny będzie logicznym następnym krokiem. Tu związki zwykle rozwijają się szybciej, Hailey.

Wzruszyłam ramionami i nalałam sobie wody do szklanki. Nie miałam pojęcia, czy Adonis traktuje to poważnie, ani nawet czy tego chcę. Szukałam tylko rozrywki i przyjemnej niewielkiej odskoczni od rzeczywistości. Ale kolacja z rodzicami? Nie za bardzo.

— Szczerze mówiąc, w zasadzie nie chcę ich poznać — powiedziałam. — Z tego co słyszałam o jego mamie, wydaje mi się przerażająca.

Kat wybuchnęła śmiechem.

— Wszystkie greckie matki są przerażające. Zwłaszcza w kwestiach dotyczących ich synów.

— A ty miałaś problemy z matką Janniego? — spytałam, popijając wodę i patrząc na nią. Zastanawiałam się, czy ma przede mną tajemnice, bo jeszcze nigdy o tym nie wspomniała.

Ale ona tylko pokręciła głową ze śmiechem.

— Janni ma sześćdziesiąt trzy lata, jego matka umarła dawno temu. I z tego co widziałam, to najlepszy typ greckiej teściowej.

Piliśmy drinka w barze Caprice, który stał się naszym ulubionym miejscem pobytu po zachodzie słońca, ponieważ było to jedno z nielicznych miejsc w miasteczku tętniącym intensywnym życiem nocnym, gdzie można było prowadzić rozmowę. Zwykle dołączało do nas kilkoro przyjaciół Adonisa, ale dzisiaj cieszyłam się, że jesteśmy sami, bo miałam nadzieję poznać go trochę lepiej.

Ogarnęłam już wszystkie podstawy. Na przykład wiedziałam, że dorastał w Atenach, że wyjechał do London School of Economics, gdzie skończył studia i że przygotowywał się do przejęcia firmy ojca, jako że tata, podupadły na zdrowiu i spędzający większość czasu na lądzie, nie mógł już kierować nieruchomościami w Atenach, Salonikach i na Mykonos. Wiedziałam, że Adonis spędza każde lato na wyspie, a każdą zimę w Atenach — oprócz tej nadchodzącej, w trakcie której zamierzał zostać na miejscu, ponieważ rozpoczynali budowę najnowszego hotelu.

Ale chociaż wiedziałam to wszystko, wciąż miałam wiele pytań bez odpowiedzi. Na przykład dlaczego wciąż był wolny w wieku trzydziestu jeden lat, skoro mieszkał w miejscu, gdzie większość ludzi pobierała się w okolicach dwudziestki. A co ważniejsze, dlaczego jeszcze nie próbował mnie pocałować?

— Tak się zastanawiałem — powiedział, upijając łyk wina i wpatrując się we mnie intensywnie — czy zechciałabyś jutro zjeść ze mną kolację.

— Jasne — wzruszyłam ramionami, zastanawiając się, dlaczego zachowuje się tak oficjalnie. No bo w końcu jedliśmy razem kolacje codziennie, tylko dzisiaj nie.

— Miałem na myśli, u mnie w domu. Z moją rodziną. Kolację przygotowaną przez moją matkę.

„No świetnie" — pomyślałam, przypominając sobie rozmowę z Kat i zastanawiając się, w co ja się do cholery wpakowałam. Potem spojrzałam na Adonisa, nerwowo czekającego na moją odpowiedź. A on był taki słodki i miły, i jeśli chciał mnie wziąć do domu, na kolację do swojej mamy, to jak mogłabym odmówić?

— Bardzo chętnie — powiedziałam, uśmiechając się blado i mając nadzieję, że głos nie zdradza moich prawdziwych uczuć.

A wtedy on zamknął oczy, pochylił się i pocałował mnie.

— Dlaczego czekałeś tak długo? — wyszeptałam, odsuwając się.

— Chciałem, żebyś tego pragnęła równie mocno jak ja — odrzekł, całując mnie znowu.

— Musisz mi powiedzieć wszystko, co o niej wiesz — mówiłam do Kat, nakładając lśniący brzoskwiniowy błyszczyk.

— Nigdy jej nie poznałam — wzruszyła ramionami, pomagając mi zapiąć naszyjnik.

— Ale coś przecież słyszałaś? Jaka ona jest? Co mnie czeka? — błagałam. Adonis miał przyjechać w każdej chwili, a ja pragnęłam wszystkich możliwych ostrzeżeń.

— No cóż, są dość bogaci, jak wiesz. I chociaż nigdy nie poznaliśmy się oficjalnie, widziałam ją z daleka i wydaje się... hm... bardzo tradycyjna.

— Ubiera się na czarno i jeździ na osiołku?

— Nie. Bardziej chodzi mi o to, że jest prawdziwą głową rodziny, głową rodu, oni wszyscy robią to, co ona każe.

Padłam na łóżko i spojrzałam na nią.

— To nie brzmi najlepiej.

Ale Kat tylko wzruszyła ramionami.

— Hailey, nie jestem specjalistą od greckiej kultury, a moja sytuacja jest zupełnie inna niż twoja. Mam pięćdziesiąt sześć lat! Nikt ze mną nie zadrze. Ale wątpię też, czy zadrze z tobą. Adonis jest wspaniały. I jeśli chce zabrać cię do siebie na kolację, to oni będą musieli zaufać jego osądowi. Poza tym wyglądasz przepięknie. — Uśmiechnęła się.

Spojrzałam w lustro i nie tyle pomyślałam, że ma rację z tym „przepięknie", co musiałam przyznać, że nie jest najgorzej. Po długich popołudniach na plaży moja skóra zrobiła się złotobrązowa, a gorący, suchy klimat zdziałał cuda z moimi puszącymi się włosami, poskromił je i trzymał w ryzach. Mogłabym jeszcze zgubić kilka kilogramów, co wydawało się zupełnie niemożliwe przy tych wszystkich obfitych posiłkach, które sobie zapodawałam.

Nagle spojrzałam na Kat stojącą obok mnie. Uśmiechała się, ale widziałam, że się o mnie martwi.

— Kat, zdecydowałam, że zamienię loty i zostanę do końca miesiąca. Ale już i tak za długo siedzę wam na głowie, więc przeprowadzę się do pokoju w miasteczku.

— Bzdura. Nie chcę o tym słyszeć — pokręciła głową.

— Ale ja nalegam. Byliście bardziej niż szczodrzy, a moja koleżanka Chloe, którą poznałam przez Adonisa, znalazła mi wolny pokój, od zaraz.

— Janni nigdy się na to nie zgodzi. Mamy mnóstwo miejsca, a ty nam nie siedzisz na żadnej głowie. A na wypadek gdybyś nie zauważyła, to powiem ci, że gościnność jest tutaj religią. Traktuje się ją bardzo poważnie.

— Ale wy z Jannim niedługo wyjeżdżacie...

— Obawiam się, że nie mogę się zgodzić — jej głos zabrzmiał kategorycznie.

I kiedy już zaczęłam klecić obronę, zajechał pod dom Adonis.

— Baw się dobrze — powiedziała moja przyjaciółka, z uśmiechem kładąc mi dłoń na ramieniu. — I nie martw się. Wszystko będzie dobrze.

Adonis jechał wąskimi, krętymi drogami do części wyspy, której jeszcze nie widziałam. Ale wobec braku latarni i wobec księżyca w nowiu nie mogę powiedzieć, że teraz ją w końcu zobaczyłam.

Ostro skręcił w długi nieoznakowany podjazd i skierowaliśmy się w stronę wielkiego, rozłożystego domu. Lampy oświetlały go od dołu, nadając mu upiorny wygląd.

— To wasz dom? — spytałam, starając się ukryć zdziwienie. O rety, był większy niż dom Janniego.

— Wiem, jest wielki — powiedział, parkując dżipa i gasząc silnik. — Ale to w zasadzie trzy domy. Moja siostra, jej mąż i dwóch chłopców mieszkają w jednym, babcia w drugim, a reszta rodziny w głównym domu.

— A twój dom? Nie masz własnego? — zażartowałam.

— Niestety nie — pokręcił głową. — Nie jestem żonaty, więc mieszkam z rodzicami.

Wpatrywałam się w niego zażenowana. „O Boże! On mieszka z rodzicami?". W ogóle sobie nie wyobrażałam, że w Stanach chodziłabym z kimś takim.

— Wiem, że to dziwna koncepcja — zastrzegł, zauważając moją reakcję. — Ale u nas tak jest. Nie martw się. Mam własne mieszkanie w Atenach, więc nie jestem takim skończonym maminsynkiem. Poza tym nikt tu nie mieszka przez cały rok, zwykle przyjeżdżają na któryś wakacyjny weekend. Większość czasu mam więc ten dom dla siebie.

Kiwnęłam głową bez przekonania, czując zakłopotanie, że go osądzam.

— A swoją drogą — powiedział, otwierając drzwi — dzisiaj dołączy do nas kilka dodatkowych osób.

— Tak? — spojrzałam na wielki straszny dom, który z każdą chwilą robił się bardziej onieśmielający. — Kto przychodzi?

— Ze dwadzieścia osób najbliższych krewnych — roześmiał się. — Ale nie bój się, będzie fajnie.

— Skoro tak mówisz — mruknęłam, otwierając drzwi w przygotowaniu na najgorsze.

— I jeszcze jedno.

„O Boże, co teraz? Po co ja tu w ogóle przyjechałam?"

— Mam coś dla ciebie.

Odwróciłam się i zobaczyłam małe szare pudełeczko spoczywające w jego dłoni.

— Co to jest? — spytałam nie do końca pewna, czy powinnam przyjąć.

— Otwórz — zachęcił mnie.

Spojrzałam na niego, a potem na pudełeczko, mając nadzieję, że aż tak szybko to tu się jednak nie dzieje. A kiedy podniosłam małą przykrywkę, zobaczyłam najpiękniejsze w świecie złote kolczyki

— o wiele ładniejsze od tamtych, które przymierzałam w sklepiku.

— Och, są piękne — powiedziałam, sunąc opuszkiem palca po misternym wzorku. — Ale nie mogę ich przyjąć — zamknęłam pudełeczko i oddałam Adonisowi.

— Ależ musisz! W naszej kulturze to bardzo niegrzecznie oddawać prezent — powiedział, wpychając mi pudełeczko.

— To nieprawda — roześmiałam się.

— No dobra, powiem inaczej. Założysz je, a jeśli nie spodobają ci się, wezmę je z powrotem i zapomnimy o sprawie.

— A jeśli nie będą takie straszne?

— To będziesz musiała je nosić w czasie kolacji — uśmiechnął się.

Zdjęłam kolczyki, które już miałam w uszach, i założyłam nowe. A kiedy spojrzałam na siebie w lusterko wsteczne, nie było co zaprzeczać, że są całkowicie oszałamiające.

— Więc je zatrzymasz? — spytał.

— No, nie są takie do końca okropne — wzruszyłam ramionami.

Nagle się pochylił i mnie pocałował. A ja pocałowałam jego, i tak sobie pomyślałam, że może zapomnimy o tej całej strasznej kolacji i wrócimy do miasteczka.

Ale on się odsunął, spojrzał mi w oczy i powiedział:

— Gotowa poznać moją rodzinę?

Wchodząc do swojego pokoju hotelowego, zajrzyj pod łóżko, za zasłony i do szafy. I nie zapominaj o wizjerze.

30

Matka Adonisa miała na imię Irene, co o dziwo znaczyło „pokój". I chociaż była uprzejma i miła, i zaprosiła mnie do domu, uścisnęła dłoń ciepło i trzykrotnie pocałowała w policzek, wiedziałam od razu, że Kat miała słuszność — ona rządziła tym domem żelazną ręką, a jej oczom nic nie umykało. Niestety zaś, przez większość czasu jej oczy były skupione na mnie.

Siedzieliśmy przy wielkim, zastawionym jadłem stole z Adonisem po mojej lewej stronie i kuzynem o imieniu Christos, Georgos lub Tassos po prawej, kiedy ktoś mnie poprosił o podanie *kotopoulo*.

Kotopoulo. Kotopoulo. Patrzyłam na trzy półmiski stojące najbliżej mojego talerza i zastanawiałam się, który zawiera *kotopoulo*. Czy to danie z jagnięciny na niebiesko-białym naczyniu? Czy pieczona ryba z głową, mętnymi oczami wpatrująca się w sufit? Czy może to coś, co wyglądało na kurczaka?

Wiedząc, że mam tylko trzydzieści procent szans na właściwy wybór, i czując na sobie płonący wzrok Irene, chociaż rozmawiała ze swoją szwagierką, sięgnęłam na ślepo i chwyciłam talerz na wprost.

Trzymając ciężki ceramiczny półmisek za krawędź, usiłowałam go podnieść, nie wyrzucając zawartości, kiedy Adonis się przechylił i cicho wyszeptał:

— On prosił o tamto *kotopoulo*. — Po czym podniósł półmisek z kurczakiem i przekazał go jednemu z dwustu kuzynów, którego imienia nie pamiętałam.

„O Boże, no oczywiście! KotoPOULO. Jak *pollo*. Jak Pollo Loco*. A ja miałam dać mu jagnięcinę, która przecież nazywa się *arni*. Ech".

Patrzyłam na swój talerz i kroiłam własnego *kotopoulo*, kiedy Adonis ścisnął mnie za nogę.

— Ach, ten *kotopoulo* jest wyborny, ehm, pani Vrissi — powiedziałam, nadal czując się niezręcznie na myśl o mówieniu do niej po imieniu.

— *Efharisto*. — Obdarzyła mnie nieco sztywnym skinieniem głowy. — Lubisz gotować, Hailey?

— Cóż — upiłam wina. — Niezupełnie. — Podniosłam wzrok, a ona wpatrywała się we mnie z kamienną twarzą i wiedziałam, że mam jakieś pół minuty, żeby się z tego wykaraskać albo chociaż podać jakieś wiarygodne wyjaśnienie mojego braku zainteresowania sprawami domowymi. — Widzi pani, często jestem w drodze, służbowo, więc większość moich posiłków pochodzi z lotnisk i automatów. — Niezamierzenie zaśmiałam się nerwowo na koniec swojej wypowiedzi.

— Rozumiem. — Zacisnęła wargi w wąską linię, która ani trochę nie przypominała uśmiechu. — A jeśli chodzi o to „w drodze". Adonis mi mówi, że pani jest stewardesą? — Przyglądała mi się od szczytu stołu.

— No cóż, jestem asystentką lotu, owszem — odparłam, zauważając, że teraz wszyscy się na mnie

---

* Pollo Loco to sieć amerykańskich (choć powstałych w Meksyku) restauracji typu fast food, specjalizująca się w grillowanych kurczakach (hiszp. *pollo* — kurczak).

gapią, co tak mnie zdenerwowało, że ręce zaczęły mi się pocić.

— Wyobrażam sobie, że to może być zabawne przez rok czy dwa, kiedy człowiek jest jeszcze młody — podniosła swój kieliszek z winem i spojrzała na mnie. — A ty jak długo latasz?

— Sześć lat — odparłam, wiedząc od razu, że zawaliłam rozmowę kwalifikacyjną.

— No ale nie wyobrażam sobie, że będziesz jeszcze długo to robić, jeśli chcesz założyć rodzinę.

A na to nic nie powiedziałam. Co było najlepszym moim posunięciem w ciągu całego wieczoru. Najwyraźniej mieliśmy do czynienia z ostrymi różnicami kulturowymi, jako że zawsze uważałam, że latanie to dobre zajęcie dla mam, ponieważ umożliwia dowolną organizacje czasu pracy, a zatem i czasu wolnego. Ale prawdę mówiąc, nie chciałam się o to spierać. Nie byłam bowiem pewna, czy w ogóle zamierzam mieć rodzinę. A gdybym przestała latać, cóż, najpewniej nie z wyboru.

I chociaż Adonis trzymał mi rękę na kolanie, ściskając je w osobistej proklamacji solidarności, mimowolnie sięgnęłam do uszu i pobawiłam się nowymi kolczykami, przypominając sobie, że przynajmniej jedna osoba przy tym stole mnie lubi.

— Piękne kolczyki — powiedziała siostra Adonisa, Anna. — Tutaj je kupiłaś?

Uśmiechała się do mnie, a ja wiedziałam, że próbuje zniwelować napięcie, mówiąc coś miłego. Ale wiedziałam też, że lepiej nie wspominać, że to prezent od umiłowanego syna jej matki.

— Kupiłam je... kilka dni temu — powiedziałam zażenowana, że tak podejrzanie to brzmi.

— O, naprawdę? A gdzie? — spytała niezmiennie czujna Irene, muskając szkiełka, które zwisały ze złotego łańcucha na jej szyi i wpatrując się we mnie z końca stołu.

— Kupiła je u Lalaounisa — powiedział nagle Adonis, ściskając moje kolano jeszcze mocniej. — Wpadliśmy na siebie, kiedy wychodziła.

„Kupił je u Lalaounisa? Jezu, nawet ja o nim słyszałam. To grecki Cartier!"

Spojrzałam na Adonisa z uśmiechem, czując się trochę odprężona, kiedy przekrawałam dolmę na pół.

— Właśnie — powiedziałam. — Lalaounis, tam właśnie je kupiłam.

Kiedy Irene pochyliła się, by złożyć potrójny pocałunek na moich policzkach, sytuacja rozwinęła się tak, że miałam wrażenie, iż mnie ugryzie.

— Twoja matka mnie nie cierpi — powiedziałam, kiedy już znaleźliśmy się w dżipie i ruszyliśmy podjazdem.

— Nie, nieprawda — Adonis pokręcił głową i wyjechał na drogę.

— No niestety, mylisz się. Ona mną pogardza. — Wpatrywałam się w jego profil, zastanawiając się, jak mógł przeoczyć wszystkie oznaki. No bo jeśli jednej rzeczy byłam pewna na tym świecie, to tego właśnie, że Irene Vrissi nie tylko mnie nie cierpi, ale że w tej właśnie chwili rzuca na mnie klątwę.

— Hailey, zaufaj mi, znam swoją matkę. I wierz mi, poszło całkiem nieźle.

„Dobra, jeśli dzisiaj poszło dobrze, to w ogóle sobie nie wyobrażam, jak wygląda wieczór, kiedy idzie źle". Ta kobieta zakwestionowała mój brak umiejętności kulinarnych (jak również brak zainteresowania nabyciem takowych), mój zawód i styl życia, co było ściśle ze sobą powiązane. A w trakcie deseru wzdragała się przed moim drzewem genealogicznym, mrużąc oczy, kiedy wyjaśniłam, że o ile wiem, w moim zawiłym, głównie europejskim, mieszanym rodowodzie nie sposób znaleźć ani odrobiny greckiego DNA — nigdzie.

Pokręciłam głową i wyjrzałam przez okno, zastanawiając się, ile dziewcząt przede mną doświadczyło tego losu. Może dlatego właśnie Adonis ciągle jest kawalerem. Irene je odstraszała albo zamieniała je w ogry.

— Jedziemy do miasta? — spytał, odwracając się do mnie.

Ale ja czułam się zmęczona i przybita, więc pokręciłam głową.

— Chyba pojadę prosto do Kat — powiedziałam.

Ku mojemu zdumieniu Adonis zatrzymał się pod niskim kamiennym murem.

— Hailey, spójrz na mnie — powiedział, sięgając po mój podbródek i odwracając mnie do siebie twarzą. — Nie zawiozłem cię do swojego domu, żeby psuć ci humor. Zawiozłem cię, bo to dla mnie ważne, żebyś poznała moją rodzinę. Wiem, że pod niektórymi względami ona może się wydawać typową upierdliwą grecką matką, ale prawda jest taka, że chce tylko dla mnie najlepiej. I wierz mi, nie poszło ani trochę tak źle, jak myślisz. Byłaś miła i uprzejma, a jednocześnie broniłaś swego, kiedy musiałaś. Zaufaj mi, ona cię za to będzie szanować.

— Nie wiem — powiedziałam, wpatrując się w jego oczy i bardzo, bardzo pragnąc, żeby to była prawda.

— Słuchaj — przesunął palcem po mojej skroni, po policzku, wokół ucha do pięknego kolczyka, który mi podarował. — Ja cię lubię. I jeśli ty też mnie lubisz, to nic innego się nie liczy, okej?

A prawdę mówiąc, lubiłam go. I tak jak powiedział, ona przecież tu nie mieszkała. Przyjeżdżała tylko czasami na weekend. Więc unikanie jej w przyszłości to pestka.

31

Mijał piąty dzień mojej rzekomej choroby, o której telefonicznie zawiadomiłam firmę, kiedy Kat przyparła mnie do muru.

— Co się dzieje? — spytała, siadając na skraju mojego łóżka.

— Co masz na myśli? — zakładałam kolczyki, które dostałam od Adonisa, i unikałam jej spojrzenia w lustrze.

— Hailey, nie zrozum mnie źle, uwielbiam towarzystwo i nie chcę, żebyś wyjeżdżała, ale nie możesz ciągle dzwonić, że jesteś chora.

— Wiem — spojrzałam na nią i westchnęłam. — Próbowałam zamienić te loty, ale nikt ich nie chciał. I wydawało się głupie lecieć aż do Nowego Jorku na pięć dni, więc zadzwoniłam, że jestem chora. — Pokręciłam głową i siadłam koło niej. — Bardzo mi się tu podoba.

— A Adonis? On też ci się podoba? Czy może go kochasz?

Spojrzałam na swoje ręce, które się nieświadomie zacisnęły.

— No cóż, naprawdę bardzo go lubię. Na pewno. Ale kochać? Ja chyba nigdy nie byłam naprawdę zakochana. No na pewno nie w Michaelu, a on stanowi rekord długości w mojej żałosnej historii związkowej. — Wzruszyłam ramionami.

Kat spojrzała na mnie spojrzeniem pełnym troski.

— Posłuchaj, Hailey, możesz tu zostać, ile chcesz, ja się tylko cieszę — wstała z łóżka — ale pamiętaj, że o wiele lepiej być wysłanym na bezpłatny urlop niż wylanym. — Patrzyłam, jak wychodzi, i wiedziałam, że ma rację.

„Jeszcze tylko kilka dni. A potem się pożegnam".

Potem, słysząc, że Adonis podjeżdża pod wejście, spojrzałam w lustro, przeczesałam włosy palcami i wybiegłam, by do niego dołączyć.

— Muszę cię o coś spytać — powiedział Adonis, kiedy się przechadzaliśmy po miasteczku, trzymając się za ręce i oglądając wystawy.

Uśmiechnęłam się, ale myślami byłam gdzie indziej, wciąż słyszałam słowa Kat i pamiętałam, że niedługo będę musiała wyjechać. Ale nawet jeśli rozumem coś pojmujemy, to wcale nie znaczy, że serce tego słucha.

— Hm, wiesz, że zostaję tu na zimę, nadzorować budowę nowego hotelu?

Kiwnęłam głową, czekając na ciąg dalszy.

— No i tak się zastanawiałem, czy może zechciałabyś zostać ze mną? — Przystanął i przysunął mnie do bielonej ściany, trzymając za ręce i patrząc mi prosto w oczy. — Co ty na to? — Zdenerwowany i przestraszony czekał na moją odpowiedź.

— Och, ja... — zerknęłam na tłum turystów, próbowałam sobie wyobrazić, jak tu wygląda, kiedy robi się zimno, zamykają sklepy, wszyscy jadą do domu, a my zostajemy zdani na siebie. Czy nadal będę uważać, że jest tu magicznie? Czy też będę się nudzić do bólu?

— Nie musisz odpowiadać od razu — powiedział. — Obiecaj tylko, że to przemyślisz, dobrze?

Wpatrzyłam się w jego twarz. Bardzo chciałam się zgodzić, ale wiedziałam, że to niemożliwe.

— Adonis, to bardzo miła propozycja, ale w kraju mam pracę i... — urwałam. Miałam pracę i co? Nie miałam mieszkania, nie miałam umowy na książkę. I na Manhattanie czekała na mnie tylko możliwość wymówienia i raczej spory rachunek na karcie kredytowej. Aha, i jeszcze Jonathan Franzen. Chociaż założę się, że on akurat w ogóle nie dostrzegał mojej nieobecności.

— Zajmę się tobą — uśmiechnął się, biorąc mnie w ramiona i całując.

Czy on mnie prosił o rękę? Czy chciał tylko na chwilę ze mną zamieszkać? I dlaczego spotykały mnie takie pokusy? Dlaczego to było takie cholernie pociągające? No co ze mnie była za niezależna, nowoczesna kobieta?

Odsunęłam się od jego ust i trąciłam jego szyję, zamykając oczy i wdychając jego zapach, mieszankę słońca, soli i Davidoff Cool Water — który nauczyłam się tolerować.

A kiedy poczułam jego usta delikatnie muskające moje ucho, wyszeptał:

— Kocham cię.

Stałam nieruchomo, przytulona do niego, wpatrując się w ścianę naprzeciwko. „Naprawdę tak powiedział? A ja mam powiedzieć to samo? A czy ja go kocham?"

Odsunął się i spojrzał mi w oczy.

— *S'agapo* — wyznał, pochylając się, by mnie pocałować.

— Hm, *s'agapo* — szepnęłam. O wiele łatwiej było powiedzieć „Kocham cię" po grecku, bo wtedy nie brzmiało to tak poważnie.

— *Kalispera* — powiedziałam, siadając obok Chloe, Amerykanki, która od czterech lat mieszkała z przyjacielem Adonisa, Stavrosem.

— Słyszałam, że poznałaś matkę — wyszeptała, patrząc na mnie i popijając drinka.

— Tak — zerknęłam na Adonisa na drugim końcu stołu i wzięłam kieliszek wina, którego nalewał Panos.

— I? — spojrzała na mnie wyczekująco.

Ale ja tylko wzruszyłam ramionami i upiłam łyk trunku.

— Daj spokój. Suka, co nie? Czujesz się przy niej jak ktoś podrzędny? Jakby jej syn zadowolił się ochłapem przez samą rozmowę z tobą.

— Nie było tak źle — skłamałam, zastanawiając się, skąd ona to wszystko wie.

— Litości — wywróciła oczami, nie dała się nabrać ani na sekundę. — Wszystkie są takie same. Wiesz, że matka Stavrosa nie mówi mi po imieniu? Jeśli chce zwrócić moją uwagę, wydaje taki dźwięk cmokania o zęby — powiedziała, a jej krótkie blond włosy kołysały się, kiedy kręciła głową. — Słuchaj, tutaj mieszka mnóstwo obcokrajowców i wszyscy musimy to znosić w takiej czy innej formie. Większość z tych mam ma wybrane miłe greckie dziewczyny, które praktycznie od urodzenia są przeznaczone dla ich synów, więc kiedy ich chłopcy się na to nie zgadzają, one wszystko zwalają na nas. Adonis miał poślubić Stavroulę. Poznałaś ją?

„Co takiego? Ona sobie żartuje". Wpatrywałam się w nią, kiedy mój umysł wracał wspomnieniem do tamtej kolacji u Kat, i do kobiety o imieniu

Stavroula, która przyprawiała mnie o gęsią skórkę.

— Co to znaczy, że miał poślubić? To coś jak aranżowane małżeństwo? — spytałam. Ona na pewno nie mówiła poważnie.

— Mniej więcej. — Wzruszyła ramionami. — Ale niezupełnie. Niektórzy z bardziej tradycyjnych rodziców lubią odgrywać aktywną rolę w łączeniu swoich dzieci. Wiesz, na takiej zasadzie: „Twój syn ma hotel, moja córka odziedziczy piekarnię". Coś w tym rodzaju.

— Bardziej to przypomina fuzję firm — powiedziałam. W głowie mi się kręciło od tego wszystkiego. „No bo czy w ogóle warto było to robić?".

— Więc dlaczego tu jesteś? — spytałam, patrząc, jak przesuwa swój niebiesko-biały wisiorek chroniący przed złym okiem na cienkim złotym łańcuszku.

— Hm, no rozejrzyj się tylko — wzruszyła ramionami. — To raj.

Spojrzałam nagle na drugą stronę stołu, gdzie Adonis śmiał się z czegoś, co powiedział Dimitri, a kiedy zobaczył, że patrzę, uśmiechnął się do mnie. A ja do niego, zupełnie jakby nikogo innego nie było, jakbyśmy byli sami na przepięknej wysepce. Nagle jednak odezwał się Christos, Adonis odwrócił wzrok i znowu byłam w tłocznym barze, obca, zmieszana, i nie miałam pojęcia, co robić.

— O mój Boże, myślałem, że zniknęłaś, zgubiłaś się w labiryncie, że już nigdy cię nie zobaczę — powiedział Clay zza tysięcy mil, kiedy siedziałam w patio, wpatrując się w morze, z telefonem przyciśniętym do ucha.

— A jak tam koty i Jonathan? — spytałam.

— Świetnie, wszystko dobrze. Masz jednak wielki stos korespondencji. I wiadomość wsadzoną

311

pod drzwi przez jakiegoś Dane'a. Czy to ten towar ze Starbucksa?

— Co to za korespondencja? — spytałam, nie chcąc rozmawiać o Danie. To znaczy prawie w ogóle o nim nie myślałam. — Coś oprócz rachunków? Albo wyciągu z karty? Jakieś zwolnienia albo umowy na książkę?

— Nic z Atlasa. Ale są trzy koperty bez adresu zwrotnego.

— Otwórz je — poleciłam, zamykając oczy, przepełniona nadzieją, że usłyszę właściwe słowa, w rodzaju zmieniających życie.

— Jesteś pewna? Nie chcesz zaczekać do powrotu?

„Może wcale nie wrócę".

— Nie, otwórz je. Ale nie musisz wszystkiego czytać. Tylko przejrzyj i streść mi najważniejsze punkty. — Starałam się być cierpliwa, chociaż wydawało mi się, że to trwa wieczność.

— Cóż, pierwszy zasadniczo mówi...

— Odrzucenie? — spytałam, przyciskając czoło do kolan.

— Przykro mi.

— Ale są jeszcze dwa, prawda? — zaśmiałam się, ale czułam taką desperację, że skrzyżowałam palce.

— Hm, no tak, ale w nich zasadniczo jest to samo.

— Cóż, zostają dwa, które mnie jeszcze nie odrzuciły — powiedziałam z wielką gulą w gardle.

— W zasadzie jeden. Właśnie znalazłem kartkę pocztową, na której jest napisane, że nie są zainteresowani.

— Och, dobra — powiedziałam, ocierając oczy wierzchem dłoni, zdecydowana nie rozpamiętywać faktu, że marzenie mojego życia właśnie obróciło się wniwecz, zostawiając mnie samą, w trudnej sytuacji, bez wyjścia awaryjnego. — A są jakieś wiadomości o zwolnieniach?

— Ani słowa. Ale wszyscy są na skraju wytrzymałości, morale leży i kwiczy, więc Atlas wyznaczył kolejne jednodniowe przymusowe seminarium. Tym razem nazywa się „Świadomość" i obiecują zapłacić nam pięćdziesiąt dolarów amerykańskich w zamian za jeden z dni wolnych, kiedy polecimy do jednej z pięciu baz, by wziąć udział w sześciu rozrywkowych godzinach skeczy, inspirujących filmów, wykładów motywacyjnych, z głębi serca płynących przemówień, szczerych i pouczających sesji pytań i odpowiedzi, w kolejnej niefortunnej, niedoinformowanej, rozpaczliwej próbie podniesienia nas na duchu i przywrócenia nas do formy równym krokiem, zanim wykonają paragraf jedenasty i wręczą nam zwolnienia. Wymagane jest nastawienie biznesowe, a nieprzestrzegający zasad będą natychmiast odprawiani, tak aby mogli naradzić się ze swoim superwizorem i wziąć udział w seminarium w późniejszym terminie. — Zaśmiał się.

Ja też się zaśmiałam, bo to właśnie zawsze robiliśmy, kiedy żartowaliśmy z Atlasa i ich głupich ewangelicznych seminariów firmowych. Ale kiedy tu siedziałam na drewnianej ławie, patrząc na bezkresne i migoczące morze, cały ten absurd wydawał mi się odległy o galaktykę. Jakby nie miał ze mną nic wspólnego. I musiałam przyznać, że bardzo mi się to podobało.

— Więc kiedy wracasz? — spytał. — Wszyscy za tobą tęsknią, ale nikt tak jak ja.

— Ja też za tobą tęsknię. I niedługo wrócę — powiedziałam, rozłączając się i zastanawiając, czy to prawda.

Przykłady pasażerów, których obec-
ność na pokładzie jest zabroniona:
Pod wpływem alkoholu
Pod wpływem narkotyków
Zachowujący się w sposób nie-
zdyscyplinowany, odrażający i agre-
sywny
Cuchnący
Obnażeni od pasa w górę

32

W sobotni wieczór gotowałam kolację dla Adonisa. A ponieważ nigdy nie przyrządziłam nic prócz rozmiękłego makaronu, spalonego ryżu z fasolką z pudełka i sporadycznie — sflaczałego omleta, pożyczyłam od Chloe przepisy kuchni greckiej po angielsku, wyobrażając sobie, że dopóki będę się trzymać przepisu, na pewno dam radę.

Byłam na Mykonos już ponad trzy tygodnie, prowadziłam dziennik, pisałam e-maile do Claya, i mówiłam „*s'agapo*" tak często, że niemal zaczęłam w to wierzyć. I zaczynałam się czuć tak swobodnie i tak naturalnie, że zdecydowałam się skorzystać z propozycji Adonisa.

Wszystko dopracowałam. Wymyśliłam, że mogę zachować swoją pracę w Atlasie albo przez oddawanie lotów i branie trzydziestodniowych urlopów (miałam prawo do sześciu rocznie), albo — gdyby to nie zdało egzaminu — będę dojeżdżać do Nowego Jorku, latać na swoich trasach i wracać na Mykonos zaraz po ich zakończeniu. I chociaż wiedziałam, że to pewnie wydaje się szalone normalnej osobie, w świecie asystentów lotu istniała możliwość prowadzenia takiego trybu życia.

Poza tym po sześciu latach życia w mieście nie zdołałam ułożyć swoich spraw osobistych, więc czemu nie spróbować tutaj? Co prawda tu zdołałam stworzyć jedynie listę głupich obserwacji w dzienniku podróży, ale byłam pewna, że gdy tylko się osiedlę, wrócę do pisania. Chociaż miałam już dość prób publikacji. Najwyraźniej czegoś mi brakowało. Albo — jak w przypadku Martiny z Chance Publishing — nie chciałam zrobić tego, co trzeba, ponieważ ani myślałam pisać od nowa swojej historii, tylko po to, żeby się dopasować do jej wąskiej, ocenzurowanej wizji. I teraz kiedy już nie pisałam z nadzieją na podpisanie umowy na książkę, mogłam sobie pisać, co mi się podobało.

Ale nie powiedziałam jeszcze tego Adonisowi, bo chciałam, żeby wyszło to wyjątkowo. Wymyśliłam więc, że powiem mu to nad miłym domowym posiłkiem.

Irene bezpiecznie siedziała na lądzie, Adonis miał wolne, a ja wskoczyłam na jego vespę i skierowałam się do Mykonos Market, gdzie wypełniłam koszyk niezbędnymi wiktuałami, wyobrażając sobie, jak w świeżutkim białym fartuchu, z włosami starannie uczesanymi, skórą lśniącą od ciepła piekarnika, czule przygotowuję ulubioną potrawę Adonisa. No bo przecież jak trudne może być sklecenie kolacji z tzatziki, pity i drobno strzępionej zielonej sałaty, zapiekanki serowo-cebulowej, jagnięcej nogi z rożna z ziemniakami i baklawy na deser?

Ale później, kiedy stałam, gapiąc się na mój własnoręczny koszmar Marty Stewart, w fartuchu przypominającym płótna pijanego Jacksona Pollocka, z włosami pod postacią chaosu i twarzą czerwoną jak burak i lśniącą od potu, zdałam sobie sprawę, że chyba wykazałam się może ociupineczkę wybujałą ambicją.

No bo kiedy po raz pierwszy ślęczałam nad książką kucharską, tworząc menu i listę zakupów, wszystko wydawało się takie łatwe. Ale teraz, w konfrontacji ze skamieniałą pieczenią, płynnym tzatziki, zapiekanką serowo-cebulową zredukowaną do cienkiej warstwy paskudztwa na dnie naczynia do pieczenia, i sałatą z krwią, ponieważ przypadkowo drobno postrzępiłam sobie palec wskazujący zamiast sałaty, jedyną jadalną rzeczą była pita i baklawa. I to dlatego, że pochodziły z piekarni.

Słysząc dżipa Adonisa na podjeździe, zaczęłam wrzucać to wszystko do śmieci, wiedząc, że nie zdołam tego uratować.

— *Ya sou agape mou!* — zawołał, wchodząc do kuchni z parującym pudłem pizzy.

— Obawiam się, że kolacja nie do końca się udała — powiedziałam, wrzucając zaschnięte naczynia do zlewu i żałośnie wzruszając ramionami.

— Nie ma problemu, zadbałem o aprowizację. — Postawił pudełko na blacie i podał mi kawałek.

— Tak mało miałeś wiary? — spytałam, palcami oddzielając pasmo sera zawieszone pomiędzy moimi zębami a brzegiem.

— Myślałem, że jesteś może zbyt ambitna jak na dziewicę — uśmiechnął się.

— Ale wszystko zaplanowałam — pokręciłam głową. — Ty byś wychwalał posiłek, a ja bym ci serwowała dokładki, z nieśmiałym uśmiechem, mówiąc, że postanowiłam zostać. — Zerknęłam na niego nerwowo, zastanawiając się, jak zareaguje.

— Och, Hailey — powiedział, patrząc na mnie z uśmiechem. Potem rzucił swoją pizzę, przechylił się i pocałował mnie.

Z początku wydawało się, że to jeden z tych krótkich, niewinnych pocałunków, którymi pary związane już jakiś czas ze sobą zastępują głębsze pocałunki, które rozpoczynały ich związek. Ale kiedy odwróciłam głowę i sięgnęłam po kieliszek z winem, jego usta znowu znalazły moje. I w ciągu kilku sekund oddaliśmy się pełnoobjawowej sesji namiętnego całowania.

Zataczając się na siebie, całowaliśmy się żarliwie, a nasze ręce pracowały nad pozbyciem się koszul i spodni, które tylko zawadzały. On odwiązał moje sznurki, a ja odpięłam mu pasek, a potem, uwolniwszy pięć guzików jego rozporka, zsuwałam się na zarzuconą jedzeniem podłogę, ciągnąc za sobą jego dżinsy, kiedy o ścianę trzasnęły drzwi wejściowe i ktoś z całych sił krzyknął:

— *Putana!*

Podniosłam wzrok i zobaczyłam Irene Vrissi stojącą w progu z płonącym wzrokiem.

— *Metehra*! — krzyknął Adonis, podrywając spodnie w górę i wskakując przede mnie, żeby mnie ukryć przed jej wzrokiem, podczas gdy ja kuliłam się za nim i patrzyłam, jak bardzo wściekła Irene Vrissi naciera na nas niczym byk Hemingwaya, wypluwając wartki strumień greczyzny tak całkowicie niezrozumiałej, że słyszałam tylko jedno jedyne słowo, padające najczęściej — *putana*!

Co zasadniczo należy zrozumieć tak, że matka Adonisa nazywała mnie dziwką.

Chwyciłam sznurki swoich spodni, spieszyłam się je zawiązać, i zanim podniosłam wzrok, ona stała przed nami, całe jej metr pięćdziesiąt, pięściami podparta na biodrach, z mocno zaciśniętymi ustami i zimnymi brązowymi oczami zmrużonymi we wściekłe szparki.

— Co to jest? — wysunęła się do przodu, ledwie kilka cali od nas, a ja kryłam się za jej synem, którego aż nadto chętnie użyłam jako żywej tarczy. — Uwodzisz mojego syna? W moim domu?! I co zrobiłaś z moją kuchnią?! Popatrz na ten bajzel!

Zerknęłam na zlew wypełniony brudnymi naczyniami, piecyk pokryty zapieczoną breją, blaty usłane cebulowymi łupinami, sokiem z mięsa i kawałkami sera, i skręciłam się.

— Mamo, proszę — odezwał się Adonis. — Nie możesz do niej tak mówić.

— Nie rozmawiam z tobą, Adonis. Rozmawiam z nią, z tą... tą...

Wskazała na mnie, drżąc z gniewu, a ja wiedziałam, że jeśli ona ośmieli się jeszcze raz nazwać mnie putaną, to walnę ją z pięchy.

— Mamo, to śmieszne. Jestem dorosły i chcę poślubić Hailey, poślubię ją.

Hm, że co przepraszam? Poślubić? Hm, czy ktoś tu mówi o małżeństwie?

Spojrzałam na Adonisa szeroko otwartymi oczami, usta rozdziawiłam wstrząśnięta, kiedy on przysunął mnie do siebie i stanowczo mnie objął.

— To prawda? — spytała, zabijając mnie wzrokiem.

Ale ja tylko wzruszyłam ramionami i wbiłam wzrok w podłogę, żałując, że nie ma w niej jakiejś klapy albo innej drogi ucieczki.

— Jeszcze jej nie pytałem, ale jeśli się zgodzi, to tak. Pobierzemy się — oznajmił, ściskając mnie jeszcze mocniej. — Nie mogę uwierzyć, że mnie oszukałaś, mamo. To poniżej wszelkiego poziomu, nawet jak na ciebie. — Pokręcił głową ze złością i ruszył, żeby ją minąć. A ja patrzyłam, jak Irene Vrissi zerka to na mnie, to na niego, potem chwyta się za serce i zatacza się do tyłu, jakby miała paść na zimną marmurową podłogę.

Ale ja od pierwszego wejrzenia umiałam rozpoznać udawany atak serca, więc stałam, kręcąc głową i wywracając oczami, kiedy Adonis wrzasnął: „Metehra!", i pognał jej na pomoc. Zdążył ją chwycić, zanim jej kolana niby to się złożyły.

— Mamo, nic ci nie jest? Błagam, Boże! — krzyczał jak szalony, z trudem utrzymując ją na nogach.

A kiedy oczy Adonisa zamknęły się, gdy błagał on bogów o oszczędzenie życia jego matki, oczy Irene pozostały otwarte, zmrużone i skupione na mnie.

Potem, kierując wzrok na swojego syna, wyszeptała:

— Może pożegnasz się ze znajomą, Adonisie? Jestem taka słaba, nie czuję się dobrze.

Stałam i patrzyłam z niedowierzaniem, jak on podnosi ją i wnosi po schodach na górę.

Pokręciłam głową, wzniosłam oczy do nieba i ruszyłam do zlewu, spłukać te wszystkie brudne garnki i patelnie przed ustawieniem w zmywarce. No bo najwyraźniej Irene rozgrywała jakąś szaleńczą, ostateczną walkę, by odwrócić uwagę syna ode mnie, a skierować na siebie. Najpewniej więc on niedługo się uspokoi i wszystko zrozumie. I czekałam, myśląc, że najlepsze, co mogę zrobić, to wysprzątać kuchnię, potem może udamy się do miasta i napijemy się w barze, który był otwarty poza sezonem.

Zamknęłam zmywarkę, chwyciłam mokrą gąbkę i właśnie zaczęłam wycierać blat, kiedy pojawił się Adonis.

— Hej — rzuciłam, podchodząc, żeby się do niego przytulić. — Wszystko dobrze? — Wpatrywałam się w jego twarz, sama nie okazując emocji. No bo nawet jeśli uważałam, że to histeryczny pokaz, wiedziałam, że lepiej, żebym to nie ja pierwsza wybuchała śmiechem.

Ale Adonis mnie nie przytulił. Stał sztywny. A potem wziął głęboki oddech, spojrzał na mnie i rzekł:

— Chyba lepiej, żebyś została u Kat na kilka dni. Obawiam się, że twoja obecność tutaj pogorszy stan mamy.

Podniosłam na niego wzrok, a na mojej twarzy pojawił się uśmiech.

— Oj, dobra — powiedziałam i już zaczynałam się śmiać.

— Tak będzie najlepiej — dodał, odwracając się ode mnie w sposób tak ostateczny, że ja tylko wpatrywałam się w jego plecy, kiedy powoli docierała do mnie prawda.

Adonis rzucał mnie dla swojej matki!

— Weź vespę — warknął przez ramię.

— Ale Adonis... — zaczęłam.

— Hailey, ty nie rozumiesz. Ona jest zdana na mnie. Mój ojciec jest chory, poza mną nie ma nikogo więcej.

A kiedy w końcu odwrócił do mnie twarz, widziałam, że szczękę ma zaciśniętą mocno, a oczy czerwone i pełne łez. I wiedząc, że cokolwiek powiem i tak będzie bez sensu, kiwnęłam tylko głową, zebrałam swoje rzeczy i wyszłam.

Zapięłam płaszcz, podniosłam kołnierz, żeby się ochronić przed zimnym nocnym powietrzem. Potem wskoczyłam na skuter, odpaliłam silnik i właśnie włączyłam światła, kiedy zauważyłam niewielki biały samochód zaparkowany na końcu podjazdu. Zakładając, że to wóz Irene, przejechałam obok i wyjechałam na ulicę, uważając na drogę i próbując znaleźć sens w tym, co się właśnie wydarzyło.

Najwyraźniej wpadłam w zasadzkę, zostałam podstępnie zaatakowana, wyrolowana i pobita. Oszukana przez grecką mamę. Ale jak Irene się dowiedziała, nie mieściło mi się w głowie, skoro Adonis ciągle się zarzekał, że zimą jej noga nie staje na wyspie.

Zauważając, że ktoś mnie dogania, zjechałam na bok, zostawiając pojazdowi dużo miejsca. I kiedy zobaczyłam przejeżdżający biały samochodzik, z dwiema uśmiechniętymi twarzami, zrozumiałam.

Siedziałam tam, bez tchu i wstrząśnięta, patrząc, jak Stavroula i Eleni mijają mnie pędem. Ich śmiech wypełnił niebo, odbijał się echem, które wracało do mnie w przenikliwym nocnym powietrzu.

Po chwili chwyciłam rączki vespy i ruszyłam do Kat. Czując wdzięczność, że okazała się ona tak przewidująca, by zostawić mi klucz.

33

— Będę za tobą tęsknić — powiedziała Kat, pochylając się, żeby mnie uściskać.

— Ja też. — Rozejrzałam się po lotnisku w Atenach, myśląc, że chociaż będę za nią tęsknić i za długimi popołudniami nicnierobienia i myślenia o niczym, to czas wracać do gry i skończyć z ociąganiem. Bo chociaż to życie mogło być wspaniałe dla Kat, ja byłam o wiele za młoda na emeryturę.

Poza tym Kat nie miała teściowej, żeby jej stawiać czoło, a kto wie, gdzie bym była, gdyby nie Irene Vrissi. Bo prawda wyglądała tak, że mówić „s'agapo" to nie to samo, co „kocham cię". Więc w jakiś dziwny sposób chyba powinnam być jej wdzięczna. Irene Vrissi uratowała mnie przede mną samą.

— Za miesiąc mniej więcej będziemy z Jannim w Nowym Jorku. Tęsknię za dzieciaczkami — uśmiechnęła się Kat. — Ale nie martw się. Chcę, żebyś tam została. W moim domu jest dość miejsca dla nas wszystkich.

Spojrzałam na Kat i wiedziałam, że nie mogę już wykorzystywać jej bezgranicznej szczodrości.

— Czas chyba, żebym znalazła sobie mieszkanie — powiedziałam. — Ale obiecuję, że będę karmić koty.

Kiwnęła tylko głową, a kiedy się odwróciłam, by odejść, zawołała:

— Hej, to będzie załoga z Nowego Jorku! Jak zobaczysz jakichś moich znajomych, to pozdrów ich ode mnie!

Uśmiechnęłam się i pomachałam jej, potem ruszyłam do boardingu, zastanawiając się, czy Kat tęskni za lataniem. Pewnie nie za Atlasem, uznałam, podając dokumenty, ale na pewno za ludźmi.

Kiedy usiadłam na swoim miejscu w przejściu Business Select, zastanawiałam się, czy robię to po raz ostatni. Bo nawet jeśli jakimś cudem Atlas nie wyleje mnie teraz, wiedziałam, że nieprędko trafi mi się taki długi urlop.

Wsadziwszy bagaż podręczny pod siedzenie z przodu, wetknęłam do uszu słuchawki iPoda i wyjęłam żółty notes i długopis. Postanowiłam, że posłucham rady Martiny i przerobię książkę zgodnie z jej sugestiami.

No bo odkąd przeczytałam swoją pierwszą książkę Judy Blume, wiedziałam, że chcę być autorem, publikowanym autorem. A teraz, kiedy dawano mi szansę, wiedziałam, że muszę ją wykorzystać. I chociaż nadal uważałam, że Martina jest dziwaczką i całkowicie się nie zgadzałam z jej durnymi pomysłami, wszystko się sprowadzało do jednego — moje pragnienie wydania książki przerastało wszystko inne. A udając, że pisanie do szuflady i prowadzenie dziennika mi wystarcza, mamiłam się złudzeniem. Poza tym nic innego, czego próbowałam, mi się nie udało. Nie można więc uznać, że miałam jakiś wybór.

Stukałam końcem długopisu o notatnik, kiedy ktoś postukał mnie w ramię. Podniosłam wzrok i zobaczyłam Lisette.

— O, cześć — powiedziałam, wyciągając słuchawki. — Co robisz w samolocie z Aten?

— Chciałam polecieć w jakieś inne miejsce — wzruszyła ramionami.

— I jak? — spytałam, myśląc, że to nasza najdłuższa rozmowa, odkąd wynajęłam u niej pokój.

— OK — zerknęła na kobietę siedzącą obok mnie i szepnęła: — Przykro mi, że tak się wtedy porobiło.

Ale ja tylko wzruszyłam ramionami. Bo chociaż rzeczywiście to nie było w porządku, już dawno o tym zapomniałam.

— Znalazłaś nowe mieszkanie? Bo szukam współlokatorki — uśmiechnęła się z zakłopotaniem.

— Co się stało z Danem? — spytałam, zastanawiając się, które pierwsze się zmęczyło klapsami. Ale ona tylko wywróciła oczami i pokręciła głową. Ja co prawda musiałam znaleźć mieszkanie, ale na pewno nie chciałam mieszkać z nią. Bo teraz, kiedy zaczynałam od początku, zdecydowałam, że wszystkie moje błędy będą nowe.

— W tej chwili jestem akurat ustawiona — powiedziałam. — Ale dam ci znać, jak będę miała namiar na kogoś w potrzebie.

Ruszyła już dalej, kiedy nagle się zatrzymała.

— A, chcesz to? Miałam to wyrzucić, bo jest sprzed dwóch dni, ale może ty tego nie widziałaś?

Podała mi „New York Post", a ja wsadziłam gazetę do torby. Potem skupiłam się na notesie i wróciłam do pracy.

Dopiero w metrze zdążającym do miasta, kiedy usiłowałam nie zasnąć, przypomniałam sobie o gazecie od Lisette. Wyjęłam ją z torby, zerknęłam szybko na okładkę i uznałam, że odłożę zalew informacji o jeszcze jeden dzień. Skierowałam się prosto na Stronę Szóstą (w tym wydaniu znajdującą się na stronie jedenastej), szukając działu „Tylko pytam", takiego magla celebrytów.

„Która słowiańska modelka, z pozoru hetero, wymyka się po zmroku, żeby pójść w ślinę ze swoją kochanką?

„Który przystojny hotelarz zadaje się z bardzo, bardzo, bardzo gorącym nicponiem z Helsinek?"

„Który żonaty magnat filmowy robi podchody do swojego masażysty i manikiurzysty?"

Co prawda nie znałam odpowiedzi na żadną z tych wskazówek, ale i tak sobie zgadywałam. Potem poczytałam o najnowszych problemach małżeńskich Britney Spears i najnowszej książce dla dzieci napisanej przez Madonnę, aż zerknęłam na dół, gdzie w prawym rogu widniało zdjęcie Cadence.

Pisarze nie są częstą pożywką Strony Szóstej, chyba że są wplątani w duże transakcje nieruchomości, zaręczeni z kimś seksownym albo skandalizującym (albo jedno i drugie), mają problem z alkoholem albo narkotykami (albo jedno i drugie), napisali demaskatorską powieść o świecie mody, albo — i tak zapewne było w wypadku Cadence — są tak niesamowicie piękni i utalentowani, że wszyscy chcieli robić im zdjęcia. Więc w akcie całkowitego i absolutnego masochizmu przysunęłam gazetę do twarzy i wgapiłam się w fotografię, chłonąc każdy szczegół.

Cadence miała na sobie białą obcisłą sukienkę i złote szpilki, od których jej nogi robiły się jeszcze dłuższe. Długie lśniące włosy związała w niski, gładki ogon, a opalone, muskularne ramię obejmowało mocno talię znanej mi krótkowłosej blondynki w niskich dżinsach, maleńkim białym topie na ramiączkach i srebrnych szpilkach. I obie patrzyły prosto w obiektyw, uśmiechając się promiennie.

Ja też się w nie wpatrywałam, zastanawiając się, w co mogą być wplątane.

Kolejny wieczór ubawu i harców i świętowania swojej fantastyczności?

Czy też sesja zdjęciowa pięknych członków Mensy?

Albo może Cadence wyszła po prostu kupić ingrediencje na kolację z Dane'em i wpadła na starą przyjaciółkę?

Kręcąc głową w żałosnej i najwyraźniej bezgranicznej zazdrości, uznałam, że przeczytam podpis i będę miała to z głowy.

„Odkrycie literackie Cadence Tavares i jej wieloletnia bliska znajoma Evie Keys na otwarciu..."

Zaraz... bliska znajoma? Znowu wpatrzyłam się w zdjęcie, serce biło mi szybciej, kiedy przyglądałam się mu doinformowanymi oczami. Dobra, to był „New York Post", a nie „Wieści Gminne", i jeśli w tym szmatławcu pojawiało się słowo „znajoma", to tylko z epitetem „bliska". A ponieważ wszyscy wiedzieli, że „bliska znajoma" to zaszyfrowana „lesbijska siostra", „homo przyjaciółka" albo bardziej oczywiste „lesbijska kochanka", nie było mowy o pomyłce w znaczeniu.

O mój Boże! Ona jest lesbijką!

Dopiero kiedy koleś obok zerknął mi przez ramię i spytał: „Kto?", zdałam sobie sprawę, że powiedziałam to na głos.

— Eee, nikt — odparłam, szybko składając gazetę i wsadzając ją z powrotem do torby.

34

— Hailey? Lepiej ci już?

No świetnie. Siedziałam w sali personelu pokładowego na JFK i zostało mi tylko kilka minut do odprawy, kiedy Lawrence uznał za stosowne złożyć mi wizytę. Nie musiałam podnosić wzroku, żeby wiedzieć, że to on; wszędzie poznałabym ten wazeliniarski głos. Zerknęłam znad klawiatury i skupiłam się na zachowaniu spokojnego oblicza, pozbawionego wyrazu, czekając na ciąg dalszy.

— Nie dostałem jeszcze twojego zwolnienia od lekarza — powiedział, jedną rękę kładąc mocno na biodrze, a drugą bawiąc się przy szyi przesiąkniętej Drakkar Noir.

— To dlatego, że nie mam zwolnienia od lekarza — odparłam, koncentrując się z powrotem na monitorze i szukając dobrej trasy.

— Muszę mieć zwolnienie lekarskie — nalegał.

— Larry — powiedziałam, wiedząc, jak strasznie nie lubi tej formy swojego imienia. — Odpuść mi trochę, dobra? Od ponad roku nie dzwoniłam, że jestem chora.

— Gdybyś czytała swoje okólniki, wiedziałabyś, że ostatnio zmieniliśmy politykę zwolnień chorobowych. Teraz trzeba dostarczyć zwolnienie lekarskie na każdy dzień zgłoszony telefonicznie, przy czym należy się upewnić, że zwolnienie zawiera trzy elementy: nazwisko lekarza, diagnozę i datę choroby. Twoje jest już znacznie spóźnione i muszę je mieć na biurku do końca tygodnia.

— Świetnie — burknęłam, specjalnie na niego nie patrząc, chociaż dominujący zapach jego wody kolońskiej zapewniał mnie o jego obecności.

— I sprawdź, czy zapisałaś się na „Świadomość", bo zgłoszenia trzeba wysłać do końca tygodnia. A jeśli masz jakieś pytania, nie wahaj się ich zadać, proszę. — Te ostatnie słowa wypowiedział głośnym, optymistycznym, śpiewnym tonem o wydźwięku „Jesteśmy jedną rodziną", który powiedział mi, że gdzieś w pobliżu przebywa szefowa bazy.

— Dobra, mam pytanie — powiedziałam, odwracając się do niego. — Dlaczego wydajemy tyle pieniędzy na przelot wszystkich tych pracowników do tych wszystkich baz, płacimy za jedzenie, pokoje hotelowe i instruktorów, skoro zwalniacie personel pokładowy, obcinacie pensje pilotom, nie zwracacie nam już marnego dolara za napiwek dla kierowców furgonetek hotelowych, a zgodnie z „The Wall Street Journal" i waszymi codziennymi okólnikami, znajdujemy się na skraju bankructwa?

Patrzyłam, jak jego szczęki się zaciskają, twarz czerwienieje, kiedy zerka na Shannon, szefową naszej bazy, a potem na mnie.

— Cóż, Hailey, jak wiesz, obsługa pasażerów jest kamieniem węgielnym tej branży — powiedział głosem na miarę kwestii dziękczynnej laureata Oscara.

Skrzyżowałam nogi i kiwnęłam głową.

— I wraz z nieuchronnie się zbliżającą, przeprowadzaną przez Atlas transformacją operacyjną całej firmy, ze względu na obecną atmosferę bezprecedensowej walki branżowej, uważamy za konieczność niezwłoczną reakcję na alarmujące pogorszenie morale i całkowity brak zaangażowania, które obecnie przejawia się w grupie personelu pokładowego. — Przerwał, by zerknąć na Shannon, która wedle mojego rozeznania nie słyszała ani słowa z jego przemowy. — W odpowiedzi więc na wasze opinie utworzyliśmy komisję doradczą, której towarzyszy komisja rewizyjna. Komisja rewizyjna następnie spotka się z zewnętrznym doradcą, który ustanowi program mający na celu zapewnienie pozytywnego wpływu na wydajność personelu, co w efekcie przyniesie nowy przypływ zaangażowania i wiarę w powrót rentowności Atlas Airlines. — Uśmiechnął się triumfująco.

Odczekałam chwilę, żeby się przekonać, czy ma coś jeszcze do dodania, ale najwyraźniej tylko tyle nauczył się na pamięć.

— Jasne — powiedziałam, kiwając głową i wracając do swojego komputera.

No bo wiedziałam, że muszę wziąć udział w „Świadomości". Naprawdę nie miałam wyboru, jako że Atlas niczego tak nie kochał jak corocznych zgromadzeń personelu pokładowego, na który poświęcaliśmy dzień wolny. Musieliśmy wziąć udział w seminarium przybliżającym „nowy kierunek", który obierała firma, i wyjaśniającym, jak się do niego „przygotować".

W ciągu ostatnich sześciu lat przeżyłam już „Przepustkę za kulisy", gdzie superwizorzy, nasi zwierzchnicy, usiłowali przekonać nas, że Atlas Airlines to największa atrakcja w mieście, podczas gdy w tle pulsowała podprogowa muzyka techno. „Spotkanie", kiedy to rozsiedliśmy się na zwariowanych, okrągłych krzesłach, na których można było usiąść tylko z pomocą drugiej osoby i tak też tylko dało się z nich wstać, piliśmy firmowe oranżadki w proszku z plastikowych kubków, i oglądaliśmy film o brandingu firmowym, w wyniku czego doznaliśmy kryzysu tożsamości tak poważnego, że już nie byliśmy pewni, czy pracujemy dla Atlasa, Targeta, Nike'a czy Starbucksa. „Sztuka perswazji", gdzie się uczyliśmy, jak być życzliwym, ale stanowczym ustnym bojownikiem; „Łeb na karku", gdzie się dowiedzieliśmy, że nowe przesłanie Atlasa to Samoosiągalny Wysokogatunkowy Pomyślunek, i „Liczysz się Ty" (przy czym TY to klient, nie stewardesa), a także „Balanga", o której nadal wstydzę się mówić.

Atlas próbował zmienić swój image tyle razy, że czułam się, jakbym pracowała dla Madonny.

Później tego wieczoru, kiedy wróciłam do penthouse'u, podniosłam słuchawkę, zadzwoniłam do Kat i poprosiłam, żeby zadzwoniła do któregoś z zaprzyjaźnionych lekarzy Janniego z prośbą o wystawienie zwolnienia zawierającego szczegółowe wyjaśnienie mojej niezdolności do pracy z powodu choroby, i żeby na pewno każde słowo było po grecku. W końcu Lawrence nie sprecyzował, w jakim języku ma być zwolnienie.

Od powrotu z Mykonos tyle latałam i pisałam, że minęły prawie dwa tygodnie, a ja nie znalazłam czasu, żeby spotkać się z Clayem.

— Cześć — powiedziałam, pędząc schodami przed Metropolitan Museum of Art. — Spóźniłam się?

— Ani trochę — uścisnął mnie. — Ja przyszedłem przed czasem. Jest taki piękny dzień, że chciałem pobyć na dworze. Chcesz się przejść? — Uśmiechnął się z nadzieją.

— Nie, chodźmy do środka, dopóki mamy wstęp za darmo — powiedziałam, bojąc się utraty kolejnego Atlasowego bonusu, darmowego wstępu do Met.

Spojrzał na mnie ze ściągniętymi brwiami, i wiedziałam, że obmyśla negocjacje w tej kwestii.

— Dobra, jedna wystawa, szybki sprint po sklepiku, a potem Belveder Castle — zaproponował.

— Dwie wystawy, zero sklepiku, a potem kupisz mi w parku precla — przebiłam i czekałam, aż rozważy opcje.

— Stoi — powiedział w końcu, ciągnąc mnie za sobą schodami i do budynku.

Przymocowaliśmy małe znaczki M do kołnierzyków i skierowaliśmy się do galerii Modern Art, rozmawiając szybko i słuchając cierpliwie, kiedy nadrabialiśmy wydarzenia ostatnich miesięcy, których nie można było należycie przekazać e-mailem ani przez telefon. No bo niektóre historie wymagały dramatycznej gestykulacji i mimiki, żeby oddać sedno. Patrzyłam, jak Clay relacjonuje bezlitosną rozgrywkę z pasażerem w T-shircie z napisem „Spierdalaj, fiucie", przy zaangażowaniu całego samolotu wściekłych pasażerów, sześciu asystentów lotu, członka personelu naziemnego, dwóch superwizorów (w tym jednego specjalisty od rozwiązywania konfliktów, który uczył sztuki perswazji), i wreszcie kapitana, który rozwiązał cały zamęt, podając pasażerowi swoją kurtkę i wymuszając obietnicę, że będzie ona zapięta aż do wylądowania, i zdałam sobie sprawę, że po raz pierwszy wyjechałam na tak długo, nie widząc Claya, i że tak bardzo jestem zależna od jego przyjaźni, rady i ogólnej obecności w moim życiu.

— Więc zadzwoniłaś już do niego? — spytał Clay, zmieniając temat, kiedy przystanął przed Lichtensteinem.

— Nie — wzruszyłam ramionami, wiedząc doskonale, o kim mówi, bo Clay naprawdę uważał, że Dane i ja należymy do siebie.

— Na co czekasz? — spytał, wpatrując się we mnie zamiast w płótno.

— Posłuchaj — odwróciłam się do niego. — Wiem, że myślisz, że on jest słodki, a teraz kiedy najwyraźniej jest wolny i nie spotyka się z Cadence, jak myślałam...

— Same dobre powody, żeby podnieść słuchawkę — powiedział, przesuwając mnie szybko na drugą stronę pomieszczenia.

— Tak, jasne, tylko czuję, że od zerwania z Michaelem miałam kilka kiepskich startów. No bo najpierw Max w Paryżu, a potem Adonis na Mykonos — pokręciłam głową. — Chociaż do siebie tacy niepodobni, pochodzili z kompletnie innych kultur, a w obie sytuacje nad wyraz chętnie wpakowałam się bez reszty, chciałam powiedzieć *adios* swojemu życiu, żeby żyć ich życiem. I przytomniałam dopiero w konfrontacji z jakąś ogromną, rażącą wadą.

— Ale Hailey... — zaczął Clay i urwał gwałtownie, pewnie dlatego, iż wiedział, że mam rację.

— A prawda jest taka, że muszę zbudować własne życie, z własnych marzeń, zanim będę mogła się związać z kimkolwiek. A jeśli dalej będę się niefrasobliwie dekoncentrować, to się nigdy nie zdarzy. No, ilu znasz mężczyzn, którzy pozwalają jakiejś kobiecie odciągać się od wyznaczonego celu?

— Ale możesz sobie budować własne życie oraz zadzwonić do Dane'a. Przecież on nie mieszka w Europie, tylko kilka pięter niżej! — Spojrzał na mnie i wiedziałam, że myśli, iż zwariowałam, ale ja nie żartowałam i tym razem zamierzałam działać właśnie tak, jak powiedziałam.

— Spójrz na nich — powiedziałam, wskazując na *Tańczących w Kolumbii* Botera. — Dobrze się bawią.

— Nie zmieniaj tematu.

— Clay, zapomnij. Sprawa zamknięta. Poza tym ja ledwie trawię tego faceta. I gdybyś kiedykolwiek musiał poprzebywać w jego pobliżu dłużej niż kilka sekund, wiedziałbyś dokładnie, o czym mówię. Jest arogancki i denerwujący, i zachowuje się, jakby był największym graczem w świecie wydawniczym, a prawda jest taka, że to odrażający... lesbijski przydupas.

— Że co? — Clay podniósł brwi.

— Zmyśliłam to. No wiesz, chodzi mi o taki męski odpowiednik laski, która się trzyma z gejami.

— To się w życiu nie przyjmie — roześmiał się.

Ale ja tylko wzruszyłam ramionami.

— Słuchaj, nie zadzwonię do niego, i już. Poprawiam książkę, oszczędzam pieniądze i skończyłam z randkami. Więc powiedz mi, co tam się dzieje u ciebie?

— Powiem ci, ale dopiero jak pójdziemy do parku.

Wyszliśmy na zewnątrz i skierowaliśmy się prosto do Central Parku, gdzie stanęliśmy przy wózku i kupiliśmy kilka ciepłych słonych precli oraz dwie butelki wody. I właśnie przechadzaliśmy się ścieżką w stronę zamku, gdy Clay westchnął i powiedział:

— Przeprowadzamy się z Peterem.

Stanęłam jak wryta na środku dróżki.

— Kiedy? Gdzie? I co z Atlasem? A co ze mną? — krzyczałam.

— Dobra — powiedział, nerwowo odkręcając butelkę z wodą. — Kiedy? Niedługo. Gdzie? — Do Kalifornii. Atlas? Albo biorę urlop, albo idę na urlop, albo odchodzę, żeby wrócić do szkoły. A ty? No właśnie, to najtrudniejsze.

Stałam i gapiłam się na niego. Jeśli on był szczęśliwy, to ja byłam zdecydowana też być szczęśliwa. Ale to nie oznaczało, że nie jestem zdruzgotana.

— Jak to się stało? — spytałam.

— Peter dostał awans, który wymaga przeniesienia do Los Angeles. I wiesz, jak zawsze kochałem Kalifornię, i wiesz, jak mam dość tych zim. Kiedy więc mnie poprosił, żebym pojechał z nim, zgodziłem się. Mam nadzieję wstąpić na UCLA, żeby skończyć psychologię.

— A jak szybko jest niedługo? — spytałam, mrugając powiekami i próbując nie płakać. On był moim najlepszym przyjacielem na świecie, a przez ostatnie sześć lat zajmował tak wielką część mojego życia, że nie miałam pojęcia, jak wypełnię tę wielką pustą przestrzeń.

— Cóż, jedziemy tam w tym tygodniu poszukać mieszkania, a niedługo po tym pewnie będziemy się przenosić. Ale Peter jest tak przywiązany do Nowego Jorku, że chce zatrzymać mieszkanie. Zastanawialiśmy się więc, czy może chciałabyś je podnająć?

— Poważnie? — spytałam, odrywając kawałek precla i przyglądając się uważnie jego twarzy. Do tej pory tylko raz byłam w tym mieszkaniu, ale zapamiętałam je jako pełne światła, ze zdumiewającą ilością szaf.

— Zostawiamy większość mebli, więc o to nie będziesz musiała się martwić, i wiem, że on pozostanie przy rozsądnym czynszu, bo woli mieć tam kogoś zaufanego. Więc jesteś zainteresowana?

Potrzebowałam mieszkania, a wszystko, co widziałam do tej pory, było albo poza moim zasięgiem, albo całkowicie nie nadawało się do życia. Ale nie byłam pewna, czy jestem gotowa zamieszkać w jego starym mieszkaniu, wśród jego mebli. No bo czuła-bym się dziwnie bez niego.

— Muszę to przemyśleć — powiedziałam, za-kładając ciemne okulary, żeby nie widział, że pła-czę.

Potem pochyliłam się do niego, a on mnie objął i ruszyliśmy w kierunku zamku.

Właśnie wysiadłam z windy służbowej i pędziłam przez hol na spotkanie z Clayem i Peterem, kiedy wpadłam na Dane'a i Jake'a. Nie miałam wyboru, musiałam się z nimi przywitać, pochyliłam się więc do psa, by go pogłaskać, jednocześnie unikając kon-taktu wzrokowego z jego właścicielem, który ostat-nio wsadził kolejną wiadomość pod moje drzwi, a ja na nią nie odpowiedziałam.

— Co tam? — spytał.

— Świetnie! Naprawdę, ale jestem mocno za-jęta, latam, piszę... — niechętnie spojrzałam mu w oczy, wiedząc, że ani trochę nie jestem przeko-nująca.

Ale on kiwnął głową.

— Dokąd idziesz?

— Do Marka. Mój najlepszy przyjaciel i jego partner przeprowadzają się do LA, więc spotykamy się na ostatniej wieczerzy.

— Idziemy w tę samą stronę. Możemy się przy-łączyć?

Zerknęłam na Jake'a, który wpatrywał się we mnie obezwładniającymi wielkimi brązowymi oczyma, a potem spojrzałam na Dane'a i wzruszy-łam ramionami.

A kiedy szliśmy przez ulicę, klucząc między sa-mochodami, udawaliśmy, że nie zauważamy, kiedy nasze ręce niezręcznie zetknęły się ze sobą.

— I jak było w Grecji? — spytał, gdy ja wsadziłam ręce głęboko w kieszenie, zabezpieczając je przed wszelkim dalszym przypadkowym kontaktem.

— Zostałam trochę dłużej, niż zamierzałam — przyznałam.

— Słyszałem, że Atlas zwalnia. Ciebie to dotknie? — Spojrzał na mnie z troską.

— Cóż, przysłali mi list z ostrzeżeniem. Ale to zależy od tego, ilu ludzi odejdzie dobrowolnie.

— A ty odejdziesz?

— Chciałabym — pokręciłam głową. — Mój przyjaciel Clay, ten, który się przeprowadza, odchodzi. Ale niestety, ja nie mam żadnego planu awaryjnego. Pewnie poczekam i zobaczę, co się stanie.

— A książka? — spytał, wpatrując się we mnie.

— Pięć odmów, jedno bez odpowiedzi — wzruszyłam ramionami, nie chcąc mu mówić, że zdecydowałam się przerobić książkę zgodnie z sugestiami oderwanego od rzeczywistości redaktora. — To cała ja — powiedziałam, zaglądając przez okno restauracji, szukając Claya i Petera i mając nadzieję, że nie zobaczą mnie, jak rozmawiam z Dane'em, bo nigdy bym nie zaznała spokoju.

— Hm, fajnie, że cię spotkałem. — Uśmiechnął się.

— Tak, też się cieszę — pochyliłam się, by pogłaskać Jake'a.

— Wpadnij, gdybyś potrzebowała czasami towarzystwa — zawołał Dane, kiedy weszłam do środka.

Ale ja się tylko uśmiechnęłam i pomachałam, wiedząc, że niedługo się przeprowadzę. I że już nigdy nie będę musiała na niego wpadać.

35

Po przyjęciu propozycji Claya i Petera zwabiłam Jonathana Franzena do plastikowej torebki, zapakowałam swoje rzeczy i udałam się do Chelsea. I chociaż Jonathan nie będzie miał już nigdy własnego pokoju, zadbałam, by umieścić jego pojemnik przy oknie, tak aby mógł docenić widok na schody przeciwpożarowe i brudny ceglany budynek obok.

Ponieważ termin Atlasowego programu zwolnień dawno minął, a nadal nie było wiadomości od szóstego wydawcy, moje marzenia, że pójdę w ślady Claya i dostanę prawo przelotów bez rezerwacji na następne pięć lat, się rozwiało. Mogłam więc tylko siedzieć i czekać, kiedy Atlas zestawiał w tabele liczby tych, którzy odeszli dobrowolnie, żeby wiedzieć, ile głów muszą ściąć.

Kiedy tylko skończyłam przeróbkę dla Chance Publishing, wrzuciłam rękopis do koperty i wysłałam do Mariny, dodając „materiały zamówione" wielkimi literami na przedzie, tak aby każdy, kto weźmie do ręki tę paczkę, wiedział, że ktoś rzeczywiście chciał ją zobaczyć, a nie że to rękopis niedoszłego pisarza, który może sobie krążyć w kółko. I kiedy już moje dzieło torowało sobie drogę przez system, próbowałam się koncentrować na tym, jak odlotowo będę się czuć, gdy wreszcie zostanę publikowanym autorem. Jednocześnie ignorowałam głos w mojej głowie, wyzywający mnie od sprzedawczyków i oskarżający o napisanie książki, której w życiu nie chciałabym przeczytać.

Nadal rozmawiałam z Clayem niemal codziennie i nie mogłam się doczekać, aż się z Peterem urządzą, tak abym mogła ich odwiedzić. Nawet rozważałam zamianę swojego szkolenia „Świadomość" z Atlanty na LA, tak żebym mogła zobaczyć jego twarz i pożartować z superwizorów, odtworzyć skecze i przekazać, jakie głupie jest to wszystko.

I chociaż spędzałam prawie cały czas na lataniu albo pracy nad drugą książką, w chwilach kiedy nie miałam co robić, mimowolnie czułam się niewiarygodnie samotna.

Właśnie wróciłam z przystanku w Brukseli i wpadłam do sali personelu pokładowego sprawdzić skrzynkę e-mailową, zanim złapię autobus, kiedy Jennifer, której nie widziałam od Portoryko, podbiegła do mnie i powiedziała:

— Już wszystko wiadomo.

Wpatrywałam się w nią i zauważyłam czerwone załzawione oczy.

— Granica była tuż pod tobą. Nic ci nie grozi.

— A ty? — spytałam, już domyślając się odpowiedzi.

— Mam krótszy staż od ciebie. Więc pewnie wylatuję — siąknęła nosem i odwróciła wzrok.

— Przykro mi — poczułam się okropnie z jej powodu i co najmniej winna, że mnie oszczędzono.

— Co będziesz robić?

— Pewnie pojadę do domu — wzruszyła ramionami.

— Do Alabamy? — spytałam, nie mogąc ukryć zdumienia. Bo może i Alabama była jej domem, ale Jennifer była do szpiku kości dziewczyną z East Village. W ciągu ostatnich sześciu lat nawet prawie pozbyła się akcentu, po prostu mogłam sobie wyobrazić, że mieszka gdziekolwiek indziej.

— Obie moje sublokatorki zostały wylane, więc też wyjeżdżają. Nie mam dokąd iść. — Próbowała się uśmiechnąć, ale za bardzo przypominało to rozciąganie.

— Możesz zostać ze mną — zaproponowałam. — Ja mam mnóstwo miejsca.

— Dzięki, ale już zadzwoniłam do rodziców. Poza tym chcę kupić kiedyś dom, z prawdziwym podwórkiem zamiast schodów przeciwpożarowych. A tutaj nigdy nie będzie mnie na to stać. — Wzruszyła ramionami.

Kiwnęłam głową, wiedząc, że to prawda.

— No to powodzenia — pochyliła się, by mnie uściskać. — Zadzwoń, jak będziesz miała postój w Mobile.

Patrzyłam, jak chwyta torby i wychodzi. Potem siadłam do wolnego komputera, zalogowałam się do poczty i kliknęłam maila dotyczącego „Programu Zwolnień Atlasa Airlines". Przejrzałam dokument i poczułam ukłucie, kiedy zobaczyłam, że cięcia skończyły się dwa numery pode mną.

Co oznaczało, że jestem teraz trzecią od końca pod względem stażu osobą w całym systemie Atlasa.

Siedziałam nieruchomo, wpatrując się w monitor, nie do końca pewna, co w związku z tym czuję. Bo chociaż zdołałam zachować posadę, to praca, którą kiedyś znałam, się skończyła.

W swoim nowym życiu jako numer trzy od końca nie będę już wybierać, dokąd ani kiedy polecę, bo teraz dobrzy ludzie w harmonogramowaniu zdecydują o tym za mnie. Będę musiała mieć przy sobie włączony telefon, do pełna naładowany w trakcie okresu „na żądanie", który mógł trwać tydzień i obejmować pełne dwadzieścia cztery godziny. Nie będzie mi wolno spożywać żadnego alkoholu, ani odchodzić zbyt daleko od domu, torby będę musiała mieć zawsze spakowane, a mundur wyprasowany i gotowy, na wypadek gdybym musiała lecieć w dowolne miejsce na świecie, w każdej chwili, na nagłe wezwanie.

Na odprawie ja ostatnia zapiszę się do obowiązków, co będzie oznaczać, że spadną na mnie wszystkie zadania niechcianych przez całą resztę. A załoga będzie mnie traktować, jakbym była nowa, chociaż mam na koncie sześć pracowitych lat.

Przy opadach śniegu albo śladu deszczy na południowym wschodzie moje cenne i rzadkie dni wolne zamienią się w dni „w pogotowiu". I mogłam zdecydowanie zaplanować Boże Narodzenie, Nowy Rok i wszelkie inne święta gdziekolwiek w obrębie systemu Atlasa — tylko nie w domu.

Będę miała status Gotowy do Działań. Co w systemie kastowym Atlasa oznaczało pariasa.

A ponieważ ledwie przetrwałam tę straszliwą egzystencję w trakcie swoich półtorarocznych początków, nie miałam złudzeń, co mnie czeka.

Znowu więc moje życie wrzuciło wsteczny. Ale tym razem, sądząc po rozwoju sytuacji w Atlasie, nadzieje na ruch do przodu pozostały nikłe.

Wylogowałam się, chwyciłam torby i skierowałam się na przystanek autobusowy, wiedząc, że powinnam być wdzięczna, że zachowałam pracę, chociaż było całkiem pewne, że już jej nie chcę.

*

Kiedy za pierwszym razem zarzucono mi „Bezskuteczną próbę nawiązania kontaktu", właśnie wróciłam z siedemnastogodzinnego dyżuru i byłam tak wyczerpana, że zapomniałam zadzwonić do harmonogramowania i poprosić o pozwolenie udania się do domu. A jako karę dostałam zakaz latania do chwili, kiedy się skontaktuję z Lawrence'em, przeproszę wylewnie, a następnie wystosuję pismo z wyszczególnieniem, jak dokładnie i dlaczego doszło do tego nieszczęsnego wydarzenia, w tym punkt po punkcie miałam nakreślić, jakie podejmę środki, by mieć pewność, że już nigdy, przenigdy „nie narażę na szwank integralności systemu operacyjnego Atlasa".

Drugi raz miał miejsce, kiedy nie zauważyłam, że mam ograniczony zasięg komórki na drugim piętrze Bloomingdale'a.

— Poproszę z Hailey Lane.

Przełożyłam dwie Średnie Brązowe Torby do drugiej ręki i ramieniem przycisnęłam telefon do ucha.

— Przy telefonie — odrzekłam, zastanawiając się, kogo z takim obłudnym, pretensjonalnym głosem mogę znać.

— Mówi Lawrence Peters.

No oczywiście, pomyślałam, przeciskając się przez szklane drzwi obrotowe i podążając na róg Szesnastej i Lex.

— Hailey? To ty? — spytał, już lekko zirytowany.

Zastanowiłam się, czy zamknąć telefon i udawać, że nas rozłączono, ale wiedziałam, że w końcu on i tak mnie dopadnie.

— Tak, to ja — westchnęłam, przystając, by pogapić się na podróbki na stoliku.

— Chciałbym, żebyś się natychmiast stawiła w moim biurze.

Wywróciłam oczami i podniosłam podróbkę torebki JP Tod's.

— Jestem zajęta — powiedziałam, sunąc dłonią po gładkim, śliskim winylu.

— Tak, oczywiście. Najwyraźniej byłaś zbyt zajęta, żeby odebrać telefon. Ponieważ dla twojej informacji właśnie otrzymałaś drugą notę o „Bezskutecznej próbie nawiązania kontaktu", co, mógłbym dodać, wymaga osobistego spotkania ze mną.

— Nie wiem, o czym mówisz — powiedziałam, kręcąc głową i przesuwając się do działu z podróbkami chust Burberry. — Mam tylko jedno BPNK, za które, mogłabym dodać, już przepraszałam. — Rzuciłam chustę i uśmiechnęłam się, że tak dokładnie go przedrzeźniłam.

— Harmonogramowanie usiłowało się z tobą skontaktować dwie godziny i dziesięć minut temu. Miałaś lecieć do Cincinnati. Ale chociaż byłaś w zasięgu, nie odebrałaś.

— To śmieszne. Mam cały dzień telefon przy sobie i ani razu — odsunęłam telefon od ucha i spojrzałam na wyświetlacz. O cholera! Widniała na nim kopertka i błyskało czerwone światełko! Naprawdę harmonogramowanie próbowało się do mnie dodzwonić? I jak to możliwe, że nie słyszałam? — Hm, nie mam pojęcia, jak to się stało — powiedziałam. Zaczął mnie oblewać zimny lepki pot i próbowałam cofnąć swoje słowa. — Był włączony cały czas, przysięgam. A teraz jest za późno? Mogę jeszcze dotrzeć na JFK...

— Już kogoś znaleziono na zastępstwo — powiedział, przyjmując zwykłą, zadowoloną z siebie pozę. — Jutro po południu chcę cię widzieć w swoim biurze, punktualnie o pierwszej.

— Ale to mój jedyny dzień wolny! Nie możemy tego zrobić przed moją następną trasą? — błagałam. Ostatnia rzecz, której chciałam, to jechać na lotnisko i go oglądać.

— Jeśli jesteś zainteresowana zachowaniem pracy, będziesz w moim biurze jutro o pierwszej, gdzie udzielę ci Ustnego Ostrzeżenia lub Pisemnego Ostrzeżenia.

Stałam na rogu Lex i Sześćdziesiątej Pierwszej, gotując się ze złości. Jeśli jestem zainteresowana zachowaniem pracy? Kim on jest do cholery, żeby mi tak grozić? A gdybym tak właśnie w tej chwili uznała, że w zasadzie nie obchodzi mnie ta praca? Co wtedy? No bo przecież już za kilka dni na pewno dostanę wiadomość od Martiny, która zmieni całe moje życie. Dlaczego więc wciąż papram się w tym gównie?

— A co następuje po Pisemnym Ostrzeżeniu? — spytałam, dodając zdławiony chichot na końcu pytania, żeby wiedział, że nie traktuję poważnie jego gróźb.

— Następnym krokiem jest Ostatnie Ostrzeżenie, a po nim Wypowiedzenie. I uwierz mi, Hailey, nie chcesz dotrzeć do tego etapu.

— Hm — mruknęłam, przechodząc przez ulicę pomimo czerwonego światła. Teraz żyłam niebezpiecznie.

— Do zobaczenia jutro o pierwszej w moim biurze. Albo obawiam się, że będę zmuszony podjąć drastyczne środki — powiedział, ledwie skrywając wściekłość.

— Wpiszę cię ołówkiem — odparłam, wywracając oczami i zatrzaskując telefon.

LĄDOWANIE BEZ
WYSUNIĘTEGO PODWOZIA

Kiedy podwozie jest niesprawne, samolot będzie sunął po pasie startowym aż do ostatecznego zatrzyma-
nia. Należy wówczas przeprowadzić
ewakuację dostępnymi wyjściami.

36

Ubrana w nowy sweter i dżinsy, które właśnie wpakowały mnie w tę kabałę, skierowałam się do drzwi i dalej na Piątą Aleję, tak żeby nakarmić koty, odebrać pocztę i zrobić trochę porządków przed przyszłotygodniową wizytą Kat i Janniego.

Koty znalazłam w bibliotece, śpiące jeden przy drugim na aksamitnej sofie i sama siadłam obok nich, głaszcząc ich delikatne, miękkie futerko, przeglądając stos poczty, która w większości zawierała śmieci, aż w środku natknęłam się na białą kopertę z napisem „Chance Publishing" wytłoczonym na wierzchu.

Siedziałam, trzymając ją w dłoniach i myśląc, jak lekka i nieznacząca się wydaje, zważywszy, że jej zawartość ma zmienić moje całe życie. Potem zahaczyłam palec o klapkę i oderwałam ją delikatnie wzdłuż brzegu, wiedząc, że będę chciała ją zachować przez wiele lat.

Wzięłam głęboki oddech, rozłożyłam jedną kartkę papieru, wygładziłam ją na kolanach i przeczytałam:

Szanowna Pani Lane,
Dziękuję, że dała mi Pani możliwość zapoznania się z rękopisem po zmianach. Obawiam się, że fabu-

ła, ze swoim brakiem konfliktu i walki, kieruje się ku
słabej lekturze i po prostu nam nie odpowiada.
  Życzę jednak Pani powodzenia w znalezieniu do-
brego wydawcy.

Łączę wyrazy szacunku
Martina Rasmussen.

Siedziałam bez ruchu, czytając ten list raz za razem, aż słowa zamazały się w plamę na czystym białym papierze. Zastanawiałam się, czy coś przeoczyłam. No bo zrobiłam wszystko, o co prosiła: zmieniłam rodziców we wspierających i emocjonalnie dostępnych; zmieniłam najlepszą przyjaciółkę, czyniąc ją mniej egoistyczną i bardziej lojalną; cholera, zafundowałam nawet bohaterce całkowitą odmianę emocjonalną, tak że była beztroska i mniej obciążona. Dałam Martinie dokładnie to, o co prosiła, zamieniłam swoją powieść w coś, co w ogóle do mnie nie przemawiało, a ona mnie odrzucała?! Bo nie było konfliktu? To ona nie chciała całego tego konfliktu! Ona sobie zażyczyła bezkonfliktowej opowieści!

I kiedy tak siedziałam, oddychając powoli, z drżącymi rękami, powoli docierała do mnie prawda i zdałam sobie sprawę, że teraz muszę:

1. Spotkać się z Lawrence'em i będę musiała się płaszczyć, podlizywać i wszystko inne, żeby wynagrodzić swoją haniebną wczorajszą postawę, kiedy to jeszcze miałam złudzenie, że jestem pisarką.

2. Pokochać swój krótkostażowy status i przeobrazić się w najlepszego Gotowego do Służby pracownika, jakiego Atlas Airlines widział, jeśli zamierzam mieć cień szansy na zachowanie tej posady.

3. Zrezygnować z marzeń o twórczym spełnieniu, wrócić do szkoły i podjąć studia w jakiejś solidnej dziedzinie, takiej jak ekonomia albo informatyka, tak aby móc pewnego dnia oddać swoją lotniczą odznakę.

Więc chyba w pewien sposób Martina naprawdę zmieniła moje życie. Na gorsze.

Zmięłam list w maleńką, nienawistną kulkę, a potem zerknęłam na zegarek i zobaczyłam, że ledwie zdążę na lotnisko. Teraz kiedy już nie mogłam sobie pozwolić na przeskok od „Pisemnego" do „Ostatniego" ostrzeżenia, wiedziałam, że lepiej zejść z kanapy i migiem lecieć do autobusu.

Nie miałam czasu na cyrki z głupią windą służbową, więc czekałam na normalną, modląc się, żeby nie wpaść na Dane'a, gdy zadzwoniła komórka.

— Halo? — spytałam, skręcając się, że tak opryskliwie się odzywam, ale naprawdę nie miałam nastroju na pogawędki.

— Hailey? Dzwonię w niewłaściwej chwili? Bo wydajesz się zirytowana.

Wywróciłam oczami i jeszcze trzykrotnie wcisnęłam guzik przywołujący windę. Zirytowana to za mało powiedziane. Zwłaszcza w porównaniu do rzeki użalania się nad sobą, zwątpienia w siebie, niskiej samooceny i nienawiści do samej siebie, w której to rzece właśnie brnęłam. Ale chociaż byłyśmy ostatnio z mamą w dużo lepszych stosunkach, nie chciałam się z nią tym dzielić.

— Cześć, mamo — powiedziałam, siląc się na lżejszy ton. — Słuchaj, wsiadam właśnie do windy, a potem do metra i autobusu. Czy to coś pilnego?

— Hm, chciałam tylko przekazać ci wieści — zignorowała wszystkie kłody, które właśnie rzuciłam pod jej konwersacyjne nogi.

— Jakie wieści? — spytałam, patrząc, jak z każdym piętrem znika kolejna kreska, i zastanawiając się, kiedy nas rozłączy.

— Wczoraj wieczorem wstąpił do mnie Alan z wielkim bukietem róż i przeprosinami.

— I? — spytałam, starając się pchnąć rozmowę, bo gdybym się zdała na poczucie czasu mojej matki, trwałaby ona godzinami.

— Mówi, że popełnił wielki błąd i błagał o drugą szansę.

Wzniosłam oczy do nieba i szłam przez hol i dalej na ulicę.

— Czy w tym momencie nie byłaby to w zasadzie szansa czternasta albo piętnasta? — No bo Jezu, może to jednak nie moja wina, że wiodę takie żałosne życie miłosne. Może to kwestia genów!

— Powinnaś była go zobaczyć, Hailey — powiedziała, ignorując mój sarkazm. — Wyglądał tak smutno.

— Mamo, mogłabyś do sedna? Już wchodzę do metra, a wtedy zdecydowanie nas rozłączy. Więc powiedz to po prostu. On wyglądał smutno, ty się rozpłynęłaś, i teraz jesteście razem, tak? — stanęłam na rogu, wywracając oczami i kręcąc głową.

— Prawdę mówiąc, nie — powiedziała cicho.

— Och — mruknęłam. Głupio mi się zrobiło, że tak z nią rozmawiałam.

— Powiedziałam mu, że wyjeżdżam z kraju. Potem życzyłam mu wszystkiego dobrego i pożegnałam go.

— Dokąd jedziesz? — spytałam, zerkając z niepokojem na zegarek, ale wiedząc, że nie mam szans się rozłączyć. — To znaczy... mówiłaś poważnie?

— Sprzedałam dom i przeprowadzam się do Chin.

Oparłam się o ścianę ogłuszona.

— Przez jakiś czas pouczę angielskiego, a potem będę podróżować po świecie, cały czas pracując jako wolontariusz. Kto wie, gdzie skończę?

— Rany — jęknęłam, bo nic innego nie przychodziło mi do głowy.

— A to wszystko dzięki tobie, Hailey. To ty mnie zainspirowałaś. Swoim życiem, że tak korzystasz z szans, że szukasz przygody — jesteś taka nieustraszona!

Dobra, to zupełnie nieprawda. Najwyraźniej z kimś mnie pomyliła.

— Ależ mamo, to może tak wygląda z pozoru. W ciągu ostatnich kilku lat, prawdę mówiąc, podjęłam sporo złych decyzji. No wiesz, nie jestem nieustraszona i nie powinnam dla nikogo być inspiracją, zwłaszcza dla ciebie.

Ale ona tylko westchnęła.

— Hailey, to nieważne, jakie są efekty. Najważniejsze, że próbujesz! Spójrz na mnie. Przez całe życie w tym samym mieście robiłam w kółko te same rzeczy. Szłam po prostu i nigdy nie eksperymentowałam ze status quo. Potem pewnego dnia jechałam schodami w Nordstromie i zdałam sobie sprawę, że mogę zostać tutaj, ofiarowując cały czas i pieniądze South Coast Plaza, albo mogę sprzedać dom, spakować się, wsiąść do samolotu i zrobić coś ważnego.

Stałam bez ruchu, a jej słowa powoli do mnie docierały.

— Jestem z ciebie dumna — powiedziałam w końcu z oczami pełnymi łez. Częściowo dlatego, że wychodziła z zamknięcia i chwytała życie, a częściowo dlatego, że to podkreślało, jak mały i zastały był mój świat. Zupełnie jakby wszyscy dokoła mnie szli do przodu, dosłownie, podczas gdy ja utknęłam w sześcioletnim uziemieniu.

— Zobaczymy się przed twoim wyjazdem?

— Wyjeżdżam pod koniec tego tygodnia. Da radę?

— Pewnie tak — powiedziałam, wiedząc, że będę na dyżurze, ale mając nadzieję, że zdołam coś wymyślić. Potem wytarłam twarz grzbietem dłoni i ruszyłam schodami do metra. Czułam, że jeśli się nie pospieszę, zdecydowanie nie zdążę na autobus.

— A, Hailey, słyszałaś może, że Jude Law...

Ups, przerwało nam. Zamknęłam telefon i wsiadłam do metra, a zanim dotarłam do Midtown, dostałam wiadomość. Ale wiedząc, że to tylko moja mama chce się zagłębić w analizę życia płciowego celebrytów, zignorowałam ją. Cieszyłam się, że przynajmniej ta jej część jest wciąż rozpoznawalna, ale to nie znaczyło, że chciałabym jej dogadzać.

Dotarłam do autobusu na New York Airport i uśmiechnęłam się do grupki stewardes z innych linii, kierując się do ostatniego rzędu. Potem siadłam i wyjrzałam przez okno, wahając się pomiędzy strachem o swoją niepewną przyszłość a złością do marnowania na takie coś mojego jedynego wolnego dnia. Zanim dotarłam do JFK, byłam w całkowitej rozsypce.

I kiedy stanęłam pod biurem Lawrence'a, nerwowo poprawiając sweter i dżinsy, zerknęłam na zegarek, sprawdziłam czas, wzięłam głęboki oddech i zapukałam.

Czas mijał i żadnej odpowiedzi, i już miałam znowu zapukać, kiedy on otworzył drzwi, zmierzył mnie wzrokiem i powiedział:

— Jestem teraz zajęty, wróć, proszę, za piętnaście minut.

Zmrużyłam oczy, otaksowałam jego mizerną posturę, spojrzałam na każdy centymetr zagraconego małego gabinetu. Biurko było puste, światła telefonu wygaszone, ale monitor komputera nie kłamał, pokazując bieżący udział w bezwzględnej licytacji na eBayu.

I chociaż wiedziałam, że on bawi się w chorą, pasywno-agresywną gierkę, żeby popatrzeć, jak się pocę, marnując jednocześnie mój dzień wolny, wiedziałam też, że nic nie mogę z tym zrobić.

— Dobra — rozciągnęłam wargi w wymuszonym uśmiechu. — Spotkam się z tobą o pierwszej piętnaście. — I odeszłam holem, wpadłam do łazienki i skierowałam się do rzędu umywalek, gdzie stanęłam z zamkniętymi oczami i oddychając głęboko, w poszukiwaniu zen.

Spokojnie. On próbuje cię rozwścieczyć, żeby mógł cię zwolnić. Nie daj się! Potrzebujesz tej pracy.

Odkręciwszy kran, wsunęłam dłonie pod zimnym strumień, dodałam mydła i patrzyłam, jak spływająca woda zamienia się w szarą, zmywając odrażające nagromadzenie miejskiego brudu i tłuszczu transportu publicznego. Potem wysuszyłam je ręcznikiem i skierowałam się z powrotem do holu, kupiłam sobie kubek cienkiej, ale gorącej kawy z automatu, i siadłam, na zmianę dmuchając i siorbiąc przez następny kwadrans.

— Witaj — powiedział Lawrence, kiedy stanęłam w progu jego biura punktualnie co do sekundy. — Usiądź.

Chwyciłam krzesło, skromnie skrzyżowałam nogi, i patrzyłam, jak on sadowi się za biurkiem, przybierając ponury wyraz twarzy.

— Wiem, że przystosowanie się do statusu „Gotowy do akcji" jest dużym wyzwaniem, ale po dwóch bezowocnych próbach nawiązania kontaktu, połączonych z twoim rażącym, niesubordynowanym nastawieniem, muszę cię napomnieć, Hailey. Bardzo mnie kusi, by udzielić ci ostatniego ostrzeżenia. — Pochylił się na krześle i posłał mi zadowolone z siebie spojrzenie pod tytułem „Jestem twoim szefem".

— Ale... — zaczęłam i przerwałam, bo zadzwonił jego telefon. Lawrence podniósł pękaty, władczy palec. — Nie ruszaj się. Jeszcze daleko nam do końca.

Patrzyłam, jak wychodzi z biura, potem wzniosłam oczy do nieba i pokręciłam głową, zastanawiając się poniewczasie, czy może zainstalował jakąś kamerkę, która właśnie nagrywa mój niesubordynowany wyraz twarzy. Niesubordynacja była w Atlasie straszliwym występkiem, postrzeganym o wiele gorzej niż brak reakcji albo niewłaściwa reakcja na skargi pasażera. A że stewardesy były najmniej nadzorowaną grupą pracowników, kierownictwo Atlasa bardzo się starało utrzymywać nas w stałym stanie paranoi, organizując darmowe, anonimowe gorące linie, które zachęcały nas do donoszenia na siebie nawzajem, i niesławny program widmowych pasażerów, przez który już zawsze się zastanawiałam, czy ten lub ów z moich pasażerów jest może firmowym szpiegiem. Słyszałam nawet o stewardesach, które przekonane, że personel hotelu na postoju jest w zmowie z firmą, odmówiły używania telefonów i zbierały swoje śmieci do osobnych toreb, żeby je potem wyrzucić w sekretnym, objętym tajemnicą miejscu.

Ale mijały minuty, a ja wiedziałam, że on to przeciąga, żeby mnie rozzłościć. Sięgnęłam więc do torebki, wyjęłam swój telefon, uznawszy, że zabiję jakoś czas, wysłuchując wiadomości od mojej mamy.

Połączyłam się z pocztą głosową i czekałam na wysłuchanie listy teorii mojej matki na temat najświeższych gwiazdorskich trójkątów miłosnych, a tymczasem usłyszałam: „Witam, chciałabym zostawić wiadomość dla Hailey Lane. Nazywam się Hope Shine i jestem wydawcą w Phoenix Publishing..."

O Boże! Phoenix Publishing było szóstym odrzuceniem, którego jeszcze nie dostałam. I oto najwyraźniej uznali, że zignorują moją zwrotną kopertę i dostarczą mi złe wieści w bardziej bezpośredni i osobisty sposób.

„Chciałabym pani przekazać, że bardzo nam się podobała pani książka. Zdołała pani oddać naturę nastolatki i napisać o jej walce w autentyczny, realistyczny sposób. Nie wiem, czy pracuje pani nad czymś jeszcze, ale chcielibyśmy pani zaproponować umowę na dwie książki. Gdyby zechciała więc pani oddzwonić, chętnie omówię z panią szczegóły i odpowiem na pytania. Mój numer..."

Zaraz, zaraz... czy ona proponowała mi umowę? I nie na jedną książkę, tylko na dwie?

Wysłuchałam wiadomości raz jeszcze, a potem wyszłam z biura Lawrence'a, kierując się na zewnątrz, do hałasu i chaosu ludzi, którzy się podwozili i odbierali, tulili się na pożegnanie i machali. Potem oparłam się o żółtą ceglaną ścianę i oddzwoniłam do Hope.

A kiedy przyjęłam jej propozycję, nałożyłam świeżą warstwę szminki, przeczesałam palcami włosy i wróciłam na lotnisko. Zadbałam, żeby trochę potrwało, zanim przejdę przez kontrolę, by stanąć w kolejce do Starbucksa.

Stojąc na progu biura Lawrence'a, z venti skim latte w dłoni, patrzyłam, jak jego twarz wykrzywia się z wściekłości.

— Powiedziałem ci wyraźnie, że masz się nie ruszać. A ty co robisz? Idziesz sobie na kawę, co jest nie tylko nieposłuszeństwem wobec moich poleceń, ale też pokazuje całkowity brak szacunku dla mnie. — Opadł na oparcie i ustawił dłonie w sztywną piramidkę. — Można by pomyśleć, że ktoś, kto o włos uniknął zwolnienia, mógłby wykazać odrobinę wdzięczności — dodał, kręcąc głową i posyłając mi pogardliwe spojrzenie.

— Miałeś na myśli, że mam się nie ruszać z twojego biura czy w ogóle z planety Ziemia? — spytałam, siadając naprzeciwko niego i patrząc, jak jego szczęka się zaciska, a oczy wychodzą z orbit, kiedy spojrzał w komputer i zaczął coś bardzo szybko pisać na klawiaturze.

— Trzy tygodnie temu spóźniłaś się cztery minuty na odprawę — powiedział, wysmarowując listę moich ostatnich Atlasowych nadużyć. — Dwa tygodnie temu miałaś na sobie czarny sweter zamiast granatowego regulaminowego. I ostatnio widziano cię w holu Salt Lake City w białej bluzce bez regulaminowej czerwono-niebieskiej chustki, w kryjących rajstopach, które — wiesz doskonale — są dozwolone wyłącznie z szortami i w nieregulaminowych chodakach z widocznymi szwami. Nie wspominając o wszystkich innych pogwałceniach regulaminu mundurowego, których dopuściłaś się w ciągu ostatnich sześciu lat. — Oderwał wzrok od monitora, na tyle długo, by ze smutkiem pokręcić nade mną głową. — Twoje ostatnie zwolnienie lekarskie, napisane po grecku, nie było zabawne. Twoje zachowanie po wystąpieniu przypadku zgonu w trakcie lotu było co najmniej kontrowersyjne. A poza tym przypadkiem wiem, że pewnego dnia po powrocie z Londynu wysiadłaś z samolotu z butelką wody Atlasa wystającą z torby. I nie próbuj zaprzeczać,

Hailey, bo widziałem cię i widziałem tę butelkę wody. Ale chociaż to jest postrzegane jako kradzież, co swoją drogą jest występkiem karanym natychmiastowym wypowiedzeniem umowy o pracę, nie złożyłem wówczas raportu, bo wiedziałem, że już i tak masz dużo problemów. — Odwrócił się od monitora, skrzyżował ramiona i spojrzał na mnie. — Co masz na swoją obronę?

Siedziałam, popijając latte, z wyrazem twarzy pełnym namysłu, a przynajmniej miałam nadzieję, że taki właśnie wyraz twarzy udało mi się uzyskać. Potem postawiłam obie nogi na podłodze, pochyliłam się ku niemu, oparłam łokcie na jego biurku i powiedziałam:

— Ej, Larry, pamiętasz, jak zaczęliśmy latać do Europy, i jak brałeś sobie nie tylko butelki wody, ale też małpki z wódką, nieotwarte butelki wina, resztki talerza serów, paczki krakersów i wszystkie te bombonierki, które wynosiłeś z pierwszej klasy? I jak to ustawiałeś zgrabnie w naszym pokoju hotelowym i zapraszałeś wszystkich, żeby z tobą imprezowali? Pamiętasz? I że pewnego dnia miałeś zbyt wielkiego kaca, żeby pracować w czasie lotu powrotnego z Nowego Orleanu, więc wsadziliśmy cię na wolny fotel, daliśmy ci koc i poduszkę i pozwoliliśmy ci się wyspać, a sami zasuwaliśmy za ciebie? Pamiętasz cokolwiek z tych wydarzeń, Larry? Albo jak kiedy się pojawiłeś czterdzieści minut spóźniony na ten nocny lot do Las Vegas i zadzwoniłeś do harmonogramowania ze swojej komórki, zapewniając ich, że byłeś cały czas, tylko zapomniałeś się zameldować? I jak wszyscy za ciebie poświadczyliśmy? Albo tamten raz, jak nakłamałeś, że jesteś chory i nie możesz wracać z postoju w Rzymie, bo poznałeś jakiegoś gościa, z którym chciałeś spędzić trochę czasu? Pamiętasz to, Larry? Pamiętasz czasy, kiedy należałeś do najgorszych winowajców w firmie? — opadłam z powrotem na krzesło i uśmiechnęłam się.

— Mógłbym cię wylać — szepnął z poczerwieniałą twarz, trzęsącymi się dłońmi i oczami wypełnionymi furią.

— Śmiało — wzruszyłam ramionami. — A potem może przejdę się do biura szefa bazy, pogadam sobie z Shannon i zobaczymy, czy zabiorę cię ze sobą.

A widząc panikę na jego twarzy, uśmiechnęłam się jeszcze szerzej.

— Nie zrobiłabyś tego — powiedział, chociaż brzmiało to jak pytanie bardziej, niż zapewne zamierzał.

Ale ja tylko siedziałam, popijając kawę. Zrobiłabym? Pewnie tak. Ale co mnie to obchodzi? Dlaczego mam marnować czas na wyzywanie na pojedynek tego kretyna? W końcu nic mnie już nie obchodzi ani Lawrence, ani Atlas, więc lepiej będzie, jeśli odejdę sobie spokojnie z nieskalaną godnością, pewna, że o ile on może być grubą rybą tu na dole, w podziemiach JFK, to na górze, gdzie to się naprawdę liczy, jest tylko bladym wyrobnikiem.

Zdjęłam z szyi identyfikator i rzuciłam go na biurko. A kiedy on podniósł wzrok, na jego twarzy widniał bezcenny wyraz szoku i strachu.

I pragnąc go takim na zawsze zapamiętać, wstałam, dopiłam latte, a potem postawiłam pusty kubek na jego biurku i powiedziałam:

— Powodzenia, Larry.

I opuściłam jego biuro. I Atlasa też.

37

Dopiero kiedy siedziałam na tylnym siedzeniu taksówki i przejeżdżałam przez most na Pięćdziesiątej Dziewiątej Ulicy, zebrało mi się na mdłości. I co ja zrobiłam, na Boga? No czy mi rozum odebrało? Wszyscy wiedzą, że debiutujący powieściopisarz nie powinien rzucać pracy, a ja poszłam i to właśnie zrobiłam. Odrzuciłam bonusy, ubezpieczenie zdrowotne, darmowy wstęp do Met Museum w dobrym stylu, ale w źle zaplanowanym momencie.

Pokręciłam głową i wyjrzałam przez okno, zastanawiając się, czy po drugiej stronie mostu będzie stała w rzędzie brygada antyterrorystyczna kierownictwa Atlasa, z bronią gotową do strzału, kiedy każą mi podnieść ręce i oddać odznakę, części umundurowania oraz podręcznik lotu, spokojnie i grzecznie.

Dotarłam do swojego mieszkania, poszłam prosto do kuchni i ponieważ nie miałam wina, szampana ani nic choć trochę odświętnego (skoro jako „Gotowy do służby" nie mogłam pić), nalałam sobie trochę Pellegrino do kieliszka od szampana i siadłam na kanapie, gdzie raz za razem słuchałam wiadomości od Hope. Potem spojrzałam na Jonathana Franzena pływającego w kółko w akwarium i westchnęłam nad ironią losu, że kiedy już popracowałam ciężko nad poprawieniem swojego życia, to nie mam z kim go dzielić.

Zadzwoniłam do mamy, Kat i Claya i przekazałam im dobre wieści, potem nalałam sobie uroczystą szklankę wody i zadzwonił telefon.

— Gratulacje!

— Hm, dziękuję. Kto mówi? — spytałam, bo nie rozpoznałam ani numeru, ani głosu.

— Dane.

— Ach, cześć — powiedziałam, zastanawiając się, dlaczego dzwoni i czego może mi gratulować. No bo przecież nie może wiedzieć o książce, to się dopiero wydarzyło. — A czego mi gratulujesz?

— Umowy na dwie książki!

— Ach — mruknęłam, zastanawiając się, czy Clay się jakoś z nim skontaktował, bo zawsze próbował nas połączyć.

— W twoim głosie nie słychać zbyt wielkiej ekscytacji.

— Ale jestem podekscytowana, naprawdę. Tylko się zastanawiam, skąd wiesz.

— Widziałem na Publishers Marketplace.

A ponieważ nie miałam pojęcia, co to jest, ani dlaczego on to czytał, nie powiedziałam nic.

— Więc kto w twoim imieniu zajmuje się umową? — spytał.

— Hm, ja — odparłam, myśląc: „Znowu". No bo zawsze sprawiał, że czułam się, jakbym nie miała pojęcia, co robię. Może i nie wiedziałam. Jeszcze.

— Masz kogoś, kto przeczyta twoją umowę?

— Nie — wzniosłam oczy do nieba. Jezu, ten koleś potrafi zwarzyć każdy nastrój. Nie mogłabym po prostu skupić się na byciu szczęśliwą i zostawić na później wszystkie kruczki i haczyki?

— Hm, powinnaś się nad tym zastanowić. Takie umowy mogą być bardzo zagmatwane, jeśli nie wiesz, czego szukać. Ja ci chętnie pomogę — zaproponował.

— Zobaczymy — powiedziałam, kręcąc głową i popijając wodę gazowaną.

— A masz jakieś plany, żeby to uczcić? — spytał.

— W tym tygodniu przylatują moi przyjaciele z Grecji, więc pewnie pójdziemy na jakąś kolację. — Nagle poczułam się jak totalny nieudacznik, pomimo ostatniego sukcesu. — I moja mama przyjedzie do miasta. — Słabo, Hailey, smutno, żałośnie i słabo.

— A dzisiaj co? Odlatujesz w jakieś egzotyczne miejsce?

— Róg Dwudziestej Trzeciej i Ósmej mieści się w tej kategorii?

Milczał chwilę.

— A może kolacja? — spytał w końcu. — Ze mną. Dzisiaj. Zabiorę cię w każde miejsce, gdzie przyjmują rezerwację na ostatnią chwilę.

Upiłam wody i wpatrzyłam się w Jonathana Franzena. Cóż, przynajmniej ktoś chce ze mną świętować. I chociaż Dane straszliwie działa mi na nerwy, i tak jest lepszy niż danie na wynos. Poza tym to tylko jedna kolacja, co mi szkodzi?

— Znam takie miejsce — powiedziałam.

38

Jeszcze zanim Dane otworzył drzwi, poczułam silny zapach.

— *Entrez* — powiedział, zapraszając mnie gestem. — Witam w Chez Dane. — A po chwili uśmiechnął się i zauważyłam, że jest słodszy niż go pamiętałam.

— Ładna sukienka — zauważyłam, patrząc na poplamiony i pomięty biały fartuch, który miał na wyblakłych dżinsach i koszuli w paski.

— Pamiętasz Jake'a? — spytał, kiedy przyjazny czekoladowy labrador podbiegł mnie przywitać.

Schyliłam się, żeby go pogłaskać, poklepałam go po łbie i podrapałam pod brodą, myśląc, że miło byłoby mieć takiego psa, żeby do niego wracać codziennie.

— Mam nadzieję, że lubisz szampana? — spytał, wyciągając korek i napełniając dwa kieliszki. Zatrzymał się w sam raz, żeby spieniony trunek nie przelał się przez brzeg i nie spłynął po bokach. Potem, podając mi mój kieliszek, podniósł swój. — Za Hailey Lane, najnowszą literacką sensację Nowego Jorku! — Uśmiechnął się i stuknął kieliszek o mój.

— Hm, bez szaleństwa — zaśmiałam się.

— Nie bagatelizuj tego. To ogromne osiągnięcie. Masz w ogóle pojęcie, jak trudno zdobyć umowę na książkę?

Pomyślałam o miesiącach walki, izolacji i zwątpienia w siebie. I jak w pewnym momencie byłam tak zdesperowana, że zignorowałam swoje instynkty i całkowicie się zaprzedałam.

— Tak, chyba wiem.

— Większość ludzi nie dostaje propozycji umowy. A ci, którzy dostają, całymi latami na nią pracują.

Przypomniałam sobie, jak robiłam podobne statystyki, kiedy zostałam stewardesą. „Tylko dwoje na tysiąc chętnych ma tyle szczęścia — mówiono nam na spotkaniu informacyjnym. A teraz rozejrzyj się dokoła i pamiętaj, że kilkakrotnie więcej nie przejdzie przez szkolenie".

— No chyba mam szczęście — wzruszyłam ramionami. Zabawnie to zabrzmiało. — Chociaż nadal mi się to wydaje zupełnie niewiarygodne. Ten cały dzień był taki nierealny. Najpierw dostałam list odmowny, od którego spadłam na dno, a nawet niżej. Potem odebrałam telefon od Hope, od którego poszybowałam tak wysoko, że wparadowałam do biura swojego szpiega i rzuciłam pracę. — „A teraz jem z tobą kolację" — pomyślałam, popijając szampana.

— Rzuciłaś pracę w Atlasie? — spytał, w szoku szeroko otwierając usta.

— No... tak — wzruszyłam ramionami. — Chyba nie powinnam pozbywać się stałej pracy, wiem, ale to długa historia.

Popatrzył na mnie i uśmiechnął się, ale widziałam, że się martwi.

— Hailey, naprawdę chętnie ci pomogę przebrnąć przez to wszystko, jeśli mi pozwolisz.

Dopiłam szampana, odstawiłam kieliszek na blat i spojrzałam na niego, wiedząc, że teraz albo nigdy.

— Słuchaj, bez obrazy, ale dlaczego uważasz, że lepiej ode mnie wiesz, jak przebrnąć? No bo przecież nie jesteś w zasadzie pisarzem, prawda?

Ale on tylko się uśmiechnął.

— No wiesz, przejrzę to, i gdybym miała jakieś pytania, to wiem, gdzie cię znaleźć — powiedziałam. Przykro mi było z powodu mojego tonu, ale Jezu, jeśli ten facet chce naprawdę być moim przyjacielem, to będzie musiał przestać krytykować mnie cały czas.

— Brzmi nieźle — kiwnął głową, idąc do kuchni, by zajrzeć do piekarnika. — Mamy standardowe formularze dla wszystkich większych wydawców, w tym dla Phoenixa, więc daj mi znać, jeśli będziesz czegoś potrzebować.

Patrzyłam, jak zagląda pod przykrywki i miesza coś w garnku, a mój żołądek wypełnił się przerażeniem.

— Czekaj — powiedziałam, obchodząc blat i stając przy nim. — Dlaczego macie standardowe formularze dla Phoenixa?

— Bo jestem głównym doradcą w McKenzie and Thurston.

Stałam bez słowa. Nie miałam pojęcia, co to znaczy.

— Nigdy o nas nie słyszałaś?

Pokręciłam głową. Znowu przez niego czułam się kompletnie niedoinformowana. Ale najwyraźniej wiele jeszcze musiałam się nauczyć.

— Jesteśmy agencją literacką. Byłaś w moim biurze, więc uznałem, że wiesz. — Wzruszył ramionami. — No nieważne. Zajmowałem się umową Cadence i większością umów Harrisona Manna...

— I teraz proponujesz, że zajmiesz się moją... — poczułam się mocno zakłopotana za tyle miesięcy spławiania go i myślenia, że jest nadęty i arogancki, podczas gdy on tak naprawdę chciał mi pomóc.

— To zależy od ciebie — powiedział, sięgając do pokrętła i wyłączając gaz.

— No, jeśli jesteś wystarczająco dobry dla Harrisona Manna — zaśmiałam się, czując, że moja twarz czerwienieje, wręcz płonie. — Ale powinnam cię przeprosić — dodałam, kręcąc głową i patrząc na niego. — Że przez ten cały czas się od ciebie oganiałam. Chyba pragnęłam tego od dawna, ale chciałam zrobić to sama, bez niczyjej pomocy. A teraz, kiedy to się wreszcie stało, czuję się, jakbym właśnie dostała zaproszenie do jakiegoś ekskluzywnego klubu, tylko nie mam pojęcia, jaki obowiązuje w nim regulamin.

— To właśnie moja działka — uśmiechnął się i wytrzymał moje spojrzenie. A ja się spłoszyłam i odwróciłam wzrok.

— Pomóc ci w czymś? — spytałam, pokazując na pyrkające garnki.

— Wszystko pod kontrolą — znowu się uśmiechnął. — Ale możesz włączyć jakąś muzykę, jeśli chcesz.

Przejrzałam jego kolekcję CD, ze zdumieniem stwierdzając, że w tylu punktach mamy zbieżne gusta muzyczne. A po wybraniu soundtracka do *Powrotu do Garden State*, podeszłam do kilku półek, na których stała grupa barwnej meksykańskiej ceramiki ludowej.

— Skąd to masz? — spytałam, lekko przesuwając palcem po skraju jaskrawo pomalowanego zwierzęcia, który wyglądał jak kojot, ale chyba nim nie był.

— Wędrowałem po Meksyku przez trzy miesiące w wakacje pomiędzy licencjatem a prawem

— odparł, chwytając kieliszki do wina i podchodząc z nimi do mnie.

— Z czego robiłeś licencjat?

— Ze stosunków międzynarodowych. Popatrz, to jedno z moich ulubionych — powiedział, podnosząc ceramiczną tabliczkę przedstawiającą klasę, w której wszyscy uczniowie mieli rogi, a nauczyciel pokazywał im język.

— O mój Boże, to mi przypomina liceum — zaśmiałam się, a on spojrzał na mnie z uśmiechem.

— No a gdzie w Meksyku byłeś?

— Wszędzie. Oaxaca, Chiapas, Michoacan...

— Brzmi odlotowo. — Przeszłam do kolejnego interesującego obiektu.

— Byłaś tam?

Wzruszyłam ramionami.

— Kilka krótkich postojów w Mexico City, kilka jednodniowych wypraw do Tijuany, kilka długich weekendów w Cabo — wiesz, wszystkie te standardowe ulubione miejsca ludzi, którzy dorastają po północnej stronie granicy.

— Jesteś z Kalifornii?

— Urodziłam się i wychowałam w Orange County. — Kiwnęłam głową.

— A ja dorastałem w Studio City.

Staliśmy chwilę, wpatrując się w siebie i zastanawiałam się, czy on mnie pocałuje. Ale właśnie kiedy ruszył do mnie, zadzwoniła moja komórka. I chociaż straszliwie chciałam ją zignorować, Dane uśmiechnął się i powiedział:

— Chyba powinnaś odebrać.

Pognałam do torebki, chwyciłam telefon i otworzyłam go, chociaż byłam pewna, że już za późno.

— Mówi Shannon Atkins z Obsługi Powietrznej Atlas Airlines, chciałabym rozmawiać z Hailey Lane.

„O Boże! Poważnie? Czy jej się wydaje, że może mnie nękać, jak już się zwolniłam? Co jest z tymi ludźmi?!"

Ale nie powiedziałam nic takiego. Wzniosłam tylko oczy do nieba.

— Przy telefonie — powiedziałam.

— Och, dobrze, tak się cieszę, że cię złapałam! Pewnie jeszcze w ogóle nie zauważyłaś, ale chyba zgubiłaś identyfikator.

— Słucham? — O czym ona do cholery mówi?

— Leży przede mną na biurku. Ma zerwaną smycz, więc pewnie spadł ci z szyi niepostrzeżenie. Lawrence znalazł go na ziemi przed swoimi drzwiami i przyniósł, żebym się o niego zatroszczyła. Kiedy mogłabyś go odebrać?

— Hm, nie jestem pewna — powiedziałam, ściskając mocno telefon i próbując przetrawić ten nieoczekiwany zwrot wydarzeń. Czy ona była świadoma faktu, że rzuciłam pracę? I czy naprawdę tak nastraszyłam Lawrence'a, że coś skumał? Ale numer.

— Schowam go w biurku, pod kluczem. Ale nie zapomnij do mnie zadzwonić, zanim przyjedziesz, bo wiesz, bez niego nie dostaniesz się do sali. Miłego weekendu, Hailey.

— Hm, nawzajem — powiedziałam, zamykając telefon i zastanawiając się, czy Atlas stanie się złym narzeczonym, którego nigdy nie będę miała siły się pozbyć.

— Wszystko w porządku? — spytał Dane, już siadając przy stole.

Spojrzałam na niego i uśmiechnęłam się.

— W życiu w to nie uwierzysz — ruszyłam, aby dołączyć do niego.

Kabina jest przygotowana do lotu, kiedy wszystkie bagaże zostały zabezpieczone

39

— Jak Boga kocham, Chez Dane jest moją ulubioną restauracją — uśmiechnęłam się, odchylając się w krześle i czując się szczęśliwa, leniwa i pełna. — Nie znam nikogo, kto potrafi połączyć przyrumienione żeberka i orzo dyniowe. Co robiłeś? Przed wszystkimi swoim wyczynami uczęszczałeś do Cordon Bleu?

— Nie, to tylko hobby — odparł, napełniając nasze kieliszki.

— A Jake pewnie uwielbia resztki — zerknęłam na czekoladowego labradora leżącego na dywaniku w salonie. Zauważyłam, że podniósł głowę na dźwięk swojego imienia.

— Więc kiedy będę mógł przeczytać twoją książkę? — spytał Dane, opadając na oparcie z uśmiechem.

— Hm, kiedy zostanie już poprawiona, zredagowana, oprawiona i ustawiona na półce w Barnes and Noble?

— Każesz mi czekać?

— Hm, nie wydawałeś się taki zainteresowany, zanim się sprzedała — zażartowałam.

— Nawet sobie nie zdawałem sprawy, że ją mam, dopóki do ciebie nie zadzwoniłem.

— Niech będzie.

— Więc — powiedział, odsuwając krzesło od stołu. — Wyjdziemy na miasto? Czy zostaniemy i pooglądamy telewizję?

Patrzyłam, jak stoi naprzeciwko mnie i zdałam sobie sprawę, że przebywając z nim i Jakiem, tak zadziwiająco mile spędzałam czas, że w ogóle nie miałam ochoty wychodzić w zimną noc. — A jakie masz filmy?

— Mam w pokoju sporą kolekcję. Może coś wybierzesz, a ja pozbieram naczynia.

— Może ci pomóc? — spytałam.

Ale on pokręcił głową.

— Filmy są w szafce pod telewizorem. Za dziesięć minut do ciebie dołączę — powiedział, z uśmiechem kierując się w stronę zlewu.

Ruszyłam do przedpokoju i kiedy dotarłam do kącika, spojrzałam na kanapę i pomyślałam: „O cholera, pod spodem ciągle jest książka Cadence!". I wiedziałam, że bez względu na wszystko muszę ją postawić z powrotem na półkę, dopóki mam taką szansę.

Ale musiałam też wybrać film.

Wiedząc, że mam tylko mniej więcej dziesięć minut, by wykonać oba zadania, nie mogłam się zdecydować, od którego zacząć. No bo jeśli najpierw zabiorę się do książki, a potem wejdzie Dane, a ja nie zdążę wybrać filmu, będzie się zastanawiał, co do cholery robiłam przez cały ten czas. Ale jeśli zbyt długo będę wybierać film, to zaryzykuję przyłapanie z ręką pod kanapą.

Dobra — zdecydowałam. — Wybiorę film, jakikolwiek, a potem poszukam tej durnej książki.

Kiedy jednak otworzyłam szafkę, znalazłam cztery półki wypchane DVD. No świetnie, pomyślałam, szybko przeglądając tytuły. To mi zajmie całe wieki. Najwyraźniej Dane miał wszystkie moje ulubione filmy, a ja nie miałam pojęcia, jak wybrać tylko jeden.

Przesunęłam palcami po pudełkach. *American Beauty, Chinatown, Pianista, Zakochany bez pamięci, Siedem, Pulp Fiction, Przeboje i podboje, Annie Hall, Requiem dla snu, Ghost World, Skazani na Shawshank, Harold i Maude*...

Wiedząc, że nie mam czasu do zmarnowania, sięgnęłam po *Absolwenta*, którego nie oglądałam od lat, ale który zawsze mnie rozbawiał, a potem *Milczenie owiec*, które niedawno widziałam na TNT, ale nie miałam nic przeciwko ponownemu obejrzeniu. Potem rzuciłam je na stół, zamknęłam drzwi szafki i rzuciłam się do kanapy.

Obeszłam ją od tyłu, szybko rozejrzałam się po pokoju, upewniając się, że oprócz mnie nikogo nie ma. Potem udzieliłam sobie zgody na start i padłam na kolana, pochyliłam się do przodu i wsunęłam ramię pod spód, jak najgłębiej.

Na czworakach obmacywałam podłogę z całym oddaniem i miałam przy tym nadzieję, że znajdę książkę, zanim natknę się na coś obrzydliwego, kiedy zdałam sobie sprawę, że z tak zgiętym ramieniem i przy tej długości kanapy mam spore szanse pełzać tak w nieskończoność, a i tak nie powiększę swoich szans.

Wyciągając więc szyję i wyglądając zza oparcia, sprawdziłam, czy nadal jestem sama. Potem rozpłaszczyłam się na podłodze, odwróciłam głowę, tak że mój policzek leżał na gładkiej drewnianej podłodze i przycisnęłam mocno nos do brązowej adamaszkowej tapicerki. I z zamkniętymi oczami macałam drugą ręką, próbując rozpoznać kształt bestsellerowej książki w szczelinie płytkiej, ciemnej przestrzeni przede mną.

Nie widząc nic prócz czerni, przesunęłam ciało o centymetr jak komandos w wysoce delikatnej, ściśle tajnej misji, przeczesując szczelinę lewym ramieniem, które wyciągnięte do maksimum zaczęło mnie boleć od tego całego wysiłku.

Gdzie ona do cholery jest? No bo kanapa jest długa, ale nie jest tej samej szerokości. Więc gdzie ona do cholery zniknęła?

I zanim dotarłam do końca, ledwie zebrałam cokolwiek prócz kulki kurzu. Ale wiedząc, że ona gdzieś tam jest (no bo w końcu sama ją tam umieściłam) i wyczuwając, że minuty uciekają, zdecydowałam się skierować z powrotem do punktu wyjścia, zamiatając ramieniem i jeszcze raz sprawdzając całą drogę.

Przesuwałam się cal po calu z powrotem, równo z podłogą i używając czubków swoich czarnych skórzanych butów jako dźwigni, kiedy samymi koniuszkami palców dotknęłam czegoś, co mogło być zrobione z papieru. I z całych sił miażdżąc swoje ciało o tył kanapy, wyciągnęłam ramię tak daleko, że bałam się, że wyskoczy mi ze stawu, kiedy moje palce gorączkowo sięgnęły po to coś, co teraz już byłam pewna, jest książką Cadence.

I właśnie ją chwyciłam, kiedy poczułam, jak ktoś oddycha mi w ucho.

— Cholera! — podskoczyłam, odsunęłam się od kanapy i odwróciłam, i zobaczyłam, że to Jake.

— Jezu! Wystraszyłeś mnie na śmierć — wyszeptałam, kiedy obwąchiwał mi twarz i oblizywał policzek. — Do pana! — Odsunęłam go wolną ręką, tą, która nie pulsowała i wciąż częściowo tkwiła pod kanapą. — Idź do pana! Ja przyjdę za minutę — powiedziałam. Chciałam jak najszybciej wrócić do pracy, zanim Dane przyjdzie i znajdzie mnie w takim stanie.

I już się ześliznęłam z powrotem na ziemię, przyciskając się do kanapy i zajmując pozycję, kiedy usłyszałam kroki.

A po nich dźwięk głosu Dane'a, który mówił:

— Tego szukasz?

A potem zamknęłam oczy i zamarłam.

I przeanalizowałam dostępne opcje.

Miałam do wyboru:

1. Zostać bez ruchu do oporu, odmawiając ruszenia się z miejsca, oddychania i rozmawiania.
2. Udawać, że zgubiłam kolczyk i właśnie go szukam.
3. Wstać i przyznać się.

Wybrałam opcję pierwszą.

— Hailey? — spytał Dane głosem przepełnionym troską. — Nic ci nie jest?

Leżałam jakiś czas, próbując oszacować, jak źle to zapewne wygląda z jego punktu widzenia. Potem wzięłam głęboki oddech, wyjęłam swoje wykręcone i obolałe ramię i wstałam z podłogi, prostując się z zakłopotaniem, zanim do końca przed nim stanęłam.

— O, cześć — powiedziałam, bo zdecydowałam się na podejście nonszalanckie, i ostrożnie strząsnęłam z siebie maleńkie kłaczki. — Myślałam... hm... że coś mi spadło. — Wzruszyłam ramionami, unikając jego spojrzenia i tłumiąc nerwowy śmiech.

— To? — spytał, podnosząc książkę Cadence.

Ramię mnie bolało, kolana miałam posiniaczone, ręce spocone, a twarz płonącą. Przyłapano mnie rozpłaszczoną na podłodze, jak buszuję pod kanapą, a cały czas on wiedział doskonale, czego szukam. Mimowolnie zadałam sobie pytanie, jak długo on i Jake obserwowali mnie, zanim ujawnili swoją obecność.

Ale nie kwapiłam się do stawiania tego pytania. Tak strasznie upokorzona mogłam tylko pójść do domu, wylizać rany i spakować swoje rzeczy przed przeprowadzką do innego stanu.

— Hm, chyba muszę już iść — powiedziałam, kierując się do drzwi, ale on szybko zastąpił mi drogę.

— Hailey — dotknął mojego niebolącego ramienia.

Stałam i gapiłam się na jego stopy, zastanawiając się, jak do diabła się z tego wykaraskam. A kiedy wreszcie znalazłam odwagę, żeby podnieść wzrok na niego, poczułam się jeszcze bardziej upokorzona, bo zobaczyłam, że on się świetnie bawi. Może i było śmieszne obserwować mnie, ale z mojej strony sytuacja nie wydawała się tak zabawna. Pokręciłam więc głową i znowu wbiłam wzrok w ziemię, myśląc, że gdybym mogła mieć którąś supermoc, to zdecydowanie wybrałabym niewidzialność.

— Powinnam wyjaśnić — odezwałam się wreszcie.

— Nie musisz niczego wyjaśniać.

— Tak, cóż, myślę, że muszę. — Niczego bardziej w tej chwili nie pragnęłam niż mieć to za sobą.

— Słuchaj, kiedy tu byłam ostatnio, przeglądałam twoje książki i natknęłam się na książkę Cadence, i wiem, że to nie moja sprawa, ale...

— Hailey, ja nie chodzę z Cadence — przerwał mi, pocierając moje ramię i próbując zmusić, bym na niego spojrzała, ale w ogóle nie było o tym mowy.

— Dobra, super — wolałabym, żeby pozwolił mi dokończyć, żebyśmy mogli wszyscy pójść do swoich prywatnych spraw. — Ale tak czy owak wyciągnęłam ją z półki i...

— I przeczytałaś dedykację, wszystko błędnie zinterpretowałaś, uznałaś, że spotykam się z Cadence, wrzuciłaś ją pod kanapę, pomyślałaś, że jestem gnidą, bo chciałem się z tobą umówić, unikałaś mnie jak zarazy, zaczęłaś używać windy służbowej, uciekłaś do Grecji, wyprowadziłaś się z kamienicy, i przyszłaś dzisiaj, żeby ją wyciągnąć spod kanapy i odstawić na miejsce.

— Tak — powiedziałam, ze smutkiem kręcąc głową, podczas gdy twarz mi płonęła ze wstydu. — Nie! Oprócz ostatniego fragmentu. Nie przyszłam tu ze względu na kanapę. — W końcu na niego spojrzałam, a kiedy już to zrobiłam, nie mogłam odwrócić wzroku.

— Więc dlaczego przyszłaś? — spytał, upuszczając książkę i przysuwając się do mnie.

— Hm, bo wiem, że lubisz gotować... i ponieważ zaproponowałeś, że będziesz ze mną świętować... i... — urwałam. Stał już bardzo blisko, trzymał mnie za ręce i wpatrywał się w moje oczy. Głośno przełknęłam ślinę.

— I? — spytał, a jego usta ogrzał uśmiech.

— I ponieważ chyba zasadniczo jesteś osobą numer trzy na liście ludzi, z którymi chciałam świętować — wyszeptałam, zamykając oczy, kiedy on pochylił się i pocałował mnie w bok szyi.

— Och, tak? A kto jest przede mną? — spytał, muskając teraz moje ucho.

— Hm, pięćdziesięcioletnia kobieta i jeden gej. Aha, i jeszcze moja mama. Więc w zasadzie masz numer cztery — zaśmiałam się nerwowo.

A kiedy się śmiałam, on mnie pocałował. Odgarnął mi włosy z twarzy i najpierw delikatnie, a potem mocniej dotknął ustami moich warg. I wszystko w tym całowaniu było takie dobre, takie odpowiednie, takie naturalne, i takie bezpieczne, że czułam się wreszcie jak w domu.

A potem przysunął się jeszcze bliżej, objął mnie i trzymał mocno. Przypadkiem zobaczyłam, jak czubek jego buta zderza się z książką Cadence i lekkim kopnięciem posyła pod kanapę.

Ale nic nie powiedziałam. Dalej się całowaliśmy.

GRUPA WYDAWNICZA
PUBLICAT S.A.

 Papilon – książki dla dzieci: baśnie i bajki, klasyka polskiej poezji, wiersze i opowiadania, powieści, książki edukacyjne, nauka języków obcych

 Publicat – poradniki i książki popularnonaukowe: kulinaria, zdrowie, uroda, dom i ogród, hobby, literatura krajoznawcza, edukacja

 Elipsa – albumy tematyczne: malarstwo, historia, krajobrazy i przyroda, albumy popularnonaukowe

 Wydawnictwo Dolnośląskie – literatura młodzieżowa, kryminał i sensacja, historia, biografie, literatura podróżnicza

 Książnica – literatura kobieca i obyczajowa, beletrystyka historyczna, literatura młodzieżowa, thriller i horror, fantastyka, beletrystyka w wydaniu kieszonkowym

Publicat S.A., 61-003 Poznań, ul. Chlebowa 24, tel. 61 652 92 52, fax 61 652 92 00, e-mail: office@publicat.pl, www.publicat.pl

Oddział we Wrocławiu: Wydawnictwo Dolnośląskie, 50-010 Wrocław, ul. Podwale 62, tel. 71 785 90 40, fax 71 785 90 66, e-mail: wydawnictwodolnoslaskie@publicat.pl

Oddział w Katowicach: Wydawnictwo Książnica, 40-160 Katowice, Al. W. Korfantego 51/8, tel. 32 203 99 05, fax 32 203 99 06, e-mail: ksiaznica@publicat.pl

www.NajlepszyPrezent.pl
TWOJA KSIĘGARNIA INTERNETOWA